小森阳一文学批评研究

韦玮 著

XIAOSENYANGYI
WENXUE PIPING YANJIU

WUHAN UNIVERSITY PRESS
武汉大学出版社

图书在版编目(CIP)数据

小森阳一文学批评研究/韦玮著 . —武汉:武汉大学出版社,2024.2
ISBN 978-7-307-24085-8

Ⅰ.小…　Ⅱ.韦…　Ⅲ.小森阳一—文学研究　Ⅳ.I313.065

中国国家版本馆 CIP 数据核字(2023)第 202287 号

责任编辑:郭　静　　　责任校对:汪欣怡　　　版式设计:马　佳

出版发行:**武汉大学出版社**　(430072　武昌　珞珈山)
(电子邮箱:cbs22@ whu.edu.cn 网址:www.wdp.com.cn)
印刷:湖北云景数字印刷有限公司
开本:720×1000　1/16　印张:22.75　字数:352 千字　插页:1
版次:2024 年 2 月第 1 版　　2024 年 2 月第 1 次印刷
ISBN 978-7-307-24085-8　　定价:99. 00 元

目　录

绪　论

第一节　研究缘起

2019年4月30日，日本平成天皇退位，始于1989年的平成时代自此终结。平成30年，正是冷战结束，国际形势发生深刻变化的30年。平成时代开端的1989年，日本GDP为3.0549万亿美元，全球占比15.16%，而中国GDP为3477亿美元，全球占比仅为1.72%。到了平成时代终结的2019年，日本GDP为5.082万亿美元，全球占比约为5.79%，而中国已是全球第二大经济体，GDP为14.343万亿美元，全球占比约为16.34%。一连串数字的背后，不仅显示出“曾于冷战时期取得巨大繁荣的日本社会的发展停了下来”①，更为重要的是，此消彼长的背后，隐藏着东亚“主角”的悄然转变，也意味着现代化的某种极限。

> 也就是说，日本所言的“平成”30年间，东亚的主角从日本一下子转到中国身上了。日本的退场，意味着中日甲午战争以来约一个世纪左右的东亚“日本时代”落下帷幕，而且日本再也不会成为东亚的主角。因日本影响力的下降等原因，未来的东亚将会是“中国时代”。
>
> 中国的读者们阅读“平成”日本的历史，并非从以中国为中心的视

---

① 小熊英二：“序”，《平成史》，欧文东译，北京：社会科学文献出版社，2019年，第2页。

> 角出发，而是以日本这一他者的视角来看待这一巨大历史变动。现代化迎来极限，少子老龄化难以遏制，经济增长也无法持续——邻国到底发生了什么？如果说日本1945年的战败是纵容侵略主义、鲁莽发动战争的军事国家的失败结局，那么日本整个“平成”30年间的衰退，则是达成现代化的社会作为其现代化成果的对外收缩过程。①

吉见俊哉认为到21世纪中叶，经济增长与现代化的过程将会到达极限，到那时，“平成”日本的种种变化将在亚洲各地普遍显现。吉见俊哉提及的21世纪中叶，正对应我们中国的第二个百年奋斗目标的时间点。中国式现代化的目标正是到21世纪中叶建成富强民主文明和谐美丽的社会主义现代化强国。在此意义上，我们审视平成日本，“是以日本这一他者的视角来看待这一巨大历史变动”，思考如何超越所谓的现代化的极限，为中国式现代化的理论探索和实践创新提供助力。

另一方面，与吉见俊哉等人将平成30年视为衰退的历史不同，作家保阪正康高度评价平成史，他将平成时代视为探索和平的天皇的时代，认为对于战争的彻底反省，和国民共渡难关的姿态，同各国建立友好的关系，平成天皇将这些付诸实现②。保阪正康认为平成时代有着对战争的彻底反省，同各国建立友好关系，这显然是美化历史的笔法，无视日本在战争责任等问题上与亚洲相关国家的尖锐矛盾。保阪正康对历史的美化从侧面提醒我们审视平成史的重要性，同时，也凸显本书的研究对象——小森阳一在当今世界思想史上的重要意义，亦即，小森阳一不仅仅是卓有成绩的文学研究者，而且作为左翼学者、社会活动家，坚定地与右翼民族主义思潮斗争，揭露当今日本的背面。

---

① 吉见俊哉：“中文版序言”，《平成史讲义》，奚伶译，上海：东方出版中心，2021年，第3页。

② 保阪正康：“中文版序言”，《平成史》，黄立俊译，上海：东方出版中心，2020年，第4-5页。

如果说明治生成了文学家夏目漱石，昭和生成了批评家小林秀雄①，那么，可以认为平成生成了文学批评家、左翼社会活动家小森阳一。小森阳一登上学术舞台时平成时代尚未开始，其成名作《作为结构的叙述》（1988 年）、《作为文体的叙事》（1988 年）出版于平成时代开端之前。另外，平成时代虽然结束，但是小森阳一依然活跃于学术舞台、社会活动中。不过，尽管小森阳一与平成时代并非严格吻合，但他的大量著作发表于平成时代，其学术思想与平成时代主流、保守思想形成对峙，“在平成时代日本社会的特殊背景上，小森与日本主流意识形态、社会思潮之间的紧张关系，成为认识当代日本社会的有效途径”②。

小森阳一出生于 1953 年，在日本属于广义上的团块世代。团块世代狭义上指出生于 1947—1949 年，广义则是指出生于 1946—1954 年的一代人。这一代人出生于“二战”结束后，很多人在学生时代有着参与学生运动的经历，进入社会后，成为推动日本经济腾飞的主力，自身大多成为中产阶级。从国家层面来看，“二战”结束后的日本致力于经济发展，一度成为世界第二大经济体。在战争清算方面，日本与昔日的战争对手、殖民对象签订了一系列和约，与诸多国家实现了邦交正常化。但是，战争清算并不彻底，日本的政治人物在战争责任等问题上的失言也并不罕见。20 世纪 90 年代以来，即在平成时代这个节点上，日本与曾经的战争受害国、受害区域围绕着“慰安妇”等问题有着激烈的矛盾。小森阳一借由文学批评批判日本社会无视历史的右翼民族主义思潮，背景正在于此。

小森阳一从事文学研究的同时，积极参与社会活动，长期担任“九条会”的事务局长③，是当今日本代表性的左翼社会活动家。小森阳一批判强

① 岛弘之：《“感想”这个体裁》，东京：筑摩书房，1989 年，第 32 页。

② 董炳月：“平成时代的小森阳一”，小森阳一：《天皇的玉音放送》，北京：三联书店，2004 年，第 283 页。

③ “九条会”是 2004 年 6 月 10 日由井上厦、梅原猛、大江健三郎、奥平康弘、小田实、加藤周一、泽地久枝、鹤见俊辅、三木睦子等日本九位文化界名人倡导成立的民间组织，该组织号召全民捍卫宪法第九条，反对改宪，维护世界和平。

势政治势力“以语言的方式操控国民”，而“话语分析与文本解读是他的主要阵地”①。着眼于政治批评之于小森阳一文学批评的重要性，本书的核心研究问题是，小森阳一文学批评与政治批判有着怎样的关联，这种关联有着怎样的价值。具体要论述的问题包括：小森阳一文学批评与政治批评有着怎样的融合，又是如何实现融合，这种融合的核心问题是什么。

第二节　小森阳一主要著作

小森阳一的文学批评始终围绕文体，亦即语言之技术而展开，他的成名作之一《作为文体的叙事》(1988 年)的题名极具象征意义，凸显对文体问题的重视。小森阳一认为文体问题事关现代社会人类的本质，在他看来，现代小说语言的课题首先是如何从本来多层的声音的集合之语言运动的场中，制作出一定的物语的线和面②。这里，小森阳一触及现代小说制度对个体语言的压制③。小森阳一在 1992 年出版的《缘的物语——〈吉野葛〉的修辞》中展开现代性反思，认为 1930 年代日本的语言在个体之间代代相传、地区之间各异的历史被淘汰，取而代之的是由活字印刷的教科书

① 秦刚：“《海边的卡夫卡》现象及其背后(译者序)”，小森阳一：《村上春树论：精读〈海边的卡夫卡〉》，秦刚译，北京：新星出版社，2007 年，第 7 页。

② 小森阳一：《现代文学的成立：思想与文体的摸索》，东京：有精堂，1986 年，第 257 页。

③ 日语词汇“近代”(きんだい)与现代汉语中的“近代”并不完全吻合，与现代汉语中的“现代”也有着重叠之处。日语的“近代”指涉明治维新开始现代化之后的时代，而中国的“近代”是指从 1840 年鸦片战争至 1919 年五四运动这一时期，五四运动至新中国成立这段时间为“现代”。日语中的“近代化”“近代性”相当于现代汉语中的“现代化”“现代性”。有研究者并未区分“近代”、“现代”，例如，伊藤虎丸在《鲁迅——亚洲的现代与“个人”的思想》中，将这两个词作为“西洋化”的同义词使用，他阐述自己是将现代课题作为近代课题的继续来思考，并且将近代的普遍性作为西洋这一具有个性的文化的产物加以限定。(详见：伊藤虎丸：《鲁迅与日本人——亚洲的近代与“个”的思想》，东京：朝日新闻社，1983 年，第 265-266 页。)本书并未区别使用“近代”“现代”，引文引自日文著作、论文时，将“近代”一词译为“现代”，而中文译本若使用的是“近代”，本书引用时并未将译文中的“近代”改成“现代”。

所记载的均质化历史，“这便是强化作为天皇的赤子之臣民意识的时代”①。在1999年出版的《小说与批评》中，小森阳一认为在小说语言的表象中，现代民族国家作为想象得以树立起来。国家发现通过“文学”可以将现代民族国家视为统一体，而国家的这一期待受到文学创作者的自发回应，如此，国家权力与小说创作有着“互补的关系”②。

小森阳一出版了多部研究夏目漱石文学的著作。1995年出版的《重读漱石》中，小森阳一关注夏目漱石文学所表象的个人与民族国家的龃龉。在小森阳一看来，夏目漱石的“自我本位”是对歧视主义的批判，是对帝国主义的霸权主义的批判，同时也是对狭隘的自我中心主义的批判③。1999年，小森阳一出版《世纪末的预言者·夏目漱石》，他意图“审视夏目漱石批判现代民族国家在文化上进行国家统制的立场”④。在《世纪末的预言者·夏目漱石》后记中，小森阳一如此解释一直关注夏目漱石文学的原因，即他在现实世界的一系列事件面前，意识到自己需要作出选择，比如如何接受，应该采取怎样的态度。这时，他将漱石的语言作为参照项。可以看出，小森阳一文学批评呈现出历史学家中村政则所说的那种历史意识，即“过去不单是过去，而是作为面向现在的过去被认识”⑤。换而言之，小森阳一对历史问题的关注源于现实关怀，即希望对夏目漱石小说文本的分析能够有助于在现实世界作出正确的抉择。

20世纪90年代以来，小森阳一在一系列著作中关注文本叙述背后的历史事实，批判现代日本歪曲历史的意识形态。在1998年出版的《“摇摆”的日本文学》中，小森阳一通过反思“日本近代文学”，批判“日本”“日本人”“日本语”及“日本文化”的“四位一体”神话。在2000年出版的《日本近

---

① 小森阳一：《缘的物语——〈吉野葛〉的修辞》，东京：新典社，1998年，第5页。

② 小森阳一：《小说与批评》，神奈川：世织书房，1999年，第28页。

③ 小森阳一：《重读漱石》，东京：筑摩书房，1995年，第251页。

④ 小森阳一：《世纪末的预言者·夏目漱石》，东京：讲谈社，1999年，第285页。

⑤ 中村政则：《战后史》，东京：岩波书店，2005年，第231页。

代国语批判》中，小森阳一考察现代日语作为现代民族国家相配套的"国语"确立过程中的历史语境。在2001年出版的《后殖民》中，小森阳一从"在殖民地的无意识与殖民地主义意识矛盾中来理解"明治维新以来日本的现代化进程，并将夏目漱石文学作为表象这一矛盾的文本来阅读。在2002年出版的《历史认识与小说——大江健三郎论》中，小森阳一解读小说中涉及的历史事件，他的文本分析成为"对这个国家的历史认识的批判性的重新验证"①。2006年5月，小森阳一出版《村上春树论：精读〈海边的卡夫卡〉》，他围绕记忆等问题揭示文本深层的抹杀历史、消除记忆的话语结构，批判《海边的卡夫卡》是一部隐含了抹杀历史的内在结构的"处刑小说"。

小森阳一与他人主编了一系列的书籍，藉由文学批评介入国家意识形态的批判。2002年，小森阳一与富山太佳夫等人编写《岩波讲座 文学》。在《岩波讲座 文学2 媒体的力学》(2002年)的《前言 · 媒体之力》一文中，小森阳一发问权力与媒体的关系，指出大众被媒体动员的结构，"每个人都被媒体化"②。在《岩波讲座 文学12 现代与后现代》(2003年)的《前言：现代主义与后现代主义》一文中，小森阳一批判现代社会的均质化现象，认为在后现代社会，"在与历史无缘、只是一时兴起的大众欲望推动下，反复再生产着被捏造的'大众喜欢的过去'"③。在《岩波讲座 文学13 超越国家》(2003年)中，小森阳一指出语言在国家的形成上占据着重要的位置，认为某个地域特定的历史状况中，如果被权威化的语言表现是"文学"，那么"文学"通常表象着国家的存在样态④。

① 小森阳一：《历史认识与小说——大江健三郎论》，东京：讲谈社，2002年，第308-309页。

② 小森阳一等：《岩波讲座 文学2 媒体的力学》，东京：岩波书店，2002年，第12页。

③ 小森阳一等：《岩波讲座 文学12 现代与后现代》，东京：岩波书店，2003年，第10页。

④ 小森阳一等：《岩波讲座 文学13 超越国家》，东京：岩波书店，2003年，第3页。

小森阳一还参与编著了一系列关注历史问题的书籍。2001 年，小森阳一、坂本义和、安丸良夫主编的《历史教科书：什么是问题——彻底检证Q&A》出版。小森阳一在该书中批判“新历史教科书编撰会”主导编撰的中学历史教科书，认为“新历史教科书”“极少关注历史上被统治者、被歧视者、被侵略者的视点和行动”①，指出“历史教科书不光刻印过去的记忆，也是我们每个人与下一世代一起面向未来的素材。这不仅是历史学家的课题”②。

小森阳一与包括中国学者在内的国际学术界有着频繁的交流，参与并推动了许多由海内外学者发起的研讨活动。2000 年，小森阳一参加了以沟口雄三、孙歌为中心发起的“中日知识共同体”的交流活动。2006 年以来，小森阳一多次参加清华大学东亚文化讲座，与中国学者汪晖、王中忱保持着较为密切的学术联系。2006 年 8 月 16 日，小森阳一在清华大学发表题为《安倍晋三和后小泉时代的日本政治》的讲演，呼吁中日两国知识分子合作，共同抑制后小泉时代的日本政治，维护东亚和平与安全。2011 年，作题为《三·一一之后的日本、世界、文学》的演讲。2013 年与汪晖共同在“十九世纪以降东亚区域秩序的巨变”国际学术研讨会作主旨演讲。此外，中国有不少学者曾经师从小森阳一，如赵京华、林少阳、董炳月、陈多友等人。因此，本书对小森阳一文学批评的考察也有助于了解当代中日学术交流史。

第三节　国内外研究综述

小森阳一是当今日本的代表性文学研究者，也是日本左翼批评的代表性人物，他的学术思想受到学术界的广泛关注，既往研究主要集中在以下

① 小森阳一、坂本义和、安丸良夫：《历史教科书：问题是什么？——彻底检证Q&A》，2001 年，第 vi-vii 页。

② 小森阳一、坂本义和、安丸良夫：《历史教科书：问题是什么？——彻底检证Q&A》，2001 年，第 vii 页。

方面。

一、国外学术界

1. 关注小森阳一文学批评的方法

小森阳一的叙述结构分析法发掘文本叙述的“空白”，这一研究法给当时的日本文学研究界极大的冲击，引起了文坛老大家大冈升平的注意。大冈升平(1985年)认为小森阳一读取出“非客观的物语主题”，“是至为果敢、秀拔的”①。另外一方面，小森阳一叙述结构分析法受到当时文学批评领军人物三好行雄在内的众多文学研究者的批判。三好行雄(1986年)认为小森阳一的阅读走得太远，“不得不说是过于深读了”。在三好行雄(1988年)看来，小森的美学只是“将虚构语言视为对象”，无视作者的权威。大川公一(1986年)、田中实(1986年)同样批判小森阳一无视作者权威，认为他的文学研究“使得作品变形”，是一种“脱轨行为”。絓秀实(1989年)则聚焦小森阳一对叙述问题的关注，认为小森在物语的层面而不是小说的层面上来把握《心》，批判小森阳一关注小说文本的“叙述＝言”的问题，而没有将小说文本作为“小说＝文”的问题来把握。金子明雄(1991年)同样关注小森阳一的叙述研究，认为除非将对声音的多样机能的关注作为前提，否则，叙述研究有着压抑语言的可能。结合20世纪90年代以来小森阳一文学批评对个体的人的关注，应可打消研究者的这种疑虑。

小森阳一与三好行雄围绕夏目漱石的小说《心》的论争是日本现代文学研究史上标志性的事件，有力推动了日本文学研究范式由强调作者权威的作品研究法(“作品论”)向强调读者主体性地位的文本研究法(“文本论”)的转变。对于这一论争，日本样式史研究会于1992年召开研讨会，会议成果与1993年的另外一次研讨会成果合并出版为《总力讨论 漱石的〈心〉》

① 绪论第三节“国内外研究综述”因涉及文献较多，仅标明著者及年份，其余信息不一一标出，详细信息见参考文献。

(1994年)。在该研讨会上，宫川健郎提及小森阳一文本分析与日本国家意识形态之间的紧张关系，但未就此深入展开论述。押野武志将小森阳一的信息发送模型与柄谷行人的对话结构相对比，认为小森阳一的模型有着隐藏权力结构和暴力的可能性。中村三春关注小森阳一文学研究法的独特性，指出小森阳一"文本论"的核心不是巴特式意味的复数性、德里达等人的解构，而是与叙述的关联极深。中村三春认为，柄谷行人在《探究》中提及的"作为单独者的他者"等问题并没有出现在小森阳一的阅读模型中。本书认为小森阳一阅读模型有着强烈的他者意识，具体论述将在下文展开。不过，中村的论述还是颇具启发意义，我们将柄谷行人与小森阳一的学术思想进行对比分析，有助于把握小森阳一本人的学术思想，也有助于以此为切入口了解当代日本思想史。

另外，研究者还关注小森阳一叙述结构分析法的渊源。藤井詹姆斯(James A. Fujii，1993年)、迈克尔·西茨(Michael Seats，2006年)聚焦小森阳一对声音问题的关注，指出小森阳一有效地利用了巴赫金的复调理论。岛村辉(2000年)同样关注小森阳一叙述结构分析法与西方理论的关联，指出20世纪80年代，热内特的《小说的话语》等解释"叙述结构"的理论被翻译、介绍至日本，"小森独自开拓的叙述结构分析法因为这些理论而得到加强"。上野千鹤子(2006年)着眼于小森阳一幼时在外国成长的经历，认为小森阳一不可能通过语言获得牢固的日本人身份，"从小森这样的角度来看，语言与文化身份的幸福关系的言说是幼稚的"。理查德·希德尔(Richard Siddle，2012年)同样围绕小森阳一的个体特殊性探寻他的叙述结构分析法的渊源，认为小森阳一"制度和知识分子的局外人"的身份与他在北海道大学获得博士学位有着某种联系。

小森阳一与前田爱文学批评的关联也是研究者关注的重点。诚司·利皮特(Seiji Lippitt，2002年)、丹尼斯·沃什伯恩(Dennis Washburn，2007年)认为小森阳一对《上海》的文本分析处在前田爱研究的延长线上。小森阳一与龟井秀雄的学术渊源也受到研究者的关注，例如，矢口贡大(2017年)围绕小森阳一与龟井秀雄在巴赫金理论接受上的学术关联，并由此认为小森阳一对巴赫金理论的接受有着必然性。尽管研究者关注小森阳一与前田爱、龟井秀雄的学术关联，但是，未能深入阐明小森阳一叙述结构分析法与前田爱及龟井秀雄的关文学研究法的渊源和超越，未能厘清小森阳一叙述结构分析法独特性的学理脉络。

2. 相关书评

从出版于20世纪80年代的《作为文体的叙事》《作为结构的叙述》，到进入21世纪后出版的《村上春树论：精读〈海边的卡夫卡〉》《历史认识与小说：大江健三郎论》，相关书评基本覆盖了小森阳一的主要著作。对于奠定小森阳一早期学术声誉的两部著作，《作为文体的叙事》和《作为结构的叙述》，杉山康彦（1988年）、木股知史（1988年）、岛村辉（1989年）及高桥亨（1989年）的评述分别发表于《日本文学》《日本近代文学》等期刊上。杉山康彦认为，小森阳一关注复调声音，摆脱了独白式的思考，呈现出对他者、身体的关注。须田千里（1993年）在《缘的物语——〈吉野葛〉的修辞》书评中，围绕小森阳一对声音的关注，认为小森阳一的文学批评中，信息发送者与接受者的个体特殊性是关键问题。城殿智行（2000年）在《小说与批评》的书评中，讨论小森阳一所关注的“语言”和“政治”的关系。进入21世纪后，小森阳一接连出版了《历史认识与小说：大江健三郎论》《村上春树论：精读〈海边的卡夫卡〉》，前者有石桥纪俊（2003年）、后者有深津谦一郎（2006年）的书评。在深津谦一郎看来，小森阳一的文本分析有种“强加于人”的感觉，即小森阳一在该著作中批判暴力，但他的精妙推理反倒只能产生对语言的暴力。深津谦一郎的论述从另一个侧面彰显出“语言”“暴力”问题之于小森阳一文学批评的重要性。

小森阳一并非专业的语言学研究者，但他的《日本近代国语批判》受到日本学术界的极大关注。御厨贵（2000年）、佐藤泉（2001年）、松泽和宏（2001年）、庵功雄（2002年）分别撰写书评。日本学者着眼于“语言”和“政治”“历史”的关系，审视这一著作的价值。御厨贵认为，在小森阳一的学术思想中，“语言的问题是极为政治的”。佐藤泉从“历史作业的历史性”

的角度审视小森阳一对现代日语的研究，松泽和宏则从“思想的语言和语言的思想”角度考察小森阳一的《日本近代国语批判》。庵功雄将该著作与小森阳一另一著作《后殖民》并置来审视小森阳一“语言”视角的批判性。

另外，小森阳一的《与日语相会》并非学术著作，只是介绍自己的成长经历，即幼时在国外成长，因而对本是母语的日语产生疏离感。对于小森阳一的这一著作，佐佐木泰子(2000 年)、安冈治子(2000 年)分别撰写书评。研究者对该著作的兴趣同样源于注意到语言问题对于小森阳一学术思想的重要性，如佐佐木泰子认为小森在语言形成期习得俄语，因而对“解释中心主义”的国语授课抱有疑问、怨恨是自然的。

3. 小森阳一学术思想的国际影响力

小森阳一在国际学术界有着较强的影响力，“在文学研究领域中为世界培养了一批又一批优秀的学者”(岛村辉，2013 年)，《以“保护”为名的统治——殖民主义的词汇》(1997 年)、《日本近代国语批判》(2000 年)、《后殖民》《2001 年》及《种族主义》(2006 年)等著作、论文被翻译或摘译为中文、英语、韩语等多种语言。众多国际学者将小森阳一成名作《作为结构的叙述》(1988 年)、《作为文体的叙事》(1988 年)视为重要的参考文献，其中包括：斯蒂芬·多德(Stephen Dodd，1998 年)、榊敦子(Atsuko Sakaki，1999 年)、铃木美智子(Michiko Suzuki，2005 年)、弘子·科克里尔(Hiroko Cockerill，2006 年)、迈克尔·西茨(Michael Seats，2006 年)、丹尼斯·沃什伯恩(Dennis Washburn，2007 年)、克里斯托弗·希尔(Christopher L. Hill，2008 年)、格雷戈里·高利(Gregory Golley，2008 年)、基思·文森特(J. Keith Vincent，2010 年)、莱斯利·温斯顿(Leslie Winston，2010 年)、斋藤里香(Rika Saito，2010 年)、川奈沙理(Sari Kawana，2018 年)等学者。相关学者并不仅仅是在著作、论文中引用小森阳一的论述，而是在研究方法上运用小森阳一的文学研究法。例如，克里斯托弗·希尔对森鸥外小说《舞女》的分析，便借鉴了小森阳一将太田在小说开头和结尾表达的怨恨区别开来的方法。

2001年，小森阳一出版《后殖民》，他在这一著作中认为明治维新后的日本“殖民地的无意识与殖民地主义的意识同时起着作用”，即当时的日本在危机面前，以“文明开化”为口号进行自我殖民化，这看似是主动为之，但实际上却是压力下的被迫行为。在这个过程中，作为殖民受害者的日本又积极向亚洲其他国家推行殖民主义政策。小森阳一对现代日本“意识原型”的考察受到相关学者的高度重视，安妮·索科尔斯基(Anne Sokolsky，2005年)、村上史展(Murakami Fuminobu，2005年)、罗伯特·蒂尔尼(Robert Tierney，2005年)、阮斐娜(Faye Yuan Kleeman，2007年)、安德烈·哈格(Andre Haag，2008年)、斯蒂芬·多德(Stephen Dodd，2013年)等学者考察现代日本文明进程时，借鉴小森阳一的理论，审视现代日本的自我殖民化现象。但是，研究者并未对理论本身展开深入的反思。这种反思的缺乏使得研究者往往聚焦于小森阳一文本分析呈现的历史知识、政治批判，而未能对更为重要的读者亦即主体问题予以关注。

小森阳一出版过多部夏目漱石文学研究专著，这些专著也受到相关研究者的关注。其中，丹尼尔·奥尼尔(D. Cuong O'Neill，2006年)、川奈沙理(Sari Kawana，2010年)、蒂莫西·康珀诺尔(Timothy J. Van Compernolle，2016年)等研究者参考了包括《重读漱石》(1995年)、《世纪末预言者：夏目漱石》(1999年)在内的相关著述。其中，蒂莫西·康珀诺尔著作的第三章、第五章直接得益于与小森阳一围绕夏目漱石的《门》展开的讨论。

此外，乔纳森·阿贝尔(Jonathan E. Abel，2005年)、基思·文森特(J. Keith Vincent，2010年)关注小森阳一在《“摇摆”的日本文学》(1998年)中围绕生者、死者的关联对战后日本语言空间的考察。榊敦子(Atsuko Sakaki，1999年)、弘子·科克里尔(Hiroko Cockerill，2006年)关注小森阳一《作为事件的阅读》(1996年)围绕日语时态等问题对小说文本的考察。维吉尼亚·杨(Virginia Yeung，2016年)关注小森阳一在《村上春树论》(2006年)中对歪曲历史，抹杀记忆的“疗愈”功能的批判。琳达·弗洛雷斯(Linda Flores，2017年)关注《死者之声，生者之语言：以文学发问核能的日本》(2014 年)对“311 文学”的考察，这反映出小森阳一的学术动态受到国际学者的持续关注。

另一方面，小森阳一学术思想的国际影响力也是研究者关注的重点。安・谢里夫(Ann Sherif, 1994 年)、广田晶子(Akiko Hirota, 1996 年)指出藤井詹姆斯(James A. Fujii)考察日本现代文学的叙述结构时，有效利用了小森阳一的文学批评。菲利普・加布里埃尔(Philip Gabriel, 2000 年)、范・格塞尔(Van C. Gessel, 2000 年)认为榊敦子(Atsuko Sakaki)对《心》的研究建立在小森阳一的方法的基础上。藤井詹姆斯(James A. Fujii, 2007 年)指出蒂莫西・康珀诺尔(Timothy J. Van Compernolle)有效利用了小森阳一将社会历史和文学文本相结合的文学批评法。平田何西阿(Hosea Hirata, 2014 年)围绕基思・文森特(J. Keith Vincent)对《心》的分析，认为他在小森阳一、石原千秋的分析中看到“异性恋正统主义的力量主导着他们的阅读”。此外，丹尼斯・沃什伯恩(Dennis Washburn, 2011 年)认为莱斯・莫顿(Leith Morton)有意识地与小森阳一的方法保持距离，试图弱化塑造了现代美学话语的社会、政治因素，转而支持封闭的形式主义阅读。

二、中国学术界

1. 对小森阳一著作、论文的译介

国内翻译出版了小森阳一的多部著作，其中包括：陈多友(2004 年)翻译《日本近代国语批判》《天皇的玉音放送》；秦刚(2007 年)翻译《村上春树论》、王奕红(2015 年)翻译《作为事件的阅读》、赵仲明等(2017 年)翻译小森阳一与高桥哲哉主编的《超越民族与历史》。此外，郭勇(2018 年)翻译《文学的形式与历史》，该书收录了小森阳一多部代表作中的代表性论述。在《日本近代国语批判》的译者序中，陈多友认为小森阳一的文学理论对中国乃至世界学术界都会起到一定的启发作用，指出小森阳一的学术贡献在于强调日文作为“汉字假名混合文体”的事实，致力于以现代语言学理论将其理论化，且付诸实际研究中。

台湾学者吕正惠(2012年)为《村上春树论：精读〈海边的卡夫卡〉》中译台湾版所写的推荐序言中谈及小森阳一的文学批评与历史研究的跨界，认为小森阳一的文学批评“强调小说的道德性”，使得小说评论“和知识传达完美地结合在一起”。吕正惠所言的“知识传达”指向小森阳一文学批评所具有的现实关怀之伦理意识，正因为这种现实关怀，小森阳一的文学批评能够“让我这个对历史不是毫无所知的人，都有突然憬悟之感”。

另外，国内还翻译了小森阳一的一系列演讲、论文。如小森阳一在“中日邦交正常化30年国际学术研讨会”的大会主题发言《中日关系的课题与期待》发表于《外国问题研究》(2002年)；在“2006中日论坛——碰撞—对话—和谐”国际研讨会的发言《21世纪大众媒体墙与“心脑控制社会”问题》发表于《广东外语外贸大学学报》(2007年)；《历史与现实交叉点上的日本政权更替》发表于《读书》(2008年)。另外，《“3·11”东日本大地震一周年之后日本社会的思想状况》发表于《战略决策研究》(2013年)。《天皇制与现代日本社会》登载于《读书》(2003年)，该文又被登载于《清华大学学报》(2007年)。如上译文涉及历史、政治问题，显示出中国学术界极为关注小森阳一对日本右翼民族主义思潮的批判。

2. 对小森阳一学术思想的相关研究

国内学术界有着一定数量的研究小森阳一学术思想的论文。杨炳菁(2008年)指出小森阳一语言视角所具有的伦理价值，认为小森对语言在文学创作中所起作用的分析促使人们重新思考后工业社会中文学的伦理性问题。孟庆枢(2009年)发表《小森阳一关于〈浮云〉的新阐释》，关注小森阳一文学批评发掘出的经典作品的新意，也提及小森在文学理论上的认识让人颇有启发。陈多友(2010年)发表《刍议小森阳一后现代殖民主义理论》，关注小森阳一在日语语境下开展殖民主义批判的策略问题。张小玲(2016年)在《小森阳一与日本当代文学理论批评》中高度评价小森阳一的学术价值，将他视为当代日本左翼知识分子不断发展、完善自身的经典个案。

在小森阳一学术思想的研究上，国内学术界的一大特色在于从马克思主义批评的视角展开论述。董炳月在《平成时代的小森阳一》(2004年)中认为，小森阳一学术思想的批判性源于小森话语与日本共产党之间的"血缘关系"。董炳月将小森阳一对天皇"玉音放送"的批判与当年共产党员、作家中野重治对天皇"玉音放送"的批判作比，认为小森阳一的《天皇的玉音放送》对昭和天皇的审判正是在同一延长线上进行的。王志松(2012年)在《20世纪日本马克思主义文艺理论研究》中认为"语言分析"始终是小森阳一研究和批判日本社会文化的一个最为根本的方法。赵京华(2018年)将小森阳一与"二战"前后以日本共产党为核心的旧左翼以及20世纪60年代学生运动中出现的"新左翼"进行对比分析，认为小森阳一的特色在于从语言文本层面的解构批评过渡到社会政治层面的伦理批判。

值得一提的是，2013年9月2日，在北京鲁迅博物馆，清华大学东亚文化讲座与北京鲁迅博物馆联合举办"小森阳一先生还历纪念暨著作《文学的形式与历史》汉译本出版研讨会"。中日两国三十余位专家、学者出席，周翔整理研讨内容，以《小森阳一先生还历纪念研讨会纪略》为题发表于《鲁迅研究月刊》2013年第9期。在该研讨会上，中国学者高度评价作为马克思主义者的小森阳一。清华大学王中忱教授将小森阳一与鲁迅作比，认为小森阳一具有鲁迅和鲁迅所代表的一批进步无产阶级知识人的国际主义精神。中国社科院美国所所长黄平同样将小森阳一与鲁迅作比，他以鲁迅弃医从文、小森阳一的符号学式文学研究及社会斗争对当今世界的影响为例，指出在资本主导下日趋保守的当今世界中，加强知识分子、青年间思想交流的重要意义。与会者高度赞誉小森阳一作为"战士""知识分子的良心"在中日思想交流史上的重要地位。中国社科院文学所李兆忠研究员称赞小森阳一"作为知识分子的良心"。林少阳则将小森阳一与中国传统知识分子作比，认为小森阳一具有中国传统知识分子批判社会、积极入世的精神特质。

3. 对谈、访谈、演讲等

中国学者与小森阳一有着多次对谈、访谈。孙歌与小森阳一的对谈以

《从国旗·国歌问题来看近代天皇制禁忌的构图——通过日中知识人的对话》为题发表于日文期刊《世界》(1999 年)，汪晖与小森的对谈以《日本民族主义之核心》为题发表于《世界》(2006 年)。发表于中国期刊的访谈中，包括陈多友(2005)年发表于《开发时代》的《日本学者的现代中国认识——小森阳一访谈录》、《全球地域化语境下的亚洲主义思考》，以及《大众媒体墙与心脑控制》(2007 年)。董炳月(2005 年)年发表于《书城》的《8·15：日本的败战之日还是终战纪念日？——小森阳一访谈》，黄湘(2006 年)发表于《博览群书》的《小森阳一访谈录》，江洛生(2014 年)发表于《南风窗》的《安倍政权与东亚“领土问题”虚实——对话日本东京大学教授小森阳一》。在 2013 年清华大学举办的“汪晖、小森阳一：十九世纪以降东亚区域秩序的巨变”国际学术研讨会·主旨演讲上，小森阳一发表题为《何谓东亚的“共同性”？——现代日本的“民主”和“主权”》的演讲，追究安倍晋三的历史认识问题，深入揭示右翼势力否认殖民责任的根源。此外，韦玮(2021 年)《文本分析的方法论：小森阳一访谈》发表于《外国文学动态研究》，访谈内容涉及小森阳一从事文学研究的契机、关注巴赫金理论的缘起、使用记忆概念时的问题意识以及对今后文学的期待等内容。王奕红(2021 年)《文学批评与政治行动：小森阳一教授访谈录》发表于《当代外国文学》，访谈主要围绕“九条会中的文学与政治”和“明治维新 150 年的危机与天皇制批判”等问题展开。如上访谈凸显国内研究者与小森阳一有着密切的学术关联，也彰显了小森阳一学术思想的国际影响力。

4. 中国学者对小森阳一学术思想的引用

中国学者与小森阳一学术思想的关联还突出体现在众多研究者将小森阳一的著作、论文作为参考文献。以知网可查的博士论文为例，截至 2022 年 12 月，80 篇左右博士论文的参考文献中出现小森阳一的著作、论文。相关研究者对小森阳一学术成果的引用大致分为以下几个方面。

首先，小森阳一对夏目漱石、大江健三郎及村上春树的研究成为研究者的必读文献。研究大江健三郎的博士论文中，参考文献涉及小森阳一著作的博士论文包括：王新新(2002 年)《大江健三郎的早期文学世界——从战后启蒙到文化批评》、冯立华(2018 年)《大江健三郎的文学世界》等论文。其中，李玉双(2012 年)在《夏目漱石文学创作研究》中提到，“日本思想界三剑客吉本隆明、柄谷行人和小森阳一对漱石文学做出了比较全面和客观的评价”，这一论述呈现出作者将小森阳一视为日本战后重要的思想家之一。

其次，小森阳一的《日本近代国语批判》受到相关领域研究者的广泛关注。关冰冰(2004 年)《日本近代文学的性质及成立》探讨“日本近代文学的性质以及成立”这一命题，是在“梳理日本当代最有代表性的理论家如龟井秀雄、小森阳一、柄谷行人等人”的论述的基础上所进行的。孙国亮(2007 年)《小说日常话语的叙述表征——以晚近二十年小说中的“粗口”“口述实录”和“闲聊”“方言”为研究对象》，提及小森阳一在《日本近代国语批判》中论述了日常话语制造的“言文一致的幻想”形成了日本文学现代性的诉求。值得注意的是，张景全(2006 年)《20 世纪日本对外结盟研究》引用小森阳一《日本近代国语批判》中提及的《日本》所刊载三宅雪岭的文章。田雪梅(2011 年)《近代日本国民的铸造：从明治到大正》转引小森阳一《日本近代国语批判》中提及的子安宣邦的关于“大和语”和“日本人”的民族意识之关系的论述。转引这一事件颇具象征意味，即中国研究者通过小森阳一来接触日本学术界，这从另一侧面说明系统研究小森阳一学术思想之必要性。

再次，小森阳一对历史问题、政治问题的论述同样受到研究者的极大关注。刘炳范(2008 年)《战后日本文学的战争与和平观研究》提及小森阳一在《天皇的玉音放送》中批判新宪法草案修改目的，并转引《终战诏书》。解晓东(2009 年)《日本天皇制研究》明确将小森阳一表述为“日本的马克思主义者”，提及小森阳一“以《终战诏书》为文本，分析了裕仁天皇对侵略战争所应当承担的责任”。游博(2006 年)《中日关系中的历史认识问题研究》提及小森阳一《中日关系的课题与期待》中对小泉及内阁官僚参拜神社之政治目的的批判。舒方鸿(2012 年)《战后日本和平主义思想研究》提及小森阳一、佐高信的《谁破坏了宪法》中谈论的2003年日本国会通过的《武力攻击事态法》关联三法案的要害之处。柯劲松(2015年)《二战后日本人的中国观：基于日本初中历史教科书的实证研究》中提及小森阳一等人对“新历史教科书”的严厉批判。如上博士论文显示出小森阳一政治批评受到国内研究者的极大关注，凸显出系统考察小森阳一政治批评的必要性。

最后，对小森阳一文艺理论的关注。王宗杰(2009年)《新世代女性文学的位相》提及小森阳一《小说与批评》中对“国家=民族=语言=文化”的四位一体批判，并引用小森阳一对文体的论述。张进红(2018年)《乔纳森·卡勒抒情诗诗学研究》论述卡勒“从阅读出发将抒情诗视为非模仿的语言事件”时，认为“从读者的阅读行为本身就具有事件性”，并引用小森阳一《作为事件的阅读》中的论述，“所谓阅读‘就是类似这样一个事件，即通过文本的语言，同时对他我及自我进行组织，并一次性地展开相互之间的作用运动’”。受小森阳一文艺理论影响最大的博士论文恐怕要数薛羽(2012年)的《“革命文学”论争与鲁迅思想文学研究——以“阅读史”为方法的考察》。薛羽提到“阅读史”研究的引入，不是将思想作为可以提出来的成品来看待，而是作为其生成过程本身来把握。如此，历史幽深的记忆有纷至沓来的可能，可以提供颇为原生性和动态性的考察视角，进入鲁迅的思想“瞬间”。如作者所说，“阅读史”的视角正是从小森阳一在《阅读理论》中关于文学史的论述受到启发，从而决意“寻找文本、文学和文体的隐秘关系”。

从上述博士论文所属的专业来看，日语语言文学之外，还包括文艺学、中国近现代史、世界史、中国现当代文学、比较文学与世界文学、马克思主义中国化研究、国际关系、国际政治、法学理论以及政治学理论等专业，由此可见小森阳一在中国学术界广泛的影响力。在此意义上，本书对小森阳一文学批评的深入考察有助于国内学者进一步把握小森阳一学术思想，为国内相关领域的研究水平提升提供助力。

概而言之，既往研究主要集中在小森阳一文学批评空间、批评策略及批评目的三方面。围绕小森阳一文学批评空间，既往研究明确了小森阳一文学批评与政治批评相融合的批评特征，指出小森阳一对政治、历史问题的关注促进了二者的融合。然而，既往研究并未深入考察这种促进功能的作用机制，也未厘清小森阳一文学批评和政治批评的核心问题、历史意义和时代意义。围绕小森阳一文学批评策略，既往研究指出小森阳一叙述结构分析法具有政治批评的功能，尽管如此，未能厘清小森阳一叙述结构分析法独特性的学理脉络，未能深入阐明小森阳一构建叙述结构分析法的目的意识。围绕小森阳一文学批评目的，既往研究者指出小森阳一文学批评关注个体之人，然而并未深入剖析其人本思想的独特性，针对诸如关注个体之人与天皇制批判的内在关联等问题，仍存在广泛探讨的空间。

第四节　本书思路和框架

既往研究多关注小森阳一文学批评与政治批评相结合的特征，认为这一特征与其叙述结构分析法有着密切的关联，但是，并未充分阐明小森阳一文学批评与政治批评融合的内在逻辑，也未能厘清其文学批评独特性的学理脉络。对此，本书采用文献研究法、比较研究法勾勒出小森阳一学术思想的脉络，解析他的文学批评与前人的关联和差异；在此基础上，采用诠释分析法还原小森阳一文学批评的思想原貌，力求通过分析串联展现其文学批评的当代意义。本书运用批评话语分析理论构建研究框架，系统分析小森阳一文学批评空间与批评策略有着怎样的内在关联，他的批评空间与批评策略有着怎样独特的批评目的。批评话语分析兴起于 20 世纪 70 年代，福勒(Fowler)、克雷斯(Kress)等研究者以韩礼德(Halliday)系统功能语言学为基础，从情态、语气等方面考察语言的表义功能，解析意识形态与语言载体的关系。随着研究的深入，批评话语分析涵盖语言与权力、意识形态等研究话题，其中，奇尔顿(Chilton，2004 年)、哈特(Hart，2014 年)等研究者推动批评话语分析的认知语言学研究路径，关注语篇生成者为了达成目的，采取何种话语策略。本书着眼于批评话语分析理论对话语策略、话语目的的系统考察，借助这一理论深入剖析小森阳一文学批评策略、批评目的的内在关联，以克服既往研究相对零散，缺乏系统的思考之不足。这样一种有机的研究框架有助于在深入阐明小森阳一文学批评空间、批评目的及批评策略特征的基础上，系统考察各部分之间的内在关系，从而能够在学理上有效厘清小森阳一文学批评和政治批评的理路，为当今世界的左翼理论体系提供有力的实践例证。

第一章重点考察小森阳一文学批评与政治批评融合的作用机制，阐明其文学批评空间的核心问题、历史意义及时代意义。本章首先聚焦小森阳一《日本近代国语批判》《村上春树论》等论著，剖析小森阳一文学批评空间与政治批评相融合的核心问题。其次，通过对与小森阳一同为日本文本研究代表性学者石原千秋批评空间的对比分析，阐明小森阳一文学批评空间的独特性表征。然后，着眼历史问题之于小森阳一文学批评空间的重要性，将小森阳一与历史学研究者进行对比，阐释小森阳一文学批评的历史意义。最后，围绕小森阳一文学批评与政治批评相融合的批评空间，考察小森阳一文学批评的时代意义。

第二章考察小森阳一文学批评与政治批评相融合的批评空间源于怎样的批评策略，剖析其批评策略独特性的学理脉络。本章聚焦小森阳一《作为结构的叙述》《作为事件的阅读》等文学批评论著，将小森阳一与前田爱、龟井秀雄两位文学批评家进行对比分析，考察小森阳一文学批评策略独特性的学理脉络。

第三章围绕小森阳一文学批评空间、批评策略的最终目的，重点考察其关注个体之人的人本思想的独特性。本章将小森阳一与同样关注个体之人的平野谦、矶田光一等文学研究者进行对比，剖析小森阳一谈论个体之人时，其人本思想的独特价值。

第四章系统考察小森阳一文学批评空间、批评策略及批评目的的内在关系，探讨其文学批评在战后日本的价值。本章首先围绕小森阳一《语言之力、和平之力——近代日本文学与日本国宪法》《何谓东亚的“共同性”——现代日本的“民主”和“主权”》等著述，考察小森阳一的理想读者如何通过理解文本、建构文本意义实现了自身理解和自身建构。其次，将小森阳一文学批评置放于战后日本左翼发展史上，探讨小森阳一文学批评如何超脱于对民主、自由等宏大理念的依赖，由此得以超越战后日本左翼批评的困境。最后，聚焦小森阳一、柄谷行人对现代日本的批判，剖析小森阳一、柄谷行人“制度”批判的异同，阐明小森阳一文学批评成为当今日本左翼批评的重要组成部分之学理脉络。

第一章　小森阳一的文学批评空间：文学批评与政治批评相融合的方法论

小森阳一(1953—　)是当代日本著名文学批评家，“日本现代文艺的文本理论的集大成者”①。小森阳一从事文学研究的同时，介入历史学、政治批评领域，他“应用后现代理论的政治批评，借鉴符号学理论、拉康精神分析等新方法论，通过意识和潜意识来挖掘历史的真实性”，“或可自我定位为广义上的历史学家”②。小森阳一在20世纪80年代“完成‘登龙门’的壮举”③，成名作《作为结构的叙述》(1988年)、《作为文体的叙事》(1988年)给当时的日本文学研究界极大的冲击，受到世界性的关注。早在1993年，藤井詹姆斯高度肯定小森阳一对二叶亭四迷小说的叙述结构所作的研究，认为小森“颠覆性”的文学批评值得引起日本之外国家的读者的关注④。基思·文森特同样关注小森阳一文本分析法，认为他的文学批评将“生命”

---

① 押野武志：“《心》论争的行踪”，小森阳一、中村三春、宫川健郎：《总力讨论 漱石的〈心〉》，东京：翰林书房，2004年，第25页。

② 林少阳：“日本后现代哲学的历史性转向”，《日本哲学》，2013年第1期，第119页。

③ 孟庆枢：“小森阳一关于《浮云》的新阐释”，《外国问题研究》，2009年第3期，第4页。

④ 藤井詹姆斯：《共谋小说：现代日本散文叙事中的主题》，加州伯克利：加州大学出版社，1993年，第35页。

赋予文学作品，将文学作品从经典化阅读中“解救”出来①。

围绕小森阳一文学批评的空间特征，王志松关注小森阳一质问日本现代文学在民族国家形成过程中的作用，指出小森阳一文学批评构成“对权力、主流意识形态话语的‘文学性’的抵抗和反叛”②。董炳月聚焦历史语境问题，指出小森阳一揭穿了美国和昭和天皇为了各自的利益所进行的话语行为中的“真实/谎言”结构③。陈多友同样关注小森阳一文学批评与政治批评的融合，认为小森阳一“文学的方法论是高度政治化的选择”④。既往研究明确了小森阳一文学批评与政治批评相融合的批评特征，认为小森阳一对政治、历史问题的关注促进了二者的融合，然而，对于这种促进功能的作用机制，既往研究并未展开深入的考察。

针对既往研究存在的问题，本章旨在系统考察小森阳一文学批评和政治批评的核心问题以及历史意义和时代意义。在具体展开上，本章首先聚焦小森阳一《日本近代国语批判》(2000 年)、《村上春树论》(2006 年)等论著，剖析小森阳一文学批评空间如何实现与政治批评的融合，这种融合的核心问题在于何处。其次，通过对与小森阳一同为日本文本研究代表性学者石原千秋批评空间的对比分析，阐明小森阳一文学批评空间的独特之处。然后，着眼历史问题之于小森阳一文学批评空间的重要性，将小森阳一与历史学研究者进行对比，考察小森阳一文学批评的历史意义。最后，围绕小森阳一与高桥哲哉等同时代左翼学者在承担战争责任等问题上的诉求，剖析小森阳一文学批评的时代意义。

---

① 基思·文森特：“漱石《心》中的性与叙事”，妮娜·科尼兹、基思·文森特编：《变态与现代日本：心理分析、文学、文化》，伦敦和纽约：劳特利奇，2010 年，第 225 页。

② 王志松：《20 世纪日本马克思主义文艺理论研究》，北京：北京大学出版社，2012 年，第 150 页。

③ 董炳月：“平成时代的小森阳一”，小森阳一：《天皇的玉音放送》，陈多友译，北京：三联书店，2004 年，第 296 页。

④ 陈多友：“译者序：日本国语与日本的现代性——语言民族主义的谱系”，小森阳一：《日本近代国语批判》，陈多友译，长春：吉林人民出版社，2011 年，第 2 页。

第一节　小森阳一文学批评与政治批评相融合的批评空间——以《村上春树论》为例

本节围绕《村上春树论》，考察小森阳一文学批评空间的特征。小森阳一《村上春树论》“文本解析过程精致严密”，使得“反驳变得极为困难”，而该著作的“技艺和问题意识”可追溯至小森阳一早期成名作《作为结构的叙述》《作为文体的叙事》①。在此意义上，本节聚焦《村上春树论》，阐明这一著作所呈现的批评空间特征，有助于把握小森阳一文学批评贯穿的核心要素。具体展开上，本节首先由小森阳一“文艺批评家”的责任自觉切入，考察这一责任感如何促使小森阳一反对被动接受文本信息，批判所谓的疗愈功能。在此基础上，围绕小森阳一对《海边的卡夫卡》的叙述结构的分析，剖析他的文学批评如何实现与政治批评的融合。

一、小森阳一“文艺批评家”的责任感

村上春树的《海边的卡夫卡》出版之后，出版方推出了收录作者和读者之间往返的电子邮件的《少年卡夫卡》，宣传《海边的卡夫卡》能够为年轻人最大限度提供“疗愈”功能。小森阳一认为，这一系列的广告宣传战略中，导入了否定历史、抹杀记忆的机制。

> 毋宁说，在《海边的卡夫卡》受到欢迎的国家和地区，自2001年“9·11”之后，蔓延着一种共通的社会性的精神病理。正因如此，《海边的卡夫卡》才作为“解脱”“救赎”“疗愈”的商品成为消费的对象。对于这一现象，我无法将其视为一件值得欣喜的事情加以认同，这也正是本书一以贯之的立场。

① 林少阳：“探讨‘历史的诗学’”，高华鑫译，小森阳一：《文学的形式与历史》，郭勇译，北京：清华大学出版社，2018年，第286页。

所以，我无法如文艺评论家加藤典洋那样无限度礼赞这部小说，认为“在美国受到高度评价的《海边的卡夫卡》等村上春树的新近作品，将当今日本社会中的困惑、恐惧与不安准确地传递给世界”。

《海边的卡夫卡》这部小说到底具有怎样的结构？而这种结构又将怎样作用于读者的欲望？这种欲望的实现将会意味着什么？在我看来，对于上述问题进行追问与探讨，正是一个文艺批评家必须承担的基本责任。①

小森阳一有着“文艺批评家”的身份自觉，认为有必要追问小说文本的欲望结构，而不是被动地接受所谓的疗愈功能。另一方面，小森阳一将加藤典洋称为“评论家”，指出自己不能像加藤典洋那般赞誉《海边的卡夫卡》。小森阳一对“批评家”与“评论家”的刻意区分，隐喻着阅读者与文本的完全不同的关系。就“批评”而言，栗津则雄认为，“小林秀雄之前，在我国真正意义上的现代的‘文艺批评’并不存在。……(略)他正是孤立无援中开始‘批评’的。”②如岛弘之所说，将批评作为“自我显示的工具”，这一直是日本的“不成文法”，“批评最终是自我表现的一个形态，这样的默认的至上命令乃至体裁规定。无疑这个‘元凶’在于小林秀雄的批评文”③。众多研究者将小林秀雄视为现代日本文艺批评的开创者，而小林本人对于“批评”有着明确的责任自觉，认为“所谓批评是言说自己。利用他人的作品，言说自己”④。相比之下，文艺评论往往被视为文学作品的“副产品”。

---

① 小森阳一：“日文版原序”，小森阳一：《村上春树论：精读〈海边的卡夫卡〉》，秦刚译，北京：新星出版社，2007年，第7页。译文中，小森阳一用来自称的“文芸批評家”一词被翻译为“文艺评论家”，而小森阳一指称加藤典洋的“評論家”同样被翻译为“文艺评论家”。本书引用译文时，将译文中小森阳一用来自指的“文艺评论家”一词改为“文艺批评家”。

② 栗津则雄：“小林秀雄与日本的‘批评’”，《Eureka》，2001年第6号，第98页。引文中标注的“略”，为笔者所加。下同。

③ 岛弘之：《“感想”这个体裁》，东京：筑摩书房，1989年，第7页。

④ 小林秀雄：《鸭和龟的儿子2》，《小林秀雄全集1》，东京：新潮社，2009年，第211页。

矶田光一是文艺评论的代名词。

文艺评论是什么？与日本现代的文学家们一起停留在这里，不带有疑问。将小说这一形式，视为包摄个人、社会之万能的容器，认为小说所触发的自己的文章不过是副产品而已。全面信赖文艺杂志等媒体，在文坛这个阶层体系中获得安定的地位，为了确保舒适，毫不懈怠地从事着与年龄不相称的体操动作。①

矶田光一被视为文艺评论的“代名词”，他的文章“不过是副产品而已”。矶田光一本人也有着类似的自觉意识，他在《昭和作家论集成》的“后记”中表示，“将批评作为自我显示的工具，这样的野心我现在业已没有了”②。因此不难理解，矶田光一得知寺田透完全否定永井荷风等自己喜欢的作家时，感到极为痛苦，甚至“没有立足之地”。

我现在还不能忘记，当我知道对于永井荷风、谷崎润一郎、川端康成、三岛由纪夫等我偏爱的作家，寺田透几乎完全是否定的态度时，我自身感受到的迷茫和无法忍受。他论证精密，否定的根据有说服力，可越是如此，如果就这么容忍他的论说，我就没有立足之地了。让人为难的是，寺田透这个发光体所发出的光芒，有着宛如白蚁那般的侵蚀力。这种场合，退治白蚁也是一个办法吧，但是，结果只是无谋的企图。只能再次考察白蚁的牙齿所不及的领域在哪，果真有这样的领域吗？③

① 岛弘之：《“感想”这个体裁》，东京：筑摩书房，1989年，第62页。

② 矶田光一：“后记”，《昭和作家论集成》，东京：新潮社，1985年，第673页。

③ 矶田光一：《昭和作家论集成》，东京：新潮社，1985年，第350页。

批评家不能只是代言“喜欢的”作家，描绘文学的“魔界图”①。因此，即便“白蚁退治”未必成功，但是，从一开始就认为“结果是无谋的企图”，这等同于放弃了批评②。柄谷行人批判“外向的”左翼激进派时认为，“因为这里没能拥有思想的向心力，所以惟有一味的离心的激进的扩散之精神。因为没能拥有精神的强度，只是有着面向肉体式的分量而遁走之贫瘠的风景。”③对于柄谷行人所说的“思想的向心力”“精神的强度”，岛弘之认为这是一种“向外的独白”，在他看来，日本的“批评精神”喜好“向外的独白”④。在此意义上，当小森阳一在《村上春树论》中反复宣称他的“文艺批评家”的责任感时，这一术语背后正隐藏着柄谷行人所说的“精神的强度”或者岛弘之所说的“向外的独白”。

那么，小森阳一的“文艺批评家”的责任感是否导致语言暴力的生成呢？深津谦一郎认为有着这种可能，在他看来，小森阳一批判暴力，但他的精妙推理反倒只能产生有着强加于人感觉的语言“暴力”⑤。不过，小森阳一并非将自己的观点强加给读者。早在1989年，龟井秀雄就发现小森阳一文学批评的这一特征。龟井秀雄对比分析小森阳一与所谓的战中派以及20世纪70年代大学纷争的世代的评论家们，指出战中派等评论家们喜好言说与某个作品命运性地相遇，认为他们的青春期与时代政治相重合，因而试图使得自己对作品的理解显得特异。相比之下，小森阳一则没有陷入被特权化的愿望所驱使的自恋之中，尽管他经常展现出相似风格的论说，但毋宁说源于相反的动机。

小森动摇这样的专家意识，暴露出他们的研究的客观性、普遍性

① 岛弘之：《“感想”这个体裁》，东京：筑摩书房，1989年，第72页。
② 岛弘之：《“感想”这个体裁》，东京：筑摩书房，1989年，第67页。
③ 柄谷行人：《畏怖之人》，东京：讲谈社，1990年，第336-337页。
④ 岛弘之：《“感想”这个体裁》，东京：筑摩书房，1989年，第38页。
⑤ 深津谦一郎：“小森阳一著《村上春树论：精读〈海边的卡夫卡〉》”，《日本文学》，2006年，第12号，第59页。

只是虚构而已。同时，小森展示出不管怎样的相遇都绝对不是特权的东西，他认为普通读者即便并非评论家、研究者，但他们与小说文本的相遇也能被认可正当的权力。①

如亀井秀雄所述，小森阳一的文学研究并没有将文学研究特权化，而是认可普通读者的“正当的权力”。结合小森阳一“文艺批评家”的责任自觉可以看出，小森阳一的语言“暴力”毋宁说正是一种“反暴力”，即他反对作者乃至国家意识形态对阅读行为的束缚，而他本人的工作，正是着眼于读者对语言暴力的反抗，促使读者避免陷入被动接受文本的“疗愈”功能而不自知。换而言之，小森阳一并非给出文本解读的标准答案，而是意图读者能够主动探寻文本背后的历史事件，摒弃资本主义流通体制营造的疗愈卖点。

二、《海边的卡夫卡》的疗愈功能批判

小森阳一反对《海边的卡夫卡》的疗愈功能，认为读者应该考察文本叙述结构背后的历史事实。如此，文本分析的重要性得以凸显。对小森阳一而言，他的“政治批判之所以具有很强的理论穿透力和较大的社会影响，与其在历史分析中成功运用文本分析这一利器密不可分”②。

《莱特战记》对我们这一代人来说，为我们提供了对这两个性质迥然不同的事件进行深层思考的思想支柱。大日本帝国常备军队不负责任的体制及其同天皇制的关系、昭和天皇的战争责任等一系列问题，正是日本战后社会最为根源性的历史认识问题与思想课题。

如此想来，冈持老师信中所言在小说中起到的作用便十分清楚了。殴打了中田的罪恶感使冈持老师将全部责任揽在自己身上，然

① 亀井秀雄：《主体与文体的历史》，东京：羊书房，2013年，第379页。

② 刘金举：“试论战后日本文学批评中前田爱的作用和地位”，《东南亚研究》，2009年第5期，第85页。

而，把丈夫在菲律宾战场阵亡视为对自己罪过之惩处的这封信，从结果上，等于对“大战争”末期导致众多将士甚至更多的非战斗人员“无谓丧命”的最高责任者——昭和天皇裕人的战争责任与战后责任，予以了免责。①

小森阳一将《海边的卡夫卡》与大冈升平的《莱特战记》并置进行考察，认为《莱特战记》对“大战争”的细微局部最大限度展开详尽调查，提供了令读者去深入思索国家发动战争的暴力性本质的契机，而《海边的卡夫卡》并没有承担起应有的战后责任，却试图用疗愈来掩饰这种责任。小森阳一对《海边的卡夫卡》疗愈功能的不满有着明确的现实指向。2002 年 9 月 14 日，日本文化厅长官河合隼雄在日本箱庭疗法学会发表了盛赞《海边的卡夫卡》的讲演，2002 年 12 月号的《新潮》杂志作了全文刊载。在小森阳一看来，河合隼雄的讲演重视所谓的身体化意象，却抹杀语言的重要性，“通篇讲演的内容，最终归结为对于意象，并且是‘聆听风雨’式的身体化意象的关注，而并非对于语言的重视”②。小森阳一敏感地发现河合隼雄所监修的《心灵笔记》以爱国为导向对儿童进行诱导，质疑河合隼雄对《海边的卡夫卡》的赞美，“小说这一文艺形式的特性，在于即使作者本人，也不能将某种特定的阅读模式强加给读者，这正是小说作为一种鲜活的文本所赖以存在的生命线。”③

河合隼雄认为该小说有着重要的疗愈功能④，村上春树本人也认可小

---

① 小森阳一：《村上春树论：精读〈海边的卡夫卡〉》，秦刚译，北京：新星出版社，2007 年，第 8 页。

② 小森阳一：“日文版原序”，小森阳一：《村上春树论：精读〈海边的卡夫卡〉》，秦刚译，北京：新星出版社，2007 年，第 6 页。

③ 小森阳一：“日文版原序”，小森阳一：《村上春树论：精读〈海边的卡夫卡〉》，秦刚译，北京：新星出版社，2007 年，第 5 页。

④ 河合隼雄、村上春树：《去见村上春树·河合隼雄》，东京：新潮社，1996 年，第 224 页。

说的“自我治疗”功能①。小森阳一则认为，《海边的卡夫卡》将现代民族国家的战争与同姐姐交合的强奸行为进行“无媒介的结合”，正是《海边的卡夫卡》2002年发表时在日本社会发挥了巨大的疗愈效应的原因所在。

> “随军慰安妇问题”无论怎样去思考，都是对于日本过去的侵略战争无法予以正当化的决定性证据。这一问题，清楚地暴露出了国家发动的暴力“战争”中根深蒂固的非人性化的罪恶本质。受到为国家杀人属于正当行为的教育训练的男性，基于其内在的“恐惧”感的逆反心理，滋生出“强奸”女性的欲望，这一心理结构，已经从各个侧面得到了揭示。并且作为与发生在当代科索沃纷争中以“民族净化”为名的集体“强奸”事件性质完全相同的问题，“随军慰安妇问题”成在联合国人权委员会上作为一个重要议题得到受理和被敦促解决。而《海边的卡夫卡》却营造出了一个将如此一系列问题处理为“无奈之举”从而置之不问的情节框架。
>
> 正是在这一层意义上，发表于2002年的日本、因其带来了国民性的“疗愈”效应而成为畅销书的《海边的卡夫卡》，起到了堪称犯罪性的社会作用。对此，出于一名从事与文学相关的语言实践者的应有责任，我必须予以揭露。②

小森阳一对《海边的卡夫卡》的不满与他对“随军慰安妇问题”的关注紧密结合在一起。《海边的卡夫卡》发表于2002年，这一时期的日本发生了所谓的“新历史教科书”事件。“新历史教科书编撰会”试图从教科书中删除有关“随军慰安妇问题”的记述，引发了激烈的论争。在小森阳一看来，现实世界的“随军慰安妇问题”暴露出现代国家发动的侵略战争中，军队组织

---

① 河合隼雄、村上春树：《去见村上春树·河合隼雄》，东京：新潮社，1996年，第79页。

② 小森阳一：《村上春树论：精读〈海边的卡夫卡〉》，秦刚译，北京：新星出版社，2007年，第188页。

内部必然滋生的战争期间的性暴力、强奸被有组织地日常化的事实。但是，《海边的卡夫卡》却将国家暴力与个体暴力结合在一起，试图营造出一种“无奈之举”的表象。由此，小森阳一认为，小说文本的叙述结构呼应着现实世界的右翼分子在“慰安妇”问题上的一系列作为，将国家暴力的责任暧昧化，因此，“出于一名从事与文学相关的语言实践者的应有责任，我必须予以揭露”。

三、从疗愈批判到战争责任追究

小森阳一强烈反对所谓的疗愈功能，确切地说，是反对读者漠然地接受所谓的疗愈视角，从而错失对文本的深层次思考。《海边的卡夫卡》中，卡夫卡少年的意识中“叫乌鸦的少年”向其警告，杀死了父亲、奸污了母亲，但这并不能中止父亲加在自己身上的诅咒。在这之后，叫乌鸦的少年接着宣告，不存在旨在结束战争的战争，战争在战争本身中成长。小森阳一由此发现《海边的卡夫卡》将战争与人类一般性的暴力行为等同化的逻辑结构，即近代民族国家犯下的最大的禁忌触犯，是将最不能够予以容忍的犯罪行为——杀人，在国家名义下作为英雄行为加以正当化和赞赏，而“《海边的卡夫卡》这部小说，正是与以国家名义对杀人行为予以正当化的逻辑密不可分的一部‘物语小说’”①。

> 我在本书中，反复地对“无媒介的结合”作出了批判，这是为什么呢？这是因为“无媒介的结合”，能够起到使关于事物间因果关系的合理性逻辑思考停滞下来的作用。也就是说，小说《海边的卡夫卡》，具有能够使阅读小说文本的读者陷入思考停滞的功能，隐藏着将因果论式的正常的思考方式实施处刑的企图。我之所以对此进行批判，是因为对因果关系的思考能力，正是作为使用语言的生物之人类赖以存在

---

① 小森阳一：《村上春树论：精读〈海边的卡夫卡〉》，秦刚译，北京：新星出版社，2007年，第34页。

的最重要的根基。①

“无媒介的结合”是小森阳一批判《海边的卡夫卡》时多次提及的话语，指向小说文本中将两种不同的暴力并置的文本叙述结构。在小森阳一看来，这种文本结构有着将国家暴力和个体暴力等同视之的意识，抹杀了应该有的对国家暴力的反省、批判。《海边的卡夫卡》中，卡夫卡沉溺在描写拿破仑发动大规模帝国主义侵略战争的读物中，另外一方面，他于梦中对姐姐般庇护了自己的樱花产生了性欲望，在樱花警告说“你”是在“强暴我”之后，仍然继续性行为乃至射出精液。这一过程和卡夫卡少年头脑中的“弑父”记忆发生了联结。小森阳一认为这样的叙述结构有着阻碍读者思考的功能，亦即现代民族国家发动的侵略战争，性欲及“强奸”“弑父”都被毫无媒介地联结在一起，倘若读者对此只是漠然地阅读，那么便是成为了文本的共谋，将现代民族国家所发起的带有组织性暴力的“战争”等同于源于人类存在本身的、具有必然性的“无可奈何”的暴力。

在对琼尼·沃克向中田提出的“交易”条件所作的文本分析中，小森阳一同样发掘出“无媒介的结合”背后的意识形态。小说中，琼尼·沃克向中田提出“交易”条件，如果中田能够将他杀死的话，他就不会杀死“小胡麻”。琼尼·沃克用“战争”比喻这种“杀猫”和“被杀”之间的“二者必居其一”。小森阳一认为这里置换了一个关于暴力与权力的十分重要的逻辑关系，即琼尼·沃克的台词混淆了逻辑间的因果关系，个体的暴力与战争被毫无媒介地结合在一起，这种结合模糊了个体暴力与国家行使的有组织的战争暴力。

在小说《海边的卡夫卡》中，主人公的暴力性，以及如其父亲诅咒的那样触犯“杀死父亲，同母亲同姐姐交合”的俄狄浦斯禁忌行为之所

① 小森阳一：《村上春树论：精读〈海边的卡夫卡〉》，秦刚译，北京：新星出版社，2007年，第113页。

以得到宽恕，是因为他经历了人类社会中罕见的四岁时被母亲抛弃的体验。于是，便形成了这样一个逻辑：在婴幼儿时期，如果受到了深重的精神创伤，即使触犯了人类社会长期以来形成的禁忌，那也是"毫无办法的无奈之举"。

通过这种方式，引导读者宽恕并认可卡夫卡少年的暴力欲望，我认为这是对使用语言的生物人类的根本性的亵渎，同时，也是对于以神话、传说故事为基础演进而成的小说这一语言艺术的背叛。①

在小森阳一看来，卡夫卡少年的体验绝没有什么特殊之处，所以不应该只有他被允许"杀死父亲，同母亲同姐姐交合"。但是，在《海边的卡夫卡》中，卡夫卡少年"杀死父亲，同母亲同姐姐交合"作为"无可奈何之举"而得到了宽恕，"这也就等于向阅读这部小说的所有读者暗示和传递了可以触犯'杀死父亲，同母亲同姐姐交合'这一根源性禁忌的信息"②。小森阳一批判村上春树这一叙述结构暗示国家战争与个体暴力的类似性，认为在描写琼尼·沃克与中田两人的血腥关系之前，叙述者让卡夫卡少年阅读关于阿道夫·艾希曼策划犹太人大屠杀的这本书，这使得艾希曼对犹太人的大屠杀与琼尼·沃克对猫所实施的处决形成一种换喻关系，个体的杀人、杀猫行为与"战争"及大屠杀等作为同等的行为被联结起来，构建出一个全部被处理为"无奈之举"的话语体系。由此，小森阳一批判《海边的卡夫卡》将战争责任暧昧化的话语结构，认为这是"对于使用语言的人类所创造出的文学的背叛"③。

① 小森阳一：《村上春树论：精读〈海边的卡夫卡〉》，秦刚译，北京：新星出版社，2007年，第30页。

② 小森阳一：《村上春树论：精读〈海边的卡夫卡〉》，秦刚译，北京：新星出版社，2007年，第32页。

③ 小森阳一：《村上春树论：精读〈海边的卡夫卡〉》，秦刚译，北京：新星出版社，2007年，第77页。

四、文学批评对政治批评的介入

《海边的卡夫卡》中，中田丧失了识字能力，而且再也没有能够恢复。在小森阳一看来，这为从小说《海边的卡夫卡》中彻底勾销掉中田少年意识恢复后的1944年12月以来的历史记忆提供了必备条件。小森将中田与大江健三郎、井上厦等人比较，指出这一人物设定所隐藏的抹杀记忆的叙事策略。中田这一代人是对战后日本的民主主义变革由衷接受并感到欣喜的一代，他们所接触到的是象征新兴民主主义日本社会的读物《谈新宪法》《民主主义》等。在小森阳一看来，中田显然是游离于这一代人之外的。

> 由于中田不具备识字能力，所以他对于战后日本社会的总体现实“脱落”了所有记忆。他那年龄不明的谦逊态度以及纯真无垢的色彩，其实全部来源于他不具备识字能力、没有阅读过战后书写的所有文字文本，以及关于战后的记忆“脱落”。①

小森阳一认为，中田丧失了记忆，这一设定意味着“战争”与战后日本的历史在小说文本中虚无化。小森发现，关于“日本正在打一场大战争时候”的那场“战争”，以及日本战败后的历史进程，不仅从自卫队复员的星野对此一无所知，本应该向星野这一代人讲述过去的“战争”时代、讲述战后日本社会巨大变化的一代人中田，反而遗失了自己战争期间的记忆。如此，小森阳一发掘出《海边的卡夫卡》中否定历史、无视记忆的恶意。

小说中，导致中田丧失记忆的事件经过，是通过冈持节子老师于“昭和四十七年”(1972年)所写的书信而交代出来的。在去郊外采蘑菇的前一天晚上，冈持在梦中和出征的丈夫发生性关系。这一天进入森林后她突然来了月经，处理经血的手巾被中田发现并拿在了手上，冈持老师便殴打了

① 小森阳一：《村上春树论：精读〈海边的卡夫卡〉》，秦刚译，北京：新星出版社，2007年，第134页。

他。同班学生看到了中田失去意识的一幕，然后全都陷入昏睡状态。小森阳一认为，小说将中田失去记忆的主要责任全部转嫁给冈持老师，这一设定与恶意抹杀中田的记忆相辅相成。小森阳一的解释是，冈持老师“梦见同丈夫剧烈性交，意外来了月经”，这并非什么重大的罪过，她无需为“打了中田君”而接受自己的丈夫在战场上阵亡的惩罚。但在冈持老师的信中，却将所有事情同她“打了中田君”一事联结到一起。小森阳一指出，这样一种叙述结构彰显出小说“对于女性保有性欲的厌憎心理”是与历史否认的态度缠绕在一起的，而冈持老师主动承担责任的背后，潜藏着将日本发起“一场大战争”的责任暧昧处理的逻辑，“《海边的卡夫卡》所体现的历史否认以及历史抹杀的欲望，在小说的深层结构中，是和女性憎恶密切关联、互为表里的”①。

小森阳一发现，冈持老师的信所构成的语境不仅指向憎恶女性，更为重要的是，将天皇的战争责任暧昧化，开脱了导致冈持老师丈夫阵亡的昭和天皇裕仁的责任。

> 也就是说，冈持老师的信中内容在小说《海边的卡夫卡》中所承担的作用，是通过将“打了中田君”的责任揽在自己身上，从而为太平洋战争末期造成庞大数字的“将士”与非战斗人员“无谓丧命”的最高责任者，即昭和天皇裕仁的战争责任进行开脱和免责。正是在这里，潜藏着小说《海边的卡夫卡》深层之中的拒认历史、否定历史、抹杀记忆的问题。②

《海边的卡夫卡》中提及的发生在菲律宾的战役，是“二战”后期日本为了避免“本土决战”而策划的一场“决战”。日本军部首脑不现实的作战方

① 小森阳一：《村上春树论：精读〈海边的卡夫卡〉》，秦刚译，北京：新星出版社，2007年，第159页。

② 小森阳一：《村上春树论：精读〈海边的卡夫卡〉》，秦刚译，北京：新星出版社，2007年，第149页。

针，导致一场毫无意义的战役，制造了数目庞大的牺牲者。因为“莱特决战是大本营的命令”，即由身为大元帅的天皇统领之下的最高统帅机构作出的决定，所以要顾及“体面”，才最终有了使“众多将士无谓丧命”的“决定”。小森阳一认为根本责任在于以天皇制为核心的国家权力，但小说却将战争责任暧昧化，那一场“战争”的灾难，以及战争中冈持老师的丈夫作为士兵的阵亡，都被归咎为冈持老师“梦见同丈夫剧烈性交”一事，“中田的故事，起到了为‘大战争’的直接责任者、并负有支配日本战后社会责任的‘父’式存在开脱责任的作用”①。

就村上文学以及村上春树本人而言，不乏对历史的反思。2012 年，村上春树发表评论，批评日本政府灌输的民族主义就跟廉价酒一样，容易让人失去理智②。2015 年，村上春树接受日本共同通信社的采访时称，日本应该对侵略历史反复道歉③。2019 年 2 月 23 日，为配合《海边的卡夫卡》的舞台剧在巴黎公演，村上春树与法国年轻人举行对话活动，强调“传达正确的历史是我们这一代的生存方式，必须对抗那些试图只把对本国有利的事作为历史告诉年轻一代的力量”④。2019 年，村上春树在《文艺春秋》上发表他的父亲村上千秋在中国从军经验的随笔，自爆他的父亲曾是侵华战争时期一名日军士兵，父亲所属部队曾杀害过俘虏。村上春树强调必须传承正确的历史，他的小说创作也践行着这样的理念。《奇鸟行状录》中，间宫中尉言说日本人的战争罪行。《骑士团长杀人事件》中也有揭露日本军队在南京实施大屠杀罪行的描写。由此来看，村上春树的小说也好，现实世界的村上春树本人也好，并没有回避日本的战争责任这一问题。有研究者考察小森阳一《村上春树论》后认为，围绕战争问题，村上春树想要表现的内容并非如小森阳一分析的那样简单。

---

① 小森阳一：《村上春树论：精读〈海边的卡夫卡〉》，秦刚译，北京：新星出版社，2007 年，第 146 页。

② 参见《朝日新闻》2012 年 9 月 28 日早刊。

③ 《每日新闻》2015 年 4 月 19 日第 8 版。东京新闻（4 月 17 日）、西日本新闻（4 月 19 日）、神户新闻（4 月 21 日）等纸质媒体也转发了共同通信社对村上的采访。

④ 参见《日本经济新闻》2019 年 2 月 25 日刊。

战争固然是人类暴力的一种极端表现，而能够导致战争这种暴力的观念在某种情况下也会作用于个人。冈持老师对中田所实施的暴力事实上同样是由一双无形之手而牵引出来的，即潜藏在人类潜意识中的“恶”。在村上春树看来，尽管战争的暴力是一种极端形式，但它与人类一般性的暴力没有本质上的区别，在村上文学中更多的是要力图表现那种可以诱发暴力的无形之手①。

村上春树文本将国家暴力和个体暴力都视为源于潜藏在人类潜意识中的“恶”，这或许可以称得上是“深刻”。但是，对曾经发动殖民战争，且未彻底进行战争责任清算的日本而言，小说叙述结构呈现的这样一种“深刻”毋宁说并不可取，而这正是小森阳一批判《海边的卡夫卡》的原因所在。

近代民族国家，试图将芸芸众生在内心萌生出来的自我回收、塑造为“国民”，而其主要的规训机构，就是学校和军队。在那里经过训练，为国家杀人的行为得到肯定，为国家捐献出生命受到赞美。正是这种“自我毁灭”式的心理状态，构成了国家主义。面对这样一种话语转换，在预感到必将导致“自我毁灭”危机的基础上，用构筑起“愤怒”和“反抗”的语言进行抗争，这正是小说的表现手段。对自我的处刑，也就是对小说这一表现手段本身的处刑。②

小森阳一批判现代民族国家内含将战争合理化的话语逻辑，揭露现代民族国家将个体塑造为可以合法杀人的“国民”。就国家暴力而言，与个体暴力不乏相通之处，譬如，或都源于人性的贪婪。问题在于，“能够导致

① 杨炳菁：“历史记忆与文学语言——评小森阳一的《村上春树论：精读〈海边的卡夫卡〉》”，《外国文学》，2008年第4期，第49页。

② 小森阳一：《村上春树论：精读〈海边的卡夫卡〉》，秦刚译，北京：新星出版社，2007年，第125页。

战争这种暴力的观念在某种情况下也会作用于个人”，这种观点混淆了现代民族国家的国家暴力与行为人的个体暴力的差别。对于个体暴力，社会舆论会予以谴责，即便个体因遭遇不公平对待等特殊情况而诉诸暴力，社会大众至多予以同情，而不会公开赞美。但是，在现代民族国家，国家暴力的必要性、合理性被社会大众接受，民众投身于国家之名发动的战争，往往会被誉为英雄。小森阳一这里批判现代民族国家的国家暴力，矛头正指向着日本明治维新以来作为现代民族国家的成长历程中，无数个体投身于殖民扩张的战争中，成为国家英雄并受到舆论的赞美。时至今日，战犯牌位在神社中受到政客乃至一般民众的参拜。藤冈信胜等人的“自由主义史观”同样无视日本的殖民责任，鼓吹日本作为现代民族国家的“光荣”道路。这些现象无不说明，对当今日本人而言，深刻发问现代民族国家暴力的本质，才能正视日本在现代化进程中的殖民责任。在此意义上，《海边的卡夫卡》的叙述结构表现出国家暴力与人类一般性的个体暴力没有本质的区别，这与其说村上春树文学更为深入地思考诱发暴力的无形之手，毋宁说，正诱导当今日本人无视应该承担的战争责任，失去了重新审视明治维新以来在殖民侵略战争中死去的“英雄”的契机。由此来看，小森阳一批判村上春树小说文本将国家暴力与个体暴力等同视之，直指当今日本社会在战争责任等问题上的沉默现象，极具现实意义。

本节阐明，小森阳一透过村上作品表面的通俗化和去意识形态性，揭露《海边的卡夫卡》将国家暴力与个体暴力等同视之的叙述策略将日本的战争责任暧昧化。如此，小森阳一文学批评空间与政治批评相融合，其理想读者拒绝所谓的疗愈功能，主动考察文本信息背后的历史语境，正视日本所应当承担的战争责任，正面对峙右倾民族主义思潮。

第二节 小森阳一文学批评与政治批评的核心问题：天皇制批判

本节考察小森阳一借文学批评介入政治批评的核心问题。在具体论述上，首先以小森阳一与加藤典洋对大冈升平文本的不同解读为例，考察天皇制批判之于小森阳一文学批评有着怎样的意义。然后，剖析小森阳一对天皇制的批判处在怎样的延长线上，在此基础上，阐明小森阳一文学批评在天皇制批判问题上的学术价值。

一、小森阳一、加藤典洋对大冈升平小说的不同解读

第二次世界大战结束后，日本并未进行彻底的战争责任清算，日本的政治人物在战争责任等问题上屡有失言之举，因国内外舆论的谴责而被迫辞职也不罕见。针对这一现象，加藤典洋在《战败后论》中提出方案，即先向本国战死者悼念，然后向亚洲二千万死难者悼念。加藤典洋利用大冈升平的文本，论证他所提出的这种解决方案：

> 他通过他的行动，告诉我们，就算不成为海德，就算不通过靖国神社，我们也有吊唁我们的死者的道路。就算不成为杰奇，就算不通过二千万的亚洲死者这样的框架，与他国的死者相会，对我们而言是可能的。①

加藤典洋试图通过对大冈升平文本的阐释，论证他所提出的方案的可行性。而关于战争问题，大冈升平在发表于1971年的《菲律宾与我》一文中，如下指出，

> 我在莱特岛的俘虏收容所听到了极为详细、极为悲惨的战事。不过，对旧军人而言，莱特岛是耻辱的战场，所以看不到负责任的报告。去年(1970年)防卫厅战史室的公刊战史才公布出来，这已经是战后第25年。
>
> 不过，这个记述主要是围绕大本营、方面军的作战，而战斗经过

① 加藤典洋：《败战后论》，东京：讲谈社，2000年，第86页。

所占的篇幅极少。不过，我想知道的，很多遗族想知道的，是战斗的实际状况。自己的父亲、哥哥在怎样的地方，如何死去。……（略）

我的最初意图是将莱特战作为整体来理解。不过在书写过程中开始关注战死的每一位士兵在哪个地方、如何死去。①

大冈升平"关注战死的每一位士兵在哪个地方、如何死去"，为此，他采取调查、访谈的方式获取每一个士兵的战场细节，"将判断为事实的东西，尽可能地详细"书写，"不过莱特岛战记的记录写完时"，最后感到"最终最为倒霉的，不正是菲律宾人吗"②。亦即，大冈升平原本试图厘清日本战死士兵的战斗细节，但他通过详细考察得出结论，最为悲惨的是菲律宾。对此，加藤典洋无视大冈升平对战争受害者的关注，反倒认为"证明也有这样的道路，即哀悼'死去的士兵们'与对菲律宾的死者的谢罪相关联着。"③

加藤典洋所提到的海德和杰奇是英国作家史蒂文森《化身博士》中的主人公。杰奇医生喝了一种药剂，在晚上化身为邪恶的海德四处作恶。杰奇和海德有着善恶截然不同的性格，后来"杰奇和海德"一词成为心理学"双重人格"的代称。加藤典洋利用"海德"和"杰奇"来阐释所谓的"二战"后日本的"双重人格"，认为战后的日本在多重层面上呈现为分裂的样态，即一方面，细川首相承认发动侵略战争，给亚洲人民带来灾难，但另一方面，内阁官员屡有否定战争的言论，并因失言而引咎辞职。在加藤典洋看来，日本社会在战争问题上的对立"亦即所谓的杰奇与海德分裂的人格的表现而已。"④

加藤在批判护宪派的"扭曲"时认为，护宪派是外向的自我，他们接受了战胜国强加于自身的宪法理念，意欲向亚洲的受害者谢罪，而对于日本

① 大冈升平：《证言》，东京：讲谈社，2014年，第153-154页。
② 大冈升平：《证言》，东京：讲谈社，2014年，第154页。
③ 加藤典洋：《败战后论》，东京：讲谈社，2000年，第86页。
④ 加藤典洋：《败战后论》，东京：讲谈社，2000年，第47页。

的战死者，因为他们参与了错误的战争，是“不义”之死，当然不会好好地悼念。同时，加藤典洋批判改宪派的“扭曲”，认为改宪派是内向的自我，他们不承认天皇的战争责任，在靖国神社中将战死者英灵化，是另外一种自我欺骗。加藤认为，由于存在着这样的分裂，所以日本人没有一个能够作为承担“战争责任”的主体。因此，为了重建“我们日本人”这一共同主体，不能像护宪派那样仅仅悼念亚洲的两千万死难者，而首先要悼念以日本士兵为主的三百万日本战死者，再来悼念亚洲的死难者。

加藤典洋主张先哀悼本国死难者，构建起“哀悼共同体”后，然后再去哀悼亚洲死难者。加藤的这一主张引起左翼学者高桥哲哉的激烈批判。高桥哲哉批判“哀悼共同体”概念隐藏着排除性的结构，即“在冲绳被日本军队敌视的人们，对日本军队的行为批判的人们被日本国民排除了”①。在高桥看来，加藤典洋所说的国民的哀悼排除同亚洲他人的关系，是一种无视他者的封闭性言说，“谈论天皇的战争责任也好，士兵和国民的战争责任也好，和平宪法也好，都不能无视与亚洲其他国家的关系”②。小森阳一立足文学批评领域，对加藤典洋展开批判，在小森看来，大冈升平的文本正是指向对战争责任的彻底追究。

> 大冈升平的实践，在元层面，在客体层面，可以说是批判试图回避想起战争记忆的“国民的”状况。
>
> 比如，即便以“太平洋战争是侵略战争”这样的题目进行反复言说，装成反省的样子，那么，我们在何种程度上知道“太平洋战争”中生成的无数的事件呢？本来，发生“太平洋战争”的所有地域上，应该写出《莱特岛战记》这样的著作。而且，就算实现了这一目的，那我们也只不过是知道了围绕“太平洋战争”的几百分之一的事实而已。在这基础上，将尽可能的战争的记忆化作语言，承担起责任。这个国家在

① 高桥哲哉：《国家与牺牲》，东京：日本放送出版协会，2005 年，第 136 页。
② 高桥哲哉：《国家与牺牲》，东京：日本放送出版协会，2005 年，第 128 页。

"国民的"层面放弃这一责任，而《莱特岛战纪》则直面这一问题。①

小森阳一认为《莱特岛战记》言说个体的战争体验，使得日本国民能够直面战争责任问题，而不是在空泛的战争言说中将战争责任问题暧昧化。子安宣邦曾批判日本战后的战争言说，对"我们"的记忆的历史表象提出疑问，认为应该"从根底上动摇将过去置放于集团中言说的历史叙述"②。小森阳一同样认为战后日本的大众传媒公开言说的战争反省是与个人的经验相切割的，认为战后复兴之名下，个体的战争记忆中遮蔽起侵害的事实，惟有痛苦的记忆被言说，如此，"关于围绕那个战争的'所有的'事实的关系性，每一位国民都被置于所谓的言说的痴呆状态"③。小森阳一由此认为，大冈升平与日本战后空洞化、模式化战争言说有着尖锐的对峙。

> 《莱特战记》这部纪实文学，采用了对"大战争"的每一个细微局部最大限度展开详尽调查，同时明示出记述者对战争责任之深层追究的方法。这种方法提供了令读者去深入思索国家发动战争的暴力性本质，从人类视角对暴力问题进行根本性追问的一个契机。④

小森阳一认为《莱特岛战记》对细节的呈现能够促使"读者去深入思索国家发动战争的暴力性本质"，指出"大冈升平的《莱特战记》拥有极为醒目的特异性的理由在于，这个国家在第二次世界大战败战后的"文学"的样态

---

① 小森阳一：《"摇摆"的日本文学》，东京：日本放送出版协会，1998年，第260页。

② 子安宣邦：《近代知的考古学》，东京：岩波书店，1996年，第246页。

③ 小森阳一：《村上春树论：精读〈海边的卡夫卡〉》，秦刚译，北京：新星出版社，2007年，第256页。

④ 小森阳一："中文版序"，小森阳一：《村上春树论：精读〈海边的卡夫卡〉》，秦刚译，北京：新星出版社，2007年，第7页。

本身”①。如此可见，小森阳一与加藤典洋对大冈升平的小说文本有着不同的解释。但是，这并非源于阅读者对文学文本有着不同的认识，而是因为双方对战争责任问题有着根本对立的看法。加藤典洋主张首先悼念以日本士兵为主的三百万日本战死者，再来悼念亚洲的死难者，这样一种主张将战争责任暧昧化。小森阳一则直面战争责任问题，因而在大冈升平文本的解读上得出了完全不同的结论。

二、小森阳一对现代天皇制的批判

小森阳一批判加藤典洋的论述将战争责任暧昧化，而战争责任的追究必然指向处于国家权力核心位置的天皇。如鬼头清明所说，“在民族国家形成上，代表性的道具是天皇制。天皇制在日本近代化过程、民族国家的形成过程上，作为国民统合的政治道具，发挥最为重要的功能”②。安丸良夫也认为，“天皇制是各种学问的修炼，与他人较力的极佳的主题。因此，甚至能够说，我们以各种立场出发，将天皇制论作为素材，提出日本学问史、思想史的核心”③。在此意义上，本部分考察小森阳一对天皇制的批判，有助于阐明小森阳一文学批评在战后日本思想史中的位置。

就天皇制批判的源头而言，1930 年代，日本的马克思主义者提出了作为批判对象的天皇制的概念。日本共产党创立于 1922 年，在“纲领草案”中提出口号，“颠覆天皇的政府以及废止君主制”，“废止君主制”④。共产国际于 1927 年发表的《关于日本问题之纲领》(“27 年纲领”)中，行动纲领上提及“废止君主制”。1932 年发表的纲领(“32 年纲领”)中反复提及天皇制这样的用语，强调天皇制的重要性，“评价日本的具体的情势时，首先

---

① 小森阳一：《“摇摆”的日本文学》，东京：日本放送出版协会，1998 年，第 272 页。

② 历史学研究会：《发问国民国家》，东京：青木书店，1994 年，第 227 页。

③ 安丸良夫：《现代日本思想论——历史意识与意识形态》，东京：岩波书店，2012 年，第 30 页。

④ 石堂清伦、山边健太郎：《共产国际 · 日本纲领集》，东京：青木书店，1965 年，第 6 页。

便是天皇制的性质及比重”，因而将“颠覆天皇制”视为“第一要务”①。此时论述者提及的天皇制与后来谈及的“天皇制”并不完全契合。如犬丸义一所说，“当时的第三国际与日本共产党，不能区分天皇制与一般的君主制概念，也没有系统的考察天皇、元老、枢密院，他们认为天皇制只不过是金融资本独裁的道具而已”②。

在天皇制批判的问题上，讲座派马克思主义展开了系统考察。安丸良夫将之归纳为以下几点：1. 将明治维新以后的日本近代社会的全体作为以经济范畴为基础的前后一致的结构来把握；2. 将近代日本理解为半封建的农村为基底的绝对主义国家，将天皇制理解为掌控该绝对主义国家的权力机制；3. 强调作为整体的前近代性的特征，强调矛盾的激化与革命的展望相结合③。以平野义太郎为例，他将经历废藩置县成立的近代日本的“国家形态”视为“以半隶农体制作为基础，强行进行资本积累”④，该“形态”的本质其后也一直不变，“资本主义急速向帝国主义转化，仍然有着半隶农半封建的帝国主义统治的形态”⑤。

讲座派对天皇制展开严厉批判，不过，这种批判脱离了当时的社会现实，“讲座派的革命外衣以实践的败北为代价”⑥。另外一方面，战前日本的马克思主义者将天皇制作为实体的权力中心来批判，但是，并未涉及“精神结构”的层面，如犬丸义一所说，诸如32年主题“对天皇制意识形

① 石堂清伦、山边健太郎：《共产国际·日本纲领集》，东京：青木书店，1965年，第89-90页。

② 远山茂树：《近代天皇制的展开——近代天皇制的研究2》，东京：岩波书店，1987年，第258页。

③ 安丸良夫：《现代日本思想论——历史意识与意识形态》，东京：岩波书店，2012年，第114-115页。

④ 平野义太郎：《日本资本主义社会的机构》，东京：岩波书店，1967年，第252页。

⑤ 平野义太郎：《日本资本主义社会的机构》，东京：岩波书店，1967年，第275页。

⑥ 伊藤晃：《天皇制与社会主义》，东京：劲草书房，1988年，第379页。

态、半宗教的角色的理解很肤浅”①。犬丸义一认为野坂参三超越了这一困境。野坂通过对日本俘虏的调查发现，有一半俘虏确信日本的胜利，而信赖最高指挥官的人只占31%，可是，几乎所有人都有崇拜天皇的心理。1945年4月，野坂参三在中国共产党第七次代表大会的报告《民主的日本的建设》中，将作为“封建的专制独裁政治机构”的天皇制与“现人神”天皇的“半宗教的功能”区别开，认为前者必须被立即撤废，不过关于后者，“我们必须采取谨慎的态度”。犬丸义一高度评价野坂的论述，认为这是败战之前的“日本的马克思主义者的天皇制认识的顶点”②。尽管如此，野坂也未能深入分析天皇制“半宗教的功能”为何被形成，又是如何发挥功能③。

战前的马克思主义者往往将天皇制视为实体的权力中心加以批判，而首先对天皇制的宗教功能展开系统论述的则是丸山真男。丸山真男指出马克思主义立场上展开的天皇制批判多聚焦在经济基础的问题上，或是仅止于“政治上”的揭露，而他则是“从精神结构角度”进行天皇制批判④。在安丸良夫看来，从其经济基础与权力结构来理解天皇制的讲座派与从“思想结构乃至心理基盘”来分析的丸山学派“起着互补的作用”⑤。相比之下，小森阳一天皇制批判的特别之处在于，着眼于现代天皇制与江户时期天皇制的断裂，将战败后的日本社会对战争责任表现出暧昧不清的态度归因于象征天皇制。

日本的马克思主义者基本上只是把“天皇制”作为封建制度的残存

---

① 远山茂树：《近代天皇制的展开——近代天皇制的研究2》，东京：岩波书店，1987年，第265页。

② 远山茂树：《近代天皇制的展开——近代天皇制的研究2》，东京：岩波书店，1987年，第277页。

③ 安丸良夫：《现代日本思想论——历史意识与意识形态》，东京：岩波书店，2012年，第117页。

④ 丸山真男：《现代政治的思想与行动》，陈力卫译，北京：商务印书馆，2018年，第22页。

⑤ 安丸良夫：《现代日本思想论——历史意识与意识形态》，东京：岩波书店，2012年，第118页。

制度予以把握的。他们认为作为“资产阶级革命”，明治维新非常不彻底，它保存了作为封建制度遗制的“天皇制”。有鉴于此，他们便试图在历史连续性的语境中，将明治维新后的“天皇制”与江户幕府体制社会中的“天皇制”等量齐观。结果，颇具讽刺意味的是，他们没有能够就完全有别于江户幕府体制社会以前的“天皇制”的、也即构成“近代天皇制”支配体制的若干异质的重要装置，进行充分的分析及明确的解释，致使日本“近代天皇制”统治思想的意识形态物质至今未能得到揭示。①

如引文所述，小森阳一指出现代天皇制是在幕府末年欧美列强强迫日本开国之后的历史脉络之中，为了克服本国直接面临的危机而构建的制度。“二战”结束后，天皇不再是权力中心，但是，天皇制的宗教功能渗透于日本国民生活的各个层面。在平时，这种作用机制往往是隐形的，而当特别的事件发生时，会强烈显现出来。例如，昭和天皇的病重、去世导致的日本全社会的自肃现象，这也成为众多学者关注天皇制的契机。如渡边治所说，“让我感到猛然一击的，是 1988 年秋天开始的昭和天皇病重、死去引发的一系列骚动。天皇制还活着吗？我急急忙忙地审视”②。渡边治分析的结果是，天皇的地位发生根本的变化，现代政治的主角是企业社会、自民党政治，天皇则始终是被利用的对象。同样，栗原彬等人编著《记录天皇之死》缘起于整个社会的自肃现象带来的冲击，“昭和天皇病笃消息传来的 1988 年 9 月 19 日为起点，日本列岛瞬间全都处在自肃之中，本书的缘起正在于此，编者们掺杂着震惊、愤怒的感情——战后民主主义 43 年的时间到底是什么呢？”③安丸良夫同样关注现代天皇制与国民的关系，认为

① 小森阳一：“中文版序言”，小森阳一：《天皇的玉音放送》，陈多友译，北京：三联书店，2004 年，第 5-6 页。

② 渡边治：“后记”，《日本的大国与新民族主义的形成》，东京：樱井书店，2001 年，第 345 页。

③ 栗原彬、杉山光信、吉见俊哉：“前言”，《记录 · 天皇之死》，东京：筑摩书房，1992 年，第 1 页。

天皇制“作为一种思想检测手段，发挥着测试日本人是否遵守秩序、是否遵从权威的‘良民’的试金石作用”①。小森阳一关注象征天皇制的这种“试金石”作用，他在《大江健三郎论》中如此说道：

> 读者意识到生与死的边界，生与死的结合，只是沉浸在宗教的心理中，持续宗教的行动而已。这里，有着“近代天皇制”作为宗教发挥功能的现场。读者再次理解。所以对一般认为是没有宗教信仰的“日本人”而言，“结婚”与“死”，成为不自然的宗教的仪式。正因为如此，“天皇”家的“御成婚”、“御出产”，与“崩御”同样的，在宗教的狂热下，被这个国家的大众媒体报道。刚出生的大江小说的新的读者也不得不直面之前举行的“御怀孕”报道的异样的根源上的宗教的事象。②

那么，战后日本为何没能摒弃这种宗教的狂热呢？小森阳一认为，这源于日本战后年轻人未能完成“弑父”。小森阳一考察德日两国学生运动的不同之处，指出在同一时期德国的学生运动中，学生们对于战争期间父辈一代配合纳粹的行为，以及对犹太人的屠杀等问题进行了彻底清算，他们将纳粹的加害责任用事实揭露出来，刻印在记忆中并且化为历史叙述，在认罪的基础上向被害者进行谢罪和赔偿。相比之下，主导了大学纷争的日本的团块世代本应该朝着否定父辈的“弑父”方向发展，但是，“侵略战争中日本在亚洲的加害责任与战后责任问题，随着暧昧化处理殖民地统治和加害责任的《日韩条约》的缔结，在之后的大学纷争中几乎被彻底遗忘了。”③

① 安丸良夫：《近代天皇观的形成》，刘金才，徐滔等译，北京：北京大学出版社，2010年，第222页。

② 小森阳一：《历史认识与小说——大江健三郎论》，东京：讲谈社，2002年，第91页。

③ 小森阳一：《村上春树论：精读〈海边的卡夫卡〉》，秦刚译，北京：新星出版社，2007年，第176页。

> 据称田村浩一创造出了“超越既成概念自出机杼的崭新雕塑风格”。“既成概念”“既成政党”“既成左翼”等，打破一切“既成××”在1968年、1969年的日本社会青年人的集体记忆中，是最具代表性的口号。然而，由于只将战后问题作为批判的标靶，隔断了与“战时”的历史连续性，所以他们的象征性弑父终于半途而废。
>
> 其中最大的原因，就是前文所阐述过的，他们没能对负有侵略战争核心责任的昭和天皇裕仁，通过自己的力量进行裁决。①

小森阳一发现支撑了战后日本经济发展的团块世代在“弑父”问题上的暧昧性，指出他们对于父辈的批判仅仅囿于针对父辈们创建下的战后社会，以及作为战后民主主义体制的波兹坦体制，而没有针对与象征天皇制合谋的日美安保体制展开必要的讨伐。小森阳一将团块世代没能清算和追究父辈们的战争责任归因于战后象征天皇制，“这一问题同昭和天皇裕仁在象征天皇制下得以幸存密切相关，同时将日本‘团块世代’的男性所展开的政治运动的局限性，深深地烙印在时代的集体记忆之中”②。团块世代的学生运动抗议美国越战的反战运动，但是，学生运动与市民运动、劳工运动脱节。另外一方面，昭和天皇裕仁以“明治百年祭”为契机回溯明治后的近代化路线，进一步强化了天皇的权威性。小森阳一由此揭露出团块世代与天皇制的复杂关系，即战后象征天皇制使得团块世代无法彻底完成“弑父”，追究日本的战争责任。但是，团块世代未能弑父，客观上也推动或是容忍了天皇制的权威的确立。

在天皇制相关问题的考察上，有研究者论述天皇与民众的隔阂。例如，大江志乃夫对日俄战争出征士兵的信件进行分析，认为民众的现实意

① 小森阳一：《村上春树论：精读〈海边的卡夫卡〉》，秦刚译，北京：新星出版社，2007年，第177-178页。

② 小森阳一：《村上春树论：精读〈海边的卡夫卡〉》，秦刚译，北京：新星出版社，2007年，第177页。

识与天皇制的国家意识形态之间有着鸿沟。据他调查，士兵们最关心的是自家房子，然后是自家所在的村子。跟靖国神社相关的用语很少，天皇也几乎没有登场①。卡罗尔·格卢克在《日本现代神话》中指出个体与天皇制意识形态之间的鸿沟，认为天皇制正统的意识形态力量被夸大，应该关注个人的成功、物质的改良、利益等要素②。安丸良夫尽管认可大江志乃夫和格卢克的论述有着一定的说服力，但认为在国家旧的神圣权威、民族国家的树立、文明化这样的三张面孔面前，民众几乎不可能是一贯地带有与之不同的立场③。相比之下，小森阳一的天皇制批判直指民众应当承担的共谋责任，即民众并不仅仅是天皇制的受害者，或是旁观者，而是直接的责任人。

三、小森阳一天皇制批判的进一步思考——以《日本近代国语批判》为中心

在《村上春树论》中，小森阳一论及民众与天皇制的共谋问题。对于这一问题，小森阳一在《日本近代国语批判》中也有过系统的考察。小森阳一在《日本近代国语批判》中，要阐明的是“近代日语之‘国语’的确立过程”④，他将这一过程置放于“明治日本的背景下”展开讨论⑤。研究者发现，通过对“国语”的考察，能够阐明日本的殖民地统治并非现代日本的附属物，而是深深根扎于日本的现代的本质之中⑥。对小森阳一而言，这种

---

① 大江志乃夫：《士兵们的日俄战争：从500封的军事邮件来看》，东京：朝日新闻社，1988年，第304页。

② 卡洛尔·格拉克：《日本现代神话：明治后期的意识形态》，普林斯顿：普林斯顿大学出版社，1985年，第285页。

③ 安丸良夫：《近代化日本的深层》，东京：岩波书店，2013年，第112-113页。

④ 陈多友：“译者序：日本国语与日本的现代性——语言民族主义的谱系”，小森阳一：《日本近代国语批判》，长春：吉林人民出版社，2011年，第1页。

⑤ 辛迪·特克斯特：《激进的语言，激进的身份：日本空间中的韩国作家与“代表”的负担》，华盛顿大学博士论文，2016年，第36页。

⑥ 李妍淑：“序言”，《“国语”这个思想——近代日本的语言认识》，东京：岩波书店，2012年，第ix-x页。

本质毋宁说正是在现代日本的起源上，民众发挥着主体性功能。

> 围绕发生于戊辰战争之后的这场内战报道的话语中建构起了可以使“官”与“我”直接连接起来的磁场。在将“官军”表述为“我军”的新闻记者与读者之间，即，在第一人称的“我”与阅读由第一人称的记者发来的报导的第二人称的读者之间，一种想象的共同体便得以建构起来——那便是将身为国军的“官军”当作“我军”予以认同的“国民”，或者是作为“臣民”的“我们”。报纸这一铅字媒体在战争报导中，逐渐产生出“国民”或者说“臣民”。此模式在后来的中日甲午战争及日俄战争中再次得到进一步发挥。①

小森阳一聚焦福地源一郎的战地采访文体，认为这种文体之所以能够成立，关键在于“贼兵”对“官军”、“敌”对“我”这类二分法性质的语言使用。在小森看来，与“敌”“贼”这样的话语模式截然不同的是，“我方”由“官军”到“我军”，自我同一性在不断地增强，“官”与“我”在越发一体化的过程中，以第一人称的形式进行战地采访的“我”同被放置于第二人称立场上的《东京日日新闻》的读者之间，逐渐形成一个叫做“我们”的共同体。通过这一转换，原本赋予“我军”意义的“官”与“我”慢慢地趋从于一个等价的主体。由此，小森阳一厘清现代日语的生成伴随着包括政治诉求在内的诸多目的。

铃木贞美在考察“日本文学”的成立时，认为明治时期文化民族主义构建依据神话的纪元历史，历史叙述呈现出“历史的发明”之特征②。小森阳一认为，启蒙团体“明六社”的启蒙话语，福泽谕吉等人的“演说”话语，都是以殖民主义意识与殖民地无意识相互交错的方式，催生了近代日语。所谓殖民主义意识与殖民地无意识，是小森阳一审视日本明治维新以来的

① 小森阳一：《日本近代国语批判》，陈多友译，长春：吉林人民出版社，2011年，第41页。

② 铃木贞美：《“日本文学”的成立》，东京：作品社，2009年，第437页。

“文明开化”表象时发现的“意识原型”。小森阳一将明治维新后的日本阐释为“殖民地的无意识与殖民地主义的意识同时起着作用”①的双重结构，具体而言，当时的日本在危机面前，以“文明开化”为口号进行自我殖民化，这看似是主动为之，但实际上却是压力下的被迫行为。在这一过程中，作为殖民受害者的日本积极向亚洲其他国家推行殖民主义政策。如此，小森阳一“不仅揭露出‘国语’的意识形态指向，更使其背后的近代日本‘自我殖民化’和‘殖民地无意识’方面在本国语言上的形成机制浮出水面”②。

> 尽管未曾存在过的“标准语”必须有待于今后去发现、去打造，但是迫于形势的需要却必须极力辩称：作为“日语”它已经存在了。之所以如此，是因为台湾已经殖民地化，必须立即在那儿开展以语言教育为手段的文化统一工作。③

1898年制定的《台湾公立学校规则》规定了把教育东方语当作修身原理的方针。其中，“国语”科的设置还先于本土。在日本，“国语”课是两年后的1900年始才登场的。因此，小森阳一将所谓的标准语视为“文化统一工作”的一部分，“作为‘国语’的‘日语’，最需要它的地方是进行殖民统治的前沿”④。

在小森阳一那里，语言问题是与殖民政策批判、天皇制批判关联在一起的。赵京华认为，小森阳一暴露了近代天皇制的意识形态性，即近代天皇制作为国家机器的政治化和制度化性格⑤。孟庆枢指出，小森阳一在《村

① 小森阳一：《后殖民》，东京：岩波书店，2001年，第15页。

② 史歌：“小森阳一的后殖民主义批判——基于语言（“国语”）、文学、历史事件及媒体的文本分析”，《浙江社会科学》，2019年第8期，第138页。

③ 小森阳一：《日本近代国语批判》，陈多友译，长春：吉林人民出版社，2011年，第150页。

④ 小森阳一：《天皇的玉音放送》，陈多友译，北京：三联书店，2004年，第151页。

⑤ 赵京华：“文本解读的政治”，《读书》，2004年第12期，第101页。

上春树论》《日本近代国语批判》《天皇的玉音放送》等系列著作中重新审视日本军国主义侵略的历史原因，审问天皇裕仁的战争罪责①。在小森阳一看来，民众并非天皇制的牺牲品或者受害者，他聚焦天皇的“日语”发掘日本现代化进程中天皇制与普通民众的共谋责任，认为《军人诏敕》与《教育诏敕》是构成“大日本帝国”皇帝与士兵，或是天皇与“臣民”关系的两种“国民化”的代表性文本。小森阳一着眼于《军人诏敕》中的人称关系，认为通过“朕”与“汝等”在文本中二体合一，“汝等军人”与一般民众，即天皇口中的“苍生”区别开来，成为有着特别意义的存在，“汝等”与“朕”一心便可“保护”国家，可使“我苍生”“永享太平”。《军人诏敕》以天皇“发话”的形式来行文，在“二战”前的日本，这一文本是军人必须能够背诵的。在小森阳一看来，《军人诏敕》在作为声音传播的过程中，形成了一个奇怪的“军人”之躯，“头首”与“股肱”来自不同方向，士兵们将把自己的声音引进那个自称为“朕”的主体之中，并通过“朕”发出的声音，将自己的身体融合进“皇军”的身体。

小森阳一在对《教育诏敕》的分析中，着眼于“臣民”称谓，认为“臣民”这一概念，把“臣”降格为“民”，再将“民”升格为“臣”，如此，他发掘出国民与天皇的特殊关系，“明治维新以后，在近代征兵制体制之下，迄今为止仅仅是单纯的民的士族之外的普通民众(男性)也可以通过成为陆海军中任何一方的士兵，而获得臣的地位，与大元帅天皇缔结君臣关系”②。

> 通过与处于“国体”核心的天皇的结合，自己便可获得作为“臣民”的同一性，而《教育诏敕》正是将这一欲望不断再生产、再确认的一种话语装置。而且，此种反复性行为是通过学校这一近代民族国家中所存在的纪律性训练组织，以唤起某种非日常性为目的而进行的。只有

---

① 孟庆枢：“当代日本后殖民主义批评管窥”，《外国文学评论》，2008 年第 2 期，第 49 页。

② 小森阳一：《天皇的玉音放送》，陈多友译，北京：三联书店，2004 年，第 131 页。

上学，才能接受这种“教育”。只有受“教育”，才有开发这种将自己与“臣民”同一化的可能性。①

《教育诏敕》颁布后，成为学校师生必须“奉读”的文本。小森阳一认为，“奉读”此种反复性行为是通过学校这一近代民族国家中所存在的纪律性训练组织，以唤起某种非日常性为目的而进行的。只有上学，才能接受这种“教育”。只有受“教育”，才有开发这种将自己与“臣民”同一化的可能性。如此，小森阳一将《教育诏敕》视为“臣民”欲望再生产、再确认的一种话语装置。

藤岛泰辅曾感叹物质文明给日本带来的惟有精神的荒废而已，呼吁“价值观的再建”，宣称日本应该有“道德的教科书”。为此，藤岛泰辅把目光转向“教育敕语”，认为“教育敕语”中的“孝顺父母……”等内容既不是军国主义，也不是帝国主义，在藤岛泰辅看来，该思想的源头是儒教②。丸山真男也认为《教育敕语》“镶嵌着浓厚儒教道德色彩”③。但是，如前田爱所述，道德说教的伪装之下，只不过是肯定国家价值的“日本主义”而已④。由此来看，小森阳一处在前田爱的延长线上，阐明《教育敕语》绝非“道德的教科书”，有力地证实了《教育敕语》“在建立民族国家过程中所发挥的难以替代的政治功能”⑤。

本节厘清小森阳一文学批评和政治批评的核心问题在于天皇制批判，追究天皇在殖民战争等问题上的主体责任。不仅如此，本节阐明，小森阳一并非将批判矛头只是集中于天皇制，而是揭示出普通民众应当承担的共

① 小森阳一：《天皇的玉音放送》，陈多友译，北京：三联书店，2004年，第77页。

② 藤岛泰辅：《战后是什么——日本应该选择的道路》，东京：经管社，1981年，第115页。

③ 丸山真男：“作者原序”，丸山真男：《福泽谕吉与日本近代化》，区建英译，北京：北京师范大学出版社，2018年，第7页。

④ 前田爱：《幻景的明治》，东京：岩波书店，2006年，第287页。

⑤ 赵京华：“文本解读的政治”，《读书》，2004年第12期，第102页。

谋责任，即战后日本的团块世代无法彻底完成“弑父”，追究日本的战争责任，客观上推动、容忍了象征天皇制的权威的确立。

第三节　日本文本研究者批评空间的异同：小森阳一与石原千秋的“阅读”

本节围绕当代日本代表性文本研究者小森阳一、石原千秋文学批评空间的异同，进一步剖析小森阳一文学批评空间的独特性表征。石原千秋与前田爱、小森阳一是日本文本研究的“主要支持者”，他们并不将作者视为文学文本唯一的源头，而是“分析思考嵌入文本的各种复杂关系”①。围绕小森阳一、石原千秋的学术关联，既往研究者聚焦他们与三好行雄等研究者的“《心》的论争”展开考察。例如，押野武志围绕石原千秋对文本意识形态的关注，指出石原千秋的论述“拥护小森阳一的立场”②。宫川健郎同样关注小森阳一、石原千秋对《心》的解读的共性，指出他们对《心》的研究本身都成为俄狄浦斯物语，“杀死了文本之父”③。水川隆夫围绕小森阳一、石原千秋对人称代词的重视，关注小森阳一与石原千秋从先生将亲友命名为“K”中读取出“我”对于先生的批判意识④。榊敦子同样聚焦小森阳一、石原千秋关注“K”命名的重要性，指出他们检查《心》的手稿从而发现漱石重写了第一段的最后两句话，认为他们的这一努力揭示了文本所传达信息的重要性⑤。中村三春也关注小森阳一、石原千秋将信件、日记等文献形

① 小田桐拓志：“前田爱的谓语理论”，《日本评论》，2010年，第201页。

② 押野武志：“《心》论争的行踪”，小森阳一、中村三春、宫川健郎：《总力讨论 漱石的〈心〉》，东京：翰林书房，2004年，第15页。

③ 宫川健郎：“‘不可思议的国度’的小森阳一——作为无意义物语的文本论”，小森阳一、中村三春、宫川健郎：《总力讨论 漱石的〈心〉》，东京：翰林书房，2004年，第33页。

④ 水川隆夫：《重读夏目漱石的〈心〉》，东京：平凡社，2005年，第25页。

⑤ 榊敦子：《再文本化的文本：现代日本小说中的叙事表演》，剑桥和伦敦：哈佛大学出版社，1999年，第47页。

式“作为文本性机构而高度评价”，认为他们的这一方法“今后必须尊重”①。迈克尔·布尔达则关注小森阳一、石原千秋文学研究法的渊源，认为他们分别毕业于北海道大学、成城大学，远离日本文学研究机构的中心，因而倾向于方法创新②。

既往研究关注小森阳一、石原千秋在“《心》的论争”上的共同立场，指出石原千秋的文本论立场也有着意识形态批判的要素，但是，未能深入阐明小森阳一、石原千秋文学批评空间的异同。针对既往研究存在的问题，本节对比分析小森阳一、石原千秋文学批评空间，剖析小森阳一文学批评空间的独特性。具体展开上，本节首先剖析小森阳一、石原千秋的文本研究立场共同的问题意识。然后，考察石原千秋文学批评空间的特征，在此基础上，对比分析两者文学批评空间的异同。

一、小森阳一、石原千秋的问题意识：对现代日本文学乃至现代日本的反省、批判

石原千秋是日本文本研究的代表性学者，代表作包括《文本不会错——小说与读者的工作》(2004年)、《读者在哪里》(2009年)等著作。石原千秋的文本研究立场受到研究者的广泛关注。藤森清指出石原千秋文学批评与20世纪80年代日本的文本研究密切相关③。大井田义彰将“立足于文本分析范式的语言分析”视为石原千秋文学批评的显著特征④。松下浩幸高度评价石原千秋文本分析，认为其意义在于通过与结构主义、符号学、叙述者研究及结构批评等西方理论的碰撞，日本文学研究首次获得自

① 中村三春：《系争的主体：漱石、太宰·贤治》，东京：翰林书房，2006年，第35页。

② 迈克尔·布尔达：“引言：日本文学研究中的推翻天皇”，《当代日本文学研究的语言学转向》，安娜堡：密歇根大学出版社，2020年，第1页。

③ 藤森清：“石原千秋著《反转之漱石》”，《成城国文学》，1999年第3号，第96页。

④ 大井田义彰：“石原千秋著《为了评论入门之高中入试国语》·《〈心〉不能成为大人之先生》·《国语教科书的思想》”，《国文学研究》，2006年第6号，第90页。

觉的阅读文本的方法①。有研究者关注石原千秋的文本分析与历史语境的关系。柴市郎认为，石原千秋通过将夏目漱石文本与史料进行对照分析，发掘小说文本的历史语境②。木股知史指出，石原千秋的文本分析"将小说的细节与文本外部的制度打通，打开了有趣的视野。"③稻田大贵关注石原千秋在内心共同体概念上的论述，认为其"尝试从读者一侧打破封闭的文本世界"④。

20世纪80年代，围绕夏目漱石的小说《心》，小森阳一与日本文学批评的领军人物三好行雄的"《心》的论争"引发学术界的广泛关注。这一论争"帮助建立了一套新的批评方法"，成为"日本文学研究的新的方法、标准"⑤。这一论争中，石原千秋是重要当事人。

> 事情的起因是，小森与石原千秋论述漱石的论文发表在《成城国文学》的创刊号上，他们采取了与过去极为不同的阅读法。关于这两篇论文，吉田凞生在《海燕》上发表的《近代文学瞥见》中说道："作者充满活力地阅读《心》的丰富内涵，让人耳目一新。"大冈升平在《文学界》中说道："两篇论文都注目于《心》是由'我'与'先生的遗言'的第一人称叙述而成立的非客观的描写。论文读取出非客观的'物语'的主题，是最为果敢、秀拔的。"一时间，小森阳一与石原千秋的论文成为

---

① 松下浩幸："石原千秋著《文本不会错：小说与读者的工作》、《漱石与三位读者》"，《国文学研究》，2005年第6号，第103页。

② 柴市郎："石原千秋著《漱石的符号学》"，《日本文学》，1999年第10号，第74页。

③ 木股知史："石原千秋著《漱石的符号学》"，《成城国文学》，2000年第3号，第115页。

④ 稻田大贵："石原千秋著《读者在哪里：书籍中的我们》"，《九大日文》，2010年第10号，第67页。

⑤ 迈克尔·布尔达："引言：日本文学研究中的推翻天皇"，《当代日本文学研究的语言学转向》，安娜堡：密歇根大学出版社，2020年，第5页。

学术界热议的话题。①

小森阳一在“我”与夫人结合的可能性，书写遗书的“我”所说的“现在”指涉何时等问题上作出填补文本空白的解读，石原千秋则从公开遗书的情节上读取出“我”的“背信行为”。小森阳一、石原千秋从文本中读取出作者并未写明的信息，他们的解读引发三好行雄为首的文学批评家的激烈批判。如宫川健郎所说，与标榜“作品论”的三好行雄相对，小森阳一、石原千秋是采取的“文本论”的立场②。对此，小森阳一有着明确的自觉意识，他如此看待与石原千秋在夏目漱石研究上共同的问题意识。

> 所谓的“五五年体制”崩溃的1993年的年末，岩波书店版新编集的《漱石全集》刊行前后，与漱石相关的书籍出版了很多。区分这些书籍的分割线在于，能否将“漱石”在现在重生，批判性地重新分析日本的现代或是日本现代文学。进而，是否能够在世界的层面上，在与漱石的应答中，批判现代民族国家与文学的关系或者20世纪整体。从1993年10月开始，石原千秋与我刊行《漱石研究》也是源于这样的意志，即在这个分割线上明确研究的水准。③

小森阳一意图通过重读夏目漱石“批判性地重新分析日本的现代”，石原千秋断言“不可能有保守反动的文本论者”④，由此来看，小森阳一、石原千秋文本论立场并不仅仅在于赋予阅读生成文本意义的主体性功能，更

① 小森阳一、中村三春、宫川健郎：《总力讨论 漱石的〈心〉》，东京：翰林书房，2004年，第29页。

② 小森阳一、中村三春、宫川健郎：《总力讨论 漱石的〈心〉》，东京：翰林书房，2004年，第29页。

③ 小森阳一：《世纪末的预言者·夏目漱石》，东京：讲谈社，1999年，第250-251页。

④ 石原千秋：“解说——为了作品论”，《夏目漱石3》，1985年，东京：有精堂，第301页。

为关键的是，都有着对日本现代文学乃至现代日本极强的批判意识，“对石原千秋和小森阳一而言，文学研究是意识形态批判的一种模式”①。

二、“读者不会错”：文本研究者的异同

小森阳一、石原千秋的文本研究立场内含反省批判日本近代文学乃至现代日本。不过，就两者的文学批评实践而言，却呈现出完全不同的样态。以对大江健三郎小说《万延元年的足球队》的研究为例，小森阳一认为该小说带有政治性意味。对此，柴田胜二指出，

> 从边缘弱者、少数人的立场出发，发出对国家体制的抗议声音，作为表象这样的人的存在之文学，观察大江健三郎的作品，这是从松原新一的《大江健三郎的世界》(1967年)到小森阳一的《历史认识——大江健三郎论》(2002年)一贯的趋势。对体制提出异议的同时，在大江世界的原点上置放现实化革命运动的志向衰退的状况。松原的这个视点基本存在于三十年后的小森阳一的论考上。这里，小森所重视的是，《同时代的游戏》上所言说的“村=国=小宇宙”与“大日本帝国”之间的“五十日战争”上显现的少数人抵抗国家权力的尝试。②

小森阳一文学批评关注“少数人抵抗国家权力的尝试”。对于小森阳一的这一立场，石原千秋并没有异议，他考察小森阳一《大江健三郎论》后认为，

> 小森所指出的政治的构图，与《万延元年的足球队》的物语内容的构图基本重合，这没有错。非要让我说的话，《万延元年的足球队》不是面向四国书写的，而是面向美国书写的。不，准确地说，是面向美

---

① 迈克尔·布尔达：“引言：日本文学研究中的推翻天皇”，《当代日本文学研究的语言学转向》，安娜堡：密歇根大学出版社，2020年，第13页。

② 柴田胜二：《围绕“作者”之冒险》，东京：新曜社，2004年，第171-172页。

国与日本的关系而书写的。①

小森阳一分析《万延元年的足球队》时，关注万延元年即1860年樱田门外之变与“1960年的政治行动”(即1960年安保斗争)相重合的内容。石原千秋肯定小森阳一对文本历史性、政治性意味的考察，同时，石原着眼于小说中的美国元素，认为小说“是面向美国与日本的关系而书写的”。不过，石原千秋更为关注的则是读者问题，发问“大江健三郎面向谁而写这个小说的呢？或者，这个小说能被大江健三郎之前的读者接受吗？”②小森阳一对《万延元年的足球队》的研究中，读者概念原本就是极为重要的概念，而这却被石原千秋忽视了。确切地说，小森阳一的读者概念与对国家权力的批判关联在一起，期盼读者主动考察《万延元年的足球队》文本叙述背后的历史语境，进而与现实世界歪曲历史的意识形态斗争，这样的读者概念并非石原千秋的关注点。

同是文本研究者，石原千秋高度肯定小森阳一的文本论立场，指出他围绕夏目漱石的《哥儿》的开头部分考察“隐含读者”时，正是在小森阳一的基础上进一步展开论述的③。对于自己与小森阳一文学批评的不同，石原千秋曾围绕小森阳一《生成〈心〉之“心脏”》与他本人的《〈心〉的俄狄浦斯——反转的叙述》展开考察，认为他们的区别在于论文框架的不同。石原千秋将俄狄浦斯物语采用为论述的框架，认为青年与死去先生是竞争静的对手，小森阳一则是应用反俄狄浦斯、家族论等理论，论述青年与静的共生问题。

与共同点相比，不同点更具有本质意义，因为这里有着根本性的意识形态的对立。文本的语言是从某个框架阅读才生成意味。无视框

① 石原千秋：《名作的开头》，东京：光文社，2009年，第108页。

② 石原千秋：《名作的开头》，东京：光文社，2009年，第106页。

③ 石原千秋：《读者在哪里——书籍中的我们》，东京：河出书房新社，2009年，第112-113页。

架的不同，而将偶尔读取的相似细节视为相同，这是错误的。

这两个问题提起上，还有方法性的相同。这便是重视文本的细节。通过阅读行为消除书写和没有书写的边界。这样的方法性的挑战也引起波澜。①

石原千秋、小森阳一作为文本研究者，他们的共同立场在于认可读者能够介入文本意义的生成，认为读者“通过阅读行为消除书写和没有书写的边界”。对于两者的区别，石原千秋认为是“意识形态”的不同。不过，石原千秋这里所说的“意识形态”只是指涉“某个阅读框架”，即他们的文本分析所依据的理论框架，而并不涉及对国家权力的批判。如此，石原千秋将意识形态批判暧昧化，从而弱化了这一方法应有的批判性。不仅如此，石原千秋通过意识形态一词的暧昧性使用，将他与小森阳一在文本分析上的根本不同暧昧化了。

小森阳一、石原千秋在文本分析立场上的根本性不同，体现在他们共同关心的读者概念上。小森阳一文学批评中，读者问题事关意识形态批判，石原千秋文学批评空间中，读者无所不能的权力并不指向现实社会的话语系统，而只是指涉文本本身，“读者俨然成为一种神话，有着绝对正确、无所不能的内在属性”②。

我们读小说时经常会进行解释。这时，我们会认为眼前的文本是不会错的。就算某处有违和感，大部分场合，我们的解释行为会将这种违和感合理化。这时，我们认为小说是可读的。亦即，拥有欣赏小说的实感。支撑这个实感的前提是文本不会错，是对文字的信赖。③

---

① 石原千秋：《文本不会错——小说与读者的工作》，东京：筑摩书房，2004年，第35-36页。

② 韦玮、王奕红：“作为神话的读者：石原千秋的读者观”，《湖南科技大学学报(社会科学版)》，2017年第4期，第46页。

③ 石原千秋：《文本不会错——小说与读者的工作》，东京：筑摩书房，2004年，第8页。

石原千秋认为阅读行为能够成立的前提是文本不会错，即读者有着“对文字的信赖”。只要阅读行为成立，信赖就是不言自明的。这是因为，倘若读者觉得文本错了，那就自然不会继续阅读。亦即阅读行为本身就证明了阅读对象是“不会错”的文本。由此可见，“读者不会错”源于“文本不会错”，石原千秋“‘依据文本’到了固执的地步，石原千秋文本理论的最大特征可以说就在于此”①。

石原千秋从“文本不会错”出发，推导出“读者不会错”，认为文学体裁不仅是分类的印记，更重要的是“规定了读者对待文本的态度”②。换而言之，读者认可眼前的文本是小说，这便意味着文本可以被自由地解释。石原千秋以棒球运动为例，阐述读者只需要将文本语言置放于某个框架中进行解读，而不必考虑作者的意图。

> 或者，退一百步讲，即便教练发信号时犯了错误，手碰到鼻子，怎么办呢？将这放在与击球员选手共有的符号体系中，作为其他的信号来理解就行了。某个一系列的动作中，不碰鼻子的话是短打，碰到鼻子的话是打了就跑。在小说文本中，无法将没有表现出来的“意图”，阅读为真实的短打。小说表现出来的所有的细节带有意义，或者是能带有意义。③

棒球运动中，出于保密的考虑，教练会用手势发出指示。即便教练发信号时，原本并不想碰鼻子，但一时失误却碰了鼻子，此时，击球员不会思考教练原本打算发出什么信号，而只需要按照事先约定好的规则来解读触碰鼻子的暗号。石原千秋以此例说明，小说中的所有的细节都带有意

① 松下浩幸：“石原千秋著《文本不会错：小说与读者的工作》、《漱石与三位读者》”，《国文学研究》，2005年第6号，第103页。

② 石原千秋：《文本不会错——小说与读者的工作》，东京：筑摩书房，2004年，第54页。

③ 石原千秋：《文本不会错——小说与读者的工作》，东京：筑摩书房，2004年，第41页。

义，或者是能够带有意义。对读者(信息接受者)而言，只要将文本语言置于某个“解释的框架”①中进行解读即可。由石原千秋所举的棒球的例子可知，所谓“框架”是信息发送者与接受者共有的符号体系，在这一体系中，并没有现实世界的作者的位置。这意味着文本信息的意义仅与信息发送者(叙述者)和接受者(读者)相关，读者对文本的理解无需以作者为评判标准。

三、石原千秋对文本的叙事学思考：以叙述者与读者的对话关系为中心

如中村三春所说，“日本的文本理论，偏向于叙述论或是叙事理论”②。在前田爱、小森阳一的文本观中，读者概念与叙述问题缠绕在一起。前田爱围绕读者和文本的关系，试图阐明令文学得以成立的叙述功能的性质，这涉及考察“构成文本动态性根据的“时间”性的问题，以及“叙述”的结构及机能问题”③。同样，叙述研究对于小森阳一的文本研究也有着重要的意义。

> 占据小森式的“文本论”的核心的，不是巴特式意味的复数性、德里达等人的解构，而是与叙述(叙述论)的关联极深。《作为结构的叙述》这样的题名意味深长，小森证明“结构”在于“叙述”的内部。④

对石原千秋而言，叙述研究同样重要，他在这一问题上的论述“既是

① 石原千秋：《文本不会错——小说与读者的工作》，东京：筑摩书房，2004年，第4页。

② 中村三春：《系争的主体：漱石、太宰·贤治》，东京：翰林书房，2006年，第75页。

③ 岛村辉：“日本近现代文学研究界的现状及方法论的变迁”，林少阳译，《外国文学研究》，2002年第2期，第24页。

④ 小森阳一、中村三春、宫川健郎：《总力讨论 漱石的〈心〉》，东京：翰林书房，2004年，第45页。

其在叙事理论建构上的积极尝试，同时，也是日本文本研究范式的重要组成部分”①。具体而言，石原千秋批判性地从热奈特的叙事理论中吸取养分，将热奈特在《叙事话语》中阐述的叙述者与作品人物关系分为三种：第一，叙述者叙述比任何作品人物知道的都多，即“叙述者>作品人物”。第二，叙述者只说某个作品人物所知道的信息，即“叙述者＝作中人物”来表示。第三，叙述者比作品人物所知道的要少，即“叙述者<作品人物”。热奈特所论述的叙述者的信息量多少始终是相对于作品人物而言的。相比之下，石原千秋论述的有着自我显示欲望的叙述者摆脱了文本的束缚，叙述者与读者可以自由进入对方的世界，而并非被束缚于各自的领域。在石原千秋看来，《罗生门》的文本并没有明确讲述下人是否居住于京都。老太婆认为没吃的当然做坏事，这是京都人的逻辑，而下人则接受了这个逻辑，去京都成为了强盗，这使得下人显现出异乡人的特征。另一方面，叙述者向读者夸示自己关于京都的信息，这便意味着叙述者知道居住于京都的下人的情况，从而使得下人呈现出京都人的特征。石原千秋将这一矛盾称为截然对立的两种力量，即一种力量试图从京都经过罗生门到达外部世界，另一种力量则试图从外部世界经过罗生门进入京都。不过，“叙述者独占京都的信息，直接传达给读者，通过叙述者这样自我显示的样态，前者的力前景化，后者的力背景化了”②。

如石原千秋对《罗生门》的分析所示，在他看来，不仅是读者能够进入文本世界，文本世界中的叙述者也能跳出文本，直接与读者对话。如此，叙述者直接面向读者炫耀自己的信息量，自由穿梭于文本世界与现实世界，使得叙述者与读者之间有着特别的对话关系。

> “叙述者”是指对“此时、此地”阅读文本的读者进行叙述的，没有

① 韦玮：“石原千秋的叙事理论研究——以读者和文本关系为中心”，《日本问题研究》，2017年第6期，第63页。

② 石原千秋：《文本不会错——小说与读者的工作》，东京：筑摩书房，2004年，第93页。

声音也看不见姿态的主体。“叙述者”“存在”于“隐含读者”与“隐含作者”间，起着将两者结合的作用。不过，让“叙述者”发挥作用的不是“隐含作者”。重复一下，“隐含作者”只不过是“隐含读者”制造出来的幻想而已。让“叙述者”发挥功能的是“隐含读者”。①

如引文所述，石原千秋导入“读者”来倾听“叙述者”的声音。这里的“读者”是抽象的非实体存在，即“隐含读者”。隐含读者这一概念“说明的是整个阅读活动中读者、文本及双方不可避免的相互作用”②。小森阳一曾利用“场”的概念阐释隐含读者，即隐含读者是“将这样的多层传达路径相互同步化、在享受过程中综合起来的场”③。小森阳一阐发的“场”的概念指向文本的开放性，虚构的发信者、接受者之间的传达路径。这一路径不仅包摄虚构的叙事者与接受者之间的关系，也将作品中人物相互的对话场面纳入其中。相比之下，石原千秋将隐含读者置放于最为核心的位置上，认为隐含读者是“实在的读者对文本所应该采取的态度”④，让叙述者发挥作用的并非隐含作者，而正是隐含读者，“‘隐含作者’是由‘隐含读者’创造的‘存在=概念’”⑤。

四、“叙述形态论”中的读者与文本的关系

本部分围绕石原千秋的“叙述形态论”，进一步考察读者概念在石原千秋文学批评空间的位置。石原千秋构建的叙述形态论，“是为了将叙述内

① 石原千秋：《读者在哪里——书籍中的我们》，东京：河出书房新社，2009年，第143-144页。

② 朱刚：“论沃·伊瑟尔的‘隐含的读者’”，《当代外国文学》，1998年第3期，第153页。

③ 小森阳一：《作为文体的叙事》，东京：筑摩书房，1996年，第326页。

④ 石原千秋：《读者在哪里——书籍中的我们》，东京：河出书房新社，2009年，第143页。

⑤ 石原千秋：《读者在哪里——书籍中的我们》，东京：河出书房新社，2009年，第143页。

容与叙事者视点结构复合性捕捉的假说性的思考方法”①，具体包含三种句式和三种时态：

A. 三种句式：

a. “思维句”：表达作品人物的所思、所想，例如，“他心里……”等句式都是思维句。

b. “性格规定句”：叙述者讲述作品人物的性格，有着一直如此的恒常性，如“她不是富于理智的人”。

c. “事实认定句”：叙述者按照事实进行客观的描述。

B. 三种时态：

a. “现在句”。

b. “回想句”：讲述作品人物的回想内容。

c. “过去句”：插入过去的事实。②

如上三种句式与三种时态可组合为“现在句的思维句”“过去句的思维句”等组合。其中，回想句与过去句都指涉过去，区别在于，回想句相当于思维句，能够唤起作品人物的反省意识，而过去句则是由叙述者插入的，原则上对作品人物没有直接的影响。另一方面，回想句与过去句有着转化的可能，过去句能够包含他者思维句，而作品人物的回想句却无法呈现他者的思维，因此，作品人物回想他人，这不是该作品人物的思维句，而是可以视为由叙述者插入的过去句。石原千秋以夏目漱石的《道草》中的一段表述为例论述这种转化：(1)阿常心里想要把健三当回事，这与其说是受爱的驱使，毋宁说是欲望在起作用。(2)这在无邪的健三的心里投下不快的阴影。石原千秋认为，(1)是阿常的思维句，(2)是健三的思维句，从(1)到(2)呈现出必然的因果关系。而能够主张这种必然关系的，只能是叙述者。由此，石原千秋将该段表述视为由叙述者对阿常和健三的内心的

① 石原千秋：《文本不会错——小说与读者的工作》，东京：筑摩书房，2004年，第185页。

② 石原千秋：《文本不会错——小说与读者的工作》，东京：筑摩书房，2004年，第188-189页。

规定，即这一回想句本质上是过去句。

石原千秋构想的理想读者借助“叙述形态论”介入文本意义的生成，而这一路径能够有效，前提正在于读者发挥着主体性功能，保持着对文本叙述结构的高度敏感，从而生成作者并未呈现在文本中的意义。在考察文本的叙述结构时，前田爱曾利用叙事学理论将日本的近代文学的物语符号分为立身出世型和反立身出世型。所谓立身出世型讲述的是青年离开农村共同体，在都市寻求新的生活。反立身出世型讲述的则是青年进入文明开化的东京的各种游乐场所①。石原千秋将前田爱的立身出世型叙事符号阐发为“成长”为大人物的叙事，将反立身出世型符号阐发为“退化”型叙事，认为“退化”型叙事有着回归自然的内涵。石原千秋进而提出四种叙事符号：第一，浦岛太郎型。主人公从陆地的某个村子(内)去海上的龙宫(外)，此后再次回到陆地(内)，移动轨迹是“内→外→内”。第二，辉夜姬型，即辉夜姬从月亮上(外)来，出生于竹子中，在地球(内)生活，此后回到月亮上(外)，移动轨迹是“外→内→外”。第三，成长型。一般是孩子成长为大人的叙事，移动轨迹是“外→内”，这类叙事通常将在都市取得成功视为理想价值。第四，退化型，即回到原处，这种叙事符号对在都市取得成功是批判的态度②。

石原千秋以立身出世型符号为例论述符号的差异如何推动小说叙事，认为该符号展现的是明治三十年代后半期开始的以东京为中心的激烈的都市化现象。东京带有特别的意义，是因为有乡下这个对立项的缘故。德田秋声的《不浑浊的水》中，对进京的青年们来说，东京是实现他们梦想的场所，而在乡下“私立中学”教英语则是毫无疑问的挫折。不过，在德田秋声的小说中，去东京的女性好像必定是“堕落”的，在主人公的母亲看来，“东京的女人”只是让人厌恶的存在。因此，石原千秋将语境问题视为解读文本的关键性要素，认为读者只有将小说与时代语境、符号相关联进行阅

① 参见前田爱：《文学文本入门》，东京：筑摩书房，1988年，第112页。

② 石原千秋：《读者在哪里——书籍中的我们》，东京：河出书房新社，2009年，第90-91页。

读，而不是仅归结于主人公的性格时，才能真正把握小说的整体结构。

在文学批评的出发点上，小森阳一与石原千秋的文本研究立场内含对现代日本的强烈反省、批判意识。石原千秋与小森阳一合作编集系列刊物《漱石研究》，为日本文本研究范式的确立并肩战斗。但此后两人越来越疏远。石原千秋在 2017 年 3 月提到，“因为有着众多的龃龉，我跟小森有十多年关系变得疏远。这之间作为研究者，对于小森的漱石论抱有敬意，但是却始终没说过一句话。”①石原千秋的这段表述暗示着他与小森阳一的异同。亦即，同为立足于文本研究范式的研究者，石原千秋“对于小森的漱石论抱有敬意”，这种“敬意”当然也是当初促使他们相向而行的原因。但是，另一方面，他们之间“有着众多的龃龉”。石原千秋并未明言这种龃龉的所指，但通过本节的考察不难看出，小森阳一借由文学批评积极介入现实的政治批评，这正是石原千秋没有涉足的。

石原千秋与小森阳一都是站在文本研究的立场上展开文学批评，但是，他们的根本不同也正在于文本研究立场上的不同。石原千秋专心于读者问题，坚持从文本分析的立场来解读文学作品。而小森阳一借由文学批评介入政治批评，正面对峙右翼思潮，追究天皇制的战争责任，他的这种文学批评表征正是曾经断言“不可能有保守反动的文本论者”的石原千秋的文学批评空间所缺乏的。当然，这并非是说石原千秋始终拘泥于文学批评的内部，而没有现实关怀的伦理精神。2022 年出版的《为何漱石不会终结》的“前言”中，石原千秋如此写道，“在追加对谈中，在战争与资本主义的大的主题中思考漱石文学。这也正是现代的课题。想要从漱石文学那里，获得思考现代的启发，这样的想法变强了。这一点上，两人的思考完美地共鸣了。”②在对谈“为何漱石不会终结”中，石原千秋、小森阳一都认为反对国家干预国内经济的新自由主义事实上走到了末路，两者都认为“资本

① 石原千秋：“出版后记——小森的大口罩”，石原千秋、小森阳一：《为何漱石不会终结》，东京：河出书房新社，2022 年，第 409 页。

② 石原千秋：“文库版前言”，石原千秋、小森阳一：《为何漱石不会终结》，东京：河出书房新社，2022 年，第 4 页。

主义与自由主义的结合，这一思考本身业已陈旧了”。石原千秋、小森阳一关注国家相较于资本主义的强势地位，认为“重新阅读漱石的小说，能够很好地理解当下发生的各种事态”①。当然，石原千秋所说的“共鸣”也就仅限于此，至于小森阳一通过阅读漱石小说，介入反改宪、反右翼思潮等政治批评活动，在石原千秋那里是没有表现出共鸣的。

第四节　小森阳一文学批评空间的历史意义：叙述问题的史学价值

本节着眼于历史问题对于小森阳一文学批评的重要性，对比分析小森阳一与战后日本的历史学家的批评空间，考察小森阳一文学批评空间的历史意义。围绕小森阳一对历史问题的关注，理查德·希德尔指出小森阳一文学批评致力于理解决定、塑形历史的语言之力量②。董炳月同样聚焦小森阳一文学批评与历史学的跨界，认为文学与历史的学科整合、重构“历史”的概念是“小森话语”的特征之一③。林少阳将小森阳一的文学批评视为“历史的诗学”，认为小森阳一有着“通过小说分析来探求历史的历史研究者的态度”④。既往研究关注小森阳一围绕叙述问题介入历史学领域，注意到这种介入的历史意义。在既往研究的基础上，本节围绕叙述问题的史学价值，考察小森阳一文学批评空间的历史意义。具体展开上，本节首先以小森阳一在历史教科书问题上的责任意识、昭和史论争为例，考察小森阳一与历史学领域的研究者展开叙述研究时的核心问题意识。其次，围绕

① 石原千秋、小森阳一：《为何漱石不会终结》，东京：河出书房新社，2022年，第404页。

② 米歇尔·M·梅森、海伦·J·S·李：《阅读殖民地时期的日本：文本、语境和批判》，加利福尼亚州：斯坦福大学出版社，2012年，第56页。

③ 董炳月：“平成时代的小森阳一”，小森阳一：《天皇的玉音放送》，北京：三联书店，2004年，第299页。

④ 林少阳：“探讨‘历史的诗学’”，高华鑫译，小森阳一：《文学的形式与历史》，郭勇译，北京：清华大学出版社，2018年，第286页。

历史学从战前到战后的演变，考察历史学研究者如何藉由叙述研究展开国家权力批判。在此基础上，剖析小森阳一与历史学领域的相关研究者在政治批评上的异同，厘清小森阳一文学批评空间的历史意义。

一、叙述研究的问题意识——从小森阳一在历史教科书问题上的"课题"说起

2000年前后，"新历史教科书编写会"编写《新历史教科书》，该教科书美化日本的侵略历史，在日本国内乃至国际社会引发激烈批判。文学研究者小森阳一与专攻国际政治学的坂本义和以及日本思想史研究专家安丸良夫合作编著《历史教科书：问题是什么？——彻底检证Q&A》，详细论述《新历史教科书》的问题所在。小森阳一并非专业的历史研究者，他为何要介入历史教科书问题，编者前言里给出了答案，即"历史教科书，不仅刻印过去的记忆，也是我们每一个人与下一代人一起打开未来的素材。这不仅仅是历史学家的课题"①。在序言中，编者指出他们关注的首先是"事实的谬误与记述的不准确"，这样的谬误，正是"不管站在怎样的政治的、思想的立场上，都不得不承认的"②。接着，编者指出，他们关注的另一问题是"历史的记述与解释的歪曲"问题。

> 读一下扶桑社版(历史教科书)就能明白，这是站在日本的国家精英的视点上的历史叙述。必须承认的是，历史中的被统治者、被歧视者、被侵略者的视点与行动，只占据极少的比重。
>
> 近来，"历史是叙事"这样的说法很流行。绝对正确的唯一的历史并不存在，这是当然的。但是，并不能因此就认为，所有的"叙事"都在相同的平面上。"叙事"被组入统治-被统治的权力关系，扶桑社版

---

① 小森阳一、坂本义和、安丸良夫：《历史教科书：问题是什么？——彻底检证Q&A》，2001年，第vi-vii页。

② 小森阳一、坂本义和、安丸良夫：《历史教科书：问题是什么？——彻底检证Q&A》，2001年，第vi页。

（历史教科书），将焦点置放于国家的统治精英的“叙事”上。①

如引文所述，小森阳一等编者关注的是扶桑版教科书对历史的有意识的歪曲，而这种歪曲的根底上，正是“历史观”的问题，因而他们不能无条件认可“历史是叙事”这一说法。这并非是说无视或是弱化叙述问题对于历史的重要性，恰恰相反，小森阳一在内的编者的这一立场正凸显他们对于历史叙述问题的重视。

小森阳一等人对历史叙述问题的重视并非个案。在“二战”后的日本，专业的历史学家也早早地关注历史叙述问题。1955 年，远山茂树、今井清一及藤原彰编写的《昭和史》出版。编写者阐明出版该书意图时指出，“特别吸引执笔者关心的是，为何我们国民被卷入战争，为何国民不能阻止呢。明晰过去与现在的区别，致力于和平和民主主义，给与真正的方向和自信”。②《昭和史》章节上分为“昭和新政”“从恐慌到侵略”“以紧急之名”“无休止的战争”“向破局”“战后的日本”等部分。章节之下又分若干部分，比如“昭和新政”项目上分为“转变的时代”“金融恐慌下的政变”“对中国革命的干涉”及“满洲某重大事件”等部分。《昭和史》的叙述结构“成为此后近代史叙述的范型”③。尽管如此，这一叙述范型受到研究者的严厉批判。1956 年 3 月，亀井胜一郎发表《对现代历史学家的疑问》，主张“历史是人的历史”④，而《昭和史》的叙述中有“统治阶级”与“阶级斗争的战士”，不过“没有人的存在”。同样，松田道雄、山室静等人也批判《昭和史》中的人的缺失问题。松田道雄在 1956 年 3 月 26 日的《日本读书新闻》上发表《对

① 小森阳一、坂本义和、安丸良夫：《历史教科书：问题是什么？——彻底检证 Q&A》，2001 年，第 vii 页。

② 远山茂树、今井清一、藤原彰：“前言”，《昭和史》，东京：岩波书店，1969 年，第 1 页。

③ 成田龙一：《历史学的体裁——史学史及其周边》，东京：校仓书房，2001 年，第 38 页。

④ 亀井胜一郎：“对现代历史学家的疑问”，臼井吉见：《战后文学论争》（下卷），1977 年，东京：番町书房，第 333 页。

历史学家的要求》，认为贯穿昭和的令人“疼痛”的东西没有出现。文学评论家山室静在1956年12月号的《思想》上发表《关于政治的人之史观》，批评《昭和史》的叙述上看不到对人类的爱。和歌森太郎则认为，《昭和史》的叙述有可能使得人类成为阶级关系、国际社会关系的傀儡①。

对于亀井等人的批判，远山茂树的反驳也着眼于历史叙述问题。在远山茂树看来，历史学不是文学。与文学艺术描述人类不同，历史学将人类的历史的存在作逻辑的明晰②。不过，远山茂树承认论争有助于历史学的固有问题的自觉，“作为科学的历史学描述人类，具体是什么呢，极端而言，历史叙述能不出现个人名字吗？深入的考察开始是以这个论争为契机的”③。川崎新三郎同样认为论争是关系着如何理解历史的重要问题。

> 我想提出的结论是，我们的历史叙述，有必要依照日本的现实国民的疑问和要求。《昭和史》的叙述也更应该基于这样的想法，着眼于之前提出的问题而进行叙述。④

《昭和史》论述促使历史学家关注既往的历史叙述对人的忽视。参与《昭和史》论争的并不限于历史学家，很多社会科学者、评论家和作家加入其中。《历史学研究》1956年10月号刊发荒正人、木下顺二、野间宏等人的座谈会“历史与人类——特别以现代史的问题为中心”，荒正人认为由于主体性的不足，历史与主体的结合薄弱，所以文章的力度不足⑤。《昭和

---

① 和歌森太郎：“历史的看法与人生”，臼井吉见：《战后文学论争》(下卷)，1977年，东京：番町书房，第361页。

② 参见远山茂树：“现代史研究的问题点”，《中央公论》，1956年第6号，第52-61页。

③ 远山茂树：《战后的历史学与历史意识》，东京：岩波书店，1968年，第232页。

④ 川崎新太郎：“历史的把握与叙述——关于其问题点”，藤间生大等：《讲座历史 第四卷 国民的历史意识变革的运动》，东京：大月书店，1956年，第23页。

⑤ 参见荒正人等：“历史与人——特别是以现代史的问题为中心”，《历史学研究》，1956年第10号，第17-40页。

史》论争激发了包括历史学研究者、文学研究者在内的知识分子对叙述问题的关注。远山茂树曾如此阐释论争的意义：

> “第一，作为对以六全协、斯大林批判为契机的批判共产党、左翼公式主义的一环而进行的。第二，在政治、论坛上的逆流现象变得显著的情况中，再次检讨战争与战后的“民主化”的意义”①。

远山茂树揭示昭和史论争有着极强的政治意义。那么，战前日本，有着这样极强政治意义的论争是否被允许？战后日本，历史研究者是否又有着论述这些问题的完全的自由？此类问题既是历史学家必须直面的，同时，也关系着小森阳一围绕历史问题的言说处在怎样的延长线上。

二、战前日本的历史学的边界

在战前日本，历史学的领域受到严格的限制，历史学家在论述历史问题时有着严格的边界，历史学研究者并不被允许轻易涉足历史教育领域便是典型的例子。如松岛荣一所说，战前日本，历史教育僵化极大地限制了学术研究，“产生这样的结果，自然源于历史学与历史教育极大分离的缘故”②。时任东京师范学校助教谕的三宅米吉在《关于小学历史科之思考》一文中认为，历史科的智力发育上的功益，在于练习判断、比较、想象三力，“历史又有着极大的涵养德性之功。特别是在唤起忠义爱国之心性上尤为有功益”③。1881 年，山形县的官员与文部省及师范学校(东京)磋商如何迎接明治天皇的“巡幸”时，受到如下的提醒：“供天览的学业，以修

---

① 远山茂树：《战后的历史学与历史意识》，东京：岩波书店，1968 年，第 234 页。

② 松岛荣一：“舆论中的历史的歪曲——触及历史学之再评价的问题”，藤间生大等：《讲座 历史 第四卷 国民的历史意识变革的运动》，东京：大月书店，1956 年，第 230 页。

③ 三宅米吉：“关于小学历史科的一个考察”，田中彰、宫地正人：《历史意识》，东京：岩波书店，1991 年，第 327 页。

身学为第一，接下来历史讲义也不可或缺。讲义以治世业绩、善言美行为好。”①事实上，“历史”和“修身”正是明治政府在教育领域所最着力的两个方面。1881年，日本颁布最早的日本现代小学运营规则《小学教则纲领》，该纲领极为重视小学生的“修身”问题，同时，也将“历史”规定为“要养成尊王爱国的志气”。1890年，日本制定新的《小学校教则大纲》，该大纲规定“日本历史要知道本邦国体的大要，以养育国民志操为要旨”。所谓“国民志操”，并非现代意义上的国民，而是皇国史观所塑造的民众而已，如间濑正次所说，修身教育的内容只是“为了练成皇国民的教材”。②

> 在论述历史的发端的场合，神话是极为被强化利用的，这是到战争中为止的我们历史教育的极大特质之一。天照大神的所谓神敕，被作为说明天皇的权力的起源之唯一绝对的证据。这是1903年(明治36年)以来的国定国史教科书的定石。以万世一系的天皇、忠诚的臣民为要点的历史被言说。自然，在大学和研究室等地方，即便很少，但还是有着研究的自由，不过，这不是能够完全公开发表的，另外在历史教育的场所也是不能存在的。③

上述引文凸显战前日本的国家意识形态对历史教育的管控。如本多公荣所述，“历史教育的基础是在小学被育成的，国民的历史意识的原型是在小学被构筑的”④。明治政府试图通过历史教育向国民灌输所谓的“忠君

① 渡边几治郎：《明治天皇的圣德·教育》，东京：千仓书店，1941年，第213页。

② 间濑正次：《战后日本道德教育实践史》，东京：明治图书，1982年，第19页。

③ 松岛荣一：“舆论中的历史的歪曲——触及历史学之再评价的问题”，藤间生大等：《讲座 历史 第四卷 国民的历史意识变革的运动》，东京：大月书店，1956年，第226-227页。

④ 本多公荣：《社会科历史教科书的批判》，东京：明治图书，1967年，第181页。

爱国”教育，所宣扬的皇国史观将“神话”视为真实的历史，这样的一种神话言说中，“天皇是权威的中心实体、道德的源泉之一”①。由此来看，历史学家退缩在专业的研究领域，与民众保持距离，这绝非是个人兴趣层面的问题，而是源于国家权力的强力管控。1891 年，帝国大学教授久米邦武在史学专业杂志《史学会杂志》上发表论文论说“神道是祭天的古俗”。久米邦武在该论文中提出，日本的神道是祭天、攘灾招福、东洋祭天的古俗之一，不是宗教。该论文发表于专业期刊时并未引起波澜。但是，第二年转载到大众杂志《史海》时，引起神道家的攻击，他们向宫内省、内务省、文部省施加压力，最终使得久米邦武被大学辞退。

> 国家大事、军机，臣民不可言说、不可诉诸笔端，特别是事关皇室之事。然方今学者中，往往以学术考究为名，牵强附会，胆敢议论天皇祖先，蔑视三种神器，不敬太庙。何其不忠之甚也。即便是真事，但于君国有害而无益者，也不应该考究，此乃学者本分，何况于虚构之事乎？所谓学者原本指何人？明晰事物之理，以利君国者也。然今日之伪学者，借学问上的探究为名，将荒诞不羁之事诉诸笔端，以乱臣民之耳目。呜呼，不忠不义，莫出其右。②

久米邦武对神道的研究被视为“不忠”之举。佐伯有义痛斥久米邦武的论述是“邪说”，认为“他的言说有着损毁国体、违背教育敕语之处”③。冈岛安平同样认为，修史者、读史者都应以道德教化为准绳，这是史家报国之本分。如果做不到这一点，则宜搁笔三缄其口，不流毒于后世。冈岛安平在批判久米邦武时认为学者可贵之处在于“不致国家坏乱”，“不做不急

---

① 丸山真男：《现代政治的思想与行动》，陈力卫译，北京：商务印书馆，2018 年，第 19 页。

② 无名氏：“论暴露国家大事者之不忠不义”，田中彰、宫地正人：《历史认识》，东京：岩波书店，1991 年，第 468-469 页。

③ 佐伯有义：“质问久米邦武氏”，田中彰、宫地正人：《历史认识》，东京：岩波书店，1991 年，第 470 页。

无用之考证，不做惊世骇俗之论辩，惟发扬国体尊严之要义，厚臣民报国之心，证明忠臣孝子之伟业，奉上事君之道”①。

久米邦武事件极具象征意味，“给与此后的历史教育更为强烈的影响，历史教育与天皇制权力极为相关，被赋予了道德的色彩，因而不能对古代进行合理、科学的解释”②。这一事件的影响力并不仅仅在于历史学领域。如宫地正人所说，久米邦武等事件之后，“鸦片战争以后的日本人的丰富、主体的历史认识的时代这里迎来了终结，国家的强大化使得国民卑小化”③。对“二战”前日本的历史学家而言，只要退缩在专业研究领域，远离国民，便有着远山茂树所说的那种自由，“学问的大致的自由，在不影响教育的范围内，勉强被许可。如果政府判断历史研究的结果影响国民的思想，那就毫不犹豫地压抑历史研究者”④。

三、战后历史学的边界消解：面向国民的历史学

战前日本的历史学被严格限定在专业研究领域。相比之下，战后历史学一定程度上摆脱了国家权力的严格管控。不过，国家意志以极为隐蔽的形态继续给历史学施加压力。在这双重状况之下，战后历史学感受到与国民进行更广泛地接触的责任自觉，这典型地呈现为历史学家对国民的历史意识的关注。早在1960年，“历史意识”成为历史学家的关注主题。1960年9月，《历史学研究》245号首次出版特集“历史教育与教科书问题”，此后，1963年12月283号的特集“历史教育的现状与展望”，1965年11月306号的特集“历史教育与历史研究”，1967年1月320号特集“‘明治百年’与国民的历史意识”，1968年3月334号特集“大学的历史教育(续)”，

---

① 冈岛安平：“绳风猷补典教”，田中彰、宫地正人：《历史认识》，东京：岩波书店，1991年，第476页。

② 家永三郎等：《岩波讲座 日本历史22 别卷1》，东京：岩波书店，1968年，第259页。

③ 宫地正人：“幕末明治前期历史认识的结构”，田中彰、宫地正人：《历史认识》，东京：岩波书店，1991年，第518页。

④ 远山茂树：《战后的历史学与历史意识》，东京：岩波书店，1968年，第5页。

1968年4月335号特集“神话研究与历史教育的课题”，1968年9月340号特集“教科书审判”，1971年3月370号特集“国家权力与历史教育”。

> 战后历史学将国民的历史意识中形成、拥护这样的“战后”视为固有的任务。不过，这不只是所谓的研究领域的。换而言之，不只是作为成果，有助于国民的历史意识的形成。在历史教育的层面，历史学以固有的立场出发，组织并从各种各样的运动的点上，对国民提起问题。作为这样的运动，比如，教科书检定诉讼（所谓的家永诉讼）支持运动，“建国之日”制定反对运动，“明治百年祭”反对运动，文化财保护运动，文书馆设立运动，押收文书返还运动、战争灾难编撰运动等。这些都深深关系着国民历史意识的形成乃至历史像的造型问题。①

鹿野政直将历史学在国民的“历史意识”上的作用视为历史学“固有的任务”，他所说的历史意识“发端于发问现代为何物”②。值得一提的是，历史学家、历史学教育者对民众历史意识的关注并非总是启蒙主义的立场，即他们并非总是高高在上，着眼于塑造民众正确的历史观。这是因为，随着时代的发展，电视、小说等载体对民众的历史意识发挥越来越大的作用，专业的历史学家们不得不正视这一问题。《历史学研究》320号的“‘明治百年’与国民的历史意识”为题的座谈会上，主持者荒井信一发言，“启蒙主义不能战斗了吧。历史学家要积极的在国民的意识、历史意识的关系上发现问题”③。70年代中期，荒井信一的这种问题意识成为历史学界的共识。《历史学研究》1975年12月刊的427号的“今天的历史意识与历史研究的功能”，以编辑委员会之名解释特集的意图时说，“现在，历史意识不是历史学家与读者的专有之物，而是通过由电视、收音机等大众传媒

① 鹿野政直：《“鸟岛”进入视野了吗?》，东京：岩波书店，1988年，第30页。
② 鹿野政直：《“鸟岛”进入视野了吗?》，东京：岩波书店，1988年，第29页。
③ 荒井信一等：“‘明治百年’与国民的历史意识(座谈会)”，《历史学研究》，1967年第1号，第1页。

的历史剧、历史小说，以多样的形态浸润到众多人中”，因此，“必须看到今天的历史意识的多层性、多样性”①。

色川大吉注意到历史意识与媒体的关联，认为这是与民族命运相关的重大问题。色川大吉意识到专业的历史学家、历史学教育工作者在这一问题上的乏力，“小说、电视，特别是NHK每年的大河历史剧的影响是压倒性的”②。远山茂树从这一视角出发，看到历史学主动与国民接近的必要性。

> 历史学不能与教育、国民思想相分离。历史的研究成果，基于该成果的历史叙述，向广大国民开放，这源于历史学本身的性格。比如，法学、经济学与国民的关系不能相比。谁都能对历史有一家之言，考证家的历史、町的由来。国民都能成为历史学家，能够书写历史，这是历史学的特质。这里有着这门学问的长处和短处。长处是学问避免在象牙塔中停滞、腐败。短处是被权力、大众传媒利用，科学性被损害的可能性很大。……(略)战后历史学的特色之一，作为历史研究者的社会责任，强调学问与教育，学问与国民的结合的必要性。③

远山茂树呼吁历史学“向广泛国民开放”，认为与法学、经济学等学科相比，历史学有着更为亲近国民的特性，他甚至将“国民谁都能成为历史学家，能够书写历史”视为历史学的特质。远山茂树认为并非只有历史学家才能书写历史，这并非夸大其词。在战后日本，非历史学领域的知识分子的历史言说的价值益发受到研究者的关注。例如，詹姆逊在为柄谷行人《日本现代文学的起源》英文版所写的序言中认为依照柄谷行人的论述，可

① 历史学研究会编集委员会：“今天的历史意识与历史研究的功能：值此特集之时”，《历史学研究》，1975年第12号，第1页。

② 色川大吉：《历史的方法》，东京：岩波书店，1992年，第10-11页。

③ 远山茂树：《战后的历史学与历史意识》，东京：岩波书店，1968年，第16页。

以说有两个不同的明治维新，一个是成功的，即现代民族国家的建立；另外一个是失败的明治维新，即反对力量的失败引起了广泛的大众性幻灭，这一幻灭足可以使新的极权结构的设立得以成为可能。据此，詹姆逊认为柄谷行人的叙述是有着截然不同的"政治性"的"历史叙述"①。小森阳一同样关注非历史学领域的知识分子在历史叙述上的价值，如他认为通过阅读大冈升平的《莱特岛战记》可以对历史有正确的认识，"如果不去阅读这部"战记"，就意味着无法获得对日本发动'大战争'这一历史事实的正确认识，无法对大日本帝国这个国家形态的常备军队的历史责任问题进行深入思考"②。

战后日本，民众与历史叙述的密切关系使得历史学家不得不直面叙述问题。鹿野政直指出，"国民在对历史叙述的姿势上有极大的变化。不是停留在享受专家的历史叙述，而是主动的关涉历史叙述"③。所谓"主动的关涉历史叙述"，典型之一便是民众对历史小说的热情。大致是1960年左右开始，日本国民间涌现出"历史热"的现象。从读卖新闻社的《日本的历史》(1959—1960年)到中央公论社的《日本的历史》(1965—1967年)，在民间受到极大的欢迎。这一时间正逢日本的经济迅速复兴，以60年代的安保改定为契机，政治上、经济上从属于美国的同时，竞争关系萌芽，试图摆脱与美国的从属关系的"民族独立"意识与亚洲的民族主义也发挥着作用。历史学家关注着这一现象，早在所谓的历史热之前，历史学家就敏感地发现文学在历史叙述上所具有的功能。1952年，田宫虎彦将"描绘着过去或者现在，借此，同时能够描绘未来"视为历史小说的本质，"我热切盼望，史学者以冷酷的史学眼，尝试小说批评"。④ 此后的菊地昌典同样高度

① 詹姆逊："重叠的现代性镜像"，林少阳译，柄谷行人：《日本现代文学的起源》，赵京华译，北京：三联书店，2003年，第241页。

② 小森阳一："中文版序"，小森阳一：《村上春树论：精读〈海边的卡夫卡〉》，秦刚译，北京：新星出版社，2007年，第7页。

③ 鹿野政直：《"鸟岛"进入视野了吗?》，东京：岩波书店，1988年，第43页。

④ 田宫虎彦："历史与文学"，历史学研究会：《关于民族的文化 历史学研究会1952年度大会报告》，东京：岩波书店，1954年，第190页。

评价文学对于历史学的重要意义，“历史学长时间不试图从象牙塔出来。正因为是事实无限的堆集，所以真正的历史学受到伤害”①。在菊地昌典看来，摆脱象牙塔的方法便是想象力的文学，“历史的想象力的复活被进行时，历史学家能够恢复对由创造的想象力成立的文学的亲近感”。② 色川大吉则在区分历史学和文学的基础上，论述文学对于历史学的重要意义：

> 历史与文学的性质、功能、目的不同，所以两者成为不同的东西也不奇怪，不过，在采取历史小说这样的表现形态的场景中，两者的边界互相融合，难以区别。某个场合上，历史学家写的东西几乎完全接近艺术作品，另外作家所写的东西接近历史叙述。在表现的达成点，叙述的完成点上，历史与文学，或者学问与艺术能够变得一体化。③

色川大吉认为在叙述问题上，历史与文学“能够变得一体化”。在色川大吉看来，历史学家必须抛弃独善的态度，现身于读者之前，交与读者评判。“自己写的东西，是否将某个过去的时代，真正色彩丰富的、深刻的、栩栩如生地再现？”④色川大吉揭示出历史学边界拆解的必要性，这一拆解与其说是赋予历史学新的研究视阈，不如说是重新认识历史学的本质，即所谓历史学原本便不是退缩在象牙塔之内独善的研究，而是有着与民众接近的内在属性。厘清这一点极为重要，这是因为，专业的历史学家对文学产生兴趣，其意义并不仅仅在于他们的研究多了文学视角，更为重要的在于他们的问题意识的相通，即他们反对被以天皇制为核心的意识形态所构建的共同体，而是期望民众能有正确的历史认知，“‘历史’通过被叙述才

① 菊地昌典：《历史小说是什么?》，东京：筑摩书房，1979 年，第 315 页。
② 菊地昌典：《历史小说是什么?》，东京：筑摩书房，1979 年，第 8 页。
③ 色川大吉：《历史的方法》，东京：岩波书店，1992 年，第 44 页。
④ 色川大吉：《历史的方法》，东京：岩波书店，1992 年，第 45 页。

显现其姿态，而对于该历史像的判断与责任则事关伦理的问题。”①

四、“历史学”的边界拆解与日教组的“新的伦理”

二战结束后，日本的历史学家主动进行边界拆解，不过，这并非一片坦途，而是始终直面保守意识形态的束缚。随着朝鲜战争的爆发，日本作为反共基地的作用凸显，意识形态变得保守和右倾。1954 年，所谓教育二法案，即“与义务教育诸学校的教育的政治中立性确保，相关的临时措置法”与“教育公务员特例法”在国会被强行裁决通过。这两个方案名义上是禁止教职员的政治行为，取缔教育上所谓的“偏向”，实际上是以“偏向”取缔为名实行教育统制。1955 年 8 月，鸠山内阁的执政党日本民主党发表“值得警惕的教科书问题”的宣传册，谴责部分社会科教科书为“红色”“偏向”。日本民主党在 1955 年 2 月的总选举时提出的十大政纲中提到“统一国定教科书”。1956 年提出了意图教科书统制的强化的教科书法案，和将教育委员从公选制变为认命制的法案，亦即第二次教育二法案。在学术界、教育界的反对之下，教科书法案成为废案。不过，政府新设了常勤的教科书调查官。因此，家永三郎认为事实上实现了检定强化这样的“教科书法案的主要目的”②。

在战后这一新的历史时期，历史学家、历史学教育者对右倾意识形态极为警觉，时任日本历史教育者协会副委员长的高桥磌一宣称“绝对不让历史教育成为军国主义的道具”③。本多公荣对历史学所面临的威胁也极为警惕，“国民的历史意识、在学校的历史教育就这样好吗，如此被严厉发问的另一面，逆行的风向吹遍当今的日本全土。”④在本多公荣看来，日本政府在教科书问题上的“这一系列的动态，是政府、自民党的扩军、改宪

① 成田龙一：《“历史”如何被言说的?》，东京：日本放送出版协会，2001 年，第 104 页。

② 家永三郎：《教科书检定》，东京：日本评论社，1965 年，第 33 页。

③ 本多公荣：《社会科历史教科书的批判》，东京：明治图书，1967 年，第 1 页。

④ 本多公荣：《对历史教科书问题的提言》，东京：步出版，1982 年，第 181 页。

政策的一环。"①这并非危言耸听，而是日本政府的一系列施压使得历史学研究者感受到战前历史学所体验过的恐惧。这种恐惧使得历史学家们对历史言说极为敏感，他们对《国家的进程》的批判正源于此。1946 年 10 月，《国家的进程》作为国民学校初等科用的教科书登场，此后，中学用的《日本的历史》，师范学校用的《日本历史》先后出现。新教科书仍然是皇室中心主义的编撰方针，并没有彻底清算战争责任等问题。《国家的进程》的执笔者之一的家永三郎为此辩解，"说他们与文部省相向而行，致力于战前历史观的温存，这不准确。从非政治的实证主义的立场出发写教科书的话，只能变成那样，这是不可避免的"②。所谓实证主义是指省略神话、传说，通过贝塚、古坟等证据将远古的生活作实证的记录。但是，这种科学、客观的表象却回避了对皇国史观的批判。《国家的进程》引起了以民主主义科学者协会、历史学研究会的历史学家为主的历史学研究者批判。《国家的进程》中，武士的兴起来源于保障农村民众的安全的功能，明治的新政以国民生活的便利和提高为目标。因此，远山茂树讽刺道："言说统治者给与人民以恩惠，便是'人民的历史'。"③

历史学家、历史教育工作者对历史言说的批判是与对国家意识形态的警惕缠绕在一起的。松岛荣一警告，"以文部省为顶点的国家统制，通过国定的历史教科书被推行，这甚至成为历史学的常识。时至今日都必须予以注意，也是不能忘记的事实。"④上原专禄在 1954 年 8 月 11 日演讲中认为，"就教育的课题进行思考时，必须站在敏锐的历史意识上"⑤，在 1958

① 本多公荣：《对历史教科书问题的提言》，东京：步出版，1982 年，第 3 页。

② 家永三郎："战后的历史教育"，《岩波讲座 日本历史 别卷 1》，东京：岩波书店，1963 年，第 320 页。

③ 远山茂树：《战后的历史学与历史意识》，东京：岩波书店，1968 年，第 67 页。

④ 松岛荣一："舆论中的历史的歪曲——触及历史学之再评价的问题"，藤间生大等：《讲座 历史 第四卷 国民的历史意识变革的运动》，东京：大月书店，1956 年，第 228 页。

⑤ 上原专禄："站在历史意识上的教育"，《上原专禄著作集 12》，东京：评论社，2000 年，第 33 页。

年8月20日的演讲中，上原专禄批判道，“今年的《‘道德’实施要纲》，还有新的‘学习指导要领’等，不仅是与我所说的‘站在历史意识上的教育’的理念极为背道而驰，而且是包含着与这个理念矛盾的很多难点”①。这也可见，官方意识形态试图通过教育来塑造特定的历史观，而历史学家、历史教育者注意到历史教育在国民历史观上的重要作用，意识到历史教育的自由与历史学乃至国民的自由密切相关。

就战后日本的历史教育工作者对日本政府的斗争而言，日教组发挥着独特的作用。1952年6月16日，日教组第九次大会决定的《教师的伦理纲领》中如此说道，过去的日本教师，在半封建的超国家主义体制下被强行屈从的伦理，而在新的时代，必须拥有新的伦理。所谓新的伦理包括：

> 五、教师反对侵害教育之自由
>
> 侵害教育的自由，妨碍青少年学习的自由，妨碍知性的自由的活动，此外，还误导民族的将来。正因为教师深深知道这点，因此，才与对教育的一切不当的压迫斗争。
>
> 六、教师追求正确的政治
>
> 过去的教师，在政治中立之美名下，长时间被剥夺该自由，完全服务于当时的政治权利。战后，教师有着政治的行动自由，团结起来为正确的政治而战斗，而现在该自由正被再次持续剥夺走。政治不是服务一部分的势力，而是全体人民，是将我们的念愿在和平中达成的手段。教师理应在工作的同时参与政治，合理追求正确的政治。②

“侵害教育之自由”，这不仅是教育领域的问题，而有着“误导民族的将来”的严重危害性。日教组对此有着高度的责任自觉。藤冈信胜曾论述

① 上原专禄：“站在历史意识上的教育”，《上原专禄著作集12》，东京：评论社，2000年，第239页。

② 盐田庄兵卫、长谷川正安、藤原彰：《日本战后史资料》，东京：新日本出版社，1995年，第335页。

日教组的“功罪”，认为日教组运动的最大“罪过”是从日本人的头脑中夺走对国家的责任感，进而夺走“国家”观念本身。

> “社会科教育”“历史教育”的最大的主题之一，是如何教授近代日本的战争的恶。日教组式的“和平教育”也是同样的。“国语教育”看上去与培养否定国家的意识是没有任何关系的，但并非如此。小学国语教科书上，涉及战争期间悲惨命运的小说作为教材，每学年都要罗列。1970年以后，这个倾向更为强化。①

日教组的斗争指向对军国主义、皇国史观的批判，这在右翼分子那里成了“罪过”。右翼分子藤冈信胜指责日教组培养了“否定国家的意识”，将之视为日教组的“罪过”。这一指责毋宁说从侧面彰显出日教组在批判右翼思想上的贡献。

五、历史学家成田龙一对文本叙述的研究及其悖论——以“司马史观”批判为例

战后日本极具批判精神的历史学家围绕叙述问题关注个体之人的存在，反对将历史神话化的意识形态。历史学家安丸良夫认为，“史料”是某种“表象”，我们只有通过这个“表象”追近“事实”，但是，研究者基于“表象”的分析，生成作为另一个“表象”的历史叙述，“历史研究是这样的‘表象’与‘表象’间漂浮的意味建构作业”②。

> 70年代以后，重新思考战后的历史学研究的气氛高涨。成田龙一是这一方向的自觉的先行者。最近他出版了两部著作《历史学的体裁》《历史如何被言说的》。如书名所示，成田关心的是历史被言说的方

① 藤冈信胜：《侮辱的近现代史》，东京：德间书店，1996年，第251页。
② 安丸良夫：《现代日本思想理论——历史意识与意识形态》，东京：岩波书店，2012年，第166页。

法、叙述样式，他将各式各样的历史叙述置于案头展开批评＝批判。成田具体关注的是1930年代的历史叙述，批判这些历史叙述上共通的“国民的物语”的性格。①

安丸良夫高度评价成田龙一的历史学研究，指出成田龙一关注历史被言说的方法，“将各式各样的历史叙述置于案头展开批评、批判”。“各式各样的历史叙述”也包括文学文本，成田龙一的这一立场与同时代的历史学家有着共同的问题意识。以对司马辽太郎文学的考察为例，历史学家关注这一文本，正是因为司马辽太郎文学对民众的巨大影响力。并非历史学家的司马辽太郎甚至演绎出司马史观这一词汇，“战后日本的精神史上有着无法抹去的巨大影响，过多的日本人被该史观束缚”②。据中村政则调查，尾崎秀树在1972年4月号的《流动》上发表的《司马史观的秘密》一文最早使用“司马史观”这个术语③。此后，司马史观逐渐成为历史学家研究的热门课题。如色川大吉所说，“我们历史学家拼命写论文，可是，登载这些论文的学术杂志也就印刷一两千本而已”④。如此不难理解鹿野政直为何将司马辽太郎视为日本1960年代后半到70年代的历史文学界的“英雄”，“论述历史文学所显现的国民的历史意识的场合，谁都不能无视他”⑤。中村政则指出，司马辽太郎以《龙马行走》《坂上之云》等作品，确保了作为国民作家的地位，“对日本人的历史意识的形成上，没有比他影响更大的作家”⑥。

众多研究者批判司马史观，认为其突出问题在于构造的“明亮的明治”

① 安丸良夫：《现代日本思想理论——历史意识与意识形态》，东京：岩波书店，2012年，第151页。

② 福井雄三：《历史小说的陷阱》，东京：总和社，2013年，第2页。

③ 中村政则：《〈坂上之云〉与司马史观》，东京：岩波书店，2009年，第2页。

④ 色川大吉：《历史的方法》，东京：岩波书店，1992年，第10页。

⑤ 鹿野政直：《“鸟岛”进入视野了吗？》，东京：岩波书店，1988年，第50页。

⑥ 中村政则：《如何看近现代史：发问司马史观》，东京：岩波书店，1997年，第2页。

幻象。色川大吉指出司马史观在有名、无名的人成为英雄的过程中，看出明治这个时代的活力，“《龙马行走》是典型的英雄史观”①。中村政则同样批判司马文学的英雄史观，认为司马史观最大的问题是“明亮的明治”与“昏暗的昭和”的二元对立史观。

> “明亮的明治”“昏暗的昭和”的理解方法，无法准确地把握日本近现代史的整体结构。这是因为，大正·昭和是以明治为母胎被塑形的，因而将明治与昭和视为非连续性和断绝，这未免过于单纯，甚至也有可能忽视这期间的国际关系的重大变化。或者可以如下言说，即所谓历史，是成为连立方程式乃至三次方程式，各自的时代有着明亮的侧面，也有着昏暗的侧面，明治的明亮转化为昭和的昏暗，反之亦可成立。②

中村政则认为“九一八”事变后日本的国家进程“其要因早已嵌入明治宪法中”③，他批判“明亮的明治”幻象之下对历史的“非连续性”叙述，认为司马文学将一切恶的源头归因于昭和之后的统帅部，而抹杀了天皇的责任，强行生产出“明亮的明治”。山折哲雄从“耻部”视角审视司马史观，认为“司马与丸山都对或是日本现代史之谜的耻部报以同样的兴趣”④，不过，与丸山真男反省明治以来日本法西斯的精神结构不同，司马文学着力渲染“明亮的明治”。中塚明也指出司马史观对明治的美化，认为“司马将日清、日俄战争时代视为有着明亮希望的青春日本的时代。他是‘明治光荣论’的

① 色川大吉：《历史的方法》，东京：岩波书店，1992年，第11页。

② 中村政则：《〈坂上之云〉与司马史观》，东京：岩波书店，2009年，第157页。

③ 中村政则：《如何看近现代史：发问司马史观》，东京：岩波书店，1997年，第56页。

④ 司马辽太郎、山折哲雄：《日本是什么》，东京：日本放送出版协会，1997年，第200页。

代表性主张者。”[①]相比之下，成田龙一的特别之处在于，他通过精读小说文本的叙述结构，发现隐藏于文本背后的意识形态。

> 身处小说的“时间、空间”的外部、身处“小说”这一形式的外部，这种意识以及明示，成为《坂上之云》及其之后的司马辽太郎作品的特征，我想对此进行考证，并考察其意义。为此，我将着力于寻找和分析占故事内容很大比重的“参照系”，以及着眼于司马辽太郎以故事结构为着力点的“叙述”。[②]

成田龙一聚焦《坂上之云》的叙述结构，认为小说开头“一个幅员狭窄的国度，正在迎接文明开化期的到来”很好地显示了司马辽太郎讲述故事时所处的位置，即叙述者身处“幅员狭窄的国度”之外，站在“文明开化期”已经结束的时点上——即民族国家形成期的“日本”的外部。在成田龙一看来，《坂上之云》中，司马辽太郎运用了两个参照系——“世界”和“近代”来进行叙述。司马在描述辽阳战役时写道，“即便在欧洲战争史上，也没发生过几次如此大的战役，何况日本，这是日本人在历史上经历的第一次大战役”。在成田龙一看来，司马用“欧洲战争史”作为参照，旨在指出这场战役的规模之大。并且，司马辽太郎还将这一事件放置到世界的舞台上，称辽阳战役引起了“世界”的关注，日本通过该战役登上了“世界的大屏幕”。如此，成田龙一批判司马辽太郎所谓的“世界”不外乎西方世界，与“近代”同义，指出“司马辽太郎将‘近代’民族国家的形成及其成熟度作为评价的重要标准”[③]。

---

① 中塚明：《司马辽太郎的历史观——发问其“朝鲜观”与“明治荣光论”》，东京：高文研，2009年，第28页。

② 小森阳一、高桥哲哉：《超越民族与历史》，赵仲明等译，南京：南京大学出版社，2017年，第60页。

③ 小森阳一、高桥哲哉：《超越民族与历史》，赵仲明等译，南京：南京大学出版社，2017年，第60页。

> 在司马辽太郎《坂上之云》的这一文本中所提示出来的历史——历史叙述，既鲜明地显示了它是司马辽太郎的叙述，是一部小说，同时它作为历史史实，具有真实性，叙述的是“事实”，进而又混杂着伪装成“客观性”的叙述方式。在此，我想必须批判的应该是其中的说明性叙述吧。司马辽太郎将他所作出的判断和评价的“主观”进行了透明化，将自己断定的事项幻化为“客观性”叙述。①

如引文所述，成田龙一批判司马辽太郎将极具主观性的叙述伪装成客观性的事实。成田龙一指出，小说文本中“这是日本的幸运”等表述，包含了价值/判断的叙述，发挥了“事实”“客观性”叙述的功能。成田龙一发现，司马在论述、评价“日本”时，使用了“世界”和“近代”两个参照系之外，还使用了诸如“在日本”“说到日本”之类的叙述方式，也将日本本身用作参照系，即司马辽太郎将民族国家的“秩序”作为基准，将清朝和日本这两个主语进行对比(老朽和新生)，如此一来，战争对于民族国家来说是必不可少的实验，民族国家的等级和优劣也是必然的。

成田龙一通过细致的文本分析，揭露司马辽太郎文学的叙述结构将日本的殖民战争合理化。不过，另一方面，成田龙一又对司马辽太郎文学有着极高的赞誉。在《作为战后思想家的司马辽太郎》的“后记”中，成田龙一如此说道：

> 司马辽太郎的世代，是战中派的同时也是“战后民主主义”与高度经济成长的承担者。作为主导“战后”的世代的人，司马批判战时，提供了合理的思考与判断。司马使用着“民族国家”这个词语，描绘“日本”形成“民族国家”的道路，并将“民族国家”作为战后民主主义的指针。某些作品中，乐观的言说“民族国家”形成，某些作品中则记录

① 小森阳一、高桥哲哉：《超越民族与历史》，赵仲明等译，南京：南京大学出版社，2017年，第65页。

“民族国家”形成过程中的困难，同时，赋予“现代”价值。这与对战时日本的批判并行。①

成田龙一高度肯定司马辽太郎的批判精神，认为司马严厉批判军部的领导者，将对日本的“现代”“战后”的思索作为自己终身的课题，“能够看出司马是‘战后’的精神的体现者”②。成田龙一在这里论述的“现代”俨然只是日本作为“民族国家”而成长的“现代”，这样一种“现代”并不包含日本发动的殖民战争。成田龙一由此赞誉司马辽太郎描绘“日本”形成“民族国家”的道路，将“民族国家”作为战后民主主义的指针。问题在于，众多历史学研究者批判司马辽太郎文学对历史“非连续性”的叙述，揭露日本在现代民族国家的出发原点上就内含发动殖民战争的要因，成田龙一本人也注意到司马文学将殖民战争合理化的叙述结构，通过考察《坂上之云》的叙述结构看出司马文学将战争视为对于民族国家来说是必不可少的实验。如此来看，成田龙一的论述存在着显著的断裂，而这种断裂并非因为对小说文本有了新的认识，毋宁说，正源于成田龙一直面“日本”形成“民族国家”的道路时的矛盾心态。

六、小森阳一对历史叙述问题的研究——对民族国家的彻底批判

成田龙一面对日本作为现代民族国家的成长道路时，呈现出矛盾的态度。相比之下，有研究者并没有将这一历史进程视为“成长道路”来看。铃木贞美在展开对“现代”的考察时宣称，他不是采用了以明治时期的民族国家形成为指标的“现代”，而是“与经济的发展没有关系，在法律之下，保

① 成田龙一：《作为战后思想家的司马辽太郎》，东京：筑摩书房，2009 年，第 366 页。

② 成田龙一：《作为战后思想家的司马辽太郎》，东京：筑摩书房，2009 年，第 10 页。

障国民平等的国家制度的成立之‘现代’”①。安丸良夫批判明治维新是“以民族国家之名，统治所有国民的精神”②。子安宣邦认为，“为了国家而死”是民族主义的对内的极限的主题，“为了国家而杀人”，是排他的民族主义的极限的主题③。红野谦介通过读日本的近现代文学研究考察所谓的“检阅”问题，认为越是成为现代的民族国家，越是有着由信息统制所带来的面向“国民的”意志统一的政治力学④。在日本民族国家批判的代表性学者西川长夫看来，批判民族国家关系着如何审视战后日本的问题。西川长夫认为，“所谓战后，是民族国家再建的一系列的过程。再建的尝试过于完美，结果便是，这个民族国家现在直面深刻的危机”⑤。

> 战争中被称为非国民是极可怕的事情，意味着社会性死亡，在身体层面也几乎意味着死亡。战后，日本帝国崩溃，在文化国家、民主主义之名下，国家和国民巧妙地复活，现在日本是大国。阅读论述战后50年的文章，我所知道的是，在远离那个废墟瓦砾的同时，大国的国民意识复活。越是诚实道德的文章，越是强调日本国民的身份，这样的风潮让人害怕。非国民的受难时代好像还在继续。⑥

西川长夫聚焦战后日本的意识形态对日本人的国民意识的塑造，认为“肮脏”不在于战败，而是在于国家与国民的存在本身。2001年，西川长夫在演讲后被问及如何看待小森阳一、酒井直树、岩崎稔等人的民族国家

① 铃木贞美：《“近代的超克”——其战前·战中·战后》，东京：作品社，2015年，第41页。

② 安丸良夫：“前言”，《日本民族主义的前夜》，东京：朝日新闻社，1977年，第i页。

③ 子安宣邦：《日本民族主义的解读》，东京：白则社，2009年，第7页。

④ 红野谦介等：《检阅的帝国——文化的统制及再生产》，东京：新曜社，2014年，第9页。

⑤ 西川长夫：《国民国家论的射程》，东京：柏书房，1998年，第264页。

⑥ 西川长夫：《国民国家论的射程》，东京：柏书房，1998年，第13页。

论，回答说对这三人的著述“读来颇多强烈共感”①。这种共感正源于小森阳一将当代日本的言论风气描述为“反动的民族运动”，批判右翼民族主义思潮试图通过重新整理历史事实和改写历史来重建民族叙事②。历史学家成田龙一介入文学领域，而小森阳一则是作为文学批评家介入历史学领域。据小森阳一介绍，他于20世纪90年代进入东京大学工作后，积极参与社会活动，而他的学术研究视野的扩大也正开始于这一时期。

> 史料本身的确表现历史的事实，但是，史料也是用语言写成的，是文本。因此，必须将历史的资料作为文本来重读。记述事实的资料，比如报纸的记事，与报纸上登载的作为虚构的新闻小说是同样的言说。将记事报道与新闻小说都作为历史的资料来分析，这便是我的媒体研究的立场。亦即，历史学者将新闻报道认定为历史资料，文学者则将新闻小说认定为小说，而我则通过文化研究式的媒体研究，将两者置于同样的层面来研究。这是我的独特的方法论。成田龙一高度评价我，认为我作为文学研究者，将历史资料作根本性的重读，动摇着过去的历史学。这成为我们关系密切的契机。③

小森阳一回忆这段经历时认为，日本的历史学曾受到马克思主义历史学的机械的影响，而他的工作则是将历史资料作为文字文本进行分析，即将历史资料作为文本进行重读，重新生成日本的近代历史本身。由此来看，在“动摇着过去的历史学”的问题上，小森阳一、成田龙一发挥着类似的作用。不过，小森阳一的问题意识有着更为鲜明的现实指向。以司马辽

---

① 西川长夫：《超越战争的世纪——全球化时代的国家·历史·民族》，东京：平凡社，2002年，第160页。

② 饭田由美子：《重新思考现代日本的身份认同：作为美学的民族主义》，伦敦和纽约：劳特利奇，2002年，第269页。

③ 韦玮：“文本分析的方法论：小森阳一访谈”，《外国文学研究动态》，2021年第3期，第159-160页。

太郎文学研究为例，与其说小森阳一关注司马史观，毋宁说，他更为关注的是现实世界右翼分子藤冈信胜对司马辽太郎文学的利用。

> 我们是日本人，所以，首先站在日本的立场、日本的国益上，考虑事情这是当然的，作为出发点，应该明确承认追求本国的生存权、国益追求的权利。不过，如果这样的话，必须承认其它国家也有同样的权利。因此，再次考虑，作为日本采取怎样的政策，成为本国的国益，也能对他者有利的道路呢。这样的历史的看法、思考方法，没有在过去的历史教育中清晰表明。
>
> ……在我看来，死去的司马辽太郎的“司马史观”也是在于与自由主义史观同样的立场。司马批判“将国家像、人类像置于只是在好人或是坏人这样的两个极端上捕捉”的历史学。①

藤冈信胜所说的“极端”史观是“二战”后在美国的强压下，将战胜国视为“好人”、将战争中的日本视为“坏人”的“东京审判史观”。此外，将帝国主义视为“坏人”、将社会主义视为“好人”的这一立场被视为“共产国际史观”。藤冈信胜自称反对这种好人、坏人对立史观，同时站在与战败前的“大东亚战争肯定史观”不同的立场上。藤冈信胜在《屈辱的近代史》一书中写道，自己曾将日俄战争时期的日本的领导者们想象为是极其残暴的黑社会一伙的人，但是，他在《坂上之云》中看到日俄战争时期的国家领导人的优秀品质，深为自己曾将他们视为歹徒感到羞耻，满怀歉意。藤冈信胜有意利用司马文学来论证自己的论述，“在我构想“自由主义史观”上，司马作品占据极大的位置”②。正因为如此，小森阳一对司马史观的批判是与对藤冈信胜等人的“自由主义史观”的批判分不开的，“藤冈的所谓‘超越好

① 藤冈信胜：“前言”，《教科书不教的历史 1》，东京：产经新闻新闻服务，1996年，第10-11页。

② 藤冈信胜：《侮辱的近现代史》，东京：德间书店，1996年，第52页。

人、坏人史观’的理论基础，就存在于司马辽太郎所写的这部小说的话语中”①。

藤冈信胜等右翼分子无视明治维新以来日本的现代化进程给亚洲各国带来的灾难，刻意强调关于明治的美好记忆。韦津珍彦认为，败战使得日本失去了众多的设备、资源，但现代的国家与现代的国民存在着。只要现代的国家与现代的国民存在，恢复高度的产业生产力就绝非至难，而“日本的现代国家与国民，便是明治维新所生成的”②。藤冈信胜同样聚焦民族国家问题赞誉明治维新，欢呼：“通过明治维新，日本人在其历史上首次建立了民族国家。”③藤冈信胜对司马辽太郎的英雄史观、“明亮的明治”极为赞赏，宣称“为了重构历史教育，司马史观有着怎样大的意义，这难以估量”④。

藤冈信胜对司马史观所塑造的“健康的民族主义洋溢着活力”的时代极为感动。对于这样的一种“感动”，中村政则一针见血地批判道：“正因为正确地知道历史的真实，新的感动才生成。不管罗列多少‘美谈’，也只能淡薄历史意识。”⑤小森阳一聚焦藤冈信胜对司马文学的利用，指出：“为了掩盖自己观点的匮乏，藤冈全面依靠司马辽太郎这一著作进入畅销书排行并且长期位居畅销书行列的作家的历史意识，通过唤醒渗透于国民中的司马辽太郎式历史认识的记忆，扩大他们自身的主张。”⑥

小森阳一认为，尽管司马辽太郎承认甲午战争是一场帝国主义战争，但他将甲午战争视为针对欧美列强以及俄国进入亚洲，“被逼上绝路”的日

① 小森阳一、高桥哲哉：《超越民族与历史》，赵仲明等译，南京：南京大学出版社，2017年，第5页。

② 苇津珍彦：《明治维新与东洋的解放》，东京：新势力社，1964年，第6页。

③ 藤冈信胜：《侮辱的近现代史》，东京：德间书店，1996年，第55页。

④ 藤冈信胜：《侮辱的近现代史》，东京：德间书店，1996年，第259页。

⑤ 中村政则：《〈坂上之云〉与司马史观》，东京：岩波书店，2009年，第200页。

⑥ 小森阳一、高桥哲哉：《超越民族与历史》，赵仲明等译，南京：南京大学出版社，2017年，第5页。

本的“防卫战”，这是司马辽太郎“推导出对具体实施的殖民主义予以免罪的逻辑”①。藤冈信胜对司马文学这样的“免罪的逻辑”感激不已，认为如果没有与司马文学相遇，“我觉得我从战后历史教育的束缚中摆脱出来是困难的”②。小森阳一同样对教科书有着不信任感，不过，他的不满源于对教科书叙述的教条化倾向，“对于‘生育高峰’中出生的一代人而言，司马文学与学校教科书上所教授的历史完全不同，它讲述了近代民族国家的故事，让教科书的教条主义发生崩溃”③。

> 提到司马辽太郎成为畅销书作家这件事，是开始于1962年6月至1966年5月连载在《产经新闻》上的《龙马奔走》一书。书中将坂本龙马描绘成一个最早觉醒于近代国家、是作为国家之人登上历史舞台的日本人，由此，司马辽太郎确立了一个关于国家建设的具有典型意义的故事。包括《龙马奔走》在内的司马辽太郎一连串的维新作品，通过将时代感切入人的精神深处的方式，为战败后重建日本的“企业战士”们，成功提供了将个人的人生与国家融合在一起，并树立其信心的故事。由此，他创造出了从明治维新以后持续围绕“近代日本”这一国家的梦幻④。

《坂上之云》连载的1968年4月至1972年8月，日本正处于经济高度成长期，在各个方面都变得越来越能与美国并驾齐驱。小森阳一指出，战败时还只是青年的那些人建成了高度发达的日本，他们对战争中的自己和日本缄口不言，却通过司马辽太郎的小说，对日本这个国家和自己重新建

① 小森阳一、高桥哲哉：《超越民族与历史》，赵仲明等译，南京：南京大学出版社，2017年，第6页。

② 藤冈信胜：《侮辱的近现代史》，东京：德间书店，1996年，第52页。

③ 小森阳一、高桥哲哉：《超越民族与历史》，赵仲明等译，南京：南京大学出版社，2017年，第6-7页。

④ 小森阳一、高桥哲哉：《超越民族与历史》，赵仲明等译，南京：南京大学出版社，2017年，第7页。

立起了信心。小森阳一敏锐地发现藤冈信胜对司马文学的利用，“以藤冈信胜为首的历史修正主义者们，随着这一司马辽太郎热扩展到了国民性的规模，他们试图依靠逃入对过往历史的回想，让自己的主张得以渗透”①。

以天皇制为核心的国家权力高度重视历史学在塑造国民上的装置功能，使得战前历史学丧失科学研究的自由，成为构建共同体神话的意识形态之共谋装置。这一现象虽在战后得到了一定的改变，但极具批判精神的历史学家还是与以天皇制为核心的国家意识形态有着严重的对峙，他们坚持学术自由等理念，着眼于叙述问题，反对将历史学神话化、制度化，动摇着以天皇制为核心的意识形态。在此意义上，小森阳一由文学领域涉足历史学领域，是战后日本才有可能发生的事件。

本节阐明，小森阳一对历史问题的关注有着鲜明的现实指向，他借由叙述结构分析法关注文本背后的历史事实，批判小说文本将战争责任暧昧化的叙述结构，呼应着历史学领域的研究者围绕历史叙述问题展开的对国家权力的批判。如本节所述，成田龙一考察司马文学时陷入悖论，即一方面揭示出司马文学的叙述结构将现代民族国家的战争行为合理化，另一方面，又着眼于司马文学描述的日本作为现代民族国家的成长道路，将司马文学视为“战后思想家”。而小森阳一之所以能够彻底批判藤冈信胜等人的“自由主义史观”，正因为在民族国家批判上采取了彻底反省的立场，暴露出现代民族国家将国民规制为合法杀人的工具，进而反思现代日本的殖民责任。

第五节　小森阳一文学批评空间的时代意义：当今日本左翼批评的应答责任论

本节考察小森阳一文学批评空间的时代意义。具体论述上，本节首先

① 小森阳一、高桥哲哉：《超越民族与历史》，赵仲明等译，南京：南京大学出版社，2017 年，第 8 页。

围绕小森阳一发问战后时的问题意识，接着，围绕战后日本的极具批判精神的研究者与保守势力在“战后”认知上的差异，考察认知差异背后隐藏着的对他者的不同态度。然后，聚焦小森阳一、丸山真男对政治问题的共同兴趣，考察丸山真男、小森阳一他者意识的异同，在此基础上，剖析小森阳一应答他者的批评空间之时代意义。

一、小森阳一为何发问“战后”

2015 年是第二次世界大战结束的第 70 个年头，这一年，小森阳一与本田由纪、成田龙一以鼎谈形式，通过阅读战后 70 年的代表性著作，审视战后日本的历史进程。

> 从 1945 年开始算起，2015 年是败战后的第七十年。这七十年是“战后”的年轮与时间堆集的过程，也是“战后”的思想——“战后”的“知”被创造出的过程。……以鼎谈反思，通过阅读岩波新书，来思考战后的“知”的情况及其推移，这是本书的目的。①

2015 年，世界各地举行活动纪念“二战”胜利 70 周年。对战败国日本而言，这样的时间点毋宁说是一种“拷问”。那么，小森阳一有着怎样的问题意识呢？在题为《在“战后”被发问中》的后记中，小森阳一提到，在选择阅读书目期间，即在 2014 年年末，日本突然进行了总选举。这一年是日本自卫队创设的第 60 年，正是在这一年的 7 月 1 日，日本通过内阁决意，“承认集团的自卫权的行使”，而这种行使正是被历代政府视为违反宪法第九条的。小森进而提到，《以岩波新书阅读“战后”》进入校正阶段时，日本国会发生了另一事件，即作为“战争法案”的安保关联法案进入审议。在 6 月 3 日，宪法学者提出反对声明，15 日，各种领域的学者研究者，发出声

① 小森阳一、成田龙一、本田由纪：“前言”，《以岩波新书阅读“战后”》，东京：岩波书店，2015 年，第 i 页。

明要求废弃“战争法案”，赞同者在27日超越7000人。小森还提到，执笔“后记”时，日本众院全体会议以执政党等多数赞成表决通过国会会期延长决定，长达95天的延长幅度创下了现行宪法实施以来的最长纪录，制造出“战争法案”的强行采决体制。对此反对“战争法案”的数万国民，包围国会进行抗议，小森本人也数次参加国会前行动。从小森如上详细的论述可见，他对“战后”的发问，直指日本社会右翼民族主义思潮的抬头，他意图与主张和平路线的日本民众一起反对“战争法案”。由此可见，小森阳一对“战后”的阅读，并非超然的冷静旁观，毋宁说正是带着热情积极介入现实发出声音。

> “战后70年”的内实，作为整体而被尖锐地发问之中，我衷心祈愿，本书成为每一位读者基于历史认识，在此时此地的立场与行动的选择的指南针。①

小森阳一祈愿他对战后的发问，能够成为读者“在此时此地的立场与行动的选择的指南针”。这里，正可以看出能够被视为小森阳一的行动美学，这种行动美学本身正是对战后日本的一种拷问。六七十年代轰轰烈烈的社会运动后，日本社会的左翼运动陷入低谷，如小森本人所说：“作为在80年代后半的我自身的实感，的确，这个时期，学生的非政治化急速地进行。同时，大家都憧憬学院派式的言说，这样的知的关心极为高涨。”②小森阳一呼吁的，并且践行的，都是与这样的“非政治化”现象相抗争，“回顾战后70年，这是彻底批判规定现代之幻想以及深信不疑的知，在此基础上，决定站立的位置”③。

① 小森阳一、成田龙一、本田由纪：“后记”，《以岩波新书阅读“战后”》，东京：岩波书店，2015年，第271页。

② 小森阳一、成田龙一、本田由纪：“后记”，《以岩波新书阅读“战后”》，东京：岩波书店，2015年，第159页。

③ 小森阳一、成田龙一、本田由纪：“后记”，《以岩波新书阅读“战后”》，东京：岩波书店，2015年，第227页。

二、“战后”为何成为问题?

对于战后的整体状况，在鼎谈中，本田由纪认为是“走向更为坏的方向”，在她看来，更为丑陋的东西不断喷出。战后的整体就是什么都不行，什么都没变。对此，小森阳一有着类似的怀疑态度：“作为到1945年为止的大日本帝国之现代日本，所走的道路果真在1945年以后变了吗？是能够说一切都没有改变，还是说某个新的系统被制作中，现在正被本格地持续实现呢？”①对日本而言，所谓“1945年以后”正是“战后”，换而言之，小森阳一是在发问，战后是否真正地与殖民扩张的战前相区别呢？这里，小森阳一的发问直指战后本身。

第二次世界大战结束后，日本开始了“战后”时代。如石川好所说，“战后”之名的时代，与冠以天皇的年号而被表示的明治、大正、昭和同样，作为一个拥有独立性格的时代而成为现代史的用语，另外也从中读取出人们的心理、风俗的变化，仔细想来，这很不可思议②。日语语境中，“战后”一词远超出“战争之后”或是“二战之后”这样的字面含义。安德鲁·戈登将日本“漫长的战后”归因于美国的占领③，这样的战后认知将美国与日本的关系摆在首位，忽视日本与曾经的亚洲受害国的和解对话。1995年，亦即“战后五十年”的时间点上，时任经济企划厅长官宫崎勇认为，

> 战后50年，我们拥有世界上屈指可数的经济能力，国民的生活达到了终战时无法想象的高水准。……战后50年，日本在经济层面获得极大的成长。可以这么说，过去的系统在至今为止的经济成长达成上

① 小森阳一、成田龙一、本田由纪：“后记”，《以岩波新书阅读“战后”》，东京：岩波书店，2015年，第259-260页。

② 石川好：《排除锁国的感情》，东京：文艺春秋，1985年，第14页。

③ 安德鲁·戈登：“战后的定义和划界”，《作为历史的战后日本》，加州伯克利：加州大学出版社，1993年，第449页。

有效发挥着机能。……

经济企划厅的官员论述“战后50年”时，盛誉日本经过战后50年“拥有世界上屈指可数的经济能力”。《国民生活白皮书》着眼于经济方面，这本无可厚非。但是官方人士的言论俨然是将经济成就与战后之间画上等号，这样的言论毫无反省意识。如上野千鹤子所讽刺的那样，官方人士的言说宛如战后复兴宛如自太古以来，便是爱好和平之国家。似乎什么都不曾发生过，“现代化的进程”一直持续下去①。

与保守意识形态刻意构建的战后相反，极具批判意识的研究者从战前—战后的对峙图式出发，将战后视为对战前日本的超越。历史学家中村政则认为战争、侵略、专制、贫困等象征着“战前”，而“战后”则是指反战、和平、民主主义以及摆脱贫困等价值理念②。鹿野政直认为，战后历史学与日本的战前·战中的历史学相决裂，反思皇国史观、国体论，着眼于社会体制的究明和解放③。“战后50年”之际，胜田吉太郎宣称“战后还没有结束”④。鹿野政直也认为，尽管国家呼喊“战后终结”由来已久，不过，大屠杀、残留孤儿等战后的日本人应该考虑但却被忽视的课题接连出现，因此，不允许埋葬“战后”⑤。川村湊如此发问战后、战后文学：

“战后”这个时代是什么时候结束的呢？“战后”不结束的话，“战后文学”也不会结束。经常说业已不是“战后”，不过，虽说当今战后出生的日本人占据总人口的大半，但也没有感觉到“战后”“战后文学”

① 上野千鹤子：《民族主义与性别》(新版)，东京：岩波书店，2012年，第9页。

② 中村政则：《战后史》，东京：岩波书店，2005年，第9页。

③ 鹿野政直：《“鸟岛”进入视野了吗》，东京：岩波书店，1988年，第30页。

④ 胜田吉太郎：《战后意识形态的解剖》，京都：密涅瓦书房，1994年，第376页。

⑤ 鹿野政直：《化生的历史学——自明性的解体之中》，东京：校仓书房，1998年，第285页。

> 的完全的结束。要因之一，“战后”过于接受战前、战中的东西，殖民地责任、战争责任却没有完全接受。想要终结“战后文学”的话，必须发问战后文学描述了什么，没有描述什么。①

川村凑将“战后”的结束与殖民地责任、战争责任的问题相关联，认为想要结束“战后”，就必须对此作出深刻的发问。川村凑的这一问题意识显示出战后并非仅仅是一个时代的划分，而有着更为丰富的内涵。在战后60年的节点上，中村政则认为日本正站在战后最大的歧路上，即“往战争的道路”或是“往和平的道路”的歧路，宣称他的《战后史》“能够在加深战后60年的历史与历史认识上稍微起一点作用的话，我会感到无比的欣喜”②。

> 战后70年的节点的2015年，处在一个极大的转换点上。日本败北于15年的侵略战争，“决意不再由政府发起战争的惨祸”(日本国宪法前文)，在废墟中开始新的前进。这样的日本在战后70年强行裁决安保关联法制=战争法，走向往进行战争之国的大转换的道路。不过，反对战争法的国民共同的战斗，展示出从未有过的广度，历史的本流和逆流的全面对决在国会内外呈现。
>
> 在这样的历史的激动中，回顾战后日本资本主义的发展，日本资本主义有着怎样的特征，今天的对决点是什么，为了日本的民主的发展，什么是必要的，为此，我们策划了“战后70年的日本资本主义”特集。③

渡边治等人策划的“战后70年的日本资本主义”特集着眼于战争反省，

---

① 川村凑：《发问战后文学——其体验与理念》，东京：岩波书店，1995年，第219页。

② 中村政则：《战后史》，东京：岩波书店，2005年，第294页。

③ 渡边治等：《战后70年的日本资本主义》，东京：新日本出版社，2016年，第3页。

关注反改宪运动。同样，小森阳一也站在反思的立场上，对战后日本进行拷问，他在《以岩波新书阅读“战后”》中指出，在尖锐发问“战后70年”的状况中，“我祈愿本书能够有助于每位读者基于历史认识，选择此时此地的立场与行动”①。研究者不仅发问“战后○○年”，也发问“战后”的终结问题。“围绕‘战后的终结’，战后的意识形态斗争被进行。”②在官方的意识形态中，战后的终结问题原本便是与反省战争责任无缘的。1955年，日本主要经济指标都已超过战前最高水平，1956年发表的经济企划厅的“经济白皮书”宣布“业已不是‘战后’”。如此被强行终结的“战后”的内涵一目了然，即只是经济层面的“战后”，特指“二战”结束后日本经济崩溃的时期。对普通老百姓而言，他们对这一言说有着切身的体验，能够实际感受到“战后”的贫困，以及官方宣扬的“战后”的终结。如此便不难理解，随着经济高速发展，人们的战后意识益发淡薄。如鹿野政直所述，1970年代是作为对“战后”的记忆的国民的规模上的丧失时代，“‘战后’意识的消去，是1960年代开始到70年代，带有一定的物质的支撑，在社会意识之上获得认知。”③

从国家层面而言，日本政府的一系列作为推动着“战后”的终结。1952年旧金山和平条约生效，1956年发布日苏共同宣言，日本加入联合国。1960年安保条约修订。1965年签署日韩基本条约。1972年冲绳返还及中日发表邦交正常化的共同声明。在经济上，1968年日本的GNP超过西德，成为世界第二。成为发达国家的日本参加了法国朗布依埃召开的第一次发达国家首脑会议，加入发达工业国的伙伴圈。另外，在民众结构上，1976年，战后出生的人数首次超过总人口的五成，而在1992年，这一比例到达了64%。战后出生的这一代人没有经历过战争、贫困。正因为如此，20世纪70年代后，对大多数日本人而言，战争、贫困只是没有个体切实体验

① 小森阳一、成田龙一、本田由纪：《以岩波新书阅读“战后”》，东京：岩波书店，2015年，第271页。

② 西川长夫：《国民国家论的射程》，东京：柏书房，1998年，第261页。

③ 鹿野政直：《“鸟岛”进入视野了吗》，东京：岩波书店，1988年，第63页。

的、遥远的“历史”，这也在推动着“战后”意识的磨灭。

三、战后“他者”为何成为问题——以丸山真男的“伦理意识”为例

小森阳一在谈及熊沢诚《女性劳动与企业社会》、大平健《优雅的精神病理》、酒井启子《伊拉克与美国》时，言说这样的问题意识，即“从我们作为战后日本人的自我认识与他者认识出发，再一次审视三部作品如何呢？”①那么，在战后日本，为何他者认识成为问题，这与自我认识又有着怎样的关联呢？这正是在战后日本思想史上有着重要意义的课题。小森阳一20世纪90年代进入东京大学后，益发关注社会问题，围绕“慰安妇”等问题积极发声。小森阳一回顾这段历史时认为，他是东京大学自丸山真男后最“政治的”老师②。小森阳一并非政治家，自称“政治的”，这并非是说寻求直接参与政治，进入国家权力机构，而是指在战争责任等问题上积极发声，关注战争受害者/他者的言说。在此意义上，小森阳一在自我评价的同时，也揭示了丸山真男学术思想的一大伦理特征，即关注他者。

丸山真男在论述马克思主义在日本思想史上的意义时认为，马克思主义揭示出任何科学研究都不可能没有前提的事实，“不论本人是否意识到，科学家都是在一定的价值选择基础上从事科学工作的”③。马克思说哲学家的使命不是以各种方式去解释世界，而是去变革世界。丸山真男高度评价马克思主义的这种使命感，认为在日本是由马克思主义来告诉全社会的人们，“思想不是一个仅在书房里精神享受的对象，而是一个人格上的责任”④。

---

① 小森阳一、成田龙一、本田由纪：“后记”，《以岩波新书阅读“战后”》，东京：岩波书店，2015年，第222页。

② 出自笔者2019年9月对小森阳一所作的访谈。

③ 丸山真男：《日本的思想》，宋益民、吴晓林译，长春：吉林人民出版社，1991年，第41页。

④ 丸山真男：《日本的思想》，宋益民、吴晓林译，长春：吉林人民出版社，1991年，第41-42页。

本来，理论家的任务不是将自己一举与现实融为一体，而是按照一定的价值标准设法将复杂多样的现实进行整理。因此，经过整理的认识无论它如何完美无缺，也不能包括全部现实，更不能代替现实。就是说，它是理论家按照自己的责任，有意地从现实或其一小部分摘取的东西。所以，理论家的注意力一方面倾注于严谨的抽象化工作上，另一方面总是伴有一种对研究对象的外边出现无垠的旷野、其边沿在薄暮中渐渐消逝的现实的望洋兴叹，以及对操作中舍弃的素材的惋惜感。这种望洋兴叹和对保留部分的感觉培养出对自身科学工作的严格的伦理意识，激发精力充沛地推进理论化的冲动。①

丸山真男批判日本的思想家缺乏现实关怀，认为近代日本引进制度或“机制”时，不是从源泉的精神入手，而是把它当作现成品引进，如此，在日本受到重视的往往是抽象化了的结果。丸山真男将之称为对理论的“偶像化”倾向，认为这一后果便是学者的责任的丧失，即由于相信自己所依据的理论体系本来就总体上把握或能够把握现实，因此责任的界限消失，而对无限现实的无限责任这个原则实际上反而表现为对自己学说的理论上的无责任感。

丸山真男将日本的中间阶层或小市民阶层区别为两种类型：第一种阶层是小工厂主、街道工厂的头头、土木建设的承包人、小商店店主、木匠头头、小地主乃至中上农、学校教员，特别是小学、青年学校的教员，村政府的职员、干部，及其他一般的低级职员，僧侣、神官等；第二阶层是城市的薪水阶层，所谓文化人或新闻界人士及其他自由知识职业人士(比如教授或律师等)。丸山认为，“日本第二阶层的中间层在知识上、文化上

① 丸山真男：《日本的思想》，宋益民、吴晓林译，长春：吉林人民出版社，1991年，第44页。

是与一般社会相隔离的存在”①。丸山真男将知识分子的封闭性归因于日本知识分子的欧洲素养只是表层的教养，未能扎根于肉体或生活情感中，“这种肉休与精神的分裂与只是分子具有的散漫性、孤立性相辅相成，使得日本的知识阶层变得软弱无力”②。丸山真男认为，“日本人要么把自己的影像投影到对方身上去，要么就是‘与我无关’，二者择一”③。在丸山看来，要克服这种孤立性，必须采取“理解他者”的办法。

> 只要居住在现实世界，那么，包括那些自称异端者在内，都不能摆脱外侧与内侧的问题性，这如前所述，不言而喻，存在着两难之境。但是知识分子困难且光荣的现代课题只能存在于下面的情况当中，即不回避这一两难之境，立足于笼统的人世与笼统的“不负责任”的夹缝，以深入内部而又超越内部为自己的努力方向。因此它不再是“自由主义”这一特定历史性意识形态问题，而是意味着立足于任何一种信条并为之奋斗，都要通过“知性”为其服务。因为所谓知性的功能，只有当它把他者彻底作为他者来对待，并在他在的情境中理解他者的时候，才能够成立。④

如引文所述，丸山真男所说的“理解他者”并非“赞成他者”，而是“把他者彻底作为他者来对待”。因此，即便是站在反对的立场上，仍可以“理解”对方。因此，“理解他者”意味着把他者视为独立的存在，从内部理解他者而又不被其简单同化。丸山真男认为，“把他者作为他者，想知道‘它是什么’——这种想法就是学问的起点”⑤。丸山真男将他者意识视为学问

① 丸山真男：《现代政治的思想与行动》，陈力卫译，北京：商务印书馆，2018年，第59页。

② 丸山真男：《现代政治的思想与行动》，陈力卫译，北京：商务印书馆，2018年，第56页。

③ 丸山真男：《丸山真男集11》，东京：岩波书店，1997年，第176页。

④ 丸山真男：《丸山真男集9》，东京：岩波书店，1997年，第44页。

⑤ 丸山真男：《丸山真男集11》，东京：岩波书店，1997年，第176页。

的“起点”，倘若知识分子没有这种他者意识，那只能走向绝对主义。丸山真男援引卡尔·曼海姆的论述，学问自由的前提在于把任何其他的人都置于“他者”之中而加以把握的好奇心，“日本明治维新以来外国认识的所有错误都根源于此”①。丸山真男从这种封闭性言说中看出战前日本军队的“皇军”意识，认为正因为直接归属天皇，所以“皇军”理所当然地不单是在地位上的优越，而且保持着一切价值取向的优越性。丸山真男指出唯我独尊和本位主义与日本发动的侵略战争出自同一土壤，认为封建的割据源自一种使人自我满足的封闭世界，这种本位主义在各自领域里又分别与绝对权威保持着纵向联系，以给自己增添附加价值，将自己与最绝对的实体融为一体，这样便带上了较之封建性更为强烈的侵略性。

对丸山真男而言，文学“是一个促使研究不断开发的必要的契机”②，他通过对野间宏小说的分析，论述如何才能真正理解他者。丸山真男认为，文学始终处于历史之中，而不可能独立于历史之外，他认为野间宏具有更直接的“进入历史”的能力。在丸山真男看来，“思想”必须具有性欲般的冲击力，从人的内部驱动肉体。另一方面，人的思想是通过行动加以验证从而得到发展。“外在的足迹不管有着多大的转向和飞跃，在精神发展中起支配作用的是其自身无法摆脱的法则性，这恐怕是自古以来被称为思想家的人们的通例。”③丸山真男认为野间宏具有“思想家式的作家”的资质，他给出的理由是，对野间宏而言，昨日的思想并非只是一个通过点，而“恰如地壳一般，这种时间的经验同时在他的精神结构中作为空间的底层堆集起来，他作品的重量感秘密正潜藏在这里。”④

> 在思想史领域里以启蒙主义和历史主义的对立形态表现出来的两难之境，并不仅仅是狭义的学问与艺术的问题，也是我们与周围的反

---

① 丸山真男：《丸山真男集 11》，东京：岩波书店，1997 年，第 176 页。

② 孙歌：《文学的位置》，济南：山东教育出版社，2009 年，第 92 页。

③ 丸山真男：《丸山真男集 6》，东京：岩波书店，1997 年，第 9-10 页。

④ 丸山真男：《丸山真男集 8》，东京：岩波书店，1997 年，第 11 页。

动环境——包括机构、人际关系、意识形态等全部内容——对峙时不得不面对的日常性问题。处理天皇制和军国主义问题时的麻烦正在于此。因而这在政治行动、学问与艺术领域都是日本进步阵营的致命之处。①

丸山真男批判天皇制的精神病理深深浸润着整个日本社会，认为这导致了启蒙主义的暴露性批判和道德主义的憎恶以及客观性的分析都不再有效。丸山真男认为野间宏创作《真空地带》时，运用从军经历，通过细致描写日本军队内部生活从而对其内在结构和士兵精神状态进行了深刻的批判，克服了面对历史对象时的两难之镜。“启蒙主义”从外部对历史对象进行批判，这种态度很难具有批判和瓦解其内在逻辑的功能。而“历史主义”深入到对象之中，试图理解其内在逻辑，但这一态度往往被对象同化而丧失批判精神。但是，野间宏具备了摆脱这一“两难之镜”的能力，“通过从对象内部把握它来达到否定它的目的”②。

丸山真男批判战前日本知识分子缺乏“把他者作为他者”的伦理意识，小森阳一对此抱有疑问。

丸山真男没有分析日本从明治到大正、昭和的军国化的出发点。我在《后殖民》中曾论及这一问题，即日本在欧美列强的逼迫之下走向近代化，以模仿欧美列强的方式进行现代化。在日本军国化的过程中，如何定位天皇制？为何战争开始的时点上，一切都被天皇制击溃？此外，正因为从正面批判天皇制，马克思主义者才会被镇压，这便是治安维持法体制。总之，一切都是天皇制的问题，一切都与近代天皇制的问题息息相关。丸山真男自然也考虑到了这一点，但他在历史分析上是不充分的。这也是我思考近代天皇制问题的契机。因此，

① 丸山真男：《丸山真男集 6》，东京：岩波书店，1997 年，第 12 页。
② 丸山真男：《丸山真男集 6》，东京：岩波书店，1997 年，第 12 页。

> 不能认为明治以来的外国认识之错误在于日本的知识分子，而是应该认为在于生成知识分子的文化体系，比如学校制度、出版文化、期刊等。近代天皇制如何渗透到生成知识分子的机构中，我们必须对这一问题加以深入思考。正是从这一视角而言，丸山真男的天皇制批判是不充分的。①

与丸山真男不同，小森阳一并没有停留在批判战前日本知识分子缺乏“把他者作为他者”的伦理意识的层面，而是追溯这一现象的成因，认为根源正在于天皇制。小森阳一指出，丸山真男发问的是，在推进日本近代化时，接触到欧美各种新思想的日本知识分子，在日本走向“二战”的过程中，为何没能对日本的战争政策采取批判的立场。特别是包括文学者在内的知识分子，在突入日中战争、15 年战争的 1930 年代的“满洲事变”前后，为何对国家的战争政策没能采取反对的姿态？小森阳一认为丸山真男的错误在于置身于战后日本社会回答这一发问，即丸山真男在战后的日本社会发问战前的日本，因而得到了错误的回答。从当时的历史来看，1928 年的 3·15 事变与 1929 年的 4·16 事件，亲马克思主义的知识分子被镇压，亲共产党的知识分子被剥夺了话语权。过去发表左翼言说的人们，转向支持天皇制、天皇制国家发动的战争。小森阳一指出，日本的知识分子缺乏“把他者作为他者”的伦理意识，这仍然是现代天皇制的问题，可是，丸山真男在这里并没有发问日本的知识分子应该如何面对近代天皇制，而只是单纯地作为思想的问题进行了思考。如上所述再次凸显天皇制批判之于小森阳一学术思想的核心位置。

四、“他者”与现实介入：20 世纪 90 年代以来日本左翼批评的问题意识

小森阳一与丸山都是“政治的”老师，在某种意义上，源于对他者问题

---

① 出自笔者 2019 年 9 月对小森阳一所作的访谈。

的关注。小森阳一回顾日本60年安保斗争时，坦承最终结果是“什么都没能获得”，“将日本仍然从属于美国，这样的持续至今的状况固定化了”。至于原因，小森阳一认为是“没能提出政治的理想”①。就小森本人的政治理想而言，毋宁说不是什么宏大理念，而是对他者问题的关注，促使他介入现实的政治批评。小森阳一介入政治批评，有着内外两个因素。个人因素是小森阳一进入东京大学后，意识到有必要关注现实问题，因而频繁针对“慰安妇”等问题发声。外部因素则是，在一系列历史事件的冲击下，日本社会不得不重新直面战后。1991年12月，韩国的“从军慰安妇”提起对日本政府的赔偿诉讼时，日本政府认为日韩基本条约已经在法律层面上解决了补偿问题，同时认为“慰安妇”是从业者自愿加入，日本的军队没有直接参与。不过，1992年1月，历史学家吉见义明发现旧日本军直接管理慰安所的官方通知、阵中日志。在铁的证据面前，日本政府终于开始承认有军队参与。直面这样的报导，日本人不得不直面战后没有终结这一状况。

> 以金学顺的发言为契机，日军将韩国、朝鲜的女性做强制的“从军慰安妇”的事实被告发，借此，“战争”在与个人的人权、人道的相关上被重新发问，众多的人不得不面对过去的“战争责任”的同时，也直面自己应该如何面对这样的“战争责任”。这样的状况与各种各样的女性运动结合，成为拷问“国家”的政治问题。②

如引文所述，小森阳一在20世纪90年代后期走向文化批评，并非偶然，对小森而言，“发生了什么事情，就必须发言，我是站在这样的立场上”③。与小森阳一有着较为密切联系的高桥哲哉也有着相同的立场。高桥

① 小森阳一、成田龙一、本田由纪：“后记”，《以岩波新书阅读“战后”》，东京：岩波书店，2015年，第62页。

② 小森阳一：《“摇摆”的日本文学》，东京：日本放送出版协会，1998年，第284页。

③ 出自笔者2019年9月对小森阳一所作的访谈。

哲哉是德里达研究专家，20世纪90年代以来，频频就战争责任等问题发声，尤其是与加藤典洋围绕战争责任论展开激烈交锋。高桥哲哉在回答小森阳一“为何介入现实问题？”时，着眼于20世纪90年代这一时间点指出，

> 为何90年代中期开始，“德里达研究专家”开始作社会的发言呢。刚才小森介绍了时代状况，就我自己而言，我完全没意识到自己的思想变化了，只是变为明确的行动而已，研究的形态也随之变化。在东亚也有着某种程度上的去冷战效果，生成了新的状况，在这样的时期中出现的战争责任问题成为极大的契机，对此我不能否定。自然，也并非是以前从未考虑过这些问题。我一直有着强烈的问题意识，不过亚洲的战争受害者正式公开这样的事件，对我而言是决定性的促动。①

在高桥看来，一切社会中所有人与人之间的基础，都是建立在作为人与人共生共存的最低限度的信赖关系上，因此，有呼必应是一种“约定”。如果破坏了这个“约定”，亦即对任何招呼都不予以应答的时候，那么人就只有放弃在社会中生活。高桥哲哉认为，只要听到呼声，责任就发生了，“只要存在我与他人的语言交流，也就是社会性的存在，自己就被置身于应答他人的可能性之内、响应之内”②。换而言之，战后一代的日本人即便没有直接参与战争，但仍有着回应受害者声音的必要。当日本人听到战争记忆的故事，进入与在日朝鲜人和中国人之间的呼吁、应答关系时，或听到原“随军慰安妇”和亚洲受害者的控诉时，“日本的战后责任”问题就发生了，“‘不是战争当事人的一代’就可以说‘与己无关’吗？我不这么认为。”③

---

① 小森阳一：《研究之意义》，东京：东京图书，2003年，第12-13页。

② 高桥哲哉：《战后责任论》，徐曼译，北京：社会科学文献出版社，2008年，第9页。

③ 高桥哲哉：《战后责任论》，徐曼译，北京：社会科学文献出版社，2008年，第7页。

在20世纪90年代的一系列事件的促动下，小森阳一等人介入现实，直面战后责任等问题。而进入21世纪伊始发生的“911事件”则进一步促使小森阳一等人关注现实问题。小森阳一在《研究之意义》的序言中如下说到：

> 值得注目是，(本书中登场的)所有人都是将自己的研究与学问的样态置放于911之后这样的论点上。在时刻变化着的世界现实面前，现在的人文社会科学的最前线绝非采取超越的姿态，而是鼓起勇气，明确自己作为研究者的立场。
>
> 这传达出信号是，研究并非封闭于大学的内部，而是直面社会的所有的具体状况，对于直面的问题，选择自己的关涉方法。①

如引文所述，小森阳一的学术研究并非仅仅是呈现真实的历史，而是意图能够有助于在包括他本人在内的“读者”直面现实世界时，获得能够正确处理的能力。对于一般日本人而言，战争早已离他们远去，“二战”结束之后那段贫困生活也早已成为历史。但是，通过电视媒体，“911事件”的画面几乎是同时在世界各地被播放。电视画面上，高楼大厦受到撞击。对普通日本人而言，即便能够认为围绕慰安妇、战争责任等问题与己无关，但“911事件”的冲击性却不得不让他们重新感受到战争的存在。

对小森阳一等人而言，“911事件”并不仅仅是多了一个研究课题，毋宁说，这一事件使得他们重新审视研究的意义。小森阳一在《研究的意义》中说想有助于年轻人“如何活在21世纪”②，即他将自己的研究与学问置放于“911”之后的场域，不是简单地针对现实问题发声，而是积极突破学科的枷锁，“在承认‘他者’的存在而与民族国家共同体的外部来思考当下政

① 小森阳一：《研究之意义》，东京：东京图书，2003年，第3-4页。
② 小森阳一：《研究之意义》，东京：东京图书，2003年，第3页。

治问题，又强调以独立个体的立场发言”①。

要而言之，战后日本，保守、右倾的政治势力专注于经济上取得巨大成就的战后，而无视战争受害者的声音。而小森阳一的批评空间中，应答他者有着核心的位置，他并不认为当下日本人与战争责任无关，毋宁说，积极呼吁当下日本人承担责任，回应战争受害者的声音。

第六节　本章小结

本章厘清小森阳一文学批评空间实现了文学批评与政治批评的融合，他的文学批评的权力维度由此得以扩大。如本章所述，作为日本文本研究的代表性研究者，小森阳一与石原千秋都坚持文本论的立场，认为读者能够介入文本意义的生成。小森阳一、石原千秋在文学研究的出发点上，他们的文本论立场内含有对现代日本的文学乃至现代日本的批判。但是，小森阳一的文学批评围绕着读者、叙述等问题的考察介入政治批评，这种介入的核心意识在于天皇制批判。以《村上春树论》为例，小森阳一深挖围绕着记忆问题的叙述结构，发现文本叙述将天皇制的战争责任暧昧化，使得导致冈持老师的丈夫阵亡的昭和天皇裕仁的责任得到了开脱。由此，小森阳一批判所谓的“疗愈”功能，揭穿文本叙述背后隐藏着无视天皇战争责任的意识形态。

小森阳一文学批评与政治批评的融合往往围绕着对历史问题的考察而展开，这是战后日本才有可能发生的事件。在战前日本，以天皇制为核心的意识形态使得历史学丧失科学研究的自由，在战后日本，这一现象得到了一定的改变。但是，极具批判精神的历史学家还是与以天皇制为核心的国家意识形态有着严重的对峙。历史学家源于学术自由等理念，着眼于叙

① 赵京华：“新左翼与战后日本马克思主义”，《“日本马克思主义研究”学术研讨会论文集》，2018年4月，第6页。

述问题，反对将历史学神话化，动摇着以天皇制为核心的意识形态。在此意义上，小森阳一从文学领域介入历史学领域，其意义并不仅在于文学研究方法的创新，更为重要的是，探寻到批判意识形态的新路径，呼应着战后日本的历史学研究藉由叙述分析展开的政治批评。小森阳一能够彻底批判藤冈信胜等人的“自由主义史观”，正因为小森阳一对现代民族国家的深刻批判立场，从而能够反省将战争责任暧昧化的话语结构。

另一方面，本章厘清，小森阳一文学批评空间的时代意义在于，有着20世纪90年代以来的同时代性，呼应同时代左翼学者在承担战争责任等问题上的诉求。在“慰安妇”等一系列事件的冲击下，小森阳一、高桥哲哉等学者介入现实问题，关注战争受害者的声音。对小森阳一、高桥哲哉等人而言，关注应答责任意味着重新审视研究的立场本身，亦即介入现实并不是简单地针对现实问题发声，也并非与他们各自专业的研究领域无关，毋宁说，正是积极突破学科的枷锁，发问当今日本人所应有的生活样态。

第二章 小森阳一的文学批评策略及其生成：从前田爱、龟井秀雄到小森阳一的认识论

本章考察小森阳一文学批评与政治批评相融合的批评空间源于怎样的批评策略，剖析其批评策略独特性的学理脉络。围绕小森阳一文学批评的策略特征，须田千里注意到小森阳一的信息发送模型中，信息接受者与信息发送者的个体特殊性有着重要的位置①。押野武志认为小森阳一文学研究是意识形态批判②。围绕小森阳一文学批评介入政治批评的方法特征，林少阳关注小森阳一"在文学理论和文本解读方面具体批判""围绕着汉字的所展开的二元对立话语模式"③，陈多友聚焦小森阳一对现代天皇制的批判，认为小森阳一围绕"汉字对声音(假名)"的二元结构，"在明治维新后日语确立过程中如何被彻底化的来龙去脉作了详细剖释。尤其涉及了最为敏感的意识形态，即天皇性与语言民族主义相结合的问题"④。既往研究指出小森阳一叙述结构分析法具有的政治批评功能，在现有研究的基础上，

---

① 须田千里："小森阳一著《缘的物语——〈吉野葛〉的修辞》"，《日本文学》，1993年第9号，第71页。

② 押野武志："《心》论争的行踪"，小森阳一、中村三春、宫川健郎：《总力讨论 漱石的〈心〉》，东京：翰林书房，2004年，第25页。

③ 林少阳：《"文"与日本学术思想：汉字圈1700—1900》，北京：中央编译出版社，2012年，第347页。

④ 陈多友："译者序：日本国语与日本的现代性——语言民族主义的谱系"，小森阳一：《日本近代国语批判》，陈多友译，长春：吉林人民出版社，2011年，第4页。

本节旨在深入阐明小森阳一叙述结构分析独特性的学理脉络，厘清他的文学批评如何具有介入政治批评的功能。在具体展开上，首先聚焦小森阳一《作为结构的叙述》《作为事件的阅读》等论著，考察小森阳一文学批评策略的作用机制，阐明他的叙述结构分析法中，读者与文本有着怎样的关联，这种关联如何使得文学批评介入政治批评成为可能。然后，将小森阳一与前田爱、龟井秀雄进行对比分析，考察小森阳一文学批评策略与前田爱、龟井秀雄相关文学研究法的渊源和超越，以此厘清小森阳一叙述结构分析法独特性的学理脉络。

第一节　小森阳一读者与文本语言“格斗”的文学批评策略

本节考察小森阳一文学批评与政治批评相融合的批评空间源于怎样的批评策略。就小森阳一文学批评策略而言，众多研究者关注他对叙述问题的关心。杉山康彦认为小森阳一从作品人物语言与叙述者语言中发掘出复调声音，这有着极强的自发性①。迈克尔·西茨认为小森从单一的话语或句子中识别出多种声音，有可能摆脱单一的权威叙述②。王志松聚焦小森阳一文本研究法的政治批评功能，指出“语言分析”是小森阳一研究和批判日本社会文化的一个最为根本的方法③。既往研究关注小森阳一叙述结构研究的批评装置功能，但是，这一批评装置如何促使文学批评与政治批评的融合，仍有着较大的研究空间。本节旨在厘清这一问题，在具体论述上，首先考察小森阳一的文本观中，读者与文本有着怎样的关系。在此基础上，剖析小森阳一叙述结构分析法的作用机制如何促使文学批评介入政

① 杉山康彦：“小森阳一著《作为结构的叙述》”，《日本文学》，1988年第9号，第96页。

② 迈克尔·西茨：村上春树：当代日本文化中的拟像。拉纳姆：列克星敦出版社，2006年，第70页。

③ 王志松：《20世纪日本马克思主义文艺理论研究》，北京：北京大学出版社，2012年，第172页。

治批评。

一、小森阳一的文本观

1991 年，小森阳一等研究者以文本理论为中心将 20 世纪 80 年代涌入日本的各种理论进行重新整理，出版了《阅读理论》。该书长期成为学习日本近现代文学的大学生、研究生的必读书目，“因为这本书的出现，可以说 80 年代的最新理论被工具书化，这些理论并成为学界的‘普通话’”①。小森阳一在《阅读理论》中如下指出“文本”一词的内涵：

> 当你阅读本书时，会反复遇到“文本”这个词。为何我们把作为语言艺术的文学，不称为“作品”而称为“文本”呢？为何不使用业已习惯的日语表达而使用外来语呢？关于这一点，我想得到你的首肯，即正因为有了作为读者的你，才使得书籍，即用文字写成的本身没有任何意义的纸和墨的集合体重新获得了生命和意义②。

如引文所述，小森阳一使用的“文本”一词内含读者与“作品”的内在关联，即在“文本”中，读者获得介入意义生成的权力。小森阳一主张读者能够介入文本意义的生成，他的文本研究法一登上学术舞台便给当时日本文学研究界极大的冲击。田中实批判小森阳一的文本分析“是对作品解读作业的逸脱行为”③。大川公一认为小森阳一所研究的文本已不是原初的被研究对象，这就如同把时钟拆解开来再组合起来，跟原本形状相比已经变形了④。而小森阳一则认为，对文本的拆解、组合原本便是读者的特权，即

① 岛村辉：“日本近现代文学研究界的现状及方法论的变迁”，林少阳译，《外国文学研究》，2002 年第 2 期，第 25 页。

② 石原千秋等：《阅读理论》，神奈川：世织书房，2001 年，第 4 页。

③ 田中实：“《心》的架桥”，《日本文学》，1986 年第 12 号，第 4 页。

④ 大川公一：“作为‘善恶的彼岸’之《心》”，《成城国文学》，1986 年第 2 号，第 77 页。

“文本并非定型物，阅读常常使之变形”①。

小森阳一指出，小说文本问题事关资本主义流通所导致的“语言之死”现象，而“语言之死”是在资木主义制度下科技由活字印刷带来的宿命。对于这一宿命，前田爱围绕语言的透明性展开论述，认为文字本身作为工业流水的一个环节，并不能看出承载了何种文字外的信息，“即便有着作为给与视觉障碍的物理刻印，活字这个记号，作为更透明的符号发挥功能”②。同样，小森阳一也围绕现代小说生产、流通过程考察语言的透明化现象。

现代小说的读者并非直接从作者那里接受语言。在现代小说叙述传达的场中，作为发送者的作者和作为接收者的读者之间，支撑日常用语的交流被断绝，而且本该有的文脉、范式也都丢失，亦即失去了言语行为的时间、空间的共有的场。读者只能通过没有表情的铅字，按照一定的意识把它们连接起来，组织语言、编织成文章。通过阅读行为，书籍这才藉由作品转化为开放的文本，与交流的回路连接起来。通过这一行为的积累，“作品”化的文本得以形成。③

现代印刷工业割裂了作者—文本(手稿)—读者之间的关系，作者的姿势、表情等非语言的信息无法呈现于读者面前。亦即在现代印刷体制下，“文字”成为商品进入流通过程，读者只能与“小说”文本发生纠葛，读取文字所能表达的相应的信息。小森阳一将这一现象表述为“作者之死”，认为以作者之死为前提，铅字印刷的“近代小说”的语言行为拒绝认可现实世界的作者作为语言行为的主体地位，“作者即使想以某种统一的信息读取文脉和符码，那么，他也绝不能作为统括语言表达的主体显现在读者

① 小森阳一：“《心》的行踪”，《成城国文学》，1987年第3号，第56页。

② 前田爱：《文本分析入门》，东京：筑摩书房，1988年，第56页。

③ 小森阳一：《作为结构的叙述》，东京：新曜社，1988年，第8页。

眼前。”①

现代印刷工业导致了作者与读者的隔阂，在小森阳一看来，原先读者能够从诸如运笔的气势和字体的不同，甚至咖啡、茶水的渍痕等语言之外的各种信息上，觉察出作者的懊恼与欢乐等情绪。但是，在现代印刷工业体制下，原先书写过程中的个性表情消失在均质化的铅字的背后，语言成为透明性的存在。亀井秀雄曾以自身的会议经历来反对小森阳一所说的资本主义流通体制导致“语言之死”的“悲惨状况”。

> 至少在这些人将语言变成文字的过程中，我们一点也感觉不到小森阳一所指出的“资本主义”的悲惨状况。毋宁说，发言者利用这个过程巧妙地遂行了“自我实现”，这倒是真的。……（略）对照这样的实情来看，小森阳一的问题意识过于高级了吧。②

亀井提到，发表者在现场并不能很好地表达观点，但是事后形成文字时，表达却颇有条理。就亀井秀雄的举例来看，的确，言说者将个人言说形成文字出版非但不“悲惨”，反倒是幸事。不过，与其说小森阳一着眼的是资本主义流通体制导致的读者与作者隔离的“悲惨”状况，毋宁说，他关注的是读者与眼前文本的关系。亦即不管书写者书写文本时有着怎样的懊恼欢乐——这在现代流通体制中的均质化的铅字上根本显现不了——读者都无需也不可能从文字痕迹上看出作者有着怎样的想法，而只需要面对文本的语言作出解释。在此意义上，资本主义流通体制所导致的“语言之死”反倒生成了“语言之生”。

在文本研究者那里，文本的生命力意味着对读者的阅读行为提出了要求。伊瑟尔认为，“文学作品具有两极。我们可以称之为艺术极和审美极。艺术极是作者写出来的本文，而审美极是读者对本文的实现。从这种两极

① 小森阳一：《作为结构的叙述》，东京：新曜社，1988年，第8页。

② 亀井秀雄：《增补 感性的变革》，东京：羊书房，2015年，第588页。

化的观点看来，十分清楚，作品本身既不能等同于文本也不能等同于具体化，而必须是处于两者之间的某个地方”①。由此，伊瑟尔发现了文本的召唤结构，认为“空白”“召唤”读者介入文本，引发阅读行为。而如此被引发的阅读行为自然并非被动接受文本信息。

> 小说是由众多他者的语言的聚集而成的文本，既包括从“开头”到“结尾”、故事情节这样的物语内容，也包括物语言说，还有叙述等一定的结构布置。②

如引文所述，小森阳一认为小说文本原本就并非由作者创作的定型物，而是关系着复述他者的声音的言说。在小森看来，小说中，“他者的话语”纠缠在一起，作者本人被限定在文本背后，同时，一个新的作家像被剥离出来。读者在阅读文本时，见到的正是这一新的作家像。作家隐藏在作品背后，而作品的叙述者，即向读者发送信息的言说主体则出现在文本中。小森阳一将叙述文、作品中的人物的话语，都视为作者选取的“他者的话语”，认为要在其中某一话语中读取作者的思想、主体是不可能的。

小森阳一的文本观中，读者与文本关系的复杂之处还在于，读者在阅读过程中并非仅仅接受叙述的内容，也必须关注叙述行为。小森阳一以《浮云》中的叙述者对文三的叙述为例论述道，当叙述者以揶揄式的冷笑口吻叙述作品人物时，读者触及其中暗含的意味，如此，揶揄的、冷笑的调子本身构成了“故事”，“这个整体的会话场面决定了文本的意义”③。由此，读者阅读不仅仅是接受“物语内容”，也必须关注“物语言说”的叙述结构。

① 沃·伊瑟尔：《阅读行为》，金惠敏等译，长沙：湖南文艺出版社，1991年，第25页。

② 小森阳一：《作为结构的叙述》，东京：新曜社，1988年，第16页。

③ 小森阳一：《作为结构的叙述》，东京：新曜社，1988年，第183页。

二、文本阅读：事件性行为

小森阳一的文本观中，读者不仅阅读叙述内容，对于叙述结构、叙述行为等部分也要高度敏感。读者直面叙述内容、叙述结构，其阅读行为有着所谓的事件性特征。

> 所谓阅读，无非指这样一种编辑的过程：面对每个瞬间呈现出的语言文本，一方面要让身为他者的表现者透过文本现出形来，另一方面，又要展示出接受语言的读者自身的存在，并将彼此之间的相互关系，编辑成为渗透、干涉、反抗、同意等各种互动的可能性。这类似于这样一个事件，即通过文本的语言，同时对他我及自我进行组织，并一次性地展开相互之间的作用运动。①

读者根据白纸上印刷出的黑色墨迹，分辨彼此间的形状差异，然后认知出某种文字，再编辑成词、成句。进而一边记忆着前部分内容，一边又获取新的信息。这一过程中，倘若没有记忆，读者无法推进阅读，连贯起所阅读的语言之意义。记忆并不仅指读者抱有对已阅读文本的记忆，也指涉读者保有的对语言体系的记忆。这种双重记忆形成了小森所说的阅读的事件性。小森阳一将“我的语言能力”视为个体在同他人的交流中形成的相应的语言能力，将这一能力表述为个体同他者之间的语言关系网络中的一个节点，认为这种“节点”上隐藏着“事件”发生的可能。小森阳一认为曾经存在于读者意识中的语句，被投企到了表述者所组织的文本场域当中，“这个原本完整的时空连续体场域，由此出现了瞬间的扭曲与突起——这里发生了就是事件”②。由此可见，小森阳一所说的“事件”意味着文本意

---

① 小森阳一：《作为事件的阅读》，王奕红、贺晓星译，南京：南京大学出版社，2015年，第4页。

② 小森阳一：《作为事件的阅读》，王奕红，贺晓星译，南京：南京大学出版社，2015年，第4页。

义的生成离不开读者的主体性作用，即当读者的自我意识介入文本的那一刻起，表述者的语句开始进入读者的意识，文本语言由此得以生成意义。

如城殿智行所说，小森阳一的阅读/文本分析是“重视‘此时此地’的个别的体验，想象作品中没有写出的物语”①。“瞬间的扭曲与突起”在阅读过程中是无处不在、无时不在的，原因正在于读者的语言系统与他者即书写者的语言系统的“相遇”。读者阅读的是跟“我”不一样的表达者书写的文字，即由他者表达出来的语言积累，“所谓阅读，其实就是一个不断邂逅的运动，出自他者角度的表述者每一个瞬间都在呈现新的遣词造句，而‘我’这个与他者拥有不同语言系统的读者，则源源不断地与之邂逅”②。所谓“邂逅”，并不意味着阅读是读者轻松地、单向地接受文本信息。在小森阳一看来，表述者的他者的异质性很有可能激起人们的厌恶反应，也有可能因为被读者的规则吸引而完全曲解原意，或者因为表达者的语言说服力特别强，读者之前的“我”便一下子被彻底套进了表述者的认知框架。小森阳一以《我是猫》为例如此具体阐释：

> 说得极端一点，对接受这一句话的听者而言，之前存在的语言体系完全坍塌了。为什么呢？这是因为在以往的听者所了解的关于人的社会语言的纲目中，猫和我这第一人称用“は”来连接的统词理论并不对应。如此，“我是猫”这一文本的虚构装置调整着听者的意识。接受了这一句话，作为能够懂得猫话的“人”，被虚构的叙述者在猫的前面被分解出来。同时叙述者的话是真正的日本语，接受了第一句话，“我”想象猫所说的话，这一虚构的装置便显现出来，并且自己参入进去并通过它而制造出虚构的主体。这就分解出把谎言作为谎言而相信的另一个自我，同时体现了多层次的听者的角色，阅读铅字文本的读

① 城殿智行：“小森阳一著《小说与批评》”，《日本文学》，2000年第4号，第77页。

② 小森阳一：《作为事件的阅读》，王奕红，贺晓星译，南京：南京大学出版社，2015年，第3页。

者瞬间使自己多重化。①

《我是猫》中，猫以第一人称进行自述，而日语中的“吾輩”（“我”）用于盛气凌人的第一人称上。在小森阳一看来，读者的视觉触及文字“我是猫”时，只要接着阅读下去，那么，读者便极为自然地接受了猫作为“我”而言说从猫的视角所观察的人世间，即读者被彻底套进了表述者的认知框架。在这过程中，读者自然并非被动接受文本信息，而是在与叙述者的“格斗”过程中，生成新的“我”，从而得以能够理解猫这一虚构的主体的叙述。

三、记忆概念在阅读中的位置

小森阳一以叙述的视角展开详细的文本分析，这种研究方法引起学术界的瞩目②。在20世纪80年代，亦即小森阳一登上学术舞台的时间点上，叙述问题是研究者的热门课题③。例如，野口武彦将叙述文中使用口语体视为近代叙述文成立的标志，认为《浮云》中的叙述文并非作者叙述，而是“近代口语文而来的第三人称叙述的最初的实现”④。而就小森阳一的特别之处而言，记忆概念有着极为重要的位置。小森阳一围绕具体的阅读过程，提出了两种阅读模型。其一便是“相互作用”（interaction）、“同步化”（synchronization）的阅读模型。这一模型让人想起伊瑟尔阅读模型的连贯化建构理论。伊瑟尔的阅读模型包含三方面，即游动视点、连贯化建构及被动综合。游动视点揭示的是读者阅读活动，连贯化建构揭示的是阅读活动的心理学基础，而被动综合指涉读者的下意识活动。伊瑟尔所说的连贯化

---

① 小森阳一：《作为文体的叙事》，东京：筑摩书房，1996年，第58-59页。

② 岛村辉：“与小森阳一的邂逅”，顾春译，《鲁迅研究月刊》，2013年第9期，第90页。

③ 相关论文可参见：秋田彻：“坪内逍遥与言文一致——依照逍遥的小说观的变迁”，《先修国文》，1982年第1号；龟井秀雄：《话术的行踪》，《文学》，1985年第11月号。

④ 野口武彦：《近代小说的语言空间》，东京：福武书店，1985年，第32页。

建构“表示内在于读者的一种欲望，要在互不关联的文本片断间建立起一致性。”①小森阳一利用“记忆”概念将伊瑟尔的连贯化阅读描述为“读者记忆”与“文本记忆”的互动，认为读者不应该将文本信息作为自明的东西，而是应该视为从异文化而来的信息。小森阳一以“近代文学”为例论述到，“近代”是一个急速变化的过程，因而对现代读者来说，围绕着这个词汇的文化记忆、符码、接触是一个“异文化”的存在。

> 我们以被符号化的书面语言为媒体，从自己的记忆中牵扯出多种多样的非符号信息。每一个被书写出来的语言把许多没有被写出来的语言和信息吸引到自己的周边，生成内涵丰富的场域。而且，在阅读该小说之前的读者的语言记忆和开始阅读小说之后的语言记忆（小说世界内部的记忆）相互协调个体节奏、开始共振时，作为创造行为的读书就成为可能。②

小森阳一提出的“相互作用”“同步化”的阅读模型指涉读者在何种程度上复活同时代的符码、语境。小森阳一参照雅各布森的信息发送图式，借用符号学的理论来阐释这种阅读模型，即读者以符号化的语言为媒介，生成非符号化的信息，在这一过程中，读者记忆和文本记忆发生共振，阅读因而成为创造性的行为。雅各布森提出了语言功能论，指出在发信者对接受者传达信息的过程上，作为辅助信息的符号、语境、接触的重要性。小森阳一认为，不仅是信息、符号等“符号化信息”，语境、接触等“非符号化信息”也要纳入考虑，提醒读者解读多重的“传达过程”上的错综复杂的“非符号化信息”。

---

① 朱刚：“不定性与文学阅读的能动性——论 W · 伊瑟尔的现象学阅读模型”，《外国文学评论》，1998 年第 3 期，第 111 页。

② 小森阳一：《作为文体的叙事》，东京：筑摩书房，1996 年，第 323 页。中文译文引自：小森阳一：《文学的形式与历史》，郭勇译，北京：清华大学出版社，2018 年，第 249 页。

中村三春对比分析雅各布森的功能语言学与小森阳一信息模型，认为两者并没有摆脱“传达”观念的束缚。雅各布森的语言功能论以“传达”的成功为目标，因此，离开“传达”的语言使用是没有意义的，即这里没有谎言、虚构的介入余地。小森所说的虚构的“传达回路”，最终也是将语言理解为交流的手段。根据小森的图式，“现实的读者”在这个“传达回路”之中，被赋予“传达”的最终站点的位置①。而就小森阳一与雅各布森语言模型的不同而言，小森阳一将记忆置放于核心的位置。这一点不仅呈现于“相互作用”“同步化”的阅读模型中，也凸显于小森阳一所论述的“陌生化作用”(ostranenie)、“否定性”(negative)的阅读体验中。小森阳一以《浮云》中的“恋爱”设定为例，论述记忆的核心功能。所谓出人头地型小说，是指当时日本流行的诸如《贫寒书生梦物语》描写乡下知识分子的个人成功的小说。在这些作品中，贫寒书生偶然与千金小姐相遇、相爱，突破各种困难结婚后，该书生以妻子的金钱进入政界，取得辉煌的成功。而在《浮云》中，文三官场失意，情场也无法得到阿势的爱，这就使得《浮云》呈现出与出人头地型小说完全不同的特质。小森阳一认为，《浮云》的情节不同于以往出人头地型小说的恋爱设定，因而读者记忆无法照搬至新文本中。这意味着读者记忆无法与文本记忆“共振”。如此，需要新的阅读过程，这便是“陌生化作用”(ostranenie)、“否定性”(negative)的阅读体验。

> 为了要真正地邂逅某位作家的“作品”，不是以被既存体系绑缚的业已“被言说的语言”为媒介来发生联系，而是回应该“作品”像“审讯”一样“逼迫”而来的召唤，同时，我们读者必须要让自己的语言“配置”和语言本身发生“质变”。当把这个变貌追究至某种极致时，文本的语言就开始“分泌出新的意义”。②

---

① 中村三春：《小说的机构》，东京：万友社，1994年，第75-76页。

② 小森阳一：《作为文体的叙事》，东京：筑摩书房，1996年，第330页。中文译文引自：小森阳一：《文学的形式与历史》，郭勇译，北京：清华大学出版社，2018年，第253页。

为了不被既存的体系束缚，读者需要作出改变，这样才能真正理解作品。换而言之，阅读并非仅仅是获取他者(作者)的语言信息，也有着生成能够理解这一他者的“我”之功能。在小森阳一看来，读者在文本“空白”的提示下，将隐藏的文本潜在信息显现出来，而读者只有解构该文化规范，才能真正理解阅读的文本。但是，阅读过程又并非单方面的对规范的解构，读者自身也要作出改变，如此才能从束缚自己的制度的框架中摆脱开来。

阅读生成文本意义，也生成能够理解文本意义的“我”。围绕阅读过程中读者与文本的这种复杂关系，伊瑟尔认为，“由于读者经历了本文所提供的各种透视角度，把不同的视点和模式相互联结起来，所以他就使作品开始运动，从而也使自己开始运动。”①在伊瑟尔看来，文本包含各种视角，读者把种种观点与形式相互连接，激活了作品，也激活了读者本人。小森阳一将伊瑟尔所说的双重“运动”阐述为“相互异化”，认为阅读是理解异文化的过程，读者只有以非语言信息为媒介解析支撑该信息的符码、语境，才能真正解读信息，即“读者从异文化发出的信息中解析出符码、语境，最后成为该语言的解码者”②。

中村三春高度评价小森阳一信息传达回路的构建，认为这使得小森阳一成为热奈特之后，与米克·巴尔(Mieke Bal)、杰拉德·普林斯(Gerald Prince)等人齐名的当今世界叙述论研究的代表性人物。

> 热奈特将构成“模仿(mimesis)的错觉”的实质之表意内容称为物语内容，将构成叙事(diegesis)的文本的表意体视为物语言说，将物语内容和物语言说合称为叙述(narration)。米克·巴尔用叙述性文本取代“叙述”的暧昧用语。如内容与媒体的二元对立概念，叙法(mode)、态(voix)等语言学概念的导入所暗示的那样，热奈特的叙述论是物语言说的符号学性的构文论。以此为基点，米克·巴尔、杰拉德·普林

① 沃·伊瑟尔：《阅读行为》，金惠敏等译，长沙：湖南文艺出版社，1991年，第25-26页。

② 小森阳一：《作为文体的叙事》，东京：筑摩书房，1996年，第331页。

斯等人尝试各自独立的展开。例如，巴尔是叙述者/叙述内容，以及焦点化者/焦点化内容。普林斯是特别关注听者、读者的功能。小森阳一的叙述以热奈特、伊瑟尔为基盘，整备所谓“虚构的传达回路”的图式，具备高度的达成，有着丝毫不逊色的强度。①

如中村三春所说，小森阳一叙述论的重点关注在于“虚构的传达回路”。以围绕“《心》的论争”的相关论文为例，小森阳一关注的是，从第一叙述者“我”读完第二叙述者“先生”的遗嘱到“我”开始写自己的叙述之间发生了什么事？是什么促使“我”写作？“我”在为谁写作？“先生”的遗孀“夫人”知道“我”在写关于她已故丈夫的事吗？“先生”曾恳求“我”不要让她知道他的过去，“我”是否尊重这一要求？或者“我”是否无视这一要求，打破沉默，以“夫人”自己可能会读到的方式讲述“先生”的故事？② 这样的信息自然是作者没有在文本中交代，因而是以作者的意图为权威的传统研究范式所无法解读的。

伊瑟尔“虚构的传达回路”图式中，读者成为语言的解码者，这对读者提出了极高的要求，“否定性不仅包含了空白和否定这两个不定因素，而且更加突出了文本的隐含部分，揭示出这些部分对读者的巨大影响，强调了读者的积极介入和批判性思考”③。小森阳一认为伊瑟尔的否定性关系着写成的文本与未写的文本的多重性。为阐释这种相互作用，小森阳一将否定、否定性与什克洛夫斯基的“陌生化”理论相比拟，认为“陌生化作用”(ostranenie)、“否定性”(negative)阅读模型与形式主义的陌生化理论有异曲同工之妙，即都是将对象、语言从通常的知觉场、体系中释放出来的一种操作，都是打破自己所属的文化系统，将自身带入到异文化世界的一种

---

① 中村三春：《系争中的主体 漱石・太宰・贤治》，东京：翰林书房，2006 年，第 76-77 页。

② 参见：榊敦子：《再文本化的文本：现代日本小说中的叙事表演》，剑桥和伦敦：哈佛大学出版社，1999 年，第 33 页。

③ 朱刚：“不定性与文学阅读的能动性——论 W・伊瑟尔的现象学阅读模型”，《外国文学评论》，1998 年第 3 期，第 112 页。

实践。这种实践“一边探寻对方的符码和语境一边改变自身的符码和语境，即所谓相互异化的作用”①。

小森阳一将“他者性”的自觉视为“阅读”行为得以成立的必备条件，认为在有着高度“他者性”自觉的阅读过程中，读者接触无数延伸而来的文本的语言、空白，唤起了读者所有的记忆。“陌生化作用”、“否定性”阅读模型中，读者有着高度的“他者性”的自觉，这种自觉改变的不仅仅是读者，也改变了文本。文本意义正是在这样的过程中得以生成。

> 所谓文体，就是读者把自己变成他者(作者)，将作者(他者)变成自己的运动的身体。通过这种相互异化的运动，被制度性的评价所束缚的作品将携带崭新的意义而出现，与该作品相遇的读者也将从自身的制度性框架中脱离开来，踏上意义生成的旅途。②

如引文所述，小森阳一文本观中，文体并非仅仅是传达信息的工具，也是多样化的身段、表情，召唤着读者。这样的读者并非被动的文本信息接受者，而是所谓的“暗号解读者”。小森阳一将阅读虚构的文学文本的行为类似于文化人类学者所作的实地考察。文化人类学者在实地考察中，只有将自己置于该场域，反复尝试信息的传达与否定，才能习得异文化的语言。不过，小森阳一论述的“实地”绝不仅仅是小说文本本身，而是浮现在小说周边的、多样的诸文本群。读者在阅读文本的过程中，通过小说的信息，探寻出该小说的符码和语境。

小森阳一将小说视为复数他者进行叙述的体裁，认为阅读是信息接受

① 小森阳一：《作为文体的叙事》，东京：筑摩书房，1996年，第332页。中文译文引自：小森阳一：《文学的形式与历史》，郭勇译，北京：清华大学出版社，2018年，第254页。

② 小森阳一：《作为文体的叙事》，东京：筑摩书房，1996年，第332页。中文译文引自：小森阳一：《文学的形式与历史》，郭勇译，北京：清华大学出版社，2018年，第254-255页。

者接受信息发送者的声音的过程。这一过程中，读者统合起读者记忆和文本记忆从而生成文本意义。本节阐明，读者记忆和文本记忆的双重作用形成了小森所说的阅读的事件性，分属不同话语系统的读者与叙述者"格斗"，表述者写出的语句进入读者的意识空间，由此文本语言得以生成意义。不仅如此，本节厘清，事件性阅读行为意味着读者与文本信息"格斗"，从而得以摆脱国家权力的束缚，如此，阅读行为不仅介入文本意义的生成，也介入了政治批评。

第二节　小森阳一文学批评策略与前田爱的渊源

本节旨在考察小森阳一文学批评策略与前田爱的渊源。前田爱是"影响日本的文学研究由20世纪60年代以前占主导地位的社会历史批评，向80年代以后的文本分析转变的关键人物"①，也是以空间批评而知名的研究者，被研究者视为日本都市论领域最为著名的研究者②，或是日本空间批评的先行者③。前田爱学术思想有着一定的国际影响力，彼得·科尔尼基指出默茨考察明治文学空间时应用了前田爱的空间批评④，阿特金斯认为安吉拉向英语读者介绍日本文学作品时，有效利用了前田爱等人的空间语境框架⑤，戴文德·布霍米克⑥、丹尼斯·沃什伯恩⑦指出多德吸收了前

① 赵京华：《日本后现代与知识左翼》，北京：三联书店，2017年，第15页。

② 威廉·伯顿："漱石小说中的东京形象"，帕端纳·普拉萨德·卡兰、克里斯汀·司昆仑：《日本的都市》，肯塔基州列克星敦：肯塔基大学出版社，1997年，第222页。

③ 保罗·罗凯：《作为文化的氛围：环境媒体与后工业化日本》，加州大学伯克利分校东亚语言与文化博士论文，2012年，第3页。

④ 皮特·科尔尼基："书评：约翰·皮埃尔·默茨著《小说日本：明治早期叙事中的本土空间1870—88》"，《日本研究》，2005年第2期，第503页。

⑤ 阿特金斯："书评：安吉拉著《三维阅读：日本现代主义小说中的时间和空间故事1911—1932》"，《日本评论》，2014年，第250页。

⑥ 戴文德·布霍米克："书评：斯蒂芬·多德著《书写家：现代日本文学中本土的再现》"，《日本研究》，2007年第2期，第495页。

⑦ 丹尼斯·沃什伯恩："书评：斯蒂芬·多德著《书写家：现代日本文学中本土的再现》"，《日本纪录》，2005年第2期，第278页。

田爱关于文本空间性的观点。此外，伊藤健指出利皮特参考了前田爱、小森阳一关于现代主义的理论①。小森阳一与前田爱的学术关联受到研究者的广泛关注。迈克尔·布尔达指出前田爱、小森阳一在20世纪70年代以来的日本文学研究范式的转变上发挥了重要作用②，岛村辉同样指出小森阳一与前田爱的文本研究立场有着密切的关联③，丹尼斯·沃什伯恩聚焦前田爱、小森阳一对文学作品的分析，认为小森阳一对《上海》的考察处在前田爱的延长线上④。不过，既往研究并未系统考察小森阳一叙述结构分析法与前田爱文学研究法之间的渊源和超越。针对既往研究存在的问题，本节旨在剖析小森阳一如何推动了前田爱开创的日本文本研究范式。具体展开上，首先聚焦前田爱语言的“现实性”、“内空间”等理论，考察前田爱的文学批评理论中，读者与文本有着怎样的关系。在此基础上，围绕他者应答机制，考察小森阳一与前田爱文学批评策略的渊源，厘清小森阳一叙述结构分析法独特性的学理脉络。

一、语言的“现实性”

小森阳一、前田爱都是日本文本研究的代表性学者，他们都认为文本的意义是在阅读中生成的，而不是由现实世界的作者提供的。同是文本研究者的石原千秋在回顾日本文本研究范式的登场时，如此说道：

> 1980年代，文本论的时代来临。文本论不是“方法”，而是“立场”，也可以称之为一种意识形态。文本论是这样的一种立场，即研

① 伊藤健：“书评：诚司·利皮特著《日本现代主义的拓扑》”，《哈佛亚洲研究》，2003年第2期，第475页。

② 迈克尔·布尔达：“编辑简介”，《感性的变革：明治文学的现象学》，安娜堡：密歇根大学日本研究中心，2002年：第Vii页。

③ 岛村辉：“解题”，小森阳一：《作为文体的叙事·增补版》，东京：青弓社，2012年，第325页。

④ 丹尼斯·沃什伯恩：《翻译富士山：现代日本小说与身份伦理》，纽约：哥伦比亚大学出版社，2007年，第264页。

究者可以使用各种研究方法，唯独不可以言及作者。因此，文本论的登场也意味着作家论痕迹犹在的作品论范式的谢幕。说得稳妥一点，文本论的登场动摇了作品论的范式。作品论的范式有了"外部"。①

文学研究者考察文学作品，自然需要面对作品的语言。那么，为何前田爱要刻意强调语言的重要性，宣称"小说即语言"②？石原千秋的论述可以给我们提供某种答案。如石原千秋所说，作家论、作品论的范式上，研究者始终无法回避现实世界的作者这一权威，即文学批评者对文学作品的解释，是以现实世界的作者为标准来衡量正确与否的。如果现实世界的作者没有这样的意图，研究者的解读自然是不正确的。亦即作家论、作品论最终目的是从作品中阅读"作者的意图"③。但是，前田爱明确宣称"小说即语言"，这样的一种研究范式直面文本语言，并不考虑现实世界的作者的意图。

前田爱将语言的重要性归因于语言本身的"现实性"，"所谓语言，自然是连接人和人的手段，更确切一点，被说的语言本身在那个地方，因此有着一个现实性。"④这种"现实性"意味着语言并非透明的存在，因而必须引起关注。但是，否认现实世界的作者的权威，并不意味着读者的解读是一种恣意的行为，这是因为文学文本自身有着预先指示读者阅读方向的指标、符号、或者结构。前田爱将指示读者的阅读的"指标"称为"符号"，标题、作者名、序文等都属于这样的"符号"。如小森阳一所述，前田爱"通过对动词项的符号分析，发现基于微分化与积分化相互关系上的叙事符号，展开基于名词项的微分化与积分化的独特的挑战"⑤。不过，阅读并非

① 石原千秋：《读者在哪里——书籍中的我们》，东京：河出书房新社，2009年，第30页。

② 前田爱：《文学文本入门》，东京：筑摩书房，1988年，第58页。

③ 前田爱：《文学文本入门》，东京：筑摩书房，1988年，第25页。

④ 前田爱：《文学文本入门》，东京：筑摩书房，1988年，第32页。

⑤ 小森阳一："解说 前田爱的物语论"，《前田爱著作集》第六卷，东京：筑摩书房，1990年，第450页。

完全依照文本符号的指示，因为还有着“符号的去中心化”现象。多木浩二指出，“符号的去中心化”是这样的一种操作，即通过显现沉陷于无意识领域的符号，文本呈现出新的样态，从而打开了对文本进行再解释的可能性”①。对于符号的去中心化现象，前田爱认为，

> 的确，我们在最初阅读文学文本时，经常是依照作品人物的符号，或者物语符号来阅读。其中有所谓作为欺骗结构的小说。不过，反复阅读一个作品，这时能够看出与物语或者作品人物符码所不同的符号。亦即过去解读文学作品的符号一旦消失，或者悬置，或者去中心化，文学作品开始表现出新的样貌。这是作品超越它所在时代的重要条件。物语符号不被相信或者衰弱的现在，将过去书写的明治、大正文学作品相对化，或者——这里使用解构这个词——通过解构，能够复活过去没有看到的作品。②

在阅读过程中，文学作品的符号一旦消失，或者悬置，或者去中心化，“文学作品开始表现出新的样貌”。“符号的去中心化”能够成立的原因在于文学文本背后有一个更大的文本系统，即“文化文本”。前田爱认为通过解读文学文本和文化文本的对立，能够对小说作出新的解释。新的解释也有可能是因为随着时代的变化，物语的符号产生新的样态。前田爱以为永春水的《春色梅儿誉美》为例论述这种改变。在该小说中，男性被女性帮助，最终一夫多妻，和睦相处。这本是一种灰姑娘式的物语，但在明治初年的书生读者的场合，却被作为好色物语来阅读。在前田爱看来，这源于作者与读者间共有符码的消失。

符号的去中心化现象意味着文本符号所传达的内容、思想并非固定不变，而是有赖于读者的参与。这种参与是在一定的语境中进行的，即“只

---

① 多木浩二：“编集后记”，前田爱：《文学文本入门》，东京：筑摩书房，1988年，第214页。

② 前田爱：《文学文本入门》，东京：筑摩书房，1988年，第114页。

有通过参照语境才能理解"①文本的符号。前田爱以砚友社的文学为例论述道，读者通过作品人物如何穿着可以判断出作品人物的身份或者性格，但随着时间流逝，支撑每个语言的风俗，亦即语境逐渐被忘记，如此，文本到处是空白。另一方面，空白的产生并不仅仅源于时代的流逝使得读者与作者之间共享的符码不复存在。在前田爱的文本观中，国家意识形态是文本空白产生的重要原因。

> 所谓文本，是从开始到结束的有限的语言集合，制造一个完结的小宇宙，排除了某个没有言说部分。为了考察被言说的内部，必须考察没有被言说的外部即文本的不在的部分。另外，作者无意识间被压抑的东西，作者无意识间不喜欢的东西，经常被排除出文本外部。亦即不能书写的不在与文本的关系，能够被置换为沉默与语言这样的图式，或者可以说，文本的内部=意识，不在的外部=文本的无意识。②

前田爱以日本的"伏字"问题为例论述文本的"在的部分"与"不在的部分"。战前日本的书籍中，触及社会主义、马克思主义或者涉及天皇制的语言都会被清除出去。这是被国家权力有意隐蔽起来的部分，亦即文本中隐蔽起来的部分是国家不喜欢的部分。如此，"伏字"××，或者○○，即文本不在的部分显示着国家意识的在，而同时代的读者能够将空白作为某种意味来读取，即"不在"表达了国家的意志的在。

文本"不在"的部分表象着国家意志的"在"。前田爱的文本观中，文学文本的关系与国家意志的关系有着更为复杂的可能，即文学文本是被国家意志所试图抹杀的世界，"文学作品描写着从统治的意味的系统脱落的世界，亦即生成了统治的系统中没有的场所、空间"③。前田爱将文学文本视为被统治的意识形态所排除的乌托邦，由此扩大了文学文本的范围。在前

① 前田爱：《文学文本入门》，东京：筑摩书房，1988年，第122页。
② 前田爱：《文学文本入门》，东京：筑摩书房，1988年，第137-138页。
③ 前田爱：《文学文本入门》，东京：筑摩书房，1988年，第147页。

田爱看来，一般的文学史没有收入松原岩五郎的《最黑暗的东京》、横山源之助的《日本的下层社会》、或者大正期的《女工哀史》等纪实作品，这源于这些文学史并不认可纪实作品具有文学的虚构性。但是，《最黑暗的东京》等作品描写了权力系统所排斥的世界，“从这个观点来看，有可能作为文学文本而重读”①。由此来看，前田爱的文本分析成为“博学和敏感的阅读”②，正源于前田爱阅读文学作品，“将其作为开启更大的经济、社会和文化权力结构的钥匙”③，因而他的文学批评中，“空间的文本表达不仅反映了物理现实，而且还表达了乍一看似乎与空间无关的社会问题”④。

二、读者的位置——以“内空间”理论为例

本部分围绕前田爱的内空间理论，进一步考察读者概念之于前田爱文本观的重要性。内空间是前田爱在《都市空间中的文学》中提出的概念，“文学文本的读者，因为拥有叙事者的视点，或是带着作品人物的欲望、期待，共有投向周边事物、其他人物的视线，因此生成了文本的‘内空间’”⑤。前田爱从拓扑学中受到启发，建构起“内空间”邻域(neighbourhood)模型。邻域是集合上的一种基础的拓扑结构，前田爱利用该理论表述文本语言与文本意义之间的关联，将文学文本视为有限点的集合，认为读书行为能够运作起语言的集合。在前田爱看来，作为现实空间的“零点”的读者身体变换为定位文本空间的叙述者、作品人物的视点，通过读者的想象力，“邻域中的点 x 就被给与了向量”⑥。所谓“被给与向量”亦即在阅读过程中，文本中

① 前田爱：《文学文本入门》，东京：筑摩书房，1988 年，第 146 页。

② 米里亚姆·西尔弗伯格：《色情怪诞的无意义：日本现代的大众文化》，加州伯克利：加州大学出版社，2007 年，第 193 页。

③ 斯蒂芬·多德：“书评：迈克尔·克罗宁著《大阪现代：日本幻想中的城市》”，《日本语言与文学》，2018 年第 1 期，第 87 页。

④ 真部真由美：“来自明治社会的边缘：樋口一叶《浊流》中的空间和性别”，《美日女性》，2016 年，第 27 页。

⑤ 前田爱：《都市空间中的文学》，东京：筑摩书房，1982 年，第 6 页。

⑥ 前田爱：《都市空间中的文学》，东京：筑摩书房，1982 年，第 20 页。

的语言被统合为有着某种特定意义的结构。换而言之，前田爱的内空间领域模型中，正是通过读者的想象力，文本中的语言信息才被被赋予了意义。在这一问题上，石原千秋说得更为直接，“文本是在被阅读的场中制作出来的”①。

在前田爱的内空间邻域模型中，定位中心决定着文本的位相，而作为定位中心的叙述者、作品人物(点P)，可以是拓扑空间中的内点，也可以是外点或是边界点。前田爱以《包法利夫人》的厨房的场景为例阐释内点的这种决定作用。该文本中并没有直接描写艾玛家外面的田园风景，而是通过窗户缝隙照射进来的初夏的阳光暗示窗外的世界。亦即P邻域并非由文本展现给读者，而是在文本语言信息的暗示下，由读者的想象力生成的。对查理(定位中心/内点)而言，他看到的只有厨房中的场景，窗外风景(P邻域)不在他的视野中。前田爱认为，读者将查理视野中艾玛做着针线活这样的构图，置放于《包法利夫人》的文本整体中可以看到极强的象征意义，即该构图喻示着查理要将这贤良淑德、勤勤恳恳的妻子带到自己家里。但是，跟查理的希望相反，艾玛的梦想却是走向外面的世界。前田爱由此看到《包法利夫人》的叙事动因，认为正是这种矛盾构成了推动《包法利夫人》叙事的动因。由此可见，在前田爱的文本观中，叙事动因并非由现实世界的作者设定，而是离不开读者的想象力。

内空间邻域模型中，外点也可以决定文本空间的位相。前田爱认为艾玛在以子爵为中心描绘的梦想的圆当中，没有将无聊透顶的乡下生活的细节纳入其中。艾玛心中燃起的梦想投向遥远的巴黎，即家的外部，华尔兹的舞伴子爵映像构成这种梦想的中心点。艾玛的梦想中聚集着村中没有之物，风中摇曳的煤气灯火，挂着镜子的沙龙，地板上拖曳的裙摆，这些都是以子爵为中心的圆中之物，前田爱将之视为由外点决定文本空间位相的典型例子。在边界点的问题上，读者同样有着主体性作用。前田爱借用山

① 石原千秋：《文本不会错——小说与读者的工作》，东京：筑摩书房，2004年，第10页。

口昌男的边界的两义性观点来论述边界点。在山口昌男的空间模型中，边界是在连续的自然的空间上所施加的人为的分断，即边界是A，也是非A这样的领域，“人在特定的时间上，将自己置于边界上，将自己从日常生活的时间、空间的桎梏中解放，直面自己的行为、语言潜在的意义，有着‘转世’体验”①。

> 所谓的“空间文学”，是通过应用拓扑学的概念，建立起一个文化空间模式，用以描述、分析、阐明文学作品结构与文化、历史的“异质同构”关系。比如，他利用洛特曼划分的“内”与“外”的文化空间模式，以“越境”行为作为确定、分析文学主人公的依据，对《舞姬》的主人公的行为“外—内—外”的双层结构旧本与德国、柏林的“穷人区”与“高尚区”进行了精细的分析，将一贯作为“时间艺术”的小说推向了“空间分析”，并通过“越境”的概念将小说的“时间性”与“空间性”有机地联系在一起。②

如引文所述，“越境”对前田爱的空间批评有着极为重要的意义，他通过这一概念将小说的“时间性”与“空间性”有机地联系在一起。前田爱从山口昌男所论述的“转世”体验出发考察文学文本，认为“文学文本中描写的登场人物的越境展示了其行为中隐藏的两义性，展现出另外一个世界的可能性”③。与山口昌男不同，前田爱将边界视为并非事先给与的固定的东西，而是由登场人物的行动，各式各样的印象显现出来的场。亦即前田爱所说的越境是一个时间性的行为，而这源于文学文本空间的特殊性，即在阅读过程中，文学的表征空间并不像造型艺术那样将整体一次性地予以展现，而是一种过程性的呈现。

---

① 山口昌男：《文化与两义性》，东京：岩波书店，2000年，第98页。

② 魏育邻：“‘语言论转向’条件下的当代日本近代文学研究”，《广东外语外贸大学学报》，2002年第1期，第53页。

③ 前田爱：《文学文本入门》，东京：筑摩书房，1988年，第31页。

三、叙述研究路径的重要性："内空间"的生成机制

前田爱构建的内空间理论中，读者对内空间的生成有着极为重要的功能。这种功能意味着所谓阅读并非读者单向地接受文本信息，而是指涉读者与文本语言相遇的过程中生成文本信息的行为。因此，叙述问题的重要性得以凸显。前田爱认为，读者在阅读过程中处于时间的流逝的同时也处于空间的扩散中，读者在读书过程中将自身的空间给与文本，文本的"内空间"的堆集最终作为有着某种形态的空间结构来呈现①。前田爱从乔治·普莱(George Poulet)在《圆的变形》中的"圆"的论述里吸取养分，以《包法利夫人》为例阐释内空间的生成问题：以叙述者的视点为中心的圆，与艾玛的梦想的扩散所形成的圆，互相干涉，扩散了文本的"内空间"。前田爱认为，读者由叙述者引导看着查理，而查理则是文本中的"看的人"，叙述者冷静的观察与艾玛的无限膨胀的梦想之间的落差，决定了《包法利夫人》的文本织成的"内空间"的宽度。

前田爱借用普莱的"圆"来论说"内空间"模型，在这一模型中，作品人物看着其周边的世界(视点 1)，叙述者引导读者看着作品人物(视点 2)，视点 1 和视点 2 的交错形成了前田爱所说的"内空间"。不过，前田爱对这一模型有着不满，因为视点 2 实质上是叙述者的视点，而并非读者的视点。为此，前田爱引入了胡塞尔的"零点"理论来凸显读者在内空间构建上的主体作用。"零点"是胡塞尔现象学理论的重要概念，在胡塞尔看来，所有事物都依据与身体的定向关系来呈现。对"我"来说，身体是所有定向的零点，世界中的所有事物都参照身体来获得定向。前田爱利用零点理论阐释道，"我"(读者)的身体作为在生活世界的定位中心被置于这里，随着被阅读的文本吸引，现实的身体的定位中心逐渐消失，被文本中某个虚构的定位中心所取代②。以叙述者或者登场人物为定位中心的空间中的事物展现

① 前田爱：《文学文本入门》，东京：筑摩书房，1988 年，第 34 页。
② 前田爱：《都市空间中的文学》，东京：筑摩书房，1982 年，第 9 页。

在读者面前，即便文本中没有对叙述者、对作品人物的直接描写，但文本中出现的物品不是孤立的，而是由扫视它们的定位中心的视线结合为一的。读者发挥视线的功能，能够“看到”叙述者、作品人物的存在。如此，出现在读者面前的不再是封闭的文本空间，读者能够看到文本的语言所未描写的世界，“也就是文本中没有写出的部分”①。

小森阳一指出，前田爱论述的“文本的‘内空间’既不是作为叙事内容的空间性，也不能还原为叙事话语的空间性，亦即这是一种隔着叙事话语，叙事行为与叙事内容相互呼应所形成的独特‘空间’”②。如此，小森阳一指出文本“内空间”与文本空间的区别，即文本内空间并非存在于文本中，而是在于叙事行为与叙事内容的呼应上。这种呼应意味着读者并不仅仅是被动接受文本信息，而是与叙述者、作品人物有着共谋关系，对文本意义的生成有着极为重要的作用。读者能够读取出文本没有写出的部分，这不仅意味着读者能够介入文本意义的生成，也意味着文学批评有着政治批评的功能。小森阳一发现，前田爱的文本分析有着政治批评装置的功能。

> 前田爱以历史学、社会学与文学的统合为目标。不过，这与简单的跨学科研究有着完全不同的内质。从认知所谓“文学”的领域，扩大作为分析对象的言说的范围，将某个时代的历史的、文化的、社会的状况，从该时代的言说状况中浮现出来。前田爱创造出能够将刻印进语言上的权力与制度的不可见意识形态的多重性凸显出来，使之可视化的批评实践。③

小森阳一作为“前田爱理论的最好阐释者和学术继承人”④，从前田爱的文本理论中发现“超越边界的意志与想象力”，这一论述颇值得注意。首

① 前田爱：《都市空间中的文学》，东京：筑摩书房，1982 年，第 10 页。
② 小森阳一：《小说与批评》，神奈川：世织书房，1999 年，第 317 页。
③ 小森阳一：《小说与批评》，神奈川：世织书房，1999 年，第 265-266 页。
④ 赵京华：《日本后现代与知识左翼》，北京：三联书店，2017 年，第 15 页。

先，小森阳一提醒我们不能泛泛地停留在文学与历史学的融合表征上，而应该看到表象之下更为深层的因素，即“超越边界的意志与想象力”。其次，众多论述者提及小森阳一的文学批评时，往往都会提及文学与历史学的统合特征。这种统合是小森阳一文学批评模式的显著特征，但是，这种统合的本质是将意识形态进行可视化的操作，而这是日本文本研究登场伊始就带有的属性。对小森阳一而言，他绝非远离前田爱的文学批评，毋宁说，他始终继承着前田爱文学批评对“历史的、文化的、社会的文脉”的关注。

四、前田爱文本理论的身体哲学

如内空间理论所示，身体概念之于前田爱的文本理论有着某种核心的意义。“内空间”的生成，离不开“我”的身体的存在，正是因为“我”（读者）的身体作为在生活世界的定位中心被置于这里，随着被阅读的文本吸引，现实的身体的定位中心被文本中某个虚构的定位中心所取代。随之而来的是，以叙述者或者登场人物为定位中心的空间中的事物展现在读者面前。在前田爱那里，身体文本理论中的核心概念。前田爱关注“我步行”“我走路”这样的表达方式，指出这个场合，“我”这个主语，是表达“我”的意识之中心的部分，而“步行”“走路”这个谓语，是表达身体的。前田爱将这种表达方式称为主语统合，并从中看出身体被压抑的问题。在前田爱看来，文章也是由主语统合的，但通过浮现由谓语引导的统合，能够打开文本解释的大门。

> 在文学文本中，身体暗示着各种新的读解方法。比如说，衣服的描写在文学作品中有着怎样的意义呢？江户时代的戏作文学，或者砚友社的文学中，很详细地描写衣服。亦即，从江户时代到明治，衣服是表明身份的符号。……戏作文学，或者砚友社的文学的衣服的描写，不仅是身份、职业的符号，也是所谓被压抑的身体，借助衣服来表现。衣服应该解读为隐藏的皮肤，或者变形的皮肤。①

① 前田爱：《文学文本入门》，东京：筑摩书房，1988 年，第 73-74 页。

前田爱指出身体(衣服)是身份的符号，认为身体暗示着各种新的读解方法。引文中所说的被压抑的身体，并不仅仅指涉等级制度或是歧视视线中的身体问题，而是关系着所谓的主语统合问题，这一问题指向着对明治维新以来言文一致体的批判。前田爱批判的正是这样的言文一致的理想型，亦即，语言是透明的符号。在前田爱看来，如果跳出主语统合的束缚，关注被压抑的身体，就能看出衣服背后的身份符号等信息，而不只是将语言视为透明的符号，无视这些信息的存在。

在前田爱的身体哲学中，关注被压抑的身体，不仅是打开了文本解释的大门，更为关键的是触及了文学的本质问题。前田爱援用市川浩的身体理论阐释这一问题。市川浩《"身体"的结构》书中，提出了错综体这个概念，即在人类的现实的身体中，有着出现在意识中的层面和不出现在意识中的层面，不过，身体的统合，不仅是现在现实化的统合，还有着各种统合的可能性。一个统合成就的时候，有着被排除的无数的可能或者潜在的统合。这样潜在的统合可能性的身体，在市川浩看来，正是错综体。前田爱极为重视错综体的概念，认为这一概念能够在思考语言时带来非常宝贵的启发。

> "人死亡，草死亡，因此，人是草"，这样的理论的展开，很明显，这在通常的理解上是伪逻辑。这个理论，是由谓语来统合的。也就是，"死"这个谓语证明了"草"和"人类"的同一性。因此，这个一般被作为精神异常及狂气的语言来处理。①

日常的语言，成立于对错综体的压抑上。亦即在现实世界，人是人，草是草，不可能出现人是草的情况。前田爱认为，这便是主语统合压抑着作为谓语的身体，这种表达方式难以成为有着无限可能的错综体。正因为如此，从"人死亡，草死亡"得出"人是草"的结论，这只能是精神异常的人

① 前田爱：《文学文本入门》，东京：筑摩书房，1988年，第78页。

的表述。但是，从谓语统合的角度来看，文学文本的语言，通过谓语的统合可以打开主语统合所看不到的世界。因此，在文学领域，人是草，这样的表述正是有着文学性的表述。这里，我们可以看到前田爱的身体哲学触及了文学的本质问题，即什么是文学？在前田爱看来，与日常语言的一义性相对，文学文本一定是有着某种暧昧性的。前田爱将这种暧昧性视为文学的本质属性，而使得这种属性成为可能的，正是谓语统合。

五、前田爱的身体哲学与市川浩的身体理论

"与前田爱侧重都市空间文本的研究不同，小森阳一站在叙事分析的角度"①对日本近现代文学展开一系列文本分析。小森阳一本人也曾谈及他与前田爱学术思想的继承和发展，认为前田爱独特的文学研究法关注小说文本与都市空间的相互作用，而他则将前田爱的围绕物语内容的内与外的空间论、文化符号论等问题进一步推进，关注文本的时间论，物语行为的内与外的问题，文本内符号论的方法等问题②。而对于前田爱的身体哲学，小森阳一如此说道：

> 从日本现代思想史的视角来看的话，前田爱的价值应该是在文化人类学、都市空间论上。前田爱的研究关注身体问题，是一种身体论的哲学。之前的哲学一直是逻各斯中心，而都市空间论是在都市空间中置放人类的身体，以此联想各种可能。实际上，在日本，身体论的构想在语言中也有呈现。"身軽"、"身近"这样的"身"是指什么呢。这绝不仅仅指身体，"身"这个语言也是包括精神的。那个时候，哲学家市川浩出版了《"身体"的结构》，前田爱在《文学文本入门》中也提

① 韦玮："小森阳一的阅读模型研究"，《日语教育与日本学》(9)，2016年，第144页。

② 小森阳一：《作为结构的叙述》，东京：新曜社，1988年，第540页。

及了市川浩的这一著作。①

小森阳一指出前田爱的研究与身体哲学的关联。小森在访谈中回忆前田爱喜欢逛街，研究会结束后就到处逛，“前田爱的都市空间论那么杰出，我想这与他喜欢去现场是分不开的”②。而在文本理论构建上，前田爱同样重视身体问题，他从市川浩的错综体的概念上得到启发，将错综体的概念与文学语言关联在一起，认为文学文本一定是有着某种暧昧性，“日常的语言成立于对错综体的压抑之上。不过文学文本有着引出我们身体潜在的统合之功能。或者，通过引用前文本，文学文本有着多层的、多元的结构。”③对此，小森阳一指出，前田爱的文学批评中，“读书行为不但能够创造出作为叙事内容的统合性，而且能够创造出未能在叙事话语中表现出来的潜在的统合可能性”④。

前田爱将文本的暧昧性视为文学的本质属性，为此，他援引市川浩的身体理论进行阐释。另一方面，市川浩提出的错综体的概念原本就与艺术有着密切的关系。

> 艺术作品有着多元的、重层的暧昧性。我认为这是一种错综体。正因为如此，我们对于艺术作品之场合，必须采取以身体(身をもって)理解的方式。用头脑不能理解，就算能，这也是一元化的理解艺术作品而已。必须以身体的错综体，感应作为错综体的艺术复合体。⑤

市川浩认为错综体与艺术作品或者艺术作品所构成的文本空间有着相

---

① 韦玮：“文本分析的方法论：小森阳一访谈”，《外国文学研究动态》，2021年第3期，第158-159页。

② 出自笔者2019年9月对小森阳一所作的访谈。

③ 前田爱：《文学文本入门》，东京：筑摩书房，1988年，第77页。

④ 小森阳一：“解说 前田爱的物语论”，《前田爱著作集》第六卷，1990年，第441-442页。

⑤ 市川浩：《“身”的结构——超越身体论》，东京：青土社，1985年，第20页。

似的地方。亦即日常的符号表现、艺术的符号表现都是现实的统合，其背后隐藏着无数的潜在的统合可能性。日常的语言表现是尽可能的清晰、明确。对此，文学的语言，特别是诗，是尽可能不压抑潜在的统合所带有的扩展性。某种意义上，现实的统合并非最为重要的，毋宁说，是为了引出潜在的统合之标识，或者装置。

日语语境中的“身”(み)与“身体”(しんたい)有着不同的内涵，前田爱所倚重的市川浩的身体哲学是“身”的哲学。从市川浩著作的题名《“身”的结构——超越身体论》也可知他对“身”与“身体”的区分。尽管在很多场合，“身体”一词有着更为普遍的应用，实际上小森阳一论述前田爱时也是指出他的研究是一种“身体论”，但是，这里提及的“身体”事实上往往是日本语境中的“身”。

> 我一直以来便关注如何超越身心二元论，去除被皮肤束缚的身体这个固定概念。我着眼于“身”(み)这个关键概念，也是因为这个原因。“身”是自然的存在的同时，也是精神的存在，是自己存在的同时，也是社会的存在，的确地表现着我们的具体的样态。①

市川浩试图通过着眼于“身”这一概念来超越身心二元论，指出“身体”这一概念往往是与“精神”相对立的，让人联想到英语的“body-mind”的对立，因而使用“身体”概念往往被束缚于西方的“body-mind”这个二分法。但是，以这样的二分法理解的身体，并非是日语语境中的身体的具体的样态。而相比于“身体”，和语的“み”这个语言原本便有着极为广大的意味，这与汉字的“身”相结合，意味得以进一步扩展。在市川浩看来，“身”这一语言极好地表现了我们具体的活着的身体的动态，同时，展示出与精神—物体或者精神—身体这个二项图式所不同的范畴的可能性。具体而言，“身”可以指涉没有生命的“肉”(“魚の切身”)。“身”也可以指涉多重人称

① 市川浩：《“身”的结构——超越身体论》，东京：青土社，1985年，第212页。

的“自己”，“身ども”是“我”的自称，“身が等”是“我们”。“お身”所指的是“我”的对称之“你”，“身身”是“各人各自”。此外，还可以指涉社会化的“自己”。比如，“身内”一般是指血缘，但也可以扩展为地缘，同县人，或是同一个国家的人①。

如市川浩所述，日语中的身体是有着解剖学的结构之生理的身体的同时，也是文化的、历史的身体。亦即，“身”是多层的统合体，包含着“心”，而并非如英语的“body”、日语的“体”那样的单层的意思。从市川浩所述的“身”之内涵所示，身体的统合上，不仅有着“我”之存在，他者也是不可或缺的。亦即，身体的样态是各式各样的，是作为关系的存在，借此，身体的样态被决定下来：对于尸体是活着的身体，对于他者是自己，对于你是我，对于敌人是“身方”(味方)。如此，在与各自的关系的差异、对立上，生成了各种“身”的样态。

> 亦即，身并非是固定的一个实体的统一，而是他者之物——他者之物中，有物，也有他者——在与这样的他者之物的关系上，有着某个关系的统一。对应关系的多样，有着多重性。并非如同实体那般固定的统一，而是不停的统一是重新进行，这是身的统一。因此，在与他者的关系上，身有着多极分节的可能性。②

市川浩认为“身”是存在于动态的关系上。动态的关系的另一面是“中心化”与“非—中心化”。所谓“中心化”是指身体通过将自己作为中心，与世界发生关系。例如上下左右，这是以“我”的此时此地的身体为中心来区分的，而上下左右也不仅仅是位置、空间关系，也有着价值高低的意味。市川浩所说的中心化并非否定与他者的关系，毋宁说，正是在与他者的关系上，中心化被进行。自己的身的原点是“此时、此地”，仅仅中心化，那

① 参见市川浩：《“身”的结构——超越身体论》，东京：青土社，1985年，第38-41页。

② 市川浩：《“身”的结构——超越身体论》，东京：青土社，1985年，第47页。

么，“此时、此地”以外便无他物，更确切地说，“此时、此地”也不成立。通过临时的变换愈着为“此时、此地”的视点，另外的时间、另外的场所也能够成为“此时、此地”。由此，时间、空间的把握成为可能。另外，在与他者的关系之对他关系而言，也有成为别人的身这个操作。亦即，通过我将身置放于他者的视点，在与他者的关系上，对自己再次中心化。由此，在他者与自己自身的关系上，自我得以形成。在此意义上，去中心化不是无中心化，而是在更为广阔的关系之中进行再中心化。

“身”的原点是“此时、此地”，这意味着“身”与空间有着本质的关系。市川浩以粉笔为例论述到，粉笔在粉笔盒之中，粉笔盒是空间，偶然的这里有着粉笔。而粉笔本来是在粉笔盒之外，构成其用。但是，人类并非如此。人类处于这个世界之中，这有着本质的意义，这源于人不能在世界之外。在此意义上，我们与世界，我们与空间的关系，是在于绝对不能切割之本质的关联之上。由此，市川浩将人类表述为“空间内存在”。在市川浩看来，活在这样的空间的原点上之物，便是“身”。身体在于物理的空间的一点，而人类是在社会的空间，作为主体而活着。因此，市川浩将在这样的空间之中的主体的样态，用“身”表示，包含着个人的且社会的人格的主体，能够很好地表现主体的—客体的我们的身体存在。

此时、此地有着“身”，借此，有着这里、那里，进而通过我们的身，我们的周边的世界成形，作为有着意味、价值的东西而显现。苹果是凉的，正因为我们是温暖的存在。如此，通过世界，我们的“身”被分节化。如此，我们通过他者得以把握自己。

> 空间，时间，都是极为人类的东西。进而言之，这里是身的原点，身是有着方向性的，所以我们所处的空间作为带有方向性而被区分(“身分”)，亦即有着前空间—后空间，右空间—左空间，上空间—下空间。这与我们的身的结构密切关联着。①

① 市川浩：《“身”的结构——超越身体论》，东京：青土社，1985年，第104页。

空间被分开(被分节化)，这是因为我们以身为中心，赋予世界以方向，赋予价值。这正是自我中心化，即我们以“身”为中心，生理上、心理上、文化上将自己组织化。为了将自己进行组织化，人类必然地关涉环境、世界，但是，同时不停地摆脱自我中心。市川浩将这一过程称为非—中心化，认为自我把握是对自己之自己的同时，也是对他者之自己的理解。亦即，自己把握与他者把握是几乎同时的事件，即通过把握他者来把握自己，也通过把握自己来把握他者，通过这样的双重关系，自我得以形成。

作为主体的身体，作为对象被理解的身体，进而由他者所理解的身体，这些被统合起来，便是“我”的具体的身体。市川浩以微笑来论述身体的层面上，有着他者的主观性的把握，也有着“我”的应答。对方微笑，“我”也不由得微笑。这并非是因为对方微笑，“我”不微笑的话就不符合礼仪。而是看到对方的微笑，“我”也不由得微笑。反而言之，对方脸色难看，“我”的脸色也自然的难看了。市川浩由此发现，所谓他者的身体，绝非所谓客体的身体，而是有着表情之身体，“我”的身体也在无意中以表情、身段来回应他者之身体。在此意义上，可以理解前田爱、小森阳一为何将应答他者视为必然律。前田爱的内空间理论中，内空间的生成正是叙述者、作品人物及读者共谋的结果，“读者并非被动地理解作者的文体，而是通过再创造回应作者，或者自己成为新的作者，直接、间接地‘呼唤’他人”①。小森阳一同样主张应答他者，其信息发送模型也好，在现实世界围绕着战争受害者的声音也好，都将应答他者视为必然律。前田爱与小森阳一共鸣的渊源正在于日本文本研究的身体哲学上，即回应他者，并非回应一个看似与“我”没有直接关系的客体。身为人类的一员，位于此时、此地的“我”原本就存在于与他者的关系之中。

① 吉田熙生：“解说”，《前田爱著作集 2》，东京：筑摩书房，1989 年，第 480 页。

六、小森阳一与前田爱身体哲学的异同

小森阳一在回应为何重视声音问题时，回忆起研究生时代看落语的经历①。落语是一位表演者将所有作品人物的声音分别展示，亦即使用各式各样的音色来表现不同的人物。小森阳一研究二叶亭四迷的《浮云》时发现二叶亭四迷的言文一致体来源于三游亭圆朝的落语，他由此感悟道，声音从落语进入文学，在思考言文一致体上有着极大的重要性。② 小森阳一指出，前田爱也是重视声音概念的人③。前田爱对樋口一叶的《浊流》的分析便是从声音的角度考察该文本。《浊流》中，会话是口语体，叙述文是文章体，不过，没有用引号标出会话。从阅读习惯而言，读者自然是习惯了会话用引号标出，如此才能流畅地阅读下去。"这不是用眼睛看的文体，毋宁说是用耳朵听的文体。以听广播剧的心态来阅读，可以流畅地阅读下去。"④在小森阳一看来，前田爱对声音的关注凸显身体概念的重要性，"这是前田爱初期一贯的，被某个时代的诸多符号多层决定的意味的'读者'的身体的问题"⑤。

> 思考"读者的身体"时，会接连浮现出相关的问题，比如书籍、文字的空间性与阅读时的时间性的问题，因印刷、文字的种类而不同的阅读的速度的问题，文体与阅读行为的关系的问题，将文字语言变换为音声语言时的阅读的连接与中止的问题，结合文字的连锁的记忆与阅读行为的关系的问题，作为更大的记忆的同时代的文化符号及其文本的符号化的关系性的问题，物语言说与物语内容，物语言说与物语

---

① 落语是日本传统曲艺形式之一，类似于中国的单口相声。

② 出自笔者 2019 年 9 月对小森阳一所作的访谈。

③ 2019 年 9 月的访谈中，小森阳一回忆起研究生期间读到前田爱研究樋口一叶的《浊流》的论文："我当时是研究生，对我来说，文学竟是这样阅读的，如此戏剧性。嗯，真是服了。文学研究者如此从文字中听取声音。"

④ 前田爱：《近代文学的女性们》，东京：岩波书店，1995 年，第 7 页。

⑤ 小森阳一：《小说与批评》，神奈川：世织书房，1999 年，第 280 页。

行为的相关的问题。①

小森阳一将前田爱的阅读视为关系着身体的“听觉”“视觉”及“触觉”的联想，认为前田爱一贯有着这样的自觉，即从视觉的图像上听到音声。《足音》的末尾，前田爱举出啄木的“皮膚がみな耳にてありき/しんとして眠れる街の/重き靴音”，指出啄木在自己的“鞋音”中，重合了都市的孤独者的叹息声。小森阳一由此看出前田爱的文本分析呼唤出不在场的身体感觉，认为作为读者的前田爱通过身体阅读词汇，不过绝对不着急推进，而是一步一步停下来。如此，读书的“中止时”上有着多样的层面，即将一个文字变换为音声的瞬间，将若干的音声作统辞的连接、作为一个语认知的瞬间，连接到句点的语句、从语义想起某个整理的意味内容，进而各种各样的知觉的印象的瞬间。小森阳一认为，前田爱所说的文本的“内空间”的“像”便是如此编织而成的。

> 这里，前田爱引用萨特，认为文本的“内空间”的“像”是“读书的中止时不能时显现”的物，“这些像在读书行为间点灭，流动的不安定物”。恐怕这个论述可以说是以极为简朴的表现来言说这样的相互作用，即只是通过依照继起的“线条的”时间的读书行为而显现的物语的“空间”性，亦即物语言说的“空间”性与只有暂且中断其线条性时，由想象力与记忆的作用而显现的物语内容的“空间性”的相互作用。②

小森阳一认为前田爱的内空间显示出读书行为是将视觉上没有切割点的持续的作为文字的连续体的物语言说(符号表现)，在一方面切分为有意义的某个各种各样的单位，随着单位变换为物语内容(符号内容)，另外一方面，通过记忆与想象力，将被切分的部分在此连接起来。前田爱内空间

① 小森阳一：《小说与批评》，神奈川：世织书房，1999年，第282页。
② 小森阳一：《小说与批评》，神奈川：世织书房，1999年，第282页。

理论凸显出读者的想象力之于文本意义的重要性。小森阳一认可想象力在内空间的生成上的作用，但是，对记忆在内空间的生成上的功能阐释却是小森在前田爱的文学批评中“发现”的，对小森而言，自己并非将前田爱开创的日本文本研究范式推动到另一条道路上，毋宁说，正是自觉的处在前田爱的延长线上。

另一方面，在身体哲学的问题上，小森阳一与前田爱的区别也是明显的。前田爱通过考察谓语统合，由此解禁了被主语统合压抑的身体，得以打开文本解释的大门。但是，对小森阳一而言，所谓的主语或是主体原本就是可疑的。在《作为事件的阅读》中，小森阳一对夏目漱石小说《矿工》的分析，凸显出他的这种身体哲学。小说中，“自己”下了火车，处在失魂落魄的状态中。在小森阳一看来，“自己”处于自我认同彻底丧失的危险之中。亦即，“自己”没有当下对象的意识，只是连续不断地意识到对象的空白或阙如，这就势必会留下一种自我认同彻底丧失的感觉，如果意识就这么固定下来，很明显就会形成非常强烈的自闭状态，而且并非单纯的自闭，在对外界封闭的同时，对自己的内心也牢牢地锁紧了意识之门。小森发现，小说中，将主体从这种类似死亡感觉中解救出来的，正是身体知觉。下火车时的“自己”，面对外部站前街“笔直”的街道，视觉开始的无意识运动，成为从决定性的束缚中解脱出来的关键。

> 恢复了通往知觉之路的意识，在这种由身体而起的具有方向性的知觉信息引导下，开始拥有自身的方向感，并且最终根据太阳下山的位置，意识到了不是单单在往“北”，通过这种建立在对世界的整体认识基础上经过语言分化而产生的方向感，才总算摆脱了对世界的自我丧失状态。意识到“肚子饿”，正是在这种意识的瞬间变成向量，即成为具有运动方向性的移动点的时刻。①

---

① 小森阳一：《作为事件的阅读》，王奕红，贺晓星译，南京：南京大学出版社，2015年，第77页。

在小森阳一看来，对于《矿工》中的“自己”而言，对于凝固的意识，相对独立的视觉运动提供了一种方向性，亦即身体指引着主体的意识，而不是相反。小森阳一高度评价身体的这种方向性功能，他将这种方向性称为“向量的意识”，认为这才是真正的生的状态。小说中，当沿着“无限向北延伸”的站前街“笔直”的道路，开始自觉地走“向北”时，“自己”开始对身体表层的皮肤感触有了知觉，觉得“饿着肚子的话，就冷飕飕的”。对此，小森阳一看出这样一个过程，即从当初自闭式的自我丧失状态，先是知觉对外界开放，受到外界对象的刺激后，知觉身体被动地协调起来，具有方向性意志的意识逐渐苏醒，这种觉醒的意识一方面以自身的身体状况为对象进行把握，另一方面对外的身体与意识也由此能动地统一起来，这个时候欲望才真正开始生成。

那么，欲望生成意味着什么呢？是否意味着主体的确立呢？在小森阳一看来，所谓欲望，原本就并非是主体本身的欲望，即并非是某个“主体”生出某个欲望，而是“主体”的生成乃是由媒介性的他者之间欲望关系的变化所招致的。小说中，由于“自己”有些犹豫，结果当长藏抱了满满一捧山芋出来，手里的山芋掉下一根时，“红毯子”毫不犹豫捡起来就吃掉了。这之后“自己”终于能吃下“山芋”，而且一共吃掉了五根。

> 对“自己”来说，“红毯子”是以一个争夺“山芋”的竞争者面目出现的，以他为媒介，“自己”才从一个单纯的“肚子饿”的“主体”，转变成了吃“山芋”的“主体”。一面模仿他者的行为，同时统合自己的“主体”，这样一种欲望的发生方式，跟拉康关于“镜像阶段”的相关讨论具有某种相似性，对此读者们或许已经有所察觉。关于吃东西的一系列叙述明确地告诉我们，欲望的产生也好，欲望“主体”的形成也好，欲望对象的选择也好，都只有通过模仿他者、对自己的“主体”保持若即若离的方式才能够实现。①

① 小森阳一：《作为事件的阅读》，王奕红，贺晓星译，南京：南京大学出版社，2015年，第86页。

小森阳一从“自己”与“红毯子”争夺“山芋”的描述中看到的是，表面上看似乎属于个人身体领域的“欲望”，实际上是在复杂的社会关系当中生成的。这里，并不能简单地认为存在着主体与他者的对峙。因为在小森阳一看来，所谓主体，原本就是处在摇摆之中的。小说中“自己”到了坐火车付票钱的时候，把剩下的钱连同整个钱袋都交给了长藏。对“自己”来说，长藏要是不进“饭馆”，开口说“你要吃晚饭吧”，就没有办法吃上饭。小森阳一认为，此时的“自己”，已经实现了一定的“主体”化，能够意识到“肚子饿”的阙如，并且开始寻找“饭馆”这个对象，但是，却还没有成为实际挑选“饭馆”、点菜并且吃掉的“主体”。由此，小森阳一看出主体的多层化现象，即对某种目的一旦产生了企望实现的意志，那么，其目的与现状之间就会分成几个层次不同的区域，即便是欲望和意志的“主体”，却并不一定就是能够实现它们的“主体”。

小说中，尽管“自己”“肚子饿”的感觉并没那么急迫，但对于意识到“肚子饿”这一点，“自己”解释道：自己坦白说肚子饿了，可也没饿得要昏倒，胃里感觉还多少留着点刚才的包子，所以能走就走了。只是一下火车，萎靡不振的精神就被抛到了笔直的大路当中，疑惑间睁开双眼，就感觉山气袭人，穿过晚霞凉飕飕地直侵皮肤，精神一振，结果才想要吃点什么。所以说不吃的话也就不吃了，并没有难受到要说：长藏大哥，你给我吃点什么吧。对此，小森阳一看出主体的摇摆。

> “想吃点什么了”的欲望，是作为“精神一振”的结果出现的，这与其说出自“肚子饿”本身的迫切性，莫如说发挥了一种将身体与意识按照一定的方向性加以统合的功能，也就是说，所谓欲望，承担着让身体与意识相结合，使得“主体”能动地统一起来的功能。这种认识与人们通常的理解截然相反，一般人往往以为，欲望是如本性发作的，之前一直潜伏在有着某种不足的“主体”当中。“主体”的生成乃是由媒介性的他者之间欲望关系的变化所招致的——由是我们发现，《矿工》里关于欲望的描述，透现出夏目漱石对这个问题匠心

独具的思考。①

如引文所述，小森阳一发现欲望与主体的某种颠倒。亦即，并非主体有着某种欲望，而是主体本身乃是由媒介性的他者之间欲望关系的变化所招致的。而就这种"招致"而言，并非机械的决定关系，毋宁说，正是一种摇摆的、充满了偶然性，即欲望的产生是"由偶发性的情绪转换或自身状态的心理转折所引起的一种更新"②。小森阳一这里并非宣扬虚无主义的主体观，恰恰相反，正是对主体的生成充满了期望。小森阳一的理想主体，从来就不是被动接受文本信息的读者/主体，而是如在《作为事件的阅读》等著作中呈现的那样，是能够与语言系统主动格斗的人。

第三节　小森阳一对亀井秀雄文学批评策略的继承和超越

本节考察小森阳一对亀井秀雄文学批评策略的继承和超越。亀井秀雄从事"解明文学理论在内的崭新研究"③，出版《感性的变革》(1983 年)、《主体与文体的历史》(2013 年)等多部著作。亀井秀雄学术思想受到学术界的广泛关注，依田富子对比分析亀井秀雄、前田爱、小森阳一对《舞女》的考察，认为他们将主体视为话语中构成的主体，将探究的主题从"什么是现代主体?"转移到"现代主体是如何表现的?"④德博拉·沙蒙关注上田质疑《小说神髓》作为日本现代文学的起源的位置，认为这种质疑处在亀井

① 小森阳一：《作为事件的阅读》，王奕红，贺晓星译，南京：南京大学出版社，2015 年，第 80-81 页。

② 小森阳一：《作为事件的阅读》，王奕红，贺晓星译，南京：南京大学出版社，2015 年，第 80 页。

③ 岛村辉："解题"，小森阳一：《作为文体的叙事 增补版》，东京：青弓社，2012 年，第 324 页。

④ 依田富子："第一人称叙事与市民主题：森鸥外《舞女》的现代性"，《亚洲研究》，2006 年，第 2 期，第 279 页。

秀雄等人文学批评的延长线上①。围绕小森阳一与龟井秀雄的文学研究法，既往研究关注两者在叙述问题上的异同。石原千秋认为龟井秀雄《感性的变革》、小森阳一《作为结构的叙述》都是“关于日本的近代小说的‘叙述者’的研究尝试”②。小田桐拓志指出龟井秀雄和小森阳一围绕明治、大正文学的历史和叙述特征，考察明治、大正时期的语言习俗③。矢口贡大指出结合小森阳一与龟井秀雄的关系来看，小森接触巴赫金理论有着必然性④。格雷戈里·高利围绕小森阳一和龟井秀雄对横光利一小说《上海》的研究，指出小森阳一、龟井秀雄都关注这部小说的独特的身体世界观的意义，而小森阳一的独特之处在于将小说中的身体与横光利一对相对论的兴趣关联在一起⑤。西田谷洋聚焦小森阳一与龟井秀雄在叙述问题上的不同，指出小森阳一“从龟井秀雄开创的叙述者论中排除作者，展开文本论”⑥。另一方面，小森阳一在师从龟井秀雄期间就有着超越龟井的自觉意识⑦。在此意义上，倘若不能厘清小森阳一对龟井秀雄的继承和超越在于何处，难以准确把握小森阳一在战后日本的文学批评上的位置。在具体论述上，本节首先围绕龟井秀雄的语言意识与柄谷行人的语言意识的分歧，考察龟井秀雄语言观的特点。其次，围绕龟井秀雄对时枝诚记、三浦勉、吉本隆明等人的语言研究的分析，考察龟井秀雄的叙述者研究内含怎样的语言

① 德博拉·沙蒙：“书评：上田敦子著《政治的隐藏，隐藏的政治：明治日本‘文学’的产生》”，《现代语言学》，2011 年第 4 期，第 268 页。

② 石原千秋：《漱石的符号学》，东京：讲谈社，1999 年，第 234 页。

③ 参见小田桐拓志：“亚文化与世界文学：论水村美苗的私小说(1995)”，《日本论坛》，2013 年第 2 期，第 233-258 页。

④ 矢口贡大：“日本近代文学与巴赫金接受”，西田谷洋：《文学研究而来现代日本的批评》，东京：羊书房，2017 年，第 250 页。

⑤ 格雷戈里·高利：《当我们的目光不再停留时——日本文学现代主义中的现实主义、科学和生态学》，剑桥和伦敦：哈佛大学出版社，2008 年，第 140 页。

⑥ 西田谷洋：“解说”，龟井秀雄：《增补 感性的变革》，东京：羊书房，2015 年，第 601 页。

⑦ 韦玮：“文本分析的方法论：小森阳一访谈”，《外国文学研究动态》，2021 年第 3 期，第 156 页。

观。在此基础上，剖析小森阳一与龟井秀雄在叙述问题上的继承和超越。

一、龟井秀雄的柄谷行人批判

1978年4月到1982年4月，龟井秀雄在《群像》上连载文学评论，此后以“感性的变革”为题发行单行本。大致同一时期，柄谷行人连载《日本现代文学的起源》。《感性的变革》、《日本现代文学的起源》给当代日本的文学研究极大的影响。在小谷瑛辅看来，这两部著作是导入结构主义、新学院派之后，日本现代文学研究领域最为重要的著作①。不过，这两部著作的读者反应并不相同。《日本现代文学的起源》被译为英文、韩文、德文、中文等多种译本，而《感性的变革》的英文版直到2002年才问世，至今仍无中文版。在日本，《日本现代文学的起源》多次重版、印刷，《感性的变革》却似乎遭受了冷遇。龟井秀雄在2002年英文版的《感性的变革》的序言中感叹时至今日，他的这一著作在日本很难入手。直到2015年，《感性的变革》才以增补版的形式重版。

就《感性的变革》《日本现代文学的起源》的问题意识而言，这两部著作都着眼于重新思考日本的现代文学的成立问题。这一问题意识的背景是，1970年代，研究者对日本现代文学的起源的考察经历了一个重要的转折点。在这之前，研究者倾向于日本现代文学起源于明治维新后，如中村光夫认为，“明治的新日本是以西洋文明的移入为口号，并通过这种移植而成立的。但是，至少在最初的阶段，被输入的西洋的‘文明’中是不包含‘文学’的”②。1960年代，日本成为西方之外的唯一在现代化建设上取得巨大成就的国家，如何认识日本的现代化成为热门课题。研究者将现代化和西欧化相区分，并重新审视、积极评价之前被视为阻碍日本现代化发展的德川时代，认为根植于日本传统中的诸要素促进了现代化的发展。在这

---

① 小谷瑛辅：“龟井秀雄《感性的变革》与柄谷行人《日本近代文学的起源》”，西田谷洋：《从文学研究的视角思考现代日本的批评》，东京：羊书房，2017年，第218页。

② 中村光夫：《日本的近代小说》，东京：岩波书店，1990年，第10页。

样的背景下，重新审视日本现代文学的起源便显得极为自然。浅井清认为，虽说把日本的现代文学置放到明治维新后成为一种惯例，但现代文学并非在与近世文学的断绝之上而成立的①。这一时期，柄谷行人、亀井秀雄也在思考着日本现代文学的成立问题，不过，他们在这一问题上有着完全不同的认识。

> 柄谷行人的"风景"论只能是一种糊弄，这是因为他欠缺文学史的常识，可能当时都没读过他所言及的那些作品。不仅如此，柄谷行人论述"风景"时完全欠缺视线—身体—感性的问题意识。相比之下，莲实重彦没有言及文学史、他人的作品，亦即他所说的"风景"只是在他的文本中有效。因此，在导入视线的问题上，比起柄谷行人，莲实重彦有着更为洞察的见解。
>
> 的确，如莲实重彦所说，视线是一种权力。这是因为，看这种行为将看者特权化了。看这种行为将被看者贬低为被动的客体，进行分节化、解释，亦即看这种行为有着生成歧视的结构。
>
> 但是，正因为如此，作为客体被对象化的被看者将视线引向自己，获得关心，以此支配看者的意识。②

柄谷行人论述"风景"的制度问题时，认为"认识的布置"发生根本的变化后，其起源被隐蔽，因而不能看出这个扭曲。而想要将其相对化，只能召唤站在这个"起源"上的人，例如夏目漱石。亀井秀雄则认为，文学使得"认识的布置"成立的同时，也将其对象化、相对化，"作为感性的对象化而成立的文学，能够担负这个工作"③。由此可见，亀井所说的"感性"与柄谷所说的"认识的布置"相对应。不过，亀井秀雄认为文学有着反过来将

---

①　浅井清："从近世往近代"，三好行雄：《近代文学 1 黎明期的近代文学》，东京：有斐阁，1978 年，第 3 页。

②　亀井秀雄：《增补 感性的变革》，东京：羊书房，2015 年，第 314 页。

③　亀井秀雄：《增补 感性的变革》，东京：羊书房，2015 年，第 67 页。

“认识的布置”对象化的功能。柄谷行人在《日本现代文学的起源》中认为，“主观(主体)—客观(客体)的近代的认识论”是在明治二十年的文学上成立，这正是日本现代文学的大问题。对此，龟井秀雄并不认可。龟井秀雄认为主体与客体的关系未必是单方的关系，而且经常有着反转的可能性，或者与他者共有的可能性。龟井所使用的“视向性”概念典型体现出他的这种认识，即藉由语言之表现，通常是从某个位置而来的视线为前提的，所谓视线首先便是身体与身体的关系。投向视线不是单方的关系，而是反过来，接近于看者一侧被规定、被回看的事态。

龟井秀雄认为，“视向性”伴随着看者一侧被他者、外界所威胁的“恐怖的事情”，而子规的作品克服了这样的“恐怖的事情”，因而看上去是“透明的符号”。这不仅关系着发现孤独的内面，更为重要的是，有着与他者、被看物之密切的关涉。如此，龟井秀雄将“视向性”视为子规的写生文上的重要问题，批判柄谷行人忽略了“视向性”，即“视线—身体—感性的样态”的问题，因而才论说写生文“仅仅是风景的观照”。

二、龟井秀雄的问题意识：现代日本的“言”与“主体”的关系

柄谷行人认为指示对象的语言先于对象存在，因而很难思考语言的样态，以及由此被认识的世界。而如视向性概念所示，龟井秀雄将语言作为与身体性相关的“视向性”的问题来思考，认为语言是以身体性为媒介之物①。既然语言的基础在于有着各种可能性之身体，那么，不能将语言制度视为完全封闭的系统。在为《感性的变革》的英文版所写的序言中，龟井秀雄如此解释他的目的意识。

> 我认为这一著作有着这样的功能：改变日本的关于现代文学之思考方法，推动了1980年代的文学观的形成。与我写作大致处于同一时期，日本的文学研究引入了结构主义的文本论，以及所谓的后结构主

① 龟井秀雄：《增补 感性的变革》，东京：羊书房，2015年，第207页。

义的思想，这些思想在研究者、评论家中间成为热门话题。因此，我的著书在出版时也被视为处于这种动向之中。但是，我开始书写《感性的变革》时，并没有意识到与这样的动向有着关联。毋宁说是基于日本的理论而构想这一工作。不过，我与这样的动向有着共同的意图：提倡现代主义的文学观的批判，以及文学文本的新的读法。

在日本，这一著书现在很难见到。这次，以迈克尔教授为首的美国的日本文学的年轻研究者将《感性的变革》翻译成英语。以此为机会，如果美国研究者能够有兴趣了解，我的研究不是结构主义的方法、后结构主义的理论在日本文学的应用，而是基于日本的理论与方法，那么，我会感到极为庆幸。①

龟井秀雄面向美国读者言说他的研究的问题意识，因此，不难理解他刻意宣称这是基于日本的理论与方法。不过，与其考证当时龟井秀雄是否真的没有研读过雅各布森等人的著作，更为关键的恐怕还是在于究明龟井秀雄如何从“日本的理论与方法”中获得养分。在为《感性的变革》的英文版所写的自述中，龟井秀雄详细阐释他是在对时枝诚记、三浦勉、吉本隆明的理论研究中获得启发。龟井秀雄将时枝诚记视为在现代日本的“言”与“主体”的关系上发挥着决定方向功能的人。时枝诚记主张语言过程说，他在1941年出版的《国语学原论》中批判索绪尔对语言的定义，即语言是听觉映像与概念联合之物，因此语言符号是有着两面的实在体。在时枝诚记看来，如果如索绪尔所说，一方(听觉映像)呼应另一方(概念)，或者一方唤起另一方，那么，这不是被结合的东西，而是继起的“心的现象”。时枝诚记的观点是，语言不仅不是单一的单位，而是必须视为两面的结合，始终是精神生理的复合单位，是作为从听觉映像到概念，再从概念到听觉映像而联合、继起的精神生理的过程现象。

① 龟井秀雄：《增补 感性的变革》，东京：羊书房，2015年，第3页。

在此意义上，他所说的“那个人(说话者)”，亦即主体，与作为对象的“那个人(听者)”处在螺旋的关系上。这是因为，将说话者的“言”依照继起的过程来了解之主体的立场，是听者的立场的缘故。“语言是表现理解的一个形态”，他如此说道。“言”是听者理解符号活动之一个形态。在他看来，将“言”进行过程的了解之主体的立场的能力，只能是自己通过发话、实践的行为来培育。他将听者与说话者的相互担保的关系称为“言”循行。在这样的关系中，实现“言”的主体，正是时枝诚记所说的主体。①

如引文所示，龟井秀雄关注时枝诚记主张在具体的语言行为的场上理解语言，即时枝诚记将说·听关系上的“听觉映像(生理的过程)到概念(精神的过程)”这样的继起的过程称为“语言过程”。龟井秀雄发现，这一“语言过程”中，作为他者的听者是不可或缺的。时枝诚记将“哪个人(听者)”，有时候写为“哪个(场面)”。由此，龟井秀雄在时枝诚记所说的“场面”中看到作为他者的听者之存在。

在对三浦勉、吉本隆明的研究中，龟井秀雄同样关注他者的重要性。龟井秀雄指出，三浦勉批判日本的自我主义者时，强调人类并非是有着“我是我”这样的自我意识而出生的。但是，在三浦勉的分析上，经常是以有着自我的意识的人类为前提。龟井秀雄批判三浦勉欠缺这样的问题意识，即人类通过怎样的发话行为获得“我”的意识。龟井秀雄认为吉本隆明也欠缺这种问题意识，指出吉本的理论中，原始的人类首次发出有节音的时候，业已有着“自我意识”。龟井秀雄发问，人类的“自我意识”究竟如何而来，与语言又是怎样的关系？

幼儿眼睛看到的仅仅是周围的人类，并不能看到、知道自己的姿态。从知觉经验来看，对幼儿而言，自己的姿态是空白的。即便如

① 龟井秀雄：《增补 感性的变革》，东京：羊书房，2015年，第6页。

此，幼儿将映在镜子里的自己的姿态认知为“自己”，这与在发话中能够使用“我”这个第一人称是怎样的关联呢？

幼儿对镜子有兴趣，这兴趣不是源于镜子反映各式各样的东西，而是源于作为物的镜子本身。即便如此，那么，幼儿如何知道镜子本身与镜子所反映的图像的区别呢？我认为，幼儿知道这个区别的同时，将兴趣从镜子本身转向图像。这与听他人发出有节音时，不是注意有节音本身，而是注意概念，又是怎样的关系？①

对于上述发问，龟井秀雄给出的答案是，幼儿将映在镜子上的自己的像作为“我”而内面化，活在与周围人的一体感之中的幼儿，通过将一体感分节化而看出自己的位置。龟井秀雄以此例来论述言与主体的关系，即自我并非与他者隔绝的那个存在，恰恰相反，自我离不开他者，“所谓自我，首先是我们的外侧，以及在‘外界’显现的东西”②。

三、龟井秀雄的叙述者研究

龟井秀雄在考察时枝诚记、三浦勉、吉本隆明的语言理论的基础上，发展出自己的语言观，即在现代日本，语言不仅不是单一单位，而是必须视为两面的结合，始终是精神生理的复合单位，这一过程有赖于作为他者之听者的存在。而言说主体的“自我意识”是在自我的外侧，亦即所谓的自我存在于与他者的关系之中。

依照三浦勉的“观念的自我分裂”理论，不管看上去如何率直地言说作者自身的日常，物语是与肉身的作者的观念相分离的。既然观念的分离包含着虚构性，那么，物语内容也肯定包含虚构性。我指出这一点，将观念的分离的视点、立场称为“叙述者”。这个“叙述者”未必

① 龟井秀雄：《增补 感性的变革》，东京：羊书房，2015 年，第 44 页。
② 龟井秀雄：《增补 感性的变革》，东京：羊书房，2015 年，第 44 页。

是在一个物语中采取一贯的立场，抱有一定的位置。毋宁说，一般是采取多重的立场、视点。①

如引文所述，亀井秀雄从三浦勉的语言理论中获得启发，展开对叙述者问题的考察。在日本，进入1980年代，从叙述者研究的视角考察文学文本的研究方法变得盛行。但是在1978年，亦即亀井秀雄开始发表《感性的变革》时，这一研究视角领先于同时代的研究者。亀井秀雄提及他与雅各布森的《一般语言学》(1973年)并无交集，只是通过分析明治初期的文学文本看出“叙述者”的存在。这之后，罗兰·巴特的《物语的结构分析》(1979年)等著作接连在日本翻译出版，雅各布森的著作也被文学研究者所重视。如此来看，亀井秀雄的研究的确并非西方文艺理论在日本的应用，而是“基于日本的理论与方法”。

亀井秀雄认为叙述者有着多重的立场、视点，这一论述指向对吉本隆明的批判。吉本的理论将文学的语言表现还原为作者的“自我表出”，在亀井看来，吉本理论的欠缺在于无法分析物语中的人物的发话，只是在所谓的“叙述文”中看到作者的“自我表出”，将作品人物的发话作为该人物的“自我表出”来理解。亀井秀雄在思考“自我表出”与作者的“自我表出”的关系时，不是将作品人物的发话与“叙述文”相同化，而是认为这一发话作为具备作品人物的个体发话特征而自立。亀井秀雄认为，将他者作为他者认可，这才能使得互相的发话自立。亀井秀雄通过这种自立发现叙述者的存在，认为与作为他者的作品人物的发话直接关系着的，是其他的作品人物，或者便是“叙述者”，而不是作者。

亀井秀雄批判吉本缺乏对他者论的理解，认为作品人物的发话是他者之他者性的标识。相较于对“自我表出”理论的批判，亀井秀雄认可吉本隆明的“指示表出”，认为“指示表出”所表达的是“作者与作为共同观念的现

① 亀井秀雄:《增补 感性的变革》，东京：羊书房，2015年，第41页。

实像、世界像相关涉的方法”①。龟井秀雄由此看出叙述者的功能，认为叙述者是作者与共同观念所相关涉的方法的中介者，即通过“叙述者”的位置、视点，开拓作为共同观念的现实像之空间的、事件的透视图，将这个透视图中的事物以序列化，赋予价值②。这样的叙述者自然依赖于作者。作者书写小说时，带着“有色眼镜”看着世界。但是，在这期间，作者变身为“叙述者”这个虚构的主体，通过他的感受性将认识的世界语言化。如此，“感性”的重要性得以凸显。

> 这些感性包括作者和他或她所创造的人物的公开和初步态度和意识，并在作者的叙述语言中被客观化，这使它们成为作者、角色和读者的知识。龟井对客观化的感性如何促进自我认识和自我意识特别感兴趣，因为他认为文学中感性的转变可能与读者中感性的转变有因果关系。这就是文学对世界的批判作用。③

道格拉斯·霍兰德指出，龟井秀雄所说的“感性”“包括作者和他或她所创造的人物的公开和初步态度和意识”，是指扎根于认识世界时的身体之感受性，与将这个认识变为语言之主观且具体的过程。这个过程中，作者的感性与虚构的叙述者的感性并非单向的操纵关系，而是有着作用、反作用的双向关系。亦即，言说主体选择某个语言进行言说的瞬间，选择了这个语言之事实反过来束缚语言的使用者，打开了新的认识。某个时候，作者业已不能如同以前那般操作叙述者。这是因为作者对于物语世界、作品人物的认识发生了变化，因而有必要填补叙述者与作者的落差，填补文本的空白的重要性得以凸显。如此我们可以看到，小森阳一的文本研究强调读者生成意义的主体性功能，这一研究范式并非在日本凭空而来，或是

① 龟井秀雄：《增补 感性的变革》，东京：羊书房，2015 年，第 41 页。

② 龟井秀雄：《增补 感性的变革》，东京：羊书房，2015 年，第 41 页。

③ 道格拉斯·霍兰德：“书评：龟井秀雄著《感性的变革》”，《日本研究》，2004 年第 2 期，第 431 页。

将西方思想移植到日本，而是在日本思想界有着充分的思想准备的。

龟井秀雄认为“个人”的概念在西方历史上太过具体，无法直接用于讨论日本小说，因而发展了感性的概念用来表示感知、意识和感觉的轨迹①，他对感性的考察呼应着同时代研究者对近代日本文学起点的发问。20 世纪 70 年代，研究者重新审视近代日本文学的起源，从近世到近代的连续性中寻找近代文学的起点，小田切秀雄发问：“为何是从明治维新呢？具有现代文学性质的东西在更早的时代没有出现吗？当然出现了。在中世的早些时候，亦即室町时代后期，伴随着日本市民阶级的出现，便产生了以口语和口语思维为基础的庶民文学的动向。”②小田切秀雄的发问有着坚固的逻辑基础，即既然“现代化”并不等同于“西欧化”，因此，没有必要机械地运用西方标准来审视日本的现代文学，而应该建立符合日本国情的衡量标准。芳贺彻质疑衡量现代文学的标准之“自我”正源于此，他认为应当建立稍有不同的更长、更广泛的环视历史的视野，摆脱认为日本的现代是从明治开始的中学教科书式的教条主义，“应当果断地扔掉‘现代自我’的确立这一让人窒息的固定观念……停止假想在某处(大概是西欧各国)有一理想型的‘现代’并通过与此对比来批判日本的‘歪曲’和‘变型’，应该用相对主义的态度来看待彼此”③。由此反观龟井秀雄的“感性”论，这一理论有着反思衡量现代日本文学的标准之“自我”的价值，道格拉斯·赫兰德因而认为，龟井秀雄对日本文学的重新理论化的独特贡献正在于研究“感性”的文学表达④。

① 藤井詹姆斯：“对明治主题的质疑：重新思考漱石的‘猫’”，《哈佛亚洲研究》，1989 年第 2 期，第 558 页。

② 小田切秀雄：《明治文学史》，东京：潮出版社，1973 年，第 18 页。

③ 芳贺彻：“近代文学史的第一页写什么”，《国文学 解释与教材的研究》，1978 年第 11 号，第 30 页。

④ 道格拉斯·霍兰德：“书评：龟井秀雄著《感性的变革》”，《日本研究》，2004 年第 2 期，第 431 页。

四、龟井秀雄文学研究的政治意识——兼论小森阳一对龟井秀雄的超越

龟井秀雄在《感性的变革》中对柄谷行人多有批判，但如上文所指出的那样，两者都着眼于思考日本现代文学的成立问题。不仅如此，在文学研究的政治性上，龟井秀雄与柄谷行人也有着同样的时代意识。在《意味之病》第二版的后记中，柄谷行人提到，他的这一著作写于1972年的春天到1973年的晚秋，而之所以再版《意味之病》，是想铭记在这个时期，1960年代的政治、经济、思想的范式业已被替换，生成了1972年初发生的“联合赤军”等事件①。另一方面，龟井秀雄文学批评同样有着强烈的政治意识。如上田所述，龟井通过研究学生抗议的语言，揭示了20世纪60年代和70年代复杂的政治话语，并展示了20世纪70年代的知识分子如何寻求在80年代结构主义兴起时被遗忘的后索绪尔语言理论②。在英语版的《感性的变革》自序上，龟井秀雄指出，

> 参与1970年前后的大学纷争的很多学生从(吉本隆明)那个构想那里受到强烈的影响，不仅限于语言表现，在各种行为上都尝试“自我表出”，怀疑既成的社会的诸多规范，对大学的学问的诸多规范提出异议。不仅如此，也与权力机构化的日本共产党的马克思主义式的诸多规范相对立。③
>
> 在我看来，吉本的“自我表出”上的自我的观念，是前面谈及的“基于近代文学的人观的”“自我”“内面”的一个发展类型，极端化的东西。正因为如此，以吉本的理论为依据的学生运动家、与我同时代的运动同调者们，能够扮演着受伤的年轻人，展示出证明自己的无垢

① 柄谷行人：《意味之病》，东京：讲谈社，2015年，第310页。

② 上田敦子：“书评：迈克尔·布尔达著《当代日本文学研究的语言转向：政治、语言、文本性》”，《日本研究》，2012年，第1期，第234页。

③ 龟井秀雄：《增补 感性的变革》，东京：羊书房，2015年，第31页。

> 之文学。为何日本的近代文学只能制作成这么脆弱的"自己""内面"呢，这正是我的问题意识。①

龟井秀雄关注日本的现代文学所生成的脆弱的"自己""内面"，这是极为政治性的课题，有着鲜明的时代意识。《感性的变革》的英译本译者迈克尔·布尔达指出，龟井秀雄的作品应该被理解为对20世纪70年代日本新左派衰退的一种反应，认为龟井秀雄与柄谷行人的作品有着相同的立场②，而处在这种反应的延长线上的，有着小森阳一等人。迈克尔·布尔达以《心》的论争为轴，概观日本的近代文学研究方法论的革新，指出《心》论争是语言论的同时，也是围绕着政治、意识形态之论争③。小森阳一对此也有着明确的自觉。

> 空洞的日本论言说日本的天皇制有着从古代而来的连续性。我感到必须在这里进行切断。明治天皇制几乎跟建武中兴一样突兀。在这个突兀中，日本的民族主义得以形成，近代日语也被制作出来。在这种状况中，我们从事近代日本文学研究的人应该发言。④

小森阳一极为有意地站在文学研究的立场上展开对右翼思想、民主主义思潮的批判。由此来看，小森阳一、龟井秀雄都有这样的基本立场，即语言研究始终是在"哪个人，对于哪个人，关于哪个事进行言说"这样的发话层面上所进行的。而就小森阳一对龟井秀雄的超越而言，并不仅仅是从

① 龟井秀雄：《增补 感性的变革》，东京：羊书房，2015年，第40页。

② 迈克尔·布尔达："编辑简介：被埋葬的现代性——龟井秀雄的现象学批评"，《感性的变革：明治文学的现象学》，安娜堡：密歇根大学日本研究中心，2002年，第Xiii页。

③ 迈克尔·布尔达：《当代日本文学研究的语言学转向》，安娜堡：密歇根大学出版社，2020年，第10页。

④ 小森阳一、中村三春、宫川健郎：《总力讨论 漱石的〈心〉》，东京：翰林书房，2004年，第86页。

叙述者研究转向叙述研究，更为重要的是，并未如龟井秀雄那般囿于现代日本文学所生成的“自我”的脆弱问题，而是藉由叙述研究，批判以天皇制为核心的意识形态，他的文学批评的权力维度也由此扩大。

第四节　本章小结

本章厘清小森阳一文学批评与政治批评相融合的批评空间源于他的叙述结构分析法。小森阳一将小说视为复数他者进行叙述的体裁，认为阅读是信息接受者接受信息发送者的声音的过程。读者并非被动地获取文本信息，而是统合起读者记忆和文本记忆从而生成文本意义的过程。读者在阅读过程中，凭借记忆连贯起已阅读的文字，形成对所阅读语言的理解。同时，阅读也离不开读者保有对语言体系的记忆。读者记忆和文本记忆的统合形成了阅读的事件性，即分属不同话语系统的读者与叙述者“格斗”。这一过程并不仅意味着读者能够介入文本意义的生成，更为重要的是，读者通过主动考察文本叙述背后的历史语境，直面歪曲历史的意识形态。如此，小森阳一文学批评介入政治批评，走向与国家权力的正面对峙。

如本章所述，前田爱开创的日本文本研究范式中，读者有着生成文本意义的主体性功能。前田爱所说的语言的“现实性”意味着读者并不需要思考现实世界的真实意图，而只需要直面文本语言进行解读即可。而就前田爱所说的文本内空间而言，这一特殊空间是读者、叙述者共同作用的产物，凸显出读者主体性功能的同时，也彰显叙述问题的重要性。在此意义上，小森阳一并非将前田爱开创的日本文本研究范式推进到另一条道路上，毋宁说，正是自觉地处在前田爱的延长线上。本章追溯前田爱构建文本理论时依赖的身体哲学，发现小森阳一应答他者的必然律。所谓回应他者，并非回应一个看似与“我”没有直接关系的客体，即便“我”与他者在空间上并无接触，时间上也相距甚远，但是，应答他者的必要性正在于前田爱的身体哲学上，即身为人类的一员，此时、此地的“我”之身体原本就存在于与他者的关系上。

本章阐明，小森阳一与龟井秀雄的文学批评都有着这样的基本立场，即语言研究始终是在"哪个人，对于哪个人，关于哪个事进行言说"这样的发话层面上所进行的。龟井秀雄的侧重点在于叙述者研究，关注现代日本文学所生成的"自我"的脆弱问题。小森阳一的侧重点在于叙述研究，他的阅读模型凸显出叙述问题的重要性。龟井秀雄、小森阳一的文学批评都有着强烈的政治意识，但是，小森阳一文学批评并未囿于"自我"的考察，而是藉由文学批评介入政治批评，他的文学批评空间与当今日本保守右倾的意识形态呈现出深刻的对峙。

第三章　小森阳一的文学批评目的：人本思想的独特性

本章考察小森阳一文学批评空间、批评策略的最终目的。针对小森阳一文学批评的目的意识，须田千里聚焦小森阳一文本分析法的意识形态批判功能，认为小森阳一旨在“重新思考近代所压抑的个体的声音”①。秦刚同样关注小森阳一的人本思想，认为小森阳一基于理性与良知发出声音，呼吁文学不能够放弃文学话语方式自身的伦理根源②。赵京华指出小森阳一人本思想承载着对今日日本人的期待，认为小森阳一文学批评旨在“重新恢复和激活人类以语言来思考的能力，创造一个以个人民主为基础的多元话语空间或文化政治生态”③。既往研究者指出小森阳一人本思想关注个体之人，但是，围绕诸如关注个体之人与天皇制批判的内在关联等问题，仍存在广泛探讨的空间。本章旨在系统考察小森阳一文学批评目的，阐明他的人本思想的独特性。在具体展开上，本章首先以小森阳一对横光利一的小说《上海》的研究目的为例，解析小森阳一对日本人身份的反思伴随着怎样的问题意识。在此基础上，将小森阳一与同样关注个体之人的平野谦、矶田光一等文学研究者进行对比，考察小森阳一人本思想对平野谦、矶田光一等人的人本思想有着怎样的超越。

---

① 须田千里：“小森阳一著《缘的物语——〈吉野葛〉的修辞》”，《日本文学》，1993年第9号，第71页。

② 秦刚：“《海边的卡夫卡》现象及其背后(译者序)”，小森阳一：《村上春树论：精读〈海边的卡夫卡〉》，秦刚译，北京：新星出版社，2007年，第10页。

③ 赵京华：《日本后现代与知识左翼》，北京：三联书店，2017年，第253页。

第一节　重新审视“日本人”的身份神话
——以《上海》研究对个体之人的关注为例

本节围绕小森阳一对横光利一的小说《上海》的研究，考察小森阳一如何解构日本人的身份神话，这一解构最终有着怎样的批评目的。在具体展开上，首先考察日本明治维新以来，国家意识形态如何着力于日本人身份神话的构建。在此基础上，考察小森阳一对《上海》的研究如何反思日本人的身份神话，厘清这一反思的价值所在。

一、现代日本的国民身份神话及其背面

明治维新后，日本开始了作为现代国家的发展历程。明治政府宣称所有国民一律平等。1871 年 8 月，日本颁布“贱民解放令”，宣告废止秽多、非人等贱民的歧视性称呼，一律视为“平民”。但是，原先受歧视的部落民并不能真正改变命运，甚至就连歧视性的称谓都没能真正改变。官厅等将部落民改称为“新平民”，这种隐藏着歧视意味的称谓不仅在户籍记载、官厅文书中被使用，而且成为通用的日常称呼。1890 年代后半开始，“新平民”更是被“特殊部落民”这样的更具明显歧视性的语言替代。由此来看，在现代日本的原点上，日本人的身份共同体原本就是可疑的。

第二次世界大战后，日本在美国人的干预下确立了象征天皇制。国体、政体的变化给日本国民带来极大的冲击，如何看待战后日本与战前日本的关系成为学者必须直面的课题。1946—1948 年间，和辻哲郎在与佐佐木惣一围绕国体问题论争时认为，日本社会是从未丧失过统一的“文化共同体”，统一的象征是天皇，统一的自觉即是尊皇的传统，因此，战败后日本国宪法的颁布，并未使国体发生任何改变。和辻哲郎从新宪法中天皇是国民统合的象征这一点出发，将天皇是日本国民的统一的象征视为贯穿日本历史的事实。在和辻哲郎看来，所谓日本国民，是共有言语习俗历史等的集团。如此，“国民”一词包含文化共同体的民族的意味①。和辻哲郎

① 和辻哲郎：《和辻哲郎全集 14》，东京：岩波书店，1977 年，第 337 页。

认为，“二战”前称呼日本国家居民的正式词汇是“日本臣民”，不是日本国民。“这样，‘国民’的语上，通常包含有作为文化共同体的民族的意味被使用……就算当时盛行的日本的国民性的议论上，没有任何人将朝鲜人、台湾人包含在内。”①和辻哲郎由此指出，“日本国民中，朝鲜人、台湾人不被包含，才显得作为国民概念是正确的”②。

三岛由纪夫同样宣扬作为文化概念的天皇像，作为文化价值的天皇制，在“文化防卫论”中，断言日本是世界上少有的单一民族单一语言的国家，在日本没有异民族的问题③。“二战”以后的日本国宪法施行时，将在日朝鲜人视为“外国人”，“战前自不必说，就算在战后也肯定应该是‘国籍’持有者的在日朝鲜人中，无法回归祖国的大约60万人的法的身份，被作为能够强制驱逐的‘外国人’”④。三岛由纪夫认为，“在日朝鲜人问题，是国际问题难民问题，不是日本国内部的问题”⑤。如此，和辻哲郎、三岛由纪夫等人巧妙且极具歧视性地生产出“国民”共同体神话，“这里不仅将对朝鲜人进行皇民化政策、创氏改名的历史的事实故意地忘记，而且，主张以象征天皇之名的排他性的国民统合的正当性”⑥。

国民神话掩盖、无视被歧视的日本人的存在，因而部落民出生的日本作家中上健次尖锐地发问：“我是日本人吗？”⑦中上健次获得芥川奖的《岬》发表于1976年，这一时间颇具隐喻意味。在战后的日本文化论的发

① 和辻哲郎：《和辻哲郎全集14》，东京：岩波书店，1977年，第337页。

② 和辻哲郎：《和辻哲郎全集14》，东京：岩波书店，1977年，第338页。

③ 三岛由纪夫：《决定版 三岛由纪夫全集35》，东京：新潮社，2003年，第35页。

④ 尹健次：《日本国民论——近代日本的身份》，东京：筑摩书房，1997年，第125页。

⑤ 三岛由纪夫：《决定版 三岛由纪夫全集35》，东京：新潮社，2003年，第37页。

⑥ 尹健次：《日本国民论——近代日本的身份》，东京：筑摩书房，1997年，第143页。

⑦ 参见柄谷行人、絓秀实：《中上健次发言集成6》，东京：第三文明社，1999年，第338-358页。

展史上，70年代是一个极为重要的时期。经过20世纪60年代的高度经济成长期，日本成为所谓的经济大国，这也为20世纪七八十年代迎来新一轮日本文化论的盛行期提供了前提。鹿野政直认为，这个时期的日本文化论，带有作为经济大国的战略论亦即国家意识形态的性格，“作为战略的日本文化论，必然成为日本大国论的鼓吹”，“日本人优秀论”是这段时期日本文化论的特征之一，1986年，日本首相中曾根康弘公然宣称日本是单一民族国家，便是“日本单一民族神话论”的极端表现①。

另一方面，有着强烈批判意识的知识分子立足于各自专攻领域，描述出不同的日本像。历史学家网野善彦20世纪70年代以后，致力于将“日本”相对化，解构单一民族像。网野论说“日本”在7世纪后半或是8世纪初，与“天皇”的称号结合在一起，以几内的小地域为基础，从支配本州、四国、九州的大部分的律令国家出发，逐渐成为现在的日本。如此，绳文人弥生人、古坟时代的“倭人”“圣德太子”都被排除出“日本人”之外，而邪马台国也不是“日本”。② 在对单一民族像的解构上，网野提倡所谓的“东国、西国史观”。这种史观呈现出对“日本人是同样语言，同样人种而构成的单一民族”的发问③。网野善彦之外，此后与小森阳一在九条会的社会活动上有着诸多合作的剧作家井上厦以戏谑的方式进行着对“单一语言”神话的批判，在《吉里吉里人》(1981年)、《国语元年》(1985年)等作品中将“国语”彻底的喜剧化，试图解体“国家”，激烈批判单一民族国家论。《国语元年》讲述在文部省工作的南乡清之辅，接到上司的命令，制定全国通用的语言。南乡清之辅想出了仅仅包含九条规则的“文明开化语”，即肯定句用“す”结尾，命令文用“せ”结尾，否定句用“ぬ”结尾，疑问句用“か”结尾，发音则以东京山手语言为范本。不过，面对“用文明开化语能

① 鹿野政直：《化生的历史学——自明性的解体之中》，东京：校仓书房，1998年，第295页。

② 参见网野善彦：《日本论的视座——列岛的社会与国家》，东京：小学馆，1990年。

③ 参见网野善彦：《东与西所言说的日本的历史》，东京：Soshiete，1982年。

吵架吗”的发问，南乡清之辅无言以对，最终发狂而死①。

网野善彦等人对日本人身份神话的解构挑战着国家意识形态，但是，倘若将这种挑战视为对国家意识形态的简单反应，倒也失之偏颇。对这一时期的日本人而言，与作为他者的外国人的接触益发成为寻常，即便对普通日本人而言，与他者在日常生活中的对峙都成为可能。伴随着成为经济大国，日本迎来了国际化的时代。1978 年成立“国际日本文化研究中心”时，富士通社长山本卓真认为，“所谓企业的国际化，是推进日本式的经营这样的一种文化输出”②。但是，国际化绝非仅仅“输出”这一个层面，也引发了“输入”现象。留学生、研修生以及外国劳工涌入日本，1992 年首次占到日本总人口的百分之一，五年间长了 1.5 倍。因此，即便对普通国民，在日常生活中也有着直面他者的可能。这样的他者，并不仅仅在于外部，而是有着进入内部的可能，因而益发无视其存在。

二、“身体”隐喻与“中国”言说

井上厦等人致力于解构国民身份神话，而就小森阳一文学批评目的而言，着眼点同样在于反思日本人的身份神话。对此，小森阳一有着明确的自觉意识，他力图明晰的正是“‘日本近代文学’这样的制度，与‘国语’一起，作为国民统合的装置发挥功能的过程”③。小森阳一在收录于《“摇摆”的日本文学》的《身体与肉体——横光利一的变节》一文中，通过考察横光利一的小说《上海》，揭露现代日本的国民统合的幻象。《上海》是横光利一以中国的五卅运动为背景而创作的小说。小说描写五卅运动前期，日本人参木与土耳其浴室的侍女阿杉相爱，浴室老板娘因嫉妒而解雇了阿杉。参木不满于上司贪污，最终被解雇，去纺织厂工作。参木在舞厅邂逅女共产党员芳秋兰，被她的美丽所吸引。大罢工和反日运动开始后，芳秋兰因为

① 参见井上厦：《国语元年》，东京：新潮社，1986 年。

② 详见《日本经济新闻》1985 年 10 月 29 日朝刊。

③ 小森阳一：《“摇摆”的日本文学》，东京：日本放送出版协会，1998 年，第 18 页。

与参木的交往而被怀疑通敌，被带走后失去消息。最终，参木来到阿杉的住所，等待日本陆战队平息骚乱。

小森阳一由“身体”概念切入对人的身份的考察，认为在五卅运动时期，“中国”并非固有存在，而只是一个“错觉”。在这一问题的论述上，小森阳一通过区分出不同的身体进入到对国家的论述。

> 在《上海》，“身体”在多层的复数的层面上被阶层化。作为劳动力商品的“身体”，作为性的商品的“身体”，作为欲望主体或者被欲望的对象的“身体”，这些不同的“身体”的位相，以孕育着被“肉体”化的危机的形式，出现在《上海》的世界。①

如丹尼斯·沃什伯恩所述，小森阳一对作品人物的物理性身体特征的描述，准确地描绘出《上海》中的日本人，尤其是参木的身体特征②。小森阳一将《上海》中的“身体”视为与同时代的日本无产阶级文学中的“身体”完全不同的存在：叶山嘉树的《卖淫妇》中呈现的是因病而失去作为劳动力商品的价值的女性“身体”，小林多喜二的《1928年3月1日》中呈现的是被国家权力的暴力所蹂躏的“身体”。在小森阳一看来，《上海》中的“身体”是个体的肉体与国家结合的产物，可以区分为以下几个层面：上层部分是最早将中国殖民地化，由“英国陆战队”守护的“英国人”的“身体”。此外，国际海港都市上海在全球化资本主义经济中发挥机能，而能够参与世界经济的“汇率经纪人”基本上都是“欧美人”。在欧美人之下，有着“常绿银行”的银行员参木，做木材买卖的商社员工甲谷等日本生意人，或者“东洋纺织工人负责人”高重等人。这些日本人能够在上海获得经济利润最大的要因，在于作为廉价的劳动力商品被各国企业使用的中国工人的“身体”。

---

① 小森阳一：《“摇摆”的日本文学》，东京：日本放送出版协会，1998年，第149页。

② 丹尼斯·沃什伯恩：《翻译富士山：现代日本小说与身份伦理》，纽约：哥伦比亚大学出版社，2007年，第165页。

如此，小森阳一“通过关联起东西方的分裂发掘日本的现代性”①。

古矢笃史考察《上海》中的“身体”时认为参木身处日本的外侧，被强行灌输“日本”意识，不得不发问“自己不得不爱日本，但是这该如何是好”，“上海”有着“将宿命的‘日本’可视化”的功能②。小森阳一则聚焦“身体”的国家隐喻的功能，考察中国人的身份问题，认为《上海》描绘的在各工厂发起罢工的中国工人只是作为“群体”“群众”被表象，“苦力”“车夫”还有“纺织工人”“女工”们宛如没有“母国”那般几乎没有作为“身体”被记述。身体不在场，那么，国家的存在与否便成为了问题。小森阳一依据这样的逻辑，将中国人“身体”的缺失视为“中国”不在场的隐喻。

小森阳一所说的“国家”是个体的“爱的对象的母国”③。在当时的中国，北洋军阀混战，南方又有革命政权，中国处于事实上的四分五裂的状态，各方势力背后往往又有着帝国主义列强的支持。因此，小森阳一认为，个体的“爱国心”能够指向的“母国”并不存在，《上海》中的“中国”只不过是一个幻觉而已。小说中，指导斗争的共产党员芳秋兰认为，“对马克思主义以外的人们，丝毫不能信赖”。在小森阳一看来，这是因为“民族性”的“中国”并不存在，个体只能寻求“阶级性”的“中国”。换而言之，当时的中国人对五卅运动这样的阶级斗争有着极为迫切的渴望，即个体并不拥有民族主义内涵的“母国”，因此，个体要想避免成为被外国军警镇压的“尸体”，只能在国际阶级斗争的视野上思考世事。由此，小森阳一将芳秋兰等人的中国意识视为一种幻觉。在小森看来，劳动者发起的是指向资本家的阶级斗争，不过，既然是“日本”的资本，那便是指向殖民地主义收夺的反殖民地斗争，而当民族性意识超越阶级性意识时，作为民族性的“中

---

① 蕾切尔·哈钦森、马克·威廉姆斯：《现代日本文学中的代表他者：一个批判方法》，伦敦和纽约：劳特利奇，2007 年，第 272 页。

② 古矢笃史：“横光利一《上海》论——围绕语言都市‘上海’及‘日本’之表象的历史性”，铃木贞美、李征：《上海 100 年：日本文化交流的场所》，东京：勉诚出版，2013 年，第 131 页。

③ 小森阳一：《“摇摆”的日本文学》，东京：日本放送出版协会，1998 年，第 154 页。

国"便会被"错觉"为固有存在，成为芳秋兰口中的"我们中国""因为毒杀中国""我们中国人"这样的语言。

小森阳一认为《上海》所描述的五卅运动时期的中国只是一个"错觉"，这有着一定的合理性。现代意义上的"中国"是有着近代民族主义内涵的概念。"近代从西方引进的民族国家意识兴起后，作为民族主义主观构建过程的最终结果，"中国"才凝结成为中国的正式国家名称，构成了中国人对其身份的认同。"①换而言之，有着近代民族主义内涵的"中国"认同并非固有存在。正因为如此，清末的梁启超感叹，"吾中国有最可怪一事，则以数百兆人立国于世界者数千年，而至今无一国名也"②。在此意义上，从"国名"的角度而言，"今天我们常说的'国家'，'社会'等等，原非传统观念中所有，而是海通以后新输入的观念。旧有'国家'两字，并不代表今天这含义，大致是指朝廷或皇室而说。"③如此来看，小森阳一"错觉"论有着一定的合理性。

另外一方面，小森阳一论述的"承载个体爱国心"的"国家"俨然只是能够号令全国的"政府"，因而才会认为对1920年代的"苦力""女工"们而言，中国"并没有能够称为'母国'的统一国家"④。的确，当时的中国四分五裂，但倘若就此认为能够承载个体爱国心的"母国"并不存在，这就忽略了"中国"或是其他类似的词汇所承载的认同功能。"1911年，辛亥革命(武昌起义)以后，'中国'的称呼才固定下来"，自此，"中国不再是文化共同体，而是现代政治共同体的指称了"⑤。换而言之，有着现代民族主义

① 李扬帆："未完成的国家：'中国'国名的形成与近代民族主义的构建"，《国际政治研究》，2014年第5期，第39页。

② 梁启超："中国积弱溯源论"，《饮冰室文集2》，昆明：云南教育出版社，2001年，第672页。

③ 梁漱溟：《中国文化要义》，上海：学林出版社，1987年，第166页。

④ 小森阳一：《"摇摆"的日本文学》，东京：日本放送出版协会，1998年，第150页。

⑤ 李扬帆："未完成的国家：'中国'国名的形成与近代民族主义的构建"，《国际政治研究》，2014年第5期，第52页。

内涵、作为现代政治共同体的“中国”并非固有存在，但不能否认，在这之前有着作为文化共同体的“母国”的存在。事实上，即便统一国家并不存在，但还是有着名义上的中央政权。并且，各方势力虽说占据一方，但也并不能说他们就是以分裂、瓜分“中国”为最终目的。事实上，最终国民政府在形式上统一了中国。由此来看，五卅运动时期，统一的中国尽管事实上并不存在，但并不能因此认为承担起个体爱国心的精神共同体/文化共同体的“母国”是缺失的。

三、“东洋”言说的幻觉

《上海》中，参木在东洋纺织工厂的职工负责人高重的介绍下，在工厂的交易部获得职位。在小森阳一看来，这便是日本人参木的身体与中国人女性芳秋兰被置于等价的位置，因为参木与芳秋兰都是通过将身体出售给东洋纺织工厂的资本家，才得以维持生活。由此，小森阳一认为，在资本主义系统内部的阶级性上，参木、芳秋兰以及发起暴动的“女工”们“工人”们都是有着跨越国家、民族的、劳动者阶级的“身体”。另外一方面，小说中，芳秋兰能够意识到这种跨越国家、民族的身体，认为她们是与资本家控制的“日本工厂争斗”，而不是与日本人争斗，对此，参木却无法理解。在小森阳一看来，这源于资本主义系统中阶级的“身体”能够将民族、国家的边界变得无效。与芳秋兰的观点相反，参木却宣称“我不能像马克思主义者那样，将自己认为是世界的一员”，或者，“我对你们选择日本人的工厂，感到不幸。我爱着日本”。在小森阳一看来，这源于参木看不出对芳秋兰们而言，可以称得上是“中国”，成为“爱”的对象“母国”并不存在。

> 参木与芳秋兰都作为劳动力商品的“身体”，他们的论争使得参木陷入逻辑的窘境。在消除资本主义榨取的结构上，日本的“无产阶级”也好，中国“无产阶级”也好，在“身体”上肯定有着连带感，这是芳秋兰的逻辑。
>
> 对此，参木认为问题在于民族主义的“身体”。东洋落后西洋，为

了从西洋的统治下摆脱出来，东洋必须团结。中国工人们攻击日本的工厂，即便是对资产阶级的攻击，“结果等同于侮辱无产阶级”，参木的立论上明显是创造出将日本的殖民地主义的政策从下补强的意识形态。①

小说中，芳秋兰与参木在“东洋必须团结”的问题上有着争论。芳秋兰认为，“真的爱你的国家的话，肯定会爱你的国家的无产阶级”。参木则坚持认为东洋落后西洋，为了从西洋的统治下摆脱出来，东洋必须团结。小森阳一认为参木的逻辑“明显是创造出将日本的殖民地主义的政策从下补强的意识形态”。如此，小森阳一揭示出“东洋”这个词汇被“污染”的现实，暴露出日本以“文明开化”为名的现代化进程中，普通民众所应该承担的主体责任。

四、小森阳一对日本人的身份反思与中国认识

小森阳一指出，《上海》中的日本人参木并没有失去“母国”，但因为与上司产生矛盾而辞去工作，体验到与国家的疏离感。参木割裂与日本企业的联系，便等同于隔离与“母国”的连带感，只能如小说中的俄国流浪者那般作为乞丐或是娼妇存在于世。参木的这种焦虑感并非他所独有，可被视为日本明治维新以来国民的“集体焦虑”。对于这种“集体焦虑”，小森阳一在《日本近代国语批判》中有过详细的论述。小森阳一将学校视为近代民族国家中所存在的纪律性训练组织，认为学校所组织的各种竞争都是以获得“臣民”资格而针对每一个儿童而设定的。在此之前，他们仅有草“民”资格而已，但是通过相应的竞争，他们便一步步地逼近了“臣民”资格。而竞争的失败者、掉队者只能失去“臣民”的资格②。如此，小森阳一发掘出日本

① 小森阳一：《“摇摆”的日本文学》，东京：日本放送出版协会，1998 年，第 155 页。

② 小森阳一：《日本近代国语批判》，陈多友译，长春：吉林人民出版社，2011 年，第 66 页。

明治维新“文明开化”进程中的国民的“集体焦虑”，认为正是这种焦虑感促使普通民众追随国家权力踏上殖民扩张的进程。

参木的焦虑并没有成为现实，他最终并没有隔断与“母国”的联系。与参木相比，日本人阿杉是一个与国家切割的个体。阿杉的父亲是与“日本”这个“国家”有着密切关系的陆军大佐，死于所谓的军事演习。不过，“国家”丝毫不考虑靠“恩给”生活的母亲与女儿的生活，反倒下“应该回报恩给”这样不合理的“命令”。

> 对阿杉而言，“日本”这样的国家，是让母亲死亡，将自己推向最底层生活的对手而已。正因为如此，阿杉心中的“日本”，并未如参木的意识中被表象时那样作为“母国”书写。对阿杉而言，“日本”只是杀害自己母亲的一个国家。①

小说中，为了将以参木、甲谷为首的与“母国”连在一起的“日本人”从大罢工的危机中救出来，日本的陆战队推进到上海港口。但对阿杉而言，日本的陆战队只是将她所爱的参木夺走的敌人。此后的阿杉一直“只得浑浑噩噩的”，为了生活不得不出卖身体。小森阳一认为，个体的肉体只有与国家结合才能成为身体，但使阿杉失去身体的资格，沦为肉体的存在，正是日本这个国家。如此，小森阳一通过剖析不同的日本人的身体与“日本”的关系，发掘出日本明治维新“文明开化”表象所掩饰的另一种现实。由此来看，正如阮斐娜所述，小森阳一揭示出日本现代性的困境，即日本对自身内部殖民的视而不见；作为消除被殖民创伤的补偿措施，直接注视外部，向外扩张和殖民②。

---

① 小森阳一：《“摇摆”的日本文学》，东京：日本放送出版协会，1998 年，第 165 页。

② 阮斐娜：“现代性、历史、神秘的殖民遭遇和认识论鸿沟”，蕾切尔·哈钦森、马克·威廉姆斯：《现代日本文学中的代表他者：一个批判方法》，伦敦和纽约：劳特利奇，2007 年，第 272 页。

本节阐明，小森阳一关注在现代日本被压抑、被无视的个体之人，揭穿天皇制为核心的意识形态构建的日本人身份共同体神话。另一方面，小森阳一关注日本现代化进程对中国的殖民扩张问题，但是，这一认识与其说是关注中国，毋宁说是借由审视中国来关注现代日本的个体之人被国家权力压抑的问题。由于小森阳一采取的是将中国作为他者的客位立场，因而认识上难免有失偏颇，认为对五卅时期的中国人而言，值得爱的"母国"并不存在。

第二节　小森阳一文学批评目的与平野谦等人的人本思想的对峙

小森阳一对《上海》的研究凸显他对个体的人的关注，而对个体价值的关注在战后日本原本是并不稀奇的。那么，小森阳一的特别之处在哪呢？本节旨在考察这一问题。具体展开上，围绕平野谦、荒正人对个体之人的关注，考察个人概念在战后日本的歧路。在此基础上，剖析小森阳一文学批评的人本思想有着怎样的超越。

一、"个人"概念的歧路

小森阳一指出，对《上海》中的阿杉而言，"日本"这样的国家，是让母亲死亡，将自己推向最底层生活的对手而已。如此，小森阳一从文学批评的视角揭露出战前日本，个人与国家权力的微妙关系。丸山真男也曾论述过国家权力对个体的抹杀问题，在他看来，战前日本，真善美这样的伦理价值被以天皇为核心的国家权力垄断，因而个体在事实上丧失了主体判断的标准，只能依从国家权力采取行动，因而呈现出对既成事实的屈服。换而言之，天皇制压杀着个人的主体的伦理的形成①，因此，当权者自身便

① 丸山真男："丸山真男发言抄"，《丸山真男座谈》第二册，东京：岩波书店，1998年，第254页。

体现着绝对价值，呈现出权力伦理化的特征。

> 由于这一价值取向常被称为“古往今来真善美的极致”，所以，道义只有在这一国体的精髓自中心波纹状地向世界扩展时才可能存在。所谓“施大义于世界”的大义，既非存于国家行为之前，又非其后所定，它总是与国家行为同步存在的。本来国家应该是为实现大义而行动的，但其同时的行为本身却被视为正义。“胜者为王”的意识形态与“正义必胜”的意识形态相互微妙地交错之处，正暴露出日本国家主义的逻辑特征：日本帝国本身便是“真善美的极致”，本质上不可能从恶，所以，任何暴虐的行径任何背信弃义的行为都是可以被允许的！①

“日本帝国”本身便是“真善美的极致”，因此，国家的暴虐行径都是被允许的，是符合伦理价值的。在此意义上，纯粹的内在的伦理是“无力”，即没有鼓动人的能力，因而也是无价值的。这便是说，对伦理的评价并非基于其内容的价值取向，而在于其有无实力。换言之，是看其有无权力背景说到底，这种倾向就意味着伦理的最终判断在于国家一方。伦理的最终判断在于国家，这使得个体内部的伦理无法生根，促使个体不断接近国家权力。亦即，国家主权是伦理及权力的最终源泉，因此，“个人”的伦理不存于自己的内部，而是与国家合为一体，这一逻辑反过来说就是国家体制的内部，会无限地侵入私人的利害关系②。

丸山指出伦理实体化现象导致国家“无限地侵入私人的利害关系”，而正因为“个人”的伦理不存在于自己内部，因而主动地依附国家。明治维新以来日本以教育敕语的形式，强化国家伦理，决定什么是真，是善，是美。因而个体没有内面的确信的自觉，也就不能站在这个自觉上，自立地

① 丸山真男：《现代政治的思想与行动》，陈力卫译，北京：商务印书馆，2021年，第10页。

② 丸山真男：《现代政治的思想与行动》，陈力卫译，北京：商务印书馆，2021年，第9页。

参加政治的、社会的活动。

所以，在尚未自觉到国家秩序的形式特征时，本来概不存在国家秩序所捕捉不到的任何私有领域。在日本，个人从未被明确地承认过。就这一点，《臣民之道》的作者说："通常我们称作私生活的一面，毕竟是臣民之道的实践，臣民所赞誉的天皇大业其本身具有公的意义……所以我们在私生活中也要归终于天皇，不忘为国效劳之念。"这种意识形态并不是随着集权主义的流行而出现的，而是潜移默化地存在于日本的国家构造之中。因此，私即恶，或近于恶，它总是伴随着某种程度的负疚感。营利或恋爱等更是如此。这么一来，个人的私事得不到明确的认可，人们便想方设法将其与国家意义相联系，以便从那种负疚心理中得到拯救。①

在明治以来日本的现代化进程中，"个人从未被明确地承认过"。正因为如此，个人有着"负疚感"。反而言之，个体必须通过完全从内心接受"国家"，获得内心的安定，"以便从那种负疚心理中得到拯救"。日本法西斯的高压统治因第二次世界大战的战败而告终结，个人的伦理价值迎来前所未有的重视。在当时的日本，个人的伦理价值问题，伴随着当时日本另一刻不容缓的问题，即战争责任反思。1946年，荒正人、小田切秀雄、佐佐木基一为核心编集者的《文学时标》一月刊上发表文章，追究文学家的战争责任。在发刊词中，论者痛斥日本法西斯对文学的蛮行、凌辱。不过，发刊词触及文学家的战争责任这一问题，呼吁不能忘记有作家、评论家助力于日本法西斯。发刊词严厉批判这些文学家，认为他们不能以被误导、被压迫为借口。

① 丸山真男：《现代政治的思想与行动》，陈力卫译，北京：商务印书馆，2021年，第8页。

《文学时标》以纯粹的文学之名，就算剩最后一人，也要追究、弹劾厚颜无耻的、文学的亵渎者之战争责任者，与读者一起埋葬他们的文学的生命。这是在文学领域，为了确立民主主义的第一步。否则，一切的文学再建都是空中楼阁。①

在1946年的时间点上，昭和天皇发表“人间宣言”，解散超国家主义团体、远东军事审判等一系列民主化事件接连发生。如此来看，《文学时标》的发刊词呼吁追究负有战争责任的文学家，认为“这是在文学领域，为了确立民主主义的第一步”，这并非夸大其词，而是顺应了时代潮流。正是在这一年，本多秋五在《近代文学》创刊号上发表《艺术·历史·人间》，认为战后的文学最重要的问题首先是必须自立，“没有自我内部涌现的兴趣和喜悦，没有自我本身一个人内部喷发的热情，艺术便会死亡”②。本多秋五等近代文学派同人认为，战后民主主义文学运动的首要任务是应当确立“近代自我”，战争时期日本文学界没有能抵抗法西斯政权压制的根本原因就在于“近代自我”没有确立，因此，追究战争责任不单要追究别人的责任，更应该展开自我批评、自我反省。同年4月号的《人间》上，登载《近代文学》同人(荒正人、小田切秀雄、埴谷雄高、平野谦、佐佐木基一、本多秋五)开的座谈会“文学家的责任与义务”。座谈会上，本多秋五认为不能站在局外人的立场上言说文学界的战争责任的问题，“不能忘记，战争责任也是我们自身的责任”③。

本多秋五认为反思文学家的战争责任必须始于自我批判，即文学家必须主动追究、批判他们在战争中的姿态，从而明晰战时日本文学的堕落、颓废之文学家自身的责任。本多秋五所提起的问题指向正面追究文学家自

① 荒正人等：“《文学时标》发刊词”，《荒正人著作集》(第一卷)，东京：三一书房，1983年，第6页。

② 本多秋五：“艺术·历史·人”，《现代文艺评论家》(2)，东京：筑摩书房，1958年，第240页。

③ 荒正人等：“座谈会，文学家的责任义务”，高桥和己：《战后日本思想大系13 战后文学的思想》，东京：筑摩书房，1973年，第93页。

身的战争责任，这一追究与“自我的确立”的问题缠绕在一起。荒正人认为，崛辰雄、川端康成、片山敏彦、正宗白鸟、永井荷风、谷崎润一郎等人没有积极讴歌战争，也没有参与战争，但在文学上还是很难说他们能够免去对战争负有的责任。小田切秀雄赞同荒正人的看法，认为他们缺乏一种反对战争、非反对不可的“强烈的人性上的渴求”。在近代文学派看来，这种“强烈的人性上的渴求”就是“近代的自我”。小田切在座谈会上认为，他们对战争虽然持批判态度，但是没有能在真正的意义上彻底地批判或反对战争，“这个问题本身应该很好地加以追究，这和上述文学大家的战争责任问题是有关联的。我认为应该从自己的问题出发来加以追究”①。

问题在于，参与座谈会的成员并未正面批判负有战争责任的文学家，反倒追究起战争期间与法西斯进行斗争的文学家的战争责任。近代文学派的同人认为无产阶级文学团体在战争期间虽然是受迫害的，但也负有不可推卸的责任，没有能够有力地反对战争。埴谷雄高认为，与同一时期的罗曼·罗兰、托马斯·曼相比较，当时被称为反战英雄的杉本良吉和鹿地亘，虽然流亡到苏联、中国，但却没有积极地以文学家的姿态从事反对战争的活动。如此，座谈会上，荒正人等人并未追究、反省战时的自己，而是认为彻底反对或是批评战争的藏原惟人、宫本显治、宫本百合子等人当中，“存在完全没有战争责任的人吗?”②

> 思考战争责任的场合，言说日本的悲惨的现状是战争的结果；战争是恶；战争并非标榜的大东亚诸民族的解放。但这是很明显的。必须思考的是，那么恶的战争为何发生呢，这个恶从何而来呢?③

---

① 荒正人等：“座谈会，文学家的责任义务”，高桥和己：《战后日本思想大系13 战后文学的思想》，东京：筑摩书房，1973年，第98页。

② 荒正人等：“座谈会，文学家的责任义务”，高桥和己：《战后日本思想大系13 战后文学的思想》，东京：筑摩书房，1973年，第95页。

③ 荒正人等：“座谈会，文学家的责任义务”，高桥和己：《战后日本思想大系13 战后文学的思想》，东京：筑摩书房，1973年，第102页。

荒正人回避“这个恶从何而来”之思考，却追究与“恶”进行不屈的抗争的人的责任。荒正人的论述引起平野谦的强烈共鸣，“在此意义上，可以说谁都是有罪的”①。如此，平野谦将包括他自身在内的负有战争责任的文学家予以免责。平野谦在发表于1942年8月号的《妇人朝日》的《文学报国会的结成》一文中，将情报局比作“圣代的壮观”，强调“作为皇国文学家的世界观的确立”，“今后本会真正作为总力战体制的一翼，如何成为日本民族兴隆的推进力呢？……我带有极大的期待”。平野谦没有反思他在战时所书写的肯定侵略战争的文章，只是在《我们》中写道，他作为兼职雇员在情报局拿津贴，“直接见闻日本文学报国会、大日本言论报国会成立的经纬”。尽管平野谦对于他的“战争中的阅历”，“现在没有罗列自我辩护的语言之打算”，但是，他仅仅以自己做事不能坚持到底来表述这一事件。对此，宫本显治在《新的政治与文学》中尖锐地批判道，平野谦哪里是“转向”，分明正是作为自觉的“皇国精神”的奋起者，置身于言论镇压机关的中枢。

平野谦回避追究与“恶”进行不屈的抗争的人的责任，也回避了自身应有的战争责任，不仅如此，还将反对帝国主义日本的小林多喜二与亲近帝国主义日本的火野苇平视为“表里一体的关系”。

> 火野苇平的战争犯罪的曝光恐怕是难以避免的。但是，从他给中山省三郎的书简可以知道，作为一个青年作家，他书写《麦子与兵队》时有着多么纯真、柔软的心情啊。小林多喜二的生涯意味着孕育着各式各样的偏向与谬误的马克思主义文学运动的、最为忠实的实践者所生成的时代的牺牲者。始于《麦子与兵队》的火野苇平的文学活动难道不也是遂行侵略战争的汹涌潮流所蹂躏的时代牺牲品吗？拥有一双成熟的肉眼，能够将小林多喜二与火野苇平能够视为表里一体的关系，

① 荒正人等：“座谈会，文学家的责任义务”，高桥和己：《战后日本思想大系13 战后文学的思想》，东京：筑摩书房，1973年，第95页。

这在混沌的当下的文学界是极有必要的。①

如引文所述，平野谦对战争的所谓反思便是将小林多喜二、火野苇平视为同样的“时代的牺牲者”。在平野谦那里，文学家的战争责任的追究，完全是作为对无产阶级文学运动的否定的评价而展开的，“文学家的战争责任与马克思主义文学运动的功罪以及其转向问题密不可分，是进入文学界全体的自我批判之契机”②。

二、从文学家的战争责任反思到批判左翼文学

平野谦将战争责任反思这一课题等同于无产阶级文学运动批判，甚至将小林多喜二、火野苇平视为表里一体的关系。不过，平野谦在《我的战后文学史》中提到，他对无产阶级文学的批评是被荒正人所触发的，而他的“怨念”并没有集中在那里。平野谦将他的“怨念”归因于出席“新日本文学会”创立大会的印象，在他的回忆中，大会充满了压抑、凄惨的气氛，丝毫看不到意气轩昂的气息。平野谦对此极为失望，认为解决这一问题的希望在于重新评价无产阶级文学运动，有必要清算“昭和初年代到昭和10年代的无产阶级文学的正面、负面”，否则，再出发就是一句空话。

> 昭和9年3月，日本无产阶级作家同盟解散前后的龟井胜一郎的批评活动，他的孤军奋战给我不小的影响。龟井论说小林多喜二的殉教者与背教者之差异极小，这给当时的我极大的冲击。昭和11年7月，以山室静为中心，我们创刊了同人杂志《批评》。在创刊号上，我发表了久板荣二郎的戏曲《断层》批判。我用我的方式复活了所受到的龟井胜一郎的影响。简单而言，这并非仅仅在知识分子的、伦理的软

---

① 平野谦：“一个反措定”，《战后文艺评论》，东京：青木书店，1956年，第13页。

② 平野谦：“一个反措定”，《战后文艺评论》，东京：青木书店，1956年，第12页。

弱上寻求转向、没落的原因，而是更为大胆地走向对革命运动全体的批判，想要通过作品分析浮现这样的主题。①

在战后这个新的历史时期，重新评价无产阶级运动的得失自然十分必要。但是，在平野谦这里，“重新评价”却走向了“对革命运动全体的批判”。平野谦指出，他走向“对革命运动全体的批判”受到亀井胜一郎的极大影响。而就“革命运动全体的批判”而言，亀井在论述纳普解散的问题时认为必须进行彻底的自我批判，“描写纳普的政治主义是恶的话，也必须批判生成这个政治主义之政治”②。不过，亀井追究无产阶级作家的转向，完全没有触及对天皇制统治权力的批判，却将转向视为无产阶级文化运动的革命的政治、共产主义的政治的谬误。亀井认为，日本的无产阶级文学压倒传统的自然主义式的现实主义，不仅仅因为扩大视野，给文学带来思想性的缘故，而是源于背后的热烈的浪漫精神，“无产阶级作家应该始终一贯地将浪漫主义作为自己的旗帜。政治、文学的问题也是因为这个浪漫精神”③。

说起知识分子的自我探求，一部分无产阶级批评家、唯物论者会发笑。说主观的啊、个人的啊。自然肯定是主观的、个人的。问题是，这个自我——被称为主观的或是个人的东西之中，发现什么呢？想要发现什么呢？在这里发现细小的个人生活而高兴，这样的自我业已落后时代。毋宁说，今天的自我成立于致力于发现多彩的包括、消化社会的光与影的生活。……重复一遍，自我的内容意味着社会现实

① 平野谦：《我的战后文学史》，东京：讲谈社，1972 年，第 45 页。

② 亀井胜一郎：《续・现代的浪漫的思维》，《亀井胜一郎全集 3》，东京：讲谈社，1972 年，第 347 页。

③ 亀井胜一郎：《往没有奴隶的希腊国》，《亀井胜一郎全集 3》，东京：讲谈社，1972 年，第 368-369 页。

之最为丰富的内容。①

在龟井看来，对于现实之客观的态度孕育着“屈服于现实”的危险，他试图背离这样的“危险”，想要“再一次思考青春的梦想力”。龟井胜一郎否认“自我”与“社会现实”的疏离，认为“自我的内容意味着社会的现实之最为丰富的内容”。但事实上，龟井所说的“社会的现实”却是不包括统治权力的战争与专制主义的现实，如洼川鹤次郎在《文艺复兴与文学的新展开》中所批判的那样，所谓自我的再分析，只是言说、歌唱自我而已。

龟井所说的“浪漫精神”完全无视天皇制统治权力全力推进侵略战争之现实，沉浸在个人的自我世界。平野谦所感动的正是这样的一种个人主义。如此不难理解，为何平野谦回避正面批判负有战争责任的文学家，而这种回避意味着无法正面追究位于权力机构顶点的天皇的战争责任。荒正人等人在谈及天皇制的战争责任时，集中讨论如何克服“自己的内在的天皇制意识”，即如何与自己“内部”的前现代的、半封建的意识进行斗争。

> 比如我觉得战争的政治责任在于天皇制。但是，天皇却完全没有负责任。文学家说不懂政治，所以无视这个问题；或者，加入共产党，追究天皇的战争责任——以这样的态度，是绝对不能追究文学家的战争责任的。文学家文学的追究天皇的战争责任，那就必须与根扎于自己内部的“天皇制”之半封建的感觉、感情、意欲进行战斗。如此才能够否定天皇制，打通确立近代的人这条道路。②

荒正人承认天皇制是确立近代的人之最大的障碍，“我断言，只要前

① 龟井胜一郎：《续·现代的浪漫的思维》，《龟井胜一郎全集 3》，东京：讲谈社，1972 年，第 346 页。

② 荒正人等：“座谈会，文学家的责任义务”，高桥和己：《战后日本思想大系 13 战后文学的思想》，东京：筑摩书房，1973 年，第 105 页。

时代的日本社会的象征之天皇制存在着，那么，近代的人是不能确立的”①。但是，荒正人将正面追究天皇制的责任视为政治运动的课题，认为文学家的课题在于克服“内部的天皇制”。如佐藤静夫所说，发问内在的“天皇制”如何生成，就会注目于明治初年的围绕自由民权运动的“国权”与“民权”的斗争的历史；抗议战时的专制主义；提出打倒天皇制之共产党的斗争的历史的意义。在佐藤静夫看来，思考“内在的”天皇制的根源直接关系着如下问题，即在战争期间，内在的天皇制在何种程度上影响国民，这种影响又对战后半年的民众的意识有着怎样的作用？② 但是，荒正人认为围绕战争责任的天皇制的问题，“并非是共产党所提出的那样的政治问题，而是文学家的问题——生活感觉、感情、意欲”③，他完全拒绝了佐藤静夫所说的那种可能。

三、战后日本的文学的再出发：平野谦、荒正人的“个人主义文学”论

平野谦等人在追究文学家的战争责任时，将批判矛头指向无产阶级文学家，却无视负有战争责任的文学家，也无视以天皇制为核心的权力机构的战争责任。这并非源于他们缺乏批判精神，毋宁说，他们在战后的原点上有着强烈的批判意识。1946 年 3 月到 5 月，平野谦发表文艺时评《一个反措定》《基准的确立》《政治与文学(一)》，这三篇文艺时评与荒正人的《第二的青春》《民众是谁？》《终末之日》招致中野重治的批判，引发了“政治与文学”论争。就平野谦的问题意识而言，他思考的是战后文学应该从何处再出发。

① 荒正人等：“座谈会，文学家的责任义务”，高桥和已：《战后日本思想大系 13 战后文学的思想》，东京：筑摩书房，1973 年，第 104 页。

② 佐藤静夫：《战后文学论争史论》，东京：新日本出版社，1985 年，第 41 页。

③ 荒正人等：“座谈会，文学家的责任义务”，高桥和已：《战后日本思想大系 13 战后文学的思想》，东京：筑摩书房，1973 年，第 105 页。

> 文学家的战争责任主题与马克思主义文学运动的功罪及其转向问题，几乎完全密不可分，应该进行文学界全体的自我批判。……我现在抱有一点疑问，曾经的马克思主义运动能否完全原样复苏。马克思主义文学运动的功罪，不得不转向之道路，这些复杂的内外的事情，作为一个必然的偏向，我相信应该从运动的内部中进行究明。①

平野谦认为马克思主义运动是“无视健全的人格”的政治，甚至认为马克思主义文学运动因为“政治主义”的偏向与谬误，生成了小林多喜二这样的“时代的牺牲者”，不久生成众多的转向者，从而没能承担起与侵略战争的格斗。平野谦严厉指责无产阶级文学运动对人的蔑视，认为无产阶级文学运动“政治优先”的错误有着“对人的蔑视”。平野谦以小林多喜二的《为党生活者》中的笠原为例，论述这一著作中“为了目的而不择手段之对人的蔑视”，“甚至作者对此没有一点的苦闷”，“这样的人间蔑视的风潮不是小林个人的罪，而是关系到当时的马克思主义艺术运动全体的责任。”②

平野谦认为马克思主义文学的“政治与文学”与军阀、官僚的“政治与文学”的错误都在于过于强调政治的主导权。可是，平野谦没有将批判矛头指向军阀、官僚的“政治与文学”，而是集中批判无产阶级文学运动，认为日本无产阶级作家同盟的历史只是“连续的谬误”而已，“无产阶级艺术家的主导权与‘政治优先’这面旗帜是最大的错误。小林多喜二的血等同于白白死去的特攻队员”③。由此，平野谦认为战后日本文学的再出发时，必须从“政治主义”的偏向视角彻底的批判无产阶级文学运动，确立“个人主义文学”。

---

① 平野谦：“一个反措定”，《战后文艺评论》，东京：青木书店，1956年，第12页。

② 平野谦：“政治与文学(二)”，《战后文艺评论》，东京：青木书店，1956年，第36页。

③ 平野谦：“政治的优位是什么”，《战后文艺评论》，东京：青木书店，1956年，第54-55页。

今天的“政治与文学”的问题，业已是自我规定为“民主主义文学”这样的办法所不能解决的。在现在，民主主义实在是政治色彩强烈的用语。民主主义与文学的连接上也缠绕着政治的味道。与侮蔑人相反，想要明了地提出人的尊严、个人的权威，有必要确立“个人主义文学”。带有各自不同的气质，清晰地立足于近代个人主义之立场，籍此，对难以将个人作为个人来把握的政治不停地提出反措定。这正是现在文学家被赋予的唯一的“自由”。①

平野谦批判马克思主义文学的政治性，同时，又以民主主义在当下政治色彩强烈为由，回避民主主义与文学的关联，他所提出的方案是确认“个人主义文学”。但是，即便依从平野谦的“个人主义文学”，那也完全有充足的理由首先将批判的矛头指向战前日本的权力机构，而不是与权力机构进行战斗的无产阶级文学运动。宫本显治在《新的政治与文学》中批判道：“最大的责任者天皇没承担任何责任，一心维持特权，这是‘人’吗？作为军国主义政治的工具，为了情报局的文学，而将作家视为奴隶的人不进行自我批判，却对为反对专制主义而死的人说这说那，这是‘人’吗？”同样，宫本百合子批判平野谦的立场，认为平野谦将小林多喜二的死与特工队员的死等同视之，正是对人的蔑视，“有着让人不寒而栗的地方”。

民主的社会生活的根本上，有着人权的尊重的基底。所谓人权尊重，意味着这样的共识，即绝对不会压抑正当的思想，扑杀小林多喜二这样的卓越的一个社会人、作家。同时，从主体性视角而言，社会人、艺术家当然有着这样的自由，也有着这样的自觉的责任，即能够毫无胆怯地献身于自己的理性所显示的历史的前进的方向，献身于情

① 平野谦：“政治与文学(二)”，《战后文艺评论》，东京：青木书店，1956年，第42页。

热所显示的纯洁的艺术生活。①

宫本百合子揭穿平野谦"个人主义的文学"幻象之实质，指出无产阶级文学运动在1933年权力机构解体，进而在侵略战争下，日本文学受到更为强化的弹压时，"人的复权"论、"人道主义"的主张等正是作为非政治的、非社会的，抹杀社会与人的阶级性而登场的。在这样的历史条件中，"人的文学"根本无从谈起。平野谦宣称要确立"个人主义的文学"，但是，完全没有触及虐杀小林多喜二的天皇制法西斯的权力。非但如此，平野谦的论述俨然呈现出这样的观点，即小林多喜二是与天皇制法西斯进行不屈的战斗之日本共产党，及在其指导、援助之下的日本无产阶级文化运动之政治的牺牲。如此，平野谦在出发的原点上有着批判意识，但他的个人主义文学观回避批判国家权力机构，成为掩饰天皇制为核心的权力机构的战争责任的工具。

在战后日本的文学面临新的出发的时点上，平野谦批判无产阶级文学运动"无视健全的人格"，提出要确立"个人主义文学"。荒正人提出的则是"由利己主义往高层次的人道主义"。

> 如果我们今天能够继承艺术至上主义的话，为此，美、幸福、人道主义这从一棵树上生发的三个枝干，有必要经常置放在念头中。优秀的艺术，就算不被强迫，那也能够与正确的政治相通。进而，政治依从艺术，这个确信不可放弃。越是政治的季节越是如此。只有在这个确信之下，文学才主动从属于政治。
>
> 逝去的青春之日，我们只是知道单方面的人道主义，从而将这三根枝干视为不同的树。其结果便是，关于政治与文学，重复若干滑稽、悲剧的错误。尽管如此，今天，对于政治与文学之二元的见解仍

① 宫本百合子："今天的生命"，《宫本百合子全集》(9)，东京：新日本出版社，1974年，第23页。

> 然残留着难以去除的错误。如此，可以看到正确的文学、艺术的……这样的语言。与其说这些人是过于忠实于政治，毋宁说，是过于非政治的、非文学的。亦即，政治也好，文学也好，都言说着没有带着自己的肉体去溺爱。要而言之，对于人类的幸福，丧失了不厌烦的欲情。①

荒正人在战前日本看到无产阶级运动的背叛者、间谍、分裂，“对人道主义的假面被剥夺之后，显露出的利己主义感到绝望”。由此，荒正人认为，应该大胆地、率直地认可作为人道主义者的否定者之利己主义者，“通过且只有通过利己主义，来看到人道主义”②。荒正人主张通过确认牢固的、难以去除的潜藏在人性的底部之利己主义，从而在更高层次上理解人道主义、美、幸福是“从一棵树上生成的三个枝干”。那么，如何抵达这种高层次的理解呢？荒正人强调“肉体的实感”，即“我自身的肉眼，以及小市民知识分子的生活感觉之外，一切都是虚妄的，如此断言”③。

荒正人并非主张知识分子与民众相隔离，毋宁说，他所主张的正是知识分子与民众的结合。在评论集《战后》的“后记”中，荒正人谈及知识分子应该如何活着，认为知识分子只有与民众结合才能创造明天。但是，荒正人认为，艺术家参与罢工应援、选举运动、各种反对斗争的署名与捐款等活动，决不能成为民众一员，而支持民主战线、进步的运动，或是散发进步的合理的评论，也是绝对无济于事的。荒正人的民众观中，“自己，孤独的我自身，是民众”④。荒正人的这一民众观与日本战后的文学如何再出

---

① 荒正人：“第二青春”，《荒正人著作集》(第一卷)，东京：三一书房，1983年，第33-34页。

② 荒正人：“第二青春”，《荒正人著作集》(第一卷)，东京：三一书房，1983年，第32-33页。

③ 荒正人：“民众是谁”，《荒正人著作集》(第一卷)，东京：三一书房，1983年，第64页。

④ 荒正人：“民众是谁”，《荒正人著作集》(第一卷)，东京：三一书房，1983年，第64页。

发的问题密切相关。

> 为何对于文学家的战争责任，必须如此的宽容呢？这是因为，在侵略战争的问题上，责备者一侧对于文学的责任感是稀薄的缘故。(略)对于日本的这个传统，肉体的底部而涌上的屈辱、轻蔑、冷嘲、愤激——这对我们而言全都是没有关系的东西。那么，那个人为了生活而曲笔，自己也如此认可。日本是住得多么心情愉快的国家啊。再一次发生战争的话，又为了生活……吗？可疑的是，这样的宽容，恐怕是为了树立民主主义文学而视为必须的。①

荒正人重视日本的战争责任的追及问题，认为“在这个机会，这个千载难逢的好时机上，如果日本人不仅进行彻底的战争犯罪人的追及，那么，日本民族爬出地球的垃圾堆便是没有希望的”②。不过，他并没有正面追究这一问题，而是固执于“实感・肉体・自己的内面”，“我半生所带有的，生活感情、人生意识、世界认识便是一切”③。

四、非政治性的文学？——小森阳一对夏目漱石文学观的研究

平野谦、荒正人等人意图远离政治而谈论个体的人，对此，小森阳一指出，平野谦等人宣称要远离政治，但他们的文学实践本身就是极为政治性的行为。小森阳一发现，战后日本的出版界为了打破不景气而出版文学全集，而被收录的作家和作品的解说大多由近代文学派的批评家撰写，他们批判政治主义，将近代的“自我确立”当作近代文学史的中心问题。参加

① 荒正人：“终末之日”，《荒正人著作集》(第一卷)，东京：三一书房，1983年，第95页。

② 荒正人：“终末之日”，《荒正人著作集》(第一卷)，东京：三一书房，1983年，第94页。

③ 荒正人：“民众是谁”，《荒正人著作集》(第一卷)，东京：三一书房，1983年，第64页。

近代日本文学会的各大学的学生协助批评家制作作家年谱，他们反对马克思主义的研究方法，主张文学研究的“非政治性”。小森阳一认为这种‘非政治性’正是文学的政治性的最强有力的形态，指出这些学生此后进入大学，获得讲授日本近代文学的特权，形成了日本当今的近代文学研究制度。这种研究制度不断再生产所谓的近代文学追求“自我确立”的研究成果，而回避了与当代政治问题相联系的“自我确立”，起着麻痹文学家批判当代政治的功能①。另一方面，围绕“个人”问题，在夏目漱石文学研究上，小森阳一同样与平野谦等人形成了尖锐的对峙。

> 战败后，以追究战争责任为中心，开展了对这些1930年代的作家们的批判，女性总算是获得了参加政治的法律权利，开始生产出丰富的话语。在这一时期，通过要斩断文学与政治直接关联的平野谦、荒正人等人的努力，创造出了重新评价“漱石”的契机。他们把作为亚文化的报纸小说的漱石的文本划入非政治领域这一狭义的“文学”中，这是具有讽刺意味的现象。②

小森阳一认为平野谦等人将漱石文学划入非政治领域是“具有讽刺意味的现象”，这源于在小森看来，作家“夏目漱石”毋宁说在诞生的源头上，便是极为自觉到文学的政治性的作家。1900年，在熊本第五高等学校做英语教师的夏目金之助接到命令作为第一批文部省官费留学生去伦敦研修英语教学法。这一事件的背景是，日本为了增强能够与欧美列强相竞争的国力，将从甲午战争获得的战争赔款部分用于支持各个省厅。夏目金之助在接受留学要求时去拜访了文部省学务局长上田万年，并提出问题：你们要我去“研修英语”，难道我不能研究“英国文学”吗？夏目金之助拘泥于“英

---

① 小森阳一：“‘文学’与民族主义”，《“日中·知的共同体”论文集·日中近代与民族主义》，北京日本学研究中心，1998年，第43-45页。

② 小森阳一：《文学的形式与历史》，郭勇译，北京：清华大学出版社，2018年，第51页。

国文学”和“英语”的区别的背景是，同样被选作首次官费留学生的老同学芳贺矢一被派到德国研修“国主学”，而当时已是著名评论家的高山樗牛也同样被派往德国研修“哲学”“美学”和“法学”。高山樗牛在1895(明治二十八)年创刊的《帝国文学》中，强烈主张现今必须创造出“国民文学”来：“呜呼，国民文学，早该有之，而至今尚未见之也!”“如今，要对外扬国威，对内振奋人心。大东帝国的文学，岂能长久如此落寞?”在发表于1897(明治三十)年1月的《太阳》上的《明治的小说》中，樗牛提倡创造与“大东帝国”相符合的“歌唱爱国义勇”的“国民文学”。由此，小森阳一从夏目金之助的反应中，看出当时日本的民族主义和文学间的深刻关联。

> 毫无疑问，金之助本人是很清楚这个答案的。也正因为如此，他才把这个近乎厌恶的疑问掷给上田万年的。这无非是指日本政府或文部省认为德国文学是必要的，而英国文学就没有必要这回事。也即是在德国已建立起了对甲午战争之后的“日本”有用的民族主义文学，但在英国却没有这样单纯的差异。①

如引文所述，小森阳一看出——他认为夏目漱石事实上也看出——在当时德国建立的民族主义文学，对甲午战争之后的“日本”是有用的。正如小森所说，在历史上，以歌德、席勒为中心的德意志浪漫派文学是以拿破仑战争为契机诞生的。德意志曾被法国的国民军逼迫到走投无路的地步。1830年代的德意志浪漫派就以这一经历为基础，从事了一系列的文学艺术运动，企图通过语言和感情的共性来连接在政治上还只是封建诸侯联邦的德意志。正是在这一运动中，体现了被称作是“疾风怒涛”的该流派的作用。这种文学立国的力量，经过和拿破仑三世时代的法国之间的普法战争的胜利，成为创造以普鲁士为中心的“德意志帝国”的原动力。小森阳一指

① 小森阳一：《文学的形式与历史》，郭勇译，北京：清华大学出版社，2018年，第32页。

出，在与欧洲大陆实力最强的法国的战争中，短时间内赢得了胜利的后进国德国的形象，原封不动地与亚洲大陆的日本相重叠。相比之下，夸耀大英帝国繁荣的维多利亚时代的英国文学，其主流是以恋爱和结婚为中心的家庭罗曼史，在小森阳一看来，它绝非是甲午战争后的“日本”可以靠它把国民感情连成一体的东西。如此，借由夏目金之助对于牵强地把一个研修对象分成“英语”和“英国文学”的上田万年的质问，小森阳一揭露出当时国际形势中日本与大英帝国各自所处的位置，凸显出文学与民族主义的关联。

夏目金之助从英国回来后，在1907年，应池边三山邀请，辞去了东京帝国大学的讲师职位，进入《朝日新闻》社，开始了作为职业作家夏目漱石的生涯。在“就职演说”中，夏目漱石宣称，如果说报社是买卖的话，那么大学也是买卖。如果不是买卖的话，恐怕就没有必要想当教授、博士，也没有必要想提升工资，更没有必要做敕令官了。正如报纸是买卖一样，大学也是买卖。如果说报纸是下贱的买卖的话，那么大学也是下贱的买卖。只是有个人经营和公家经营之差而已。在小森阳一看来，夏目漱石把“大学”和“报社”等同起来，根本性地颠覆了当时的职业观，因而是很有挑衅性的发言。

> 毫不夸张地说，帝国大学的确就是知识和话语的国家垄断资本。与此相对，报社社主是“个人”“经营”，同样地，“报人”是“个人”签约“经营”。“漱石”选择职业的基准就在这里。
>
> 把自己的知识和话语从国家那里转移到一个自由的地方，在与国家的紧张关系中以“个人”的身份发言。“漱石”正是在这里看出了“报店”的可能性。①

① 小森阳一：《文学的形式与历史》，郭勇译，北京：清华大学出版社，2018年，第44页。

夏目漱石进《朝日新闻》社时，在他所写的“入社宣言”中使用了亡友正冈子规曾用过的“报店”一词。在夏目漱石看来，“报店”这个职业与在“大学店”做帝国大学的教授是等价的。小森阳一认为夏目漱石的这一认识正确地把握住了语言、知识作为商品而被贩卖的时代状况，他也由此看出夏目漱石与国家权力的微妙距离。具体而言，夏目漱石把“公家”和“个人”相对立起来，亦即“大学”是“公家经营的”，即是国家经营的。与此相对，“报社”是“个人经营的”。所谓的“敕令官”乃是指由日本帝国的“统治者”“天皇”所任命的职务。小森阳一认为，夏目漱石的选择意味着断绝了“要当教授博士”、在“公家所经营的”组织中飞黄腾达的路子，走向了“个人经营”的、作为报纸小说家的生存之路。

问题在于，选择“个人经营”的“报社”，绝非意味着与国家权力的彻底远离。《读卖新闻》的竹腰三叉未能聘请到夏目漱石，就在当年开始了独自的运作，即在时任首相西园寺公望的支持下，招待当代最具代表性的二十名作家，这就是所谓的“西园寺公作家招待会”。小森认为，现任首相招待作家，这件事极具象征意义，表明了作家们所担承的近代文学，即小说、诗歌、戏曲这些从欧美进口的全新体裁的作品和作家作为“一等国”的文化被认同。

> 在这个意义上，可以说在这个时候日本的近代文学已变成了大写文字的“文学”，是与Nation(国民)这一“大写文字的我们”相对应的文学。这正好就是一个把作为“想象共同体”的国民统合方式每天加以重复显现、再确认、再生产的装置。时代已变了，纵然是“个人”经营的文学也被收归到这一动向中了。①

在小森看来，竹腰三叉的努力充分彰显出个人被纳入“国民”之中，因

① 小森阳一：《文学的形式与历史》，郭勇译，北京：清华大学出版社，2018年，第45页。

而所谓的“个人”经营的文学早就被归纳到“想象共同体”的国民统合方式中。小森认为，竹腰三叉的行为明确地指示了一个方向，那就是要把包含各种艺术领域在内的国民的感情组织化。这种组织化的目的就是要把作家们自发开展的一系列新的表现运动，诸如自然主义、演剧改良运动、新诗运动等收归国家管理，不能放任自流。由此，小森阳一看出国家权力对文学的规制，平常该为什么费心，该为什么感动，其标准由国家来选定的时代已经到来。亦即，近代文学的国民性标准，完全是通过筛选而成立起来的，这也意味着包含了国民感情的想象的共同体是作为一种规范来被划定。如此，小森阳一发现，在当时的日本，个人、文学原本就是被纳入国家权力之中的，而将夏目漱石文学视为非政治的，这只能是一种臆造罢了。

五、个人主义与政治性文学之间——小森阳一对夏目漱石小说的研究

夏目漱石在作为作家的发足点上，就感受到“个人”有着与国家权力对峙的意义。不过，如小森阳一所说，这并非是说夏目漱石文学旨在创造远离国家权力的所谓个人主义文学。小森阳一发现，夏目漱石所说的个人，原本就有着政治性意义。在大英帝国首都伦敦渡过20世纪最初几年的夏目金之助，在巧遇女王葬礼的第二天，即1901年1月27日，在日记中写道：“夜里，在住宿处的三楼认真思考了日本的前途。日本必须要认真对待，日本人必须睁大眼睛。”对此，小森阳一认为，对于小说家夏目漱石的诞生，伦敦留学的决定性意义在于他获得了“日本人必须睁大眼睛”这一意识。在小森看来，夏目金之助在伦敦体验了19世纪末和20世纪初，获得了从外部来打量“大日本帝国”“前途”的“眼睛”，同时也获得了从其内部来打量作为“日本前途”标杆的“大英帝国”这一外部的“眼睛”。那么，这双“眼睛”如何观察着现实呢？夏目金之助1901年4月19日写给在病床上的好友正冈子规的私信，也是后来用“漱石”这个名字公开发表的最初的散文《伦敦来信》中，有这样一节内容：俄罗斯帝国与日本明争暗斗；英国挖

出德兰士瓦的钻石来填充军费亏空。就在这多事的世界日夜不停旋转掀起波澜之际，在我所居住的小天地里也不断发生一些小的旋转和波澜。对此，小森阳一认为，

> 把“日夜旋转”的“多事世界”的“波澜”和自己所处的“小天地”中的“小旋转”“小波澜”紧密地联系起来。于是，在伦敦的金之助获得了打量“日本人的眼光”。不能忽视的是，作为这个“眼光”一个重要的认识方法是，实际发生事件的“波澜”、世界级的“波澜”和个别性的“我”个人的“小波澜”都在“旋转”，甚至是在“小旋转”中“不断发生”的。①

小森阳一看来，夏目漱石将世界级的“波澜”和个别性的“我”个人的“小波澜”关联在一起，由此获得了非常准确地把握了当时世界局势的“日本人的眼睛”。这种眼睛正意味着夏目漱石绝非将自我封闭在个人的“小波澜”内的所谓的个人主义者。小森提及《伦敦消息》中，夏目金之助写给子规的半开玩笑的一则轶事。夏目金之助走在街头，伦敦的英国人无论男女个子都很高，自己的头部仅及其肩部。可是，有一天突然发现一个长得和自己同样寒碜、瘦小的男子从对面走了过来。心里寻思道，怎么在英国人中也有这样的家伙呢？原来是照在镜子里的自己的身影。

> 在伦敦的金之助，将其意识的一部分放在自我殖民和民族主义的“分裂”旋涡中，但是在另一部分，他意识到自我殖民即对“大英帝国”的模仿结果会发展成“未来的重大事件”，潜藏着国家“灭亡”的可能性。
>
> 这个立场既不是隐蔽“矛盾”，过度地推进侵略的方向，也不是在装作解决了“矛盾”的连续性的“进步”中来寻找近代的福泽谕吉式的发

① 小森阳一：《文学的形式与历史》，郭勇译，北京：清华大学出版社，2018年，第99页。

展理论，这决定了后来作为小说家的夏目漱石那将“矛盾”作为“矛盾”来把握，在反方向作用的力量“撕裂”中来思考的表达者的存在方式。①

小森认为，夏目漱石在镜子中看到自己的轶事凸显的正是现代日本的矛盾处境，即再怎么拼命叫喊“文明开化”，“日本人”也变不成英国人。正因为知道变不成，反过来还要强迫症似的拼命做无谓的狡辩，要变得比英国人还要英国人。在小森阳一看来，所谓的“文明开化”无非是遵循欧美列强的逻辑和价值观来彻底改变自己、他者化等无限自我殖民的过程。这一过程中，以学校教育和军队训练为中心，要把国民彻底地改造成“西洋人”，目的正在于在生产力、经济能力、军事力量方面要与欧美列强相匹敌，外交上平等。可是，一方面它又是为了侵略亚洲周边地区，实现帝国主义的殖民野心，所以必然会陷入通过侵略性的民族主义来煽动自我殖民这一决定性的自我矛盾中去。而且，为了装出这并不“矛盾”，就只有隐蔽自我殖民的过程，一味推进帝国主义国家的殖民主义的民族主义。在小森阳一看来，夏目漱石的言说正凸显他有着明确的揭露这种矛盾的自觉。

现实世界的夏目漱石有着揭露现代日本的矛盾的自觉，这种自觉也充分体现在他的创作中。在《虞美人草》中，女主人公藤尾拒绝了由客死国外的外交官父亲所选中的结婚对象宗近，与自己选定的文学青年小野确立了恋爱关系。藤尾的异母哥哥甲野和宗近是好朋友，甲野的继母要为自己的亲生女儿招女婿，并让他继承甲野家族的家业。甲野并不在意继承家业，但他坚持父辈们定下来的藤尾与宗近的婚事。不久，小野在京都时的恩师及其女儿小夜子到了东京，小野与小夜子早已订婚一事暴露了。宗近同甲野一道威胁小野说“严肃点！”故事以藤尾的突然死亡收场。小森将女性不能自由选择结婚对象这一叙事视为对现代日本家族制度的深刻批判。

---

① 小森阳一：《文学的形式与历史》，郭勇译，北京：清华大学出版社，2018年，第101-102页。

那么，身处这种只有男性的同性社会秩序之外的女性，如果用自己的价值基准来选择男子的话情况会怎样呢？作为他者的女性用男人们不敢想象的标准来选择异性，所以男性社会的价值体系就会变得无效。孰优孰劣？男子必然会在完全不可预测的女性这一他者的选择中暴露原形。已然不能把女性作为缓和敌对关系的道具来使用了，男人间的同性厌恶就会呈现出来。

近代家长制式的男性中心社会体系，通过《明治民法典》被再度强化了。《虞美人草》的藤尾以这一整个社会体系为敌。因此，漱石就不得不把她杀掉了。而且，也正因为杀掉了她，漱石通过那之后的自己的小说，从女性的角度不断地质疑近代家长制式的家庭的压抑。①

小森阳一认为夏目漱石在《虞美人草》中暴露出近代日本的家庭制度乃至近代日本本身的矛盾。《明治民法典》中的身份法，以法律的形式把家庭中的男尊女卑关系固定了下来。作为家长的户主被赋予了家庭成员的住所指定权及婚姻、养子收养等的决定权。这样一来，家长们完全是出于家庭考虑来决定孩子尤其是女孩子的婚姻。如果违背了家长的意思，家长可以解除其户籍关系。这一过程中，女性是附属品。妻子被认为是经由婚姻进到夫“家”的，而且，完全就像是不能管理财产的人那样，由丈夫来管理妻子的财产，没有丈夫的同意妻子不能签订经济合同。女性们无论是在社会人际关系还是在经济关系等方面被切断了作为法律的“个人”而自立的道路。换而言之，小森阳一从藤尾死亡中看出这一设定的必然性，指出夏目漱石揭露出在近代日本，女性的自立——当然也是“个人”的自立——是不可能的。

小森阳一并未将《虞美人草》视为仅仅描述家庭矛盾的小说，而是认为，在“良妻贤母”问题上，这一小说凸显了夏目漱石与国家权力的尖锐对

① 小森阳一：《文学的形式与历史》，郭勇译，北京：清华大学出版社，2018 年，第 44 页。

峙。具体而言，近代家长制在法律上被完善的过程中，新型的“良妻贤母”思想也渗透到了中上阶层的女性中。为了能够成为对孩子实施近代教育的“良母”，女性也有必要接受教育。男子在外面从事与国家相关的工作，女子则在家里从事家务和育儿教育，承担家庭中的政治这一下田歌子的“家政学”也是在甲午战争前夕出现的。把生产与再生产分离成“公”与“私”的空间，女性被认为是应该承担在“私人”性家庭内部的再生产。像这样，彻底贯彻了围绕着不同性别分工的意识形态。

> 在这样的状况中，“家庭小说”成天都在反复再生产这种意识形态。每个家庭成员都可以在家里放心阅读的小说。正如这句标语所示，家庭小说作为规范地再现了“大日本帝国”理想的“国民”家庭形象的意识装置而发挥了作用。①

小森阳一将“家庭小说”视为反复再生产意识形态的装置，在此意义上，可以说小森阳一同时也发现了夏目漱石文学是反意识形态的装置。小森阳一注意到，几乎是在同一时代，以松原岩五郎的《最黑暗的东京》(1883年)为代表，出现了关于都市贫民窟的贫穷状况的报告文学。结合1899年颁布的《北海道旧土人保护法》，由小金井良精等人开展的对于阿伊努的人类学或卫生学的调查、与对台湾的殖民地统治相关联的关于“高砂族”的人类学报告等悉数出现在活字媒体上。小森阳一认为这绝非偶然，显示出国家权力对国民的规制。亦即，一方面，家庭小说特权性地圈定了“日本”内部理想的“国民”家庭生活，但是另一方面又歧视性地将非“日本”、非“国民”的领域排除掉。在这之间，“日本”这一共同体以非常牢固的形式被创造了出来。如此，小森阳一从《虞美人草》这部“反家庭小说”中，看到了夏目漱石逆时代潮流的本质。

---

① 小森阳一：《文学的形式与历史》，郭勇译，北京：清华大学出版社，2018年，第44页。

本节阐明，平野谦等人虽说在战后日本的再出发的原点上有着反思、批判意识，可是，这种反思、批判并未正面追究战前日本的殖民责任，反倒将矛头指向与以天皇制为核心的权力机构进行不屈斗争的无产阶级文学运动。荒正人所说的“肉体的实感”之文学，与平野谦所说的“个人主义文学”都伴随着自身无法解决的矛盾，即在出发的原点上，有着对战前日本的批判，但在展开论述时，却只沉浸于“个人”的世界。即便荒正人认为美、幸福、人道主义是同根相连的，但是，如他的民众观所示，回避对现实社会的反思，退缩到“肉感”之中。这样的个人主义文学无助于保持文学的自律性，反倒起着将负有责任的以天皇制为核心的权力机构予以免责的功能。本节由此厘清，小森阳一、平野谦等文学批评家都关注个体之人，但是，小森阳一并非脱离历史、社会语境谈论个体之人，其人本思想价值在于关注现代日本被无视的个体，正面批判以天皇制为核心的意识形态构建的日本人身份共同体神话。

第三节　尝试构建新的主体：小森阳一文学批评目的

小森阳一关注被国民共同体神话抹杀的个体之人，他通过对夏目漱石的文学的研究，发掘个人原本就是缠绕着政治性的概念。那么，小森阳一理想的个人有着怎样的具体内涵呢？这一问题关系到当今世界的左翼面临的一个核心命题，即传统的工人阶级之后，什么能成为变革既有秩序的主体？齐泽克认为，封闭的认同将行动纳入意识形态的建构当中，因此，革命主体不能如曾经的无产阶级那般在某种意识形态的召唤中形成，他所期望的行动能够重新定义“游戏规则”，“一个适当的政治行为解放了否定性的力量”①。在齐泽克看来，“与行动相关的主体是一个分离的主体，但是，

① 齐泽克：《敏感的主体——政治本体论的缺席中心》，应奇等译，南京：江苏人民出版社，2006年，第440页。

行动并不因为这个分离而失败或被取代”①，即无法实现的行动主体化保障意识形态永远的非封闭性，保证不会有新的意识形态产生。齐泽克的论述揭示了当今资本主义世界的左翼运动的特征，即“革命主体”是一种远离意识形态的“否定性力量”。作为当今日本左翼代表性人物的小森阳一，他的理想主体有着怎样的内涵，本节旨在对此作出解答。在具体展开上，本节将小森阳一对理想主体的探索置放于战后日本成为发达资本主义国家的大背景中，通过与三岛由纪夫行动美学的理想主体作比，考察在物质生活充裕的当今日本，小森阳一理想主体的意义。

一、三岛由纪夫行动美学的理想主体

我们审视战后日本时，三岛由纪夫及其创作是极佳的“文本”，如他的《丰饶之海》就被视为战后民主主义的隐喻②。这种隐喻最为知名的，恐怕还是三岛极具仪式性的自杀行为。林房雄在三岛的追悼集会上认为三岛的死亡是“谏死”，目的是呼吁建立“有着名誉的国军”。保守派评论家江藤淳同样认为三岛的死亡源于其对战后日本的强烈不满，无法忍受日本人不能牢牢把握日本的命运③。另一方面，野间宏则从三岛自杀事件中看出了战后日本的一个重大转折，他认为以三岛事件为契机，反对民主主义的思想获得了力量④。由此可以理解，为何小田实说，如果三岛自杀事件是对时代敲响的警钟，那么，他从中感受到的是，要立即发起解散自卫队的运动⑤。

三岛由纪夫的小说《金阁寺》取材于1950年金阁寺僧徒林养贤火烧金阁寺的真实事件，讲述青年人沟口从小沉迷于金阁寺之美，来到金阁寺出

① 齐泽克：《敏感的主体——政治本体论的缺席中心》，应奇等译，南京：江苏人民出版社，2006年，第436页。

② 奈良崎英穗：“《丰饶之海》中的‘天皇’——欲望的‘绝对者’”，《日本近代文学》，1998年第5号，第130页。

③ 参见1970年11月26日的早刊《日本经济新闻》。

④ 参见1970年12月6日的《朝日周刊》。

⑤ 参见1970年2月号的《文艺春秋》。

家以后，幻想与金阁同毁于战火，但却未能如愿，最终下定决心火烧金阁寺。① 中岛健藏、平野谦、安部公房三人曾在《群像》的合评会上盛赞《金阁寺》，在平野看来，“如今，文学作品变得非常少了。但是，这是文学作品”。中村光夫赞同平野所说，认为当下是文学的理念丧失的时代，而《金阁寺》毫无疑问是“现代”的产物，是极富才华的作家倾注心血而成就的，位于现代之“文学”的存在证明②。如中村光夫所说，在现实世界，与恋爱、家族矛盾引发的纵火不同，烧毁国宝完全不可能获得社会舆论的宽宥。当时的报纸报道中，也看不到对犯人的同情。在中村看来，正因为如此，这保证了《金阁寺》的纯粹的艺术的可能性。野口武彦也认为这一文本空间与现实世界的疏离，在他看来，“作者所真正意图的不是忠实追溯主人公青年放火的心理，而是通过心理分析呈现自己的形而上学的所想”③。对于火烧金阁寺这一行动，矶田光一认为“我”与“金阁”的连带性被完全遮断时，“金阁”成为“我”的无法实现的理想，而三岛的新“古典主义”美学成立于“我”对“美丽的死亡”之热情④。菅孝行也认为《金阁寺》是三岛的古典主义美学的巅峰，不过，他发问三岛在《金阁寺》中抵达古典主义的顶点后，何时、为何又舍弃古典主义，回归浪漫主义，往“行动”而去？⑤ 研究者给《金阁寺》贴上古典主义美学的标签，这固然在一方面揭示出了这一作品的特质，但是，却也掩盖了这部作品所具有的现实主义批判精神。对此，我们只需看如下一段描述即可明白。

---

①　对《金阁寺》的文本分析，可参见韦玮：“文学、美与政治性——重读三岛由纪夫的《金阁寺》”，《传承与创新——南京大学外国语学院研究生学术文集（文学与文化卷）》，南京：南京大学出版社，2023 年 7 月，第 182-192 页。收录本书中时，作了较大的改动。

②　中村光夫：“关于《金阁寺》”，《特装版 文艺读本 三岛由纪夫》，东京：河出书房新社，1988 年，第 28 页。

③　野口武彦：《三岛由纪夫的世界》，东京：讲谈社，1968 年，第 174 页。

④　矶田光一：《殉教的美学》（新装版），东京：冬树社，1979 年，第 26 页。

⑤　菅孝行：《三岛由纪夫与天皇》，东京：平凡社，2018 年，第 128 页。

正门前停着一辆吉普车。一个酩酊大醉的美国兵手扶正门的柱子，俯视着我，轻蔑似地笑了。

……

由于我决意不做任何反抗，虽然是在开馆前，我还是说可以作为特殊导游，就向他索要入场券费和导游费。出乎意外，这个彪形醉汉竟乖乖地付给了。①

在美国人面前，当事人心里所想的顶多是“我不反抗了，不反抗还可以跟他索要入场券费和导游费”，但是，绝对不会有“由于”这个念头。这一表述只能是此时此地，作为叙述者的“我”远远地看着被观察的“我”，冷静地、毫无感情波澜地叙述一个跟叙述者“我”所无关的当事人的“我”。如此，叙述者的“我”与被叙述者的“我”分裂，叙述者的“我”完全意识到内心的反抗意识，只不过刻意将这反抗意识压抑下去，“决意”不做任何反抗。小说中提到，金阁寺“超脱现实的世界”之美让“我”感到“我和金阁共存同一世界的梦想崩溃”，“我”渴望的正是这样的一种“超脱现实的世界”之美。但在战后日本这个场域，金阁寺又是不能超脱现实的。

其次，“由于”这一表述的特别之处还在于，从逻辑关系来看，因为“我”是导游，“我”将要给他提供导游服务，所以“我”可以索要导游费用。但是，这里的逻辑却是“由于我决意不做任何反抗”，而能够索取导游费用。因此，这种叙述所强调的并非作为导游的身份，而是战败者的日本人。叙述者将这两句本没有直接关联的话结合在一起进行叙述，正暴露出战后日本的经济成长被刻意隐瞒的一面。此后的“出乎意外”同样值得注意。“彪型醉汉”乖乖地给导游付导游费，这当然可以是“出乎意外”。但是，结合前面的叙述，显然是“我”“决意不做任何反抗”，跟美国人索要导游费，而“彪型醉汉乖乖地付给了”，这让我“出乎意外”。如此回头再来看

① 三岛由纪夫：《金阁寺·潮骚》，唐月梅译，南京：译林出版社，1999年，第46页。

“由于”一词所内含的不容置疑的因果律便显得极为可疑，即“我”所持有的坚信不疑的因果律在“彪型醉汉”的美国人面前，完全是偶然的、随机的。“我”的叙述生成战后日本的社会现实。在此意义上，“我”要烧掉金阁寺，这有着对暴露于现实之中的金阁寺之否定的意味。进而言之，火烧金阁寺这一行动有着否定现实之强烈的欲望。

研究者注意到火烧金阁寺是关系着“行动”之文本。例如，岛内景二认为火烧金阁寺意味着“我”期望与心中的金阁寺殉情①，川上阳子认为就算烧掉金阁，也不能从“金阁”逃脱②。中村光夫从沟口与三岛的关联切入，认为火烧金阁寺源于三岛嫉妒永远的美，试图占有永远的美，“与《金阁寺》相对峙的，不是主人公年轻和尚，而是三十岁的作者”③。田坂昂从复仇的视角考察火烧金阁寺的意义，“‘我’火烧金阁是因为要复仇金阁(美)在战时对我的背叛，同时，也是要终结战后‘金阁所存在的世界’”④。

> 他不断地捉弄站长，开玩笑，挨责备，还手不停地给火盆添炭，时而在黑板上写些数字。生活的迷惑，或者说对生活的妒忌，又要再度使我成为俘虏。我也可以不去烧金阁，从寺庙跑出来，还俗，这样完全埋没在生活里。
>
> ……但是，黑暗的力量又立即复苏，把我从那里带了出来。我还是一定要把金阁烧掉。到了那个时候，特别定造的、我特别制造的、前所未闻的生命就将开始。⑤

---

① 岛内景二：《大和魂的精神史 从本居宣长到三岛由纪夫》，东京：Wedge，2015 年，第 126 页。

② 川上阳子：《三岛由纪夫“表面”的思想》，东京：水声社，2013 年，第 86 页。

③ 中村光夫：“关于《金阁寺》”，《特装版 文艺读本 三岛由纪夫》，东京：河出书房新社新社，1988 年，第 35 页。

④ 田坂昂：《增补 三岛由纪夫论》，东京：风涛社，2007 年，第 215 页。

⑤ 三岛由纪夫：《金阁寺 · 潮骚》，唐月梅译，南京：译林出版社，1999 年，第 121-122 页。

“我”所想要的是一个全新的主体，当“我”采取“行动”，亦即火烧金阁寺之后，“特别定造的、我特别制造的、前所未闻的生命就将开始”。跟这样的新的主体对峙的，正是沉溺于战后日本物质丰富社会的日本人。“我”的眼前，性格爽朗的年轻站务员大声吹嘘他下个假日将去看的电影，“这个朝气蓬勃的、远比我魁伟的、生动活泼的青年在下个假日将去看电影，拥抱女人，然后进入梦乡”。“我”的心里不无得意地想到，行动可以颠覆这一切，“假使金阁被烧掉了……假使金阁被烧掉了，这帮家伙的世界将会被改变面貌，生活的金科玉律将会被推翻，列车时刻表将会被打乱，他们的法律也将会被变成无效的吧”。

“我”憎恶沉溺在日常生活中的日本人，渴望改变这一切。有研究者关注“我”与三岛由纪夫的关联。例如，汤浅博雄认为“能够推定，书写者三岛在某种地方”①，在他看来，“有必要在某种程度上考虑书写者的实际的体验”②。那么，战后日本，现实世界的书写者三岛有着怎样的实际体验呢？1968 年，在《文化防卫论》中，三岛由纪夫构建起所谓的文化防卫论。在三岛看来，与和平的福祉价值相结合的“日本文化”成为日本的免罪符，但这只是将文化作为作品来欣赏，“被安全的管理”。三岛所要守护的文化并非仅仅是“物”，也包括“形”，“所谓形，也能是行动”③。

> 行动如同一瞬间火花那般炸裂着，有着不可思议的力量。因此，不能轻蔑行动。花费漫长的一生致力于一件事情的人受到人们的尊重，这自然值得尊重。但相比之下，在一瞬间的火花上燃烧整个人生

---

① 汤浅博雄："读三岛由纪夫《金阁寺》——死亡的经验的二重性、‘永远回顾’的两义性"，《国文学 解释与教材的研究》，2000 年 9 月，第 35 页。

② 汤浅博雄："读三岛由纪夫《金阁寺》——死亡的经验的二重性、‘永远回顾’的两义性"，《国文学 解释与教材的研究》，2000 年 9 月，第 31 页。

③ 三岛由纪夫：《以荣誉连接菊与刀》，《决定版 三岛由纪夫全集 35》，东京：新潮社，2003 年，第 193 页。

的人，呈现出更加简洁的人生的真正价值。①

三岛并非从功利的视角来看“行动”的价值，而是从美的视角来高度评价行动，在他看来，“在一瞬间的火花上燃烧整个人生的人”更有价值，他所说的这种价值并非现实世界的功利主义，而是指涉“纯粹的”“无效的”，即“彻底的无效性，才能生成有效性，这里有着纯粹行动的本质”②。如此来看，渴望与金阁寺的美相连接的沟口却火烧金阁寺，意义绝不仅仅是复仇金阁(美)，而是这样行动本身便是践行着沟口对美的无益性、瞬间性之渴望，如同他倾心于柏木所奏的音乐之无益性、瞬间性的美。而这种无益性、瞬间性的美正有着对战后日本的强烈否定。

二、主体精神自律性的歧路

《金阁寺》中的“我”体验到因战败带来的屈辱感，这种屈辱正是现实世界的日本人所感受到的。但是，对三岛而言，他并非“受伤的世代”，因为“战争绝没有给我们精神的伤害”③。在这一问题上，江藤淳有着相似的立场。神西清认为战争给与三岛“直接的被害”，而江藤淳则认为应该视为“直接的恩宠”，即三岛背负着诗人的宿命之孤独的精神，战争给与他“美丽的夭折”④的可能。矶田光一同样认为，对三岛而言，“与其说战争是加害者，毋宁说称为‘恩宠’要更合适”⑤。在矶田看来，三岛由纪夫出生于1925年，属于不得不将战争作为现实而接受的世代，他们从一开始就被背

① 三岛由纪夫：《行动学入门》，《决定版 三岛由纪夫全集35》，东京：新潮社，2003年，第610页。

② 三岛由纪夫：《行动学入门》，《决定版 三岛由纪夫全集35》，东京：新潮社，2003年，第628页。

③ 三岛由纪夫：《重症者的凶器》，《决定版 三岛由纪夫全集27》，东京：新潮社，2003年，第30页。

④ 江藤淳：“三岛由纪夫之家”，《江藤淳集3 文学论1》，东京：筑摩书房，2001年，第367页。

⑤ 矶田光一：《殉教的美学》(新装版)，东京：冬树社，1979年，第19页。

负着将死作为不可避免的宿命。

> 排除掉如何“死”的问题，那么，便不可能有如何“生”的问题。这是战时所强加给人类的生存样式。不过，这意味着与人类存在的根源的不合理所相同的一个真实。所谓生，至少有价值的人生，是为了某种目的而燃烧的过程，这与为了什么“能死”之自觉在本质上是一个意思。这正是战时这个极限状态交给三岛的关于人的认识。如今五十多岁的人在“人”—“利己主义”—“人道主义”的逻辑中忍耐战争，将战争时代视为“被害”的时代。三岛与这些人有着完全不同的想法。①

矶田光一认为三岛不可能对战争、死亡持有否定的态度。矶田光一以三岛的《盗贼》为例，论证死亡对于充实的人生之意义。明秀与清子知道殉死于“爱”只是幻影而已。但是，与沉沦在无意义的混沌中相比，为了自己构建的生活原理而殉死，通过“死”而确认“生”的意味更有意义，“这个意义便是通过非合理的行动，证明‘精神’的自律性”②。

矶田光一高度评价三岛美学，认为在“有效性”的逻辑所支配的战后的现实中，《盗贼》的主人公们为了在合理主义的界限之外证明精神的自由，有必要为了“愚蠢的幻影”而断绝自己性命。这种自律性的价值离不开战后日本的社会现实。如三岛所说，对年少时的他而言，战后是“新鲜的极大的挫折的时代”，“我憧憬着夭折，但仍然活着，预感到必须继续活着”③。在矶田光一看来，对以这样的姿势进入战后的现实之中的三岛而言，所谓美只能是业已远去的东西，因此，三岛只能在作品中构成“美”。

矶田光一认为，对三岛由纪夫而言，战前时代意味着“青春”，战前时代的崩溃直接意味着赋予他们的生与死以意味的原理的崩溃，意味着“青

---

① 矶田光一：《殉教的美学》(新装版)，东京：冬树社，1979年，第18页。

② 矶田光一：《殉教的美学》(新装版)，东京：冬树社，1979年，第34页。

③ 三岛由纪夫：“林房雄”，《决定版 三岛由纪夫全集32》，东京：新潮社，2003年，第387页。

春”的挫折与丧失，“我支持他们，是因为他们的精神没有败北于风靡战后的进步主义，有着强韧的诗魂的缘故”①。本多秋五在1963年12月的《文艺》中认为三岛对革命的政治没有任何兴趣。但是，矶田光一认为三岛由纪夫是有着本质的政治感觉之作家，三岛对“美丽的死亡”的热情极富政治性意味。

> 恐怕从现代人道主义的观点来看，摆脱“神”“秩序”的束缚而获得解放，这被视为人类伟大的进步的证据吧。不过，排除外部的规制，在现实的次元上推进社会的进步，如此，人就能够获得内面的拯救吗？超越的原理赋予自己的生以意味，而这一原理的丧失使得人无法满足这样的欲求，即为了美丽的目的而死亡。支撑纳粹，支撑日本的法西斯主义的大众的能量，正是人的不可测的对“美丽的死”之情热。②

战后日本民主化进程中，人道主义、进步主义成为新的价值标准。矶田光一在这一场域中看到三岛由纪夫美学的价值所在，认为战后文学的空洞化的原因在于现实主义的思维的绝对化，而三岛由纪夫文学的特异性在于在战后的精神风土中始终是异端者。众多文学家从被害的角度看待战争，但三岛从战争中获得的却是对甘美的死亡之诱惑。三岛由纪夫的《喜悦之琴》中，巡查片桐抱有反共的信念。片桐信赖上司松村时，享受着充实的生活，而一旦明白信念的相对性时，这才意识到不幸。矶田光一由此认为，三岛由纪夫的文学“是对不能还原到‘有效性’的观念之人类的‘精神’的，对超越现实的‘秩序’的，充满逆说的高昂的赞歌”③。基于同样的原因，矶田光一将小林多喜二与特工队员等同视之，认为给与小林多喜二以充实的青春、充满光荣与悲惨的死之实践原理的世界观，与给特攻队以充满苦恼与光荣，强迫死亡的世界观，尽管内容上包含着对立的要因，但

① 矶田光一：《殉教的美学》（新装版），东京：冬树社，1979年，第24页。
② 矶田光一：《殉教的美学》（新装版），东京：冬树社，1979年，第70页。
③ 矶田光一：《殉教的美学》（新装版），东京：冬树社，1979年，第73页。

是结构上是等价的东西，即“恩宠”与“加害者”的双重结构上，“有着二十世纪的政治形态的特异性格”①。

众多战后派作家想象“美”“救济”是人性的光辉。三岛由此看出无趣，对他而言，“美”是在自我否定上显现的秩序的胜利。② 矶田光一反复强调，“恩宠”并不意味着“虚幻”本身的正确，他所赞誉的只是因为三岛美学否定无趣的人道主义。以矶田光一对《美丽的星星》的赞誉为例，他认为该小说成功地塑造出“殉死的情念”，有着对无趣的人道主义之否定。该小说中，主人公大杉重一郎认为自己是宇宙人，专心于布教活动。在矶田光一看来，大杉等人正构成战后日本专心于经济建设的共同体的对立面，他们为了特定目的意识而否定所有现实，甚至自身的生命，借此得以感到生命的价值。矶田光一所肯定的正是这样一种美学。

矶田光一认为三岛美学的魅人之处在于有着对人的精神价值的肯定，这引起松原新一、森川达也等人的激烈批判。森川达也极为反感矶田光一所使用的“殉教”这个词。对此，矶田光一表示他不认同因政治压力而被强行地殉教，但需要看到，这种强行的殉教之外，人类有着想要“美丽的死”之欲求。

> 因为受苦，所以要报复。这样的战争责任论就算能够是政治的问题，至少不能成为文学的问题。战争给我们带来众多的灾难。不过，至少对我自身而言，战争在教给我众多的苦痛之同时，也教给我这样的原理，即人为了活着、活着为了死，为何有必要架空。固执于自己遭受的苦痛，志向于社会的变革，这肯定是有意义的，不过，只有对不能通过革命获救的领域有着共感的地方才有着文学。③

在矶田光一看来，所谓艺术，正是打破“善”所支配的常识的无趣的现

① 矶田光一：《殉教的美学》(新装版)，东京：冬树社，1979 年，第 57 页。
② 矶田光一：《殉教的美学》(新装版)，东京：冬树社，1979 年，第 68 页。
③ 矶田光一：《殉教的美学》(新装版)，东京：冬树社，1979 年，第 234 页。

实之壁，“让我们体验人的精神的超越性”①。这里，矶田光一区分了所谓的美学与现实社会，认为他高度评价三岛由纪夫的殉教美学，并不等同于在现实世界肯定殉教。矶田光一以《溪流》为例论述他所肯定的是人的“精神”，至于这种“精神”是否是右翼，则无关紧要。《溪流》将腐败的党视为“我家”。矶田光一认为这是因为对友江而言，应该作为“我家”的党，正因为是“非存在”的，所以才是无尽的憧憬对象。至于憧憬对象的正确与否，这原本就不是问题。在矶田光一看来，友江面向谦作言说“那儿错了啊”，如此言说的友江业已预感着将“我家”的逻辑的败亡视为确定的东西。矶田光一所肯定的正是这样一种主动选择，即明知注定失败，但还是主动走向破灭的道路，“这是与优秀的悲剧作品的主人公们所共通的美学的类型”②。

三、主体如何生成？——来自小森阳一的发问

矶田光一将三岛美学视为“殉教”美学，并从主体的主动选择中看出人类可贵的精神自律性。但是，这种精神自律性却是以主体的死亡为代价的，因而在事实上并不能成为齐泽克所说的那种“否定性力量”。那么，小森阳一意图构建的主体有着怎样的内涵？这一发问意味着，在小森阳一那里，业已存在着理想主体这个前提。但事实上，对小森阳一而言，这一前提本身就是需要发问、反思的。小森阳一通过考察夏目漱石的小说《矿工》，详细讨论了主体问题。《矿工》中写道，“自己”一心想着要去无人的“暗处”，一边稀里糊涂地往前走，这时，背后有人喊“喂！喂！”在小森看来，《矿工》的文学震撼力正在于这一点。

> 如果此时没有回头，“自己”或许就不会变成“矿工”，或者也可能就此走上了一条截然不同的人生之路。听到“喂！喂！”的喊声后回头，这发生在瞬息之间、根本无足挂齿的小事，却促成了《矿工》整个作品

① 矶田光一：《殉教的美学》(新装版)，东京：冬树社，1979年，第238页。
② 矶田光一：《殉教的美学》(新装版)，东京：冬树社，1979年，第218页。

世界的成立——我们平时所设想的人格“主体”，往往具有某种统一性和整体性，而这样的设置所蕴含的力量，却让我们从根本上怀疑这种实际存在性。①

小森阳一从“我”的回头中，“根本上怀疑”人格主体的同一性和整体性。在日语中，“喂！喂!”一般在喊晚辈或同辈时使用，因而要充分确定日语“喂！喂!”的意涵，就必须明确二者之间的关系，如果不明确这一点，“喂！喂!”的声音势必就会隐含一种“是喊自己或者不是喊自己”的不确定性。小说中，“自己”并没有陷入这种不确定性。对此，小森阳一认为原因在于，“自己”在确认发出“喂！喂!”声的是谁，此人是在对谁喊之前，便已经同步地认同了“喂！喂!”声所呼唤的对象。对于以死为终点，正打算往无人的“暗处”去的“自己”来说，响应这个“喂！喂!”的呼唤，应当定位为一种可以称作“叛变”的方向转换，即转向了他者所在的生的方向。在小森阳一看来，从“自己”的“主体”存在方式的角度重新加以检视，便会发现是一个“自己”对语义符码的理解一点点被使用的语言系统夺走的过程。由此，小森阳一看出了“自己”的语言系统的崩溃征兆。

“自己”感觉到对方是“面相凶恶的跟自己似乎是完全对等的人”。根据以往的“主体”存在方式，“自己”是不会以对等的语言来跟这个穿着脏兮兮、不晓得是该叫作“面相凶恶的棉袄”，还是什么的男人进行交流的。但是，“自觉”却反问“有何贵干?”这种含有敬意的です・ます体的应答形式，表明已经将“棉袄”认知为身份高于自己，或者在阶级地位上优于自己的人。小森阳一从这里看到语言交流的主动权，即要推测出一个素不相识的人会跟自己相“干”，也就意味着对于根本无从预测的他者意向，自己已经预备单方面地予以倾听，从而也就不得不以一种被动的态度来对待对方。如此一来，“自己”就不仅跟“棉袄”“对等”，并且还将接下去即将展开的

① 小森阳一：《作为事件的阅读》，王奕红，贺晓星译，南京：南京大学出版社，2015 年，第 22 页。

对话主动权交给了“棉袄”方。在小森阳一看来，这便是将自身的“主体”毫不设防地扔进了“棉袄”使用的语言系统当中。

小说中，虽然“自己”问的“到底是干什么活呢?”是在问干活的内容或是说工种，但“棉袄”根本就不予回答。“棉袄”将“自己”的问题“干活→工种”置换成了另一个框架“干活=赚钱”，并且通过再问“想干干看吗?”重新转换了对话的主导权。对此，小森阳一认为，

> 从“自己”的角度而言，因为对这一提问回答了“嗯，那就干干看吧”，结果就在双重意义上拱手让出了自己的“主体”。究其原因，“自己”询问的是工作的内容，而并非是否“赚钱”，本该指出“棉袄”没有回答问题，并再次回到原先的状态，可是“自己”不仅没有这么做，而且面对干什么的问题，在尚未确认工作内容的情况下，便以一种只有“棉袄”知道而“自己”一无所知的形式，把“干活→工种”的主导权彻底交给了“棉袄”，而选择成为了仅是“干”活的“主体”。①

小森阳一将“自己”与“棉袄”关于工作内容的对话，视为一场关系到双方语言系统整体规范的激烈的争夺。如引文所示，小森阳一从“自己”与“棉袄”对话语主导权的争夺中，看出“自己”的主体的困境。就“自己”的发问而言，“自己”想以“干什么活”的形式做出特别的规定，但是，“自己”在尚未确认活计内涵便回答说“嗯，那就干干看吧”，如此一来，就成了答应干“棉袄”脑子里那份到现在还没告诉“自己”的活了。在小森阳一看来，这意味着“干活”的“主体”处于一种什么活儿都干的状态，已经把“主体”彻底委交给了“棉袄”。

“自己”在并未确认工作内容的情况下，便答应干活，从而将“主体”委交给了“棉袄”。这一过程中，什么因素发挥着核心的作用呢？在小森阳一

① 小森阳一：《作为事件的阅读》，王奕红，贺晓星译，南京：南京大学出版社，2015年，第28页。

的考察中，答案正在于语言上。小森阳一认为，对于语言习得者的“我们”来说，正因为对于他者们的召唤，我们总是反反复复地顺从，努力遵从他者们使用的语言系统中那些约定俗成的规则，所以最后才终于得以掌握母语或是祖国的语言。换言之，使用语言的实质，也就是让自身尚未形成的“主体”去顺从他者所要求的规则、规范而已，不仅如此，他者们本身也是在同样的过程当中形成的。

> 包围着我们的他者，给他们使用的语言里灌注了各种，而准许我们做的，仅仅是在他者使用的层面上，凭借一种无条件类推的形式接受下来，并且往往还只是一种性质模糊的类推性把握。当然，包围着我们的那些他者，也同样是在预先建立的语言系统中获取这些含义的。
>
> 所谓语言的使用者，只不过是对他者形成的意义系统无条件盲从的人，任何系统中的“主体”，都不过是这种从属性的服从者。对此，本课程中使用的“主体”概念，还包含着从属形成之间的含义。①

如引文所述，与其说身为“主体”的我们顺从他者，毋宁说，在“我们”顺从他者的过程中，“我们”作为主体得以生成。小说中，“棉袄”反复诱导“自己”，但却一直不公布工种，直到最后，“棉袄”才终于说白“是到铜矿山干活”，并且补充说“只要我安排一下，马上就能当上矿工。马上能当矿工的话，可不是够厉害的！”“自己”心里不由得大吃一惊，没想到还有比矿工更底层的人。小森阳一发现，通过此前一系列的对话，“自己”内部迄今为止已经形成的各种观念，包括语言系统，由语言编辑出的价值体系，以及在其基础上构筑的职业观、阶级意识等，都陷入土崩瓦解的危机。

小说中提到，要是按昨天之前的自己，是怎么也不可能变得这么老实的，可实际上，当时丝毫也没有违拗人家的想法，而且也不觉得这样子有

① 小森阳一：《作为事件的阅读》，王奕红，贺晓星译，南京：南京大学出版社，2015 年，第 37 页。

什么问题或是不可思议。对此小森阳一发问，为什么会彻底失去“到昨天为止的自己”，即“自己”陷入了一种丧失“主体”、唯对方是从的状态？对小森阳一而言，对该问题的追问，“让我们认识到，原以为不言自明的“主体”是如何建构而成的”①。在这一问题的考察上，小森援引的是社会学家大泽真幸“主体性”的理论。关于“主体性”，大泽真幸认为这是指“对信息或是知觉(表象)的双重选择性统一”。关于第一层意义的选择，小森阳一解释道，我们所谓的“行为”，实际上也就是我们针对信息或是被知觉的现象等“选择”某种态度或对应。例如，被人唤“喂！喂!”是回头还是不回头，是回到被唤的地方还是不去，二者择一，“行为”也就由此产生。以几乎无意识的呼吸“行为”为例，是吸气还是不吸，是吸气还是呼气，表现出来，也都是一种“选择”的结果。

大泽真幸还提到另外一种“选择”，就是对“选择前提”的“选择”。所谓“选择前提”，是指与后面的“选择”相关的可能性集合，这是必须预先提供并“选择”好的。就是说，是吸气还是不吸这种二元对立式选项，以及并非由别人，而恰恰由自己来进行“选择”，并且选择的目的是为了不窒息致死，等等，这些相关选项都必须预先提供出来，并预先选择清楚。就“选择前提”和“选择”的关系，大泽认为，这个选择前提涵盖着选择的目标取向，从而也就涉及对谁而言的问题。总而言之，正是选择前提保证了选择的统一性。个人为了保持主体性，不仅需要直接的选择，使得行为仿佛成为其现实的表征，与此同时，对选择前提的选择，也必归属其个人。否则，个人或许是将行为付诸现实的动作主体，但该行为所期望(预备带来)的状态，却不能说是为了他(她)自己，而不过是其他某人的工具或代理人而已，是从属于那个他者的。大泽真幸认为，选择性的双重标准必须同时归属于具有主体性的个人。大泽真幸将“行为直接现实化的选择”亦即第一层面的选择称作“经验式选择”，将“选择前提的选择”亦即第二层面的选择

① 小森阳一：《作为事件的阅读》，王奕红，贺晓星译，南京：南京大学出版社，2015年，第31页。

称为“超越(论)式选择”，认为这是一种对经验式选择的可能性条件进行规定的选择。①

小森阳一将大泽真幸的“主体性”理论运用到《矿工》的文本分析上，认为“自己”虽然迫不得已不断在进行“选择”，但在选择“选择前提”方面，却一直处于被剥夺的境遇。到了下一阶段说出了“矿工”这一职业名称时，“自己”的“选择前提”才终于启动起来。在“自己”的职业序列中，“矿工”在所有可以选择的职业门类中位置最低，所以要是此前的“自己”，是肯定不会“选择”的。换言之，“自己”被迫接受了一个同“选择前提”完全背道而驰的“选择”，该“选择前提”构成了“自己”在东京19年的生活当中所形成的自我“主体”。然而，和茶馆的老板娘却把做“矿工”说得跟出人头地一般，给他们这么一吊胃口，结果“自己”就答应了做“矿工”。

> 归根结底，“自己”主动撕裂了原本构成个人“主体”的“双重选择性统一”，并且放弃了迄今那些“选择前提”的“选择性”。这一方面意味着放弃那个对19年东京生活中形成的自我“主体”进行“超越(论)式选择”的自己，另一方面，又把这种“超越(论)式选择”的“主体”出卖给了“棉袄”和茶馆老板娘。②

对“自己”而言，尽管这个“选择”跟支撑自身“主体”的“选择前提”截然相反，结果却还是进行了“选择”。小森阳一从“自己”此处经历的实施“超越(论)式选择”的裁定权为他者所剥夺的体验中，看出有关“主体”的一个重要理论问题。具体而言，“选择前提”势必先行于“选择”，或者说，“超越(论)式选择”势必先行于“经验性选择”，那么，顺着这样的思路追根溯源，将会出现怎样的结果？小森阳一溯源至个人的出生问题，并由此

① 大泽真幸：《电子媒体论——身体的媒体化变迁》，东京：新曜社，1995年，第13-14页。

② 小森阳一：《作为事件的阅读》，王奕红，贺晓星译，南京：南京大学出版社，2015年，第34页。

得出结论，即作为一个人或者个体，我们在这个世界上最早“选择”“活”，但事实上我们无法“选择”。在小森阳一看来，我们的“经验性选择”是由他者的“选择”规定并制约着的，就连乍看上去像是我们自己选择的“经验性选择”，也不过是他者“选择”的结果，以及建立在该“选择”基础上的作用结果。

小说中，“自己”作出选择要去做“矿工”，小森从这种选择中看出“自己”主体的缺失。在小森阳一看来，“自己”一旦选择了去当口中的“矿工”，那么任何意义上，“自己”便都从属于“棉袄”，往哪里去，是停是走，是步行还是坐车，吃不吃饭，等等，大凡作为一个人应当自己负责做到的所有“选择”，便都必须听从“棉袄”的判断和“选择”了。

> 小说《矿工》的前半部分，以一种近乎沉闷的缜密笔调，描述了当通常“主体”理当实现的“选择”被他者夺走之后，所产生的不如意或焦虑感。成为“矿工”这一新“主体”的过程，其实就是将所有的“选择”和“选择前提”全都交付给掌握着“矿工”一词所隐含的这位他者的过程，不仅如此，这种无比被动的存在方式，恰恰正是我们一般称为“主体”的真正内涵。对此，《矿工》一而再再而三地反复进行着提示。①

小森阳一说我们一般称为“主体”的真正内涵是“无比被动的存在方式”，意味着将所有的“选择”和“选择前提”全都交付给他者。这样的“主体”毋宁说正是一种“反主体”，在小森阳一看来，这意味着它把我们日常生活当中，往往下意识完成的成为某系统中“主体”的过程，即为了加入完全由他者构建的系统，而将构成自我独立基础的“双重选择性”全部让与他者，最后变成彻底的服从者的过程。这里，小森阳一强调的还是语言的功能，他认为促进这种服从过程的装置，就是语言交流。

---

① 小森阳一：《作为事件的阅读》，王奕红，贺晓星译，南京：南京大学出版社，2015年，第36页。

四、从主体幻觉到理想主体——“大江小说刚诞生的新的读者”

小森阳一认为语言有着生成主体的功能，在他看来，能够跟语言生成“自己”的主体作比的，正是孩子习得语言的过程，硬要把自己投企到某个母语的语言系统中。开始上学以后，拼命记住并非自己，而是由某个他人预先规定的知识体系，这也就是硬将自我投企到学校或近代知识类体系当中。小森阳一由此认为，所谓的“主体”，其实不外乎就是这样的存在——尽管自我投企到了近代体系当中，可刚开始时，这种行为只会令人产生异质性和不协调的感觉，但一边却仍在不断重复，仿佛不言自明一般。这里，一个新的疑问自然地出现，即对小森而言，是否主体只是幻觉，他的主体观陷入虚无主义的境界呢？毋宁说，恰恰相反，正因为看出语言对主体的操纵，因而他强调主体与语言的格斗，更确切地说，正是在与语言的格斗中，理想主体才能够真正生成。小森阳一在《大江健三郎论》中设定了极为特别的主体，即“大江小说刚诞生的读者”。所谓“大江小说刚诞生的读者”，“今年十八或是十九”，只是“寻找一个有意思的小说的读者”①。小森阳一设定这一读者的契机源于他的个体经历，他的孩子问大江小说中的语言的意味，小森阳一由此感悟了解历史才能真正明白文本的语言②。不过，年龄上的“新”并不足以真正成为“大江小说刚诞生的新的读者”，而是离不开“自我辨明”。

> 自我辨明到了这个地步的读者，在自己没有意识到的瞬间，注意到要切换为与过去完全不同的读书法，也就是分娩了另外一个读者。③

---

① 小森阳一：《历史认识与小说——大江健三郎论》，东京，讲谈社，2002年，第76页。

② 出自笔者2019年9月对小森阳一所作的访谈。

③ 小森阳一：《历史认识与小说——大江健三郎论》，东京，讲谈社，2002年，第67页。

人们将黑暗夜空中的发光的星星连接起来，发现星座。这一发现离不开观察者的选择。小森阳一认为，采用类似的方法，将业已写成的大江健三郎的小说通过读者的现在时的读书行为连接起来，而不是封闭在各自孤立的小说的世界，能够发现新的“星座”①。能够遂行这样的阅读行为的主体，便是小森阳一所说的大江小说的“新的读者”。

小森阳一在《作为事件的阅读》中认为，阅读过程中，读者所接触到的是跟“我”不一样的表达者所书写的文字，即一种由他者表达出来的语言积累，因此，在阅读过程中，出自他者角度的表述者每一个瞬间都在呈现新的遣词造句，而“我”作为与他者拥有不同语言系统的读者，则源源不断地与他者邂逅。对“大江小说的新的读者”而言，大江小说是与他们有着时代隔阂的文本，即“此时”发生的阅读行为，与“过去”发生的书写行为相结合，如此，阅读行为成为“将过去作历史的关联”的“回想”，本身就是一个极具历史内涵的过程。换而言之，小森阳一的文本分析是一种“此时”“此地”的读解，这种读解是读者在阅读过程中与语言相遇的瞬间所生成的。在这过程中，文本的“细节”如同星星发光一般“一下子闪过”，而关键问题是读者能否捕捉到这一瞬间。

小森阳一在《大江健三郎论》中设定“新的读者”从祖父母、外祖父母那里获取文本语言所表象的历史事件，从而真正理解文本的语言。“大江小说的新的读者”与大江小说分属异质的语言系统，“新的读者”对这个异质的语言系统的解读，离不开祖父母、外祖父母辈的经验阐释。对“新的读者”而言，大江小说是历史，而对“新的读者”的祖父母、外祖父母而言，文本中描述的事件是他们曾经经历过的，是记忆。换而言之，“新的读者”通过大江小说所接触到的，正是历史与记忆的综合体。读者不能接触到这种综合体，就无法正确理解小说文本所表象的历史事件。小森阳一设想“与自己同样年纪的店员”反问“大江小说的新的读者”《万延元年的足球

① 小森阳一：《历史认识与小说——大江健三郎论》，东京，讲谈社，2002年，第70页。

赛》是否是“足球历史相关的书”，正因为店员没能接近历史、记忆的综合体的缘故。

店员将《万延元年的足球赛》误读为跟足球历史相关的书，这并非偶然。小森阳一的《大江健三郎论》出版于2002年，这一年正是韩日世界杯之年，这一足球圈的盛事获得全世界的关注，有着远超出体育界的影响力。如此不难理解小森阳一想象年轻的店员发问《万延元年的足球赛》是否与足球相关的书。小森阳一所举的店员的误读显示出，读者对文本的理解并非是一个理所当然的过程。如果说将《万延元年的足球赛》理解为与足球历史相关的书，这种误读没有常识，那么，在读者阅读小说中的历史事件时，类似的误读或是不解是极为寻常的。小森阳一举的例子是：“对刚出生的大江小说的读者而言，鹰四是转向者，惟有这是清晰的，不过，到底是围绕着怎样的政治主张的转向呢，瞬间变得难以理解了。”①

> 刚出生的大江小说的新的读者漫想鹰四的转向的内实，注意到自己被带到没有预想到的地方。的确，过去数次碰到“日美安保条约”这样的语言，觉得知道那个语言。不过，被外祖母的话催促着，打开资料集，觉得实际上是第一次阅读那个条项。这个经验类似于觉得自己一直很了解某个人，可实际上是第一次看那个人的履历。②

所谓自己觉得很熟悉，但打开资料集，却觉得是第一次阅读，这一体验涉及小森阳一对日本社会历史叙述的“稀薄”感的批判。在小森阳一看来，日本战败后，关于战争的言说的语言过于模式化，“基于支撑该词汇的事实性的切实性，还有当事者经验背后的疼痛，逐渐变得稀薄”③。如此

① 小森阳一：《历史认识与小说——大江健三郎论》，东京，讲谈社，2002年，第135页。

② 小森阳一：《历史认识与小说——大江健三郎论》，东京，讲谈社，2002年，第141页。

③ 小森阳一：《“摇摆”的日本文学》，东京：日本放送出版协会，1998年，第277页。

可看到小森阳一设定的祖父母、外祖父母在“新的读者”与历史结合上的功能，即通过祖父母、外祖父母的叙述，“新的读者”获得亲自检证历史的契机，而不是在被反复言说的环境中，仿佛熟悉历史，但却又无法做到真正理解。

“新的读者”不能真正理解将鹰四带到美国的“革新政党的右派的妇女议员”的具体意思。小森阳一设定祖父、外祖父充当解释的功能。根据祖父辈的解释，1959 年 10 月 25 日，社会党右派的西尾末广等人脱党，55 年统一的社会党仅仅四年后就分裂，1960 年的 1 月，民主社会党成立。社会党在浅沼委员长死后，右派的江田三郎等掌握实权，所以“新的读者”无法确定文本中提及的“革新政党的右派”到底指谁。另外一方面，“新的读者”回想起外祖父所说的“赖肖尔来后，民社党、全劳会议，完全是在美国的援助下成立的”这样的语言。赖肖尔作为驻日大使来到日本是 1961 年 4 月。身为日本通的赖肖尔的中心任务是修复日美安保条约缔结后的日美关系，在此意义上，鹰四的转向可以被理解为祖父们所说的“肯尼迪 · 赖肖尔路线”的一个典型。如此，“新的读者”能够理解小说中提到的鹰四从反美民族主义转向亲美派的言说。

小森阳一设定祖父母、外祖父母详细解释大江小说中涉及的历史事件，他的批评俨然成为历史教科书，将历史事件叙述给读者。不过，对小森阳一而言，与讲述历史事实相比，他更为关心的还是“新的读者”如何才能获得历史认知，获得历史认知对读者而言意味着什么。

> 为了“再审”祖父母的语言，必须“审判”自己。认识历史，通常是“再审”，是对此时、此地的自己之“审判”，直面、愕然于这个事实。①

① 小森阳一：《历史认识与小说——大江健三郎论》，东京，讲谈社，2002 年，第 142 页。

如引文所述，读者在阅读过程中，并非仅仅获得某种知识，而是有着对自己的“审判”，这是极富精神自律性的过程。小森阳一设定祖父母、外祖父母向“新的读者”解释历史事件，这样的一种历史言说有着多重叙述的特征。对读者而言，这是有着强烈的他者意识的叙述。这是因为，历史事件参与者言说各自经验时，会赋予不同的意味，读者必须对此高度敏感。祖父母、外祖父母对事件的认识、评价、意味的不同，“新的读者”在将四人的话综合的基础上强烈感到，“只有作出自己的判断，才能面向这个语言”①。

小森阳一认为，读者通过文本的语言真正接触到历史事件，这不仅仅是对历史事件的审视，也是读者的自我审视。小森阳一以“集体自卫权”的新闻报道为例论述道，围绕这个条文，报纸上登载着完全对立的两种主张。站在“集团的自卫权”不存在这样的立场的论者，引用第五条的前半“日本国的施政下的领域”，主张因为被限定在日本的领土与领空领海，所以不允许扩大解释。对此，另外一个论者引用后半部的“前面的武力攻击以及作为结果应该的措置，主张这里被赋予了“集团的自卫权”。在小森阳一看来，正是在这样的场域中，读者必须进行判断，“自己此时此地被‘审判’，也必须‘审判’”②。如此，我们回顾《大江健三郎论》的封面上的设问“认识历史原本意味着什么”的设问，可以作出回答。在小森阳一那里，要想真正理解历史，对语言、对读者自身的“再审”必不可少。惟有如此，才能真正成为有着精神自律性的主体，在右翼民族主义言说面前作出正确的判断。

五、对抗既有秩序的政治主体：读者的自我“审判”

小森阳一认为“大江小说刚诞生的新的读者”必须“自我审判”，才能真

① 小森阳一：《历史认识与小说——大江健三郎论》，东京，讲谈社，2002年，第142页。

② 小森阳一：《历史认识与小说——大江健三郎论》，东京，讲谈社，2002年，第143页。

正理解所阅读的文本，在当下社会现实中作出判断。如星座比喻所示，这种自我审判需要读者能够把握文本的细节，从语言进入历史事件的深处。在《大江健三郎论》中，小森阳一围绕足球一词的分析进入对历史的考察，这一文本分析的特别之处在于，该考察的主体并非"小森阳一"，而是他所设定的在当下十八、十九岁的"新的读者"。这样的年轻人原本应该通过历史教科书获得对历史的正确认识，但是，他们获得的却只是无法真正理解的语言。这里，可以看出小森阳一对历史叙述的警惕。

小森阳一设定的"新的读者""知道"英国足球协会成立于 1863 年。而 1863 年正是大英帝国海洋霸权的年代，大英帝国支配七大洋，英国船员为消磨漫长的航海而玩的踢球游戏流行，"动员关于足球的仅有的历史知识的读者不禁愕然，'体育'这个'娱乐'深深地与以大英帝国为中心的，被列强共有的殖民地主义的世界支配是不可分的。"①"新的读者"并不停留于此，而是进一步提出疑问。为何同样是 football，与 soccer 完全不同的体育项目，在日本被称为 Rugby。"大江小说刚诞生的新的读者"主动查词典，Rugby 是英格兰中部的都市，有 Rugby School。所谓 Rugby School，是 1567 年创立的公立学校，是 rugby 发祥的学校。作为培养英国绅士预备军的"体育"，发明了 football。如此，血气旺盛、不需要劳动的特权阶级的子弟可以发泄过剩的体力与欲望。

> 这个暴力的排气口，不知何时颠倒为英国绅士的象征，自己也想成为英国绅士，为了拟似地满足这样绝对不能实现的殖民地的愿望，意图成为日本的精英的男子们，特别是大学生将 football 称为"rugby"，竞赛"手淫"式的"胜败观念"。②

---

① 小森阳一：《历史认识与小说——大江健三郎论》，东京，讲谈社，2002 年，第 116 页。

② 小森阳一：《历史认识与小说——大江健三郎论》，东京，讲谈社，2002 年，第 117 页。

“新的读者”通过主动查证足球相关的历史事件，得以理解日本明治维新双重的精神结构。小森阳一曾在《后殖民》中揭露出日本现代化进程中的这种双重的精神结构，不过《大江健三郎论》的特别之处在于，这种认识不是由“小森阳一”来言说，而是“新的读者”主动去探寻到的。由此可见小森阳一对历史教育的发问。在小森阳一的论述中，“大江小说刚诞生的新的读者”在“不满二十年的人生记忆”中寻找可以有助于了解大江小说的信息，“高中考试前拼命学习、在中学学到的历史知识”①是为数不多的线索。现有历史教育对“新的读者”的历史认知的贡献似乎也仅限于此。

小森阳一批评课堂教育中没有“感情”的存在。小森阳一举例道，幕府的大老、井伊直弼成为国家的主体，为了交换签约的日美修好通商条约的批准书，首次渡向美国的万延元年的遣美使节团，在回国时抱着怎样的想法呢。他们直面暗杀时，关于这样的国家样态，有着怎样的想法，“中学的社会科的课堂上，从未想过的疑问，读者惊讶，感到现在被困于其中”②。欠缺感情的言说有着怎样的危害，小森阳一在《“摇摆”的日本文学》中给出了答案。

> 以历史教科书为首的，要约式的元文本，不管如何反复的量产，其中被记录的语言，无法生成战争的经验和事实性。这只是将这个国家的为数众多的人们的战争认识，作为关键词的集合而已，停留在术语的集合，一直失去认识战争的语言。
>
> 同时，“太平洋战争是侵略战争”这样的词汇，不带有情绪、感情，不管如何反复，这个语言不能生成负任何责任的主体。正因为如此，个人毫无前提地接受极为暧昧、漠然的“日本”以及“日本人”的国家与国民的同一性，在追究责任时会感到暧昧、漠然的不正当性。正

① 小森阳一：《历史认识与小说——大江健三郎论》，东京，讲谈社，2002年，第110页。

② 小森阳一：《历史认识与小说——大江健三郎论》，东京，讲谈社，2002年，第114页。

因为如此，“自由主义史观研究会”“新历史教科书制作会”的颠倒的主张极容易浸透这个国家。①

小森阳一在《摇摆的日本文学》中审视日语、日本人、日本文学三位一体的神话，认为这个审视以抽象化的形式来进行的话就没有意义，只有始终在具体且个别的空间与时间中，进行意识与感情的分析，才能进行有效的分析。小森阳一的批判指向日本战后言说的空洞化，认为空洞化、模式化的反复言说并不等同于真正的历史认识，“这个语言不能生成负任何责任的主体”。可以看到，小森阳一理想的历史认识并非仅仅只是反复言说历史事件，而是指向复数他者的叙述。“感情”的意义正在于此，即言说者需要将对同样事件的各种各样的层面上的他者的认识与自己的经验的认识对照，言说才能真正摆脱空洞化、模式化，“读者”才能真正理解历史。

小森阳一在回应笔者“小森阳一期盼读者主动辨明文本语言所表象的历史事件”这一论点时论述道，这是他最为重要的问题意识②。小森阳一回应道，他通过文本分析想要读者主动辨明文本语言所表象的历史事件，完全是因为日本社会未能对战后天皇制展开充分的叙述，初中生、高中生的历史教科书上也没有记录。日本社会之所以要辨明这一隐藏的问题，这是因为发问历史是跟现在紧密关联着的问题。就大江小说而言，大江健三郎的反右翼、反天皇制的小说《政治少年之死》在日本受到右翼的威胁，这部小说未能被收录到大江此后的作品集中。在小森阳一看来，这一事件充分展示出历史意识是与现在紧密相关的问题。亦即，读者倘若不能主动辨明文本语言所表象的历史事件，那便是成为现实世界的右翼的“共谋”。

要而言之，小森阳一的理想主体关乎现代社会的人类之生存方式，关系着现代日本对自我的反思。小森阳一的文学批评给现代日本人展示出这

① 小森阳一：《“摇摆”的日本文学》，东京：日本放送出版协会，1998年，第277-278页。

② 出自笔者2019年9月对小森阳一所作的访谈。

样一种充实地活着之可能：人类通过阅读揭示权力系统的操控建构，成为有着批判性及自律性之主体。进而言之，小森阳一在《大江健三郎》中提示这样一种政治共同体的可能，即日本社会的年轻人藉由阅读摆脱制度性框架的束缚，主动考察语言表象背后的历史，从而能够在当下世界的事件面前作出正确的判断。

第四节　本章小结

本章阐明，小森阳一文学批评的最终目标在于重新审视现代日本人的身份神话，关注现代日本被压抑的个体。如小森阳一对横光利一的小说《上海》的研究所示，他发掘出日本明治维新“文明开化”表象所掩饰的另一种现实，暴露出日本人身份共同体不过是天皇制意识形态构建的现代神话，参木以及阿杉正是日本人身份神话的阴暗面。不过，小森阳一的这一研究是将中国作为他者的客位立场，他的认识与其说是关注中国，毋宁说是借由关注中国来认识日本。这样的一种客位立场难免带来认知上的偏差，认为作为当时中国人“爱”的对象之“母国”并不存在。

如本章所述，小森阳一始终在具体的社会、历史语境中关注个体之人，展开对日本人身份神话的反思，这种反思最终指向对以天皇制为核心的意识形态的批判。由此，小森阳一人本思想实现了对平野谦等人的人本思想的超越。平野谦等人反对政治优先，他们的文学批评目的指向对个体之人的肯定。但是，平野谦等人的反思、批判并未正面追究战前日本的殖民责任，反倒将矛头指向与以天皇制为核心的权力机构进行不屈斗争的无产阶级文学运动。因此，平野谦等人的人本思想内藏着自身无法解决的悖论，无助于保持文学、人的自律性，反倒起着将负有责任的以天皇制为核心的权力机构予以免责的功能，正是对个体之人的无视。

矶田光一赞誉的“殉教”美学与战后日本的进步主义、民主主义思潮相背离，一定程度上呈现出对国家意识形态的批判，有着对个体之人的精神自律性的肯定。但是，这种美学却是以主体的死亡为代价的。小森阳一文学批评同样反对国家权力的束缚，重视个体之人。而相较于矶田光一的“殉教”美学，小森阳一文学批评所呈现的是，人类的精神自律性与现实存在并不矛盾，其构想的理想读者主动获取文本背后的历史语境，正面反抗国家权力围绕语言解释问题对国民的操控。在此意义上，小森阳一文学批评中，人类精神自律性的可贵之处正在于现实精神和实践意义。

第四章　小森阳一文学批评的诠释学思考：认识论、方法论及本体论的统一

本章系统考察小森阳一文学批评空间、批评策略及批评目的的内在关系，探讨其文学批评在战后日本的价值。本章首先围绕小森阳一《语言之力、和平之力——近代日本文学与日本国宪法》(2007 年)、《何谓东亚的“共同性”——现代日本的“民主”和“主权”》(2014 年)等著述，对小森阳一文学批评展开诠释学思考，考察读者的理解文本与自身理解、自身建构有着怎样的关联。其次，将小森阳一文学批评置放于战后日本左翼发展史上，探讨小森阳一文学批评如何超越战后日本左翼批评的困境。最后，聚焦小森阳一、柄谷行人之于 20 世纪 90 年代以来日本左翼批评的重要性，剖析柄谷行人、小森阳一左翼批评的异同，进一步考察小森阳一文学批评的独特性。

第一节　小森阳一文学批评与政治批评的关联之诠释学思考

本节围绕小森阳一“九条会”的社会活动，利用法国诠释学家利科的文本理论对小森阳一文学批评与政治批评的关联展开诠释学思考，考察小森阳一文学批评的价值。在具体展开上，本节首先围绕“九条会”发起人的“共同声明”以及加藤周一必须与改宪行为进行斗争的“伦理性义务”，考察“九条会”成员与改宪行为斗争的责任自觉。其次，考察小森阳一“九条会”的社会活动如何着眼于语言问题，批判改宪势力的伎俩。在此基础上，剖

析小森阳一的文学批评与政治批评在语言问题上有着怎样的关联。然后，围绕小森阳一对夏目漱石小说的研究，进一步考察小森阳一文学批评与政治批评的内在一致性。最后，利用法国诠释学家利科的文本理论对小森阳一文学批评和政治批评的关联展开诠释学思考，厘清小森阳一如何利用文学批评介入现实，促使读者反思现代人的生存方式。

一、从“九条会”发起人的问题意识到加藤周一的“伦理性义务”

2004年6月10日，井上厦、梅原猛、大江健三郎、奥平康弘、小田实、加藤周一、泽地久枝、鹤见俊辅以及三木睦子九位发起人发表“九条会共同声明”，呼吁民众反对日本政府的改宪行为。“声明”中提及，日本曾经发动侵略战争，负有重大的责任，因而日本制定新宪法，在宪法第九条中明确规定永久放弃战争和军事力量。然而，在当下的日本社会，改宪势力却空前强大。对此，“九条会”发起人忧心不已，在声明的最后如此强调，

> 今天，为了吸取二十世纪的教训，开辟二十一世纪的前进道路，我们清楚地认识到重新把宪法第九条作为外交基本方针是何等的重要！把对方国家并不欢迎的自卫队派兵称之为“国际贡献”，这只不过是狂妄自大的幻想。
>
> 时代要求我们以宪法第九条为基础，发展和亚洲人民以及世界各国人民的友好合作关系，改变以日美军事同盟为中心的外交政策，发挥独立自主的精神，脚踏实地地加入世界潮流。只有拥有宪法第九条的日本才能够在尊重对方国家立场的前提下，发展和平外交，建立经济文化和科学技术等各个领域的合作关系。
>
> 我们要和全世界爱好和平的人民联合起来，让宪法第九条在剧烈动荡的国际社会中重新绽放光芒。为此，作为国家主权者的每一个日本公民有必要重新选择拥有第九条的日本国宪法，将宪法视为自己的

财产，并努力行使宪法的权利。这是每一个主权者对国家的未来应当负有的责任。我们呼吁：为了日本和世界和平的未来，携起手来共同捍卫日本国宪法！为了阻止"改宪"的企图，每一个公民应刻不容缓地行动起来！我们每一个人应在力所能及的范围内不惜全力去面对。①

如引文所述，"九条会"发起人希望日本"吸取二十世纪的教训，开辟21世纪的前进道路"。"九条会"发起人认为，为达到这一目的，日本必须"以宪法第九条为基础，发展和亚洲人民以及世界各国人民之间的友好合作关系"。共同声明特别提及"亚洲人民"，正是因为日本现代化进程中给亚洲各国带来巨大灾难，因而日本要"吸取20世纪的教训，开辟21世纪的前进道路"，必须首先发展与亚洲人民的友好合作关系。从"共同声明"可见，"九条会"并非有着严格政治纲领的政治团体，也并非某一利益集团的代言人，而只是为了反改宪这一共同目的而结成的集体。

在反改宪这一共同目的之下，不同地域、领域的个体结成的集体都可被称为"九条会"。如小森阳一所说，"九条会"的根本目的在于希望获得更多人赞同"九条会"的呼吁，维护和平宪法，"这是这个运动最重要的地方"②。"九条会"成立以来，在日本各地巡回演讲，直接面向民众宣传反改宪思想。"九条会"独特的影响力不仅体现在大量民众参加演讲集会，也突出体现在日本很多行业、领域成立各自的"九条会"，例如，导演和编剧成立"电影人九条会"，医务人员成立"九条会医疗工作者之会"，教授、律师、作家和历史学家成立了"科学家九条会"和"中日友好九条之会"。在此意义上，"九条会"在唤起民众反改宪意识上，发挥着独特的作用。

2005年3月，"九条会"发起人之一的加藤周一应清华东亚文化讲座之邀，作了题为《我的人生，我的文学》的演讲。在演讲的最后，加藤周一如此提及"九条会"的社会活动，

① 小森阳一：《我的坐标轴 宪法的现在2》，京都：鸭川出版，2005年，第126页。

② 小森阳一：《我的坐标轴 宪法的现在2》，京都：鸭川出版，2005年，第2页。

最近日本的社会政治状况很不好，有向右转的倾向，现在终于达到了要修改宪法第九条、全面扩大军备的境地。从伦理上说这也已成为一个问题。作为用笔生存的人，有义务站出来打破沉默。对于三十年代开始的那场战争，我们曾非常后悔。为什么当时没有制止它呢？我们已经看到军人专政、言语独断的结果，那就是东京毁于战火。能默许这种悲剧重演吗？是沉默，还是团结一切力量，与试图把日本重新推向可以发动战争的社会体制进行斗争？为了斗争，我们成立了九条会。现在坐在会场上的小森阳一先生担任九条会的事务局长，我们在并肩战斗，保卫和平宪法第九条。九条会是我第一次参与的社会组织。尽管我已经一大把年纪，但我会尽力而为。有人问我文学研究和九条会哪一边更重要，我无法回答。我想无论是哪一方，都必须负起责任，尽力去做。只要我有一份抵抗的力量，我就会抵抗下去。对此我有一份伦理性的义务。①

加藤周一强调“九条会”是为了与改宪势力斗争，不让战争悲剧重演。加藤周一自觉到“作为用笔生存的人，有义务站出来打破沉默”，尽管他之前“从不呼吁社会运动”，但是“在这一时刻毫不犹豫，最早草拟了呼吁书”②。曾经并不热衷社会活动的加藤周一如今“无法回答”“文学研究和九条会哪一边更重要”，这一回答凸显他将政治批评置放于与文学研究同等重要的地位。不过，“文学研究”与“九条会”哪个更重要这一发问俨然将“文学研究”与“九条会”严格区分开来，而加藤周一的回答似乎肯定了这种区分，表示“无论是哪一方，都必须负起责任，尽力去做”。

① 加藤周一：“我的人生，我的文学”，王中忱、刘晓峰：《东亚人文》，北京：三联书店，2008年，第11页。

② 小森阳一：“何谓东亚的‘共同性’——现代日本的‘民主’和‘主权’，汪晖、王中忱：《区域》，2014年第1辑，北京：社会科学文献出版社，2014年，第184页。

二、小森阳一的社会活动：基于“语言”的问题

对同是“作为用笔生存的人”，同样感到“有义务站出来打破沉默”的小森阳一而言，他如何看待文学研究与“九条会”的关系？在考察小森阳一的答案之前，我们首先将目光聚焦于小森阳一的反改宪思想，考察小森阳一的反改宪活动有着怎样的特质。

小森阳一通过演讲、与他人对谈等多种形式宣传反改宪思想，是“九条会”社会活动的积极参与者。在批判时任日本首相小泉纯一郎的改宪企图时，小森阳一将小泉的手法比拟为“沉默的螺旋”。德国社会学家伊丽莎白·内尔·纽曼教授解释“沉默的螺旋”时认为，大多数个人因为害怕被孤立而不愿意言说自己的观点，因而占支配地位或日益得到支持的意见益发得势，如此，一方表述而另一方沉默的倾向便形成了一个螺旋过程。小森阳一在与佐信高的对谈《谁破坏了宪法》的序言中，将“沉默的螺旋”分为四个阶段。在第一阶段，位于权力中枢的执政者突然大肆宣扬内部、外部的国家的假想敌。因为过于唐突，这个阶段并没有出现值得一提的反对意见。在第二个阶段，执政者以没有出现反驳、批判为理由，大肆宣扬与这个假想敌的斗争是国民的集体意志，是国民的课题，是为了国家利益。在第三阶段，执政者将姗姗来迟的反对意见视为对国民的背叛。在第四阶段，个体害怕被社会孤立，试图紧随胜利者而支持为政者。这个沉默逐渐如螺旋状那般深化下去，谁都不再反驳或是批判为政者。小森阳一注意到自民党正是在总选举中获得压倒性胜利的背景下，加速推动改宪，提交了“新宪法草案”。小森阳一认为，小泉在选举中的压倒性胜利，使得民众陷入“沉默的螺旋”，害怕反驳或是批判胜利者，因此，他要做的正是击溃“沉默的螺旋”，直面民众发出反对改宪的声音。

小森阳一对自民党“新宪法草案”的批判始终围绕语言问题而展开。

> 自民党“新宪法草案”的九条二项的开头处写道，“为了确保我国的和平、独立以及国家和国民的安全，保持以内阁总理大臣为最高指

挥者的自卫军”。

自民党试图给人这样的印象，即改宪“不是什么大不了的事情”，“九条一项照旧。坚持和平主义。认可现在拥有的自卫队”。主要媒体也都做了这样的报导。

但是，我们不能被骗了。必须明确，现在的“自卫队”与“自卫军”有着根本的差异。我们可不能被这样的语言修辞所欺骗，即日语中有着“军队”这个词，因此，“自卫队”“自卫军”没有什么大的差异。①

自民党试图在宪法中将“自卫队”改为“自卫军”，这引起小森阳一的高度警觉。在现行的日本国宪法中，“自卫队”并非“陆海空军以及其他的战斗力”，因而只能拥有“个别的自卫权”，行使“集体自卫权”则是违反宪法的。关于“自卫权”，联合国宪章第51条解释道：“联合国任何会员国受武力攻击时，在安全理事会采取必要办法，以维持国际和平及安全以前，本宪章不得认为禁止行使单独或集体自卫之自然权利。”小森阳一认为，联合国宪章第51条需要与联合国宪章第2条结合起来看，方能真正理解“自卫”的意义。联合国宪章第2条中提道：“各会员国在其国际关系上不得使用威胁或武力，或以与联合国宗旨不符之任何其他方法，侵害任何会员国或国家之领土完整或政治独立。”据此，小森阳一批判“二战”后美国军事行为的欺骗性，即美国宣称基于联合国宪章第51条的“自卫”名义而进行战争，但事实上只是由美国说了算，即美国行使基于与“傀儡政权”的国家的两国间军事同盟之集体自卫权，攻击他国。

小森阳一对“自卫权”的关注是与批判美国关联在一起的，认为伊拉克战争源于美国对联合国宪章第51条的“扩大解释”。伊拉克只拥有普通导弹，无法攻击美国，但可以打到英国。因此，美国将“英国受到伊拉克大规模杀伤性武器的攻击这一被预测的事态”等同于联合国宪章第51条规定的“武力攻击的场合”，由此，行使基于美国与英国的两国间的军事同盟的

---

① 小森阳一、佐高信：《谁破坏了宪法》，东京：五月书房，2006年，第13页。

集体自卫权，对伊拉克展开军事行动。小森阳一批判美国“扩大解释”“自卫权”，这一批判也指向着日本国内的改宪势力。2003年，亦即美英两国发动伊拉克战争的这一年，小泉政权强行通过“武力攻击事态”关联三法案。“武力攻击事态法”规定，“武力攻击被预测的事态，也是武力攻击事态”。小森阳一指出，这意味着美军可以随意在东北亚展开军事行动。这是因为，只要美军判断“日本受到朝鲜大规模杀伤性武器的攻击这一预测事态”，那么，基于日美安保条约，美军能够行使集体自卫权。这对日本而言并非好事。美国在伊拉克陷入战争泥沼之中，迫切想要日本的“自卫军”参与战斗行动。由此，小森阳一大声呼吁：

> 现在，我们每一个人再次作为“主权者”“行使”日本国宪法，这是阻止九条改恶的运动的关键。为此，不是以他人的语言，而是以自己切实负责任的语言来守护、“行使”宪法，这极为重要。①

如引文所述，小森阳一强烈反对日本政府试图修改和平宪法的行为，希望日本的普通民众“以自己切实负责任的语言来守护、‘行使’宪法”。小森阳一认为，日本虽说拥有强大的军事力量，但却不能使用的原因正在于宪法九条的强大力量，“在全世界，对于军事力量，发挥着最强大力量的人类的语言是九条”②。小森阳一认为语言有着阻止军事行动的力量，这正是他在与佐信高的对谈中谈及反改宪问题时，很大篇幅是围绕文学作品而展开的原因所在，“我们活在这样的状况中，即我们人类作为使用语言的生物，是否能够以语言的力量阻止军事力量的行使呢？本书尖锐地发问与思考使用语言的生物之人类所生成的优秀的语言的力量与智慧”③。

---

① 小森阳一：《宪法的现在1和平活着时》，京都：鸭川出版，2005年，第7页。
② 小森阳一、佐高信：《谁破坏了宪法》，东京：五月书房，2006年，第19页。
③ 小森阳一、佐高信：《谁破坏了宪法》，东京：五月书房，2006年，第20页。

三、文学批评与“九条会”的关联

文学研究者热心于社会活动，难免会被问及文学研究与社会活动有着怎样的关联。加藤周一“无法回答”“哪一方面更重要”，小森阳一则认为两者有着内在的一致性。在“九条会”演讲中，小森阳一多次被问及文学研究与“九条会”的关联点在于何处。小森阳一的回答是，围绕现代宪法九条的所有问题，是如何解释日语的语言的问题，这正是“极为文学的问题”①。小森阳一的回答指向日本政府对宪法九条的“扩大解释”。日本国宪法九条二项规定“不保持陆海空军及其他战争力量，不承认国家的交战权”。因此，以自民党的总理大臣为首的阁僚(国务大臣)、国会议员只能解释“自卫队”与宪法九条二项不矛盾，“自卫队”不是“陆海空军及其他的战斗力”，是为了自卫而必要的“最低限度的实力”。如此，“自卫队”仅仅是为了守护本国之自卫的武力行使，并非行使国家的“交战权”。对此，小森阳一批判道，从一般的语言感觉便可知这是极大的谎言，即“自卫队合宪论”的解释源于日本政府的一贯的谎言，而这使得在日本使用着的语言的真实性、事实性崩溃了。

> 亦即，一切都是语言的解释的问题。至此我所书写的是，在各个演讲会上必定触及的。因此，提问者也能完全理解。依照语言的这一解释，人类的语言阻止行使巨大的军事力量，那么，是保有还是抹杀人类的语言呢，这是围绕现在日本国宪法九条的问题的焦点。这毫无疑问是文学的问题。②

小森阳一认为“九条会”的反改宪活动着眼于日本改宪势力对宪法的

① 小森阳一：《语言之力、和平之力——近代日本文学与日本国宪法》，京都：鸭川出版，2007年，第3页。

② 小森阳一：《语言之力、和平之力——近代日本文学与日本国宪法》，京都：鸭川出版，2007年，第5页。

“解释”，而文学批评也是对文本语言的解释，因而两者本质上“都是语言的解释的问题”。但是，仅仅回答“一切都是语言的解释的问题”，这并不能让小森阳一完全满意。小森阳一给出的原因是，“关于日本国宪法，能够作为语言的问题来思考，这是因为一直在阅读日本的近代文学。我从日本的近代文学中获得了解释语言的能力”①。亦即小森阳一在阅读文学作品的过程中习得解释语言的能力，这一能力使他能够看穿日本政府在宪法扩大解释等问题上的伎俩。这一能力也是小森阳一期待读者能够获得的，他如此回答为何关注“宪法与近代文学”这一主题，

> 首先，我解释一下，为何将宪法的问题与日本的近代文学的问题关联起来进行思考。
>
> 围绕日本国宪法的问题，最终是“语言”的问题，或者近代的日语的问题。我们所使用的日语这个语言，果真是能够言说真实之语言吗？或者，我们使用日语这一语言，是否能够自然地看透真实？②

小森阳一关注日本人能否使用“日语”“自然地看透真实”。所谓“自然地看透真实”，指涉揭穿自民党《新宪法草案》的语言修辞背后的意识形态。小森阳一发现，自民党所力推的是“改宪”，在国会的宪法调查会上也是作为“宪法改正”而推进的。但是，2005年11月22日，在建党50周年的大会上提交的却是“自民党《新宪法草案》”。小森阳一由此敏锐地发问，从“宪法改正”到《新宪法草案》，这一语言上的变动背后隐藏着怎样的思考？自民党“新宪法草案”前文的第一句是“日本国民基于自己的意思与决意，作为主权者制定这个新的宪法”。关于主权问题，日本国宪法前文开头部分提及，“日本国民通过正式选出的国会代表而行动，为了我们及我们的

---

① 小森阳一：《语言之力、和平之力——近代日本文学与日本国宪法》，京都：鸭川出版，2007年，第6页。

② 小森阳一：《语言之力、和平之力——近代日本文学与日本国宪法》，京都：鸭川出版，2007年，第17页。

子孙，确保各国人民合作之成果及我全国获得自由之惠泽，决心根绝因政府行为而再度酿成战祸，兹宣布主权属于国民，并确定本宪法”。自民党宣称现行宪法的前文太长，难以理解，因此要简短一些。小森阳一着眼于日本国宪法前文的最后的谓语部分“确定这个宪法”的重要性，关注“确定”这个想法的人是什么人，亦即主语是谁。小森阳一注意到这之前的语句是：“这里，宣言主权在于国民……”指出之所以煞有其事地必须用“宣言”这样的说法，这是因为主权在民原本便不是简单就能实现的。现行的日本国宪法是在《大日本国宪法》下的帝国议会上通过的，而《大日本帝国宪法》的第一条规定“大日本帝国是万世一体的天皇之统治”。因此，拥有对国家的统治权，亦即国家主权的只是天皇一人而已，只有天皇能够制定宪法。昭和天皇裕仁基于帝国议会的决意而公布制定日本国宪法的诏敕，在诏敕被公布的瞬间开始，主权方才移行至日本国民。

制定新宪法的诏敕颁布之后，日本国民才成为主权者。那么，国民成为主权者的前提是什么？小森阳一认为，在于宣言主权在民语句的前面部分，即“决意不再通过政府的行为，再次发生战争的惨祸”，即正因为放弃了发动战争的权力，才保证日本国民真正成为主权者。小森阳一结合“二战”期间日本国民的命运指出，军队侵入他国时，国民可能并无特别感觉。但是，当自己国家失败时每一位国民都只能逃跑或是丧命。由此，小森阳一认为发动战争的国家的国民并不拥有对国家的统治权，而关键问题是，为了不让政府发动战争，应该怎么办为好？小森阳一指出，关键在于日本国宪法所说的“确保自由所带来的恩惠”，为此，“国民必须持续对政府言说，不能进行战争，必须确保自由所带来的恩惠”①。

四、小森阳一文学批评与政治批评的诠释学思考

小森阳一“九条会”的社会活动着眼于日本改宪势力对宪法的“解释”，

① 小森阳一：《语言之力、和平之力——近代日本文学与日本国宪法》，京都：鸭川出版，2007年，第22页。

而文学批评正是对文本语言的解释，因而他认为两者本质上"都是语言的解释的问题"。对于小森阳一学术思想的价值，城殿智行如此评价：

> 《小说与批评》的著者似乎在言说：曾经的"68年思想"的重要构成刷新了马克思以后的权力概念的法国哲学家，他们承认自己只不过是极为限定的专业领域的职业劳动者，拒绝承担"代表"社会整体的知识分子的功能，也拒绝他者的"代言"，期望在"匿名"中言说。之所以站在这样的抽象立场上书写《监狱的诞生》《认知的意志》被许可，是因为阿尔及利亚、地下核试验所表象的该国，现在还假寐于革命的淡淡梦想之中，处于田野牧歌般的时代。
>
> 近年来接连出版《"动摇的"日本文学》《世纪末的预言者·夏目漱石》的作者跨越了由"全景式监视体制""牧人权力"等毫无意义的词汇的过度消费所形成的北美学院派，通过主动投身于"代表"与"代言"的言说中，完全去除"匿名性"的束缚。①

城殿智行认为小森阳一摆脱"匿名性"的束缚，发挥着作为知识分子的批判性功能，主动投身于"代表"与"代言"的言说中。但是，在后殖民语境中，"代表"与"代言"原本就是可疑的。如赵京华所述，后殖民批评家主要由一批从第三世界移居到第一世界并扎下根的精英知识分子构成，他们揭示西方意识形态的诸多偏见，但是，他们业已归属西方，是从西方文化的边缘位置上对主流政治、文化进行反省和批判，并非完全立足于自己的出身国或民族立场上进行言说，也并非第三世界真正的代言人②。斯皮瓦克指出，对那些对他者声音感兴趣的第一世界的知识分子而言，某些印度精英是本土提供信息者。但是，"被殖民的属下主体是多种多样的，这种异

---

① 城殿智行："小森阳一著《小说与批评》"，《日本文学》，2000年第4号，第76页。

② 赵京华："文本解读的政治"，《读书》，2004年第12期，第100页。

质性不能简化”①。斯皮瓦克认为，对真正的属下群体来说，“它的身份就是它的差异，没有任何无法表达的属下主体可以了解自身、为自身说话”②。由此，斯皮瓦克提出了她的经典论断，“属下无法说话”。

“属下”一词最早出现在葛兰西的《狱中札记》，用来指受霸权团体或阶级统治的人。斯皮瓦克利用这一术语指称后殖民背景下那些不具有主体性，没有自我意识、自我认同的人。斯皮瓦克说她喜欢属下这个词，因为它是高度“情景化”的，即葛兰西“把底层与社会边缘群体称作庶民”，如此，这个词语有着高度情景化的特点，“可以避免僵化的阶级分析对底层多元经验的遮蔽”③。斯皮瓦克认为，属下应该被理解为这样一个空间，即它永远处于差异裂变中，因而无法保证内部的同一性。这便是斯皮瓦克所论说的属下的异质性，正是这种异质性使得“代言”“代表”成为不可能。

斯皮瓦克断言属下无法说话，认为“属下不能够说话意味着即便是属下拼命讲话的时候，他们的声音也不能够被听到”④。斯皮瓦克认为，应该在一个传播关系中来理解说话，即说话并非独白，而是涉及听者的听取。在言说者与听者之间，存在一种交流机制和话语机制。因此，说话是“由听者和言说者构成的一个完整的言说行为”⑤。但是，属下的言说并没有被听到，没能构成一个完整的言说行为，因而导致言说行为的失败。属下的言说被纳入特定的话语方式中而被遮蔽，因而“无法说话”事实是“无法被

① 斯皮瓦克：《后殖民理性批判：正在消失的当下的历史》，严蓓雯译，南京：译林出版社，2014年，第281页。“subaltern”可以被翻译为“属下”“庶民”等词汇。本书为上下文统一，将原译文中的“属民”改为“属下”。

② 斯皮瓦克：《后殖民理性批判：正在消失的当下的历史》，严蓓雯译，南京：译林出版社，2014年，第283页。

③ 莎拉·哈拉西姆：《后殖民评论家：访谈、策略、对话》，伦敦：劳特利奇出版社，1990年，第141页。

④ 佳亚特里·斯皮瓦克：“属下会说话吗?”，卡里·纳尔逊、拉里·克罗斯伯格：《马克思主义与文化解释》，布卢明顿-诺姆尔：伊利诺伊州立大学出版社，1988年，第212页。

⑤ 佳亚特里·斯皮瓦克：《斯皮瓦克读本》，伦敦和纽约：劳特利奇，1996年，第292页。

听到”。斯皮瓦克所说的“属下”无法说话的状况中，存在着福柯所说的话语权力的作用。福柯发现，权力关系往往表现为某种话语方式，而特定的话语方式意味着特定的控制程序，使得特定对象的言说失声，比如视性言说为禁忌等。这意味着只有特定资格的人才能够进入话语界并拥有言说的权力。福柯用“仪规”一词表示评判能否进入话语界的资格和条件设置，即谁能说话。

> 仪规界定言说个体所具备的资格（在对话、询问或记诵中谁必须占据什么位置且作出什么样的陈述）；界定必须伴随话语的姿势、行为、环境，以及一整套符号；最后，它确定言词被假设具有或强加给的功效，其对受众的作用，以及其限制性能量的范围。①

福柯论说的仪规指涉言说者必须具备的资格和条件。例如，无法挤入大学的教学与学术研讨的人们，很难在这样的场所有话语权。此外，话语权的成立离不开相应的受众，即话语权只有在受众的臣服之下才能被建构起来②。福柯所说的这些资格和条件使某些人获得高高在上的话语权，倘若不具备这些资格和条件，则无法拥有话语权。福柯对话语权力的思考关系着对资产阶级政治权力的关注。而我们将福柯的话语权力与斯皮瓦克对属下无法说话的思考并置进行考察，会发现对属下而言，他们不能发声，无法完成“由听者和说者构成的一个完整的言说行为”，正源于言说者不拥有话语权力，也没有听众听取他们的言说。小森阳一在《后殖民》的序言中提及斯皮瓦克批判“代表“代理的表象的言说”，思考作为殖民地统治者的“大日本帝国”的延长线上的“日本国”的国民，他该如何言说“后殖民”这一课题。而就小森阳一批评实践而言，与其说是“代表”“代言”，毋宁说，

---

① 许宝强、袁伟：《语言与翻译的政治》，北京：中央编译出版社，2001 年，第 15 页。

② 张一兵：“从构序到祛序：话语中暴力结构的解构——福柯《话语的秩序》解读”，《江海学刊》，2015 年第 4 期，第 55 页。

他“将自己的思考重点落实到对本国近代历史的反省上来”①。

> “日美谈合象征天皇制民主主义”中新制作出来的统治与服从的关系，或者支撑其的一系列占领期的言说中诞生的主体化同时又是隶属化的关系，将冲绳排除在外的列岛内部纳入无须倾听曾是“大日本帝国”的殖民地所发出的声音的安全圈中。其结果，冲绳人，特别是冲绳女性被封闭于“她们拼命言说，却无法被听到”(斯皮瓦克语)的场域。这一场域夺走了她们的语言，隔断了美国与日本的语言的应答回路②。

小森阳一认为日美两国“协商”下生成的战后象征天皇制，是战后日本不能清算战争责任等问题的根源。同样，冲绳受害者“拼命言说，却无法被听到”的原因也在于战后美国和日本权力者共谋所生产的战后象征天皇制。小森阳一认可“日本谈合象征天皇制民主主义”在日本战后民主化进程上的积极角色，但是，小森阳一发现这一进程并未直面日本所应该承担的责任，即战后日本的“谈合象征天皇制”通过将冲绳排除在外，构建出“安全圈”，如此，从冲绳战的受害者到1994年驻日美军的“少女暴行事件”，冲绳女性们的言说对“日美谈合象征天皇制民主主义”无法构成威胁，“演变为了无伤大雅的被害者言说”③。由此来看，小森阳一并不企图“代表”“代言”，而是批判日本社会在殖民问题上的“沉默”现象，着力于打开应答回路。

小森阳一呼吁打开应答回路，这是否仅仅源于对战争受害者的关心，这种呼吁对于当今日本人有着怎样的意义？对此，本书参考法国诠释学家利科的文本理论尝试作出解答。文本理论是利科诠释学的重要构成，在利

① 赵京华：“文本解读的政治”，《读书》，2004年第12期，第101页。
② 小森阳一：《后殖民》，东京：岩波书店，2001年，第91页。
③ 小森阳一：《后殖民》，东京：岩波书店，2001年，第91页。

科看来，“文本是由书写而确定了的话语”①。利科的这一文本观赋予话语事件特征，即当某人说话时某事发生了。话语的事件特征之外，利科还强调话语的“意义”特征，认为话语的“事件”与“意义”之间的张力和间距“导致了作为作品的话语的产生，导致了说与书写的辩证关系，以及其他那些丰富间距概念的文本特征”②。而就小森阳一文本观而言，小说是他者进行叙述的文体，而阅读则是有着读者与信息发送者进行“格斗”的事件性行为。在此意义上，小森阳一的文本观与利科的文本观有着相同的立场。

> 我们阅读的，是跟“我”不一样的表达者书写的文字，即一种由他者表达出来的语言积累，因此，哪怕存在一个最基本的约定，就是都适用日语，要想预测出他者这一表现者会基于怎样的规则来使用语言，也还是困难至极。归根结底，所谓阅读，其实就是一个不断邂逅的运动，出自他者角度的表述者每一个瞬间都在呈现新的遣词造句，而“我”这个与他者拥有不同语言系统的读者，则源源不断地与之邂逅。
>
> 这里所说的“邂逅”，并不只限于遇见幸福的、美好的事物，身为表述者的他者的异质性，很有可能会激起人们生理性的厌恶反应，也有可能会因为被读者“我”的规则吸引过头，而完全曲解原意，再或者，因为表达者(他者)的语言说服力特别强，一经接触，读者之前的“我”便一下子分崩离析，支离破碎，不知不觉地就被彻底套进了表述者的认知框架。我想，“邂逅”如果换成别的说法，可以称为“格斗”，也可以称之为“斗争”。总而言之，所谓阅读，往往就是表述者与读者

① 利科：《诠释学与人文科学》，孔明安等译，北京：中国人民大学出版社，2012年，第107页。

② 利科：《诠释学与人文科学》，孔明安等译，北京：中国人民大学出版社，2012年，第94页。

各自的语言系统及规则之间一连串充满矛盾的格斗事件。①

读者可以在作者的草稿上从修改痕迹等地方“看到”作者的懊恼、欢喜、迷茫等情绪。但是，在资本主义流通体制下，均质化的活字无法呈现作家的任何表情②。书写失去了话语的语境，文本的意义不再由作者单方面决定。那么，该如何探寻文本意义呢？利科认为，“在文本本身当中一方面寻找主导作品构造的内在动力，另一方面寻找投射于自身之外而且生成一个世界的力量。这个世界就是真正的文本之‘物’。内在动力和外在投射构成了我称之为文本工作的东西。重建双重文本工作，这就是诠释学的任务。”③利科所说的“双重文本工作”意味着对文本的“占有”，即使先前异己之物成为自我之物或为我之物。不过，“它不是将我们有限的理解力施加于文本，而是在文本面前暴露我们自己，并从文本中接受一个放大的自我”④。所谓“放大了的自我”借用小森阳一的表述来说便是“新的我”或者“新的读者”。在小森阳一看来，与文本的语言关涉的整个过程，创造了能“理解”该文本的“我”⑤，而生成这一新的“我”的不是别人，而是“自己生成了新的读者”⑥。

小森阳一的文学批评中，读者在理解文本的过程中生成能够“理解”该文本的“我”，这是极具现实意义的行为。在《村上春树论》中，小森阳一批判《海边的卡夫卡》中勾起读者的记忆后，非但没有正确地叙述历史事实，反倒采取了暧昧化的叙述策略，从而在事实上抹杀了历史。小森阳一将文

① 小森阳一：《作为事件的阅读》，王奕红，贺晓星译，南京：南京大学出版社，2015年，第3-4页。

② 小森阳一：《作为结构的叙述》，东京：新曜社，1988年，第7页。

③ 利科：《从文本到行动》，夏小燕译，上海：华东师范大学出版社，2015年，第31页。

④ 利科：《诠释学与人文科学》，孔明安等译，北京：中国人民大学出版社，2012年，第104页。

⑤ 小森阳一：《作为文体的叙事》，东京：筑摩书房，1996年，第330页。

⑥ 小森阳一：《历史认识与小说——大江健三郎论》，东京：讲谈社，2002年，第64页。

本世界与现实世界并置进行考察，批判布什政权对伊拉克发动的军事行动，指出文本世界和现实世界在抹杀历史问题上的话语策略的一致性。小森阳一认为，在现实世界，美国布什政权在"9·11"事件之后，一直采取了在瞬间唤起"二战"记忆之后随即将其抹消，在否认历史的基础上进行自我正当化的话语策略，这种话语策略体现在有关"9·11"事件的用词上。例如，"9·11"事件发生后，美国国内曾将该袭击表述为"KAMIKAZE"（神风）。小森阳一认为，这是为了令美国人联想起"二战"中美军曾经遭到日本特攻队袭击的精神创伤。这一集体性记忆又与美国在广岛和长崎投下原子弹的记忆结合在一起。原子弹爆炸的中心地点曾被表述为"Ground Zero"（"零度地带"或"地面零点"），而"9·11"事件后世界贸易大厦双子座的遗址，在美国也被表述为"Ground Zero"。在小森阳一看来，与村上春树在《海边的卡夫卡》中的修辞策略相似，美国人短暂地唤起加害记忆之后顷刻间将其抹消，将这一词汇换用为自己受害的象征。由此，小森阳一批判布什政府在否认历史的基础上捏造出另一种历史，并用以为自己在世界范围内行使暴力进行辩解，象征性地体现出使用欺骗性的语言表述将暴力予以合理化的企图。

> 我期待那些通过小说《海边的卡夫卡》体验到"疗愈"的读者能够清醒地认识到，布什政府对使用语言的全人类进行欺骗的话语策略，与《海边的卡夫卡》这个文本具有惊人的相通性和相似性。在"战争"爆发之前，世界上很多人反对美国攻击伊拉克，但是最终仍然没能阻止暴力的发生。将自己的欲求不满心理用消除记忆和否认历史的方式进行释放，将精神创伤用"解离"的方式化为乌有，对空虚作为"无可奈何之事"加以容忍，《海边的卡夫卡》正具有将如此的"疗愈"效应带给全世界的可能。如此的"疗愈"，对于作为使用语言之生物的人来说，难道能够享用得心安理得吗？①

---

① 小森阳一：《村上春树论：精读〈海边的卡夫卡〉》，秦刚译，北京：新星出版社，2007年，第201页。

小森阳一感慨世界上很多人反对美国攻击伊拉克，但最终仍然没能阻止暴力的发生。正因为如此，小森阳一强烈反对被动接受小说文本的信息，拒绝将《海边的卡夫卡》视为“疗愈”小说，追究小说文本将战争责任暧昧化的叙述结构，反问“对于作为使用语言之生物的人来说，难道能够享用得心安理得吗？”由此可见，小森阳一主张读者能够参与文本意义的生成，并非指涉读者把自己的理解能力加于文本，而是期盼读者能够从文本中接收一个新的存在模式。

本节阐明，小森阳一的文学批评中，文本世界不再局限于符号间的内部结构或关系，而是当下的情境化，使得意义在主体阅读的话语中成为现实。在利科看来，被“实现的”文本找到了氛围和听众，“它重新展开了指称运动，走向一个世界和许多主体。这一世界就是读者自己”①。由此，利科实现了认识论和本体论的统一。这种统一也正是小森阳一的文学批评所具有的。在认识论上，小森阳一将文本视为他者进行叙述的文体，而阅读则是信息接受者与信息发送者“格斗”从而生成文本意义的事件性行为。在方法论上，小森阳一文学批评不仅是对符号间的结构或关系的考察，更有着介入现实的功能，期盼读者能够认清现实世界欺骗性的话语修辞，利用语言的力量阻止战争行为。如此，读者在阅读文本的过程中，并非将自己的理解强加于文本，而是生成了能够理解文本的“新的读者”，扩大了自我反思的能力。在此意义上，小森阳一的文学批评实现了认识论、方法论与本体论的统一。

第二节　小森阳一文学批评对战后日本左翼批评困境的超越

本节将小森阳一文学批评置放于战后日本的左翼批评史中，考察小森

① 利科：《诠释学与人文科学》，孔明安等译，北京：中国人民大学出版社，2012年，第121页。

阳一文学批评的价值。在具体展开上，首先剖析战后伊始，极具批判精神的臼井吉见、宫本百合子等人如何展开对战前日本的反省、批判，他们的批判依赖怎样的话语。然后，以星董派论争以及战后日本对明治维新的再认识为例，考察左翼批评与战后日本的现实有着怎样的悖论。在此基础上，阐明小森阳一文学批评如何超越战后日本左翼批评的困境。

一、臼井吉见等人的“文化批判”

对日本有着强烈批判精神的文学家而言，第二次世界大战的战败不仅是军事、政治的失败，也是文化、思想的落后之体现。战后伊始，臼井吉见等人展开对战前日本的反省、批判。1946年的杂志《展望》5月号的时评栏目上，臼井吉见对短歌的传统之“抒情乃至花鸟风月的写实”提出疑问。在败战前，无名的士兵们创作了很多短歌、俳句，讴歌将他们置于死地的帝国日本。臼井吉见认可军事当局的检阅、烧毁的事实，但是，他认为根本原因在于这样的“物哀”源于宫本百合子所指出的“位于日本文化之根本的非思想性”①。

> 因战争目的，年轻的世代被禁止思考。虽说激荡的生活的诸现象本能地动摇着年轻的精神，但是，他们完全不知道思考什么，也不知道如何展开思考。直到现在，日本文化缺乏思想性，根源上有着过去的悲剧的投影。②

“一战”期间，德国战场上的年轻人记录下难以名状的苦痛，后来收录至《战死学生的信件》。宫本百合子认为这一记录关系着战争中死去的年轻人如何理解自己的立场，日本缺少这样的作品，源于日本文化的“根本的

---

①　宫本百合子：“关于‘如何思考’”，《宫本百合子全集9》，东京：新日本出版社，1974年，第19页。

②　宫本百合子：“关于‘如何思考’”，《宫本百合子全集9》，东京：新日本出版社，1974年，第19页。

非思想性”，而不仅仅因为日本当局的检阅信件、焚烧日记。臼井吉见认为战场上的年轻人将最后的感怀托付给短歌、俳句，与宫本百合子指出的这种“非思想性”与有着极深的关系，认为“民族的性格的短歌俳谐式的形成”阻碍个体理解自我与外部的关联，即因为“被禁止思考”，从而导致难以确立文化的思想性，难以在生活中理解思想、把握自己的生活实体。臼井吉见将短歌、文学的问题作为“民族的知性变革的问题”①来论述，他在“短歌俳谐的形成”上看出“民族的性格”，认为这个性格阻挡着个体在与全体的关系上考察、批判自己所处的立场，抒情乃至花鸟风月式的写实回避了追究包含着各种矛盾的现实。

> 面向今天的复杂的现实，短歌形式的表现之无力是决定性的。更重要的是，以短歌形式面向现实，这不得不让自己成为短歌式的存在。这是因为，短歌形式正是认识的形式。如此来看，宣战与降服的两个场合上，并非是短歌表现的无力的问题，而是只能感觉到上述的作品上所显现的东西。只要习惯短歌形式，那么，合理的、批判的萌芽便不可能生发。②

臼井吉见将歌唱1945年8月15日的败战的短歌，与之前歌唱1941年12月8日的《宣战布告》的短歌进行比较，惊讶地发现“宣战”与“降服”的场合的咏出完全相同：在收音机上听到天皇宣告降服的“玉音”时，咏唱“在御声前流泪”，或是“畏惧着抹眼泪”；听到天皇的“宣战”布告时，咏唱“一亿民匍匐在收音机前，畏惧着、听着声音”，或是“大诏书下，感极而泣”。臼井吉见认为，短歌“正因为其固定的形式，不能表现这个场合的感动之差别”，因此，才将听到天皇的宣战布告时的复杂的感情咏叹为“感

① 臼井吉见：“与短歌的诀别”，《现代文艺评论集2》，东京：筑摩书房，1958年，第133页。

② 臼井吉见：“与短歌的诀别”，《现代文艺评论集2》，东京：筑摩书房，1958年，第133页。

极而泣”，将听到降服宣言的声音时的难以言说的感情也咏叹为“御声前流泪”。臼井吉见发现只能咏叹“畏惧而泣”的短歌之文学表现的界限、无力，认为咏唱之人对宣战、降服没有任何理性的判断，只是在“上御一人的可畏的御心”前一味的畏惧、谦卑。由此，臼井吉见发问如何克服“短歌的自我形成、认识”，如何解决“民族的知性变革的问题”。臼井吉见在回顾自己的文章时指出：

> 我的小论以及桑原武夫的第二艺术，并非仅仅是短歌、俳句的文学问题。问题的根干是文化批判。现在来看是有点夸大其词，当时我在小论的最后写道“这并非停留在只是短歌、文学的问题，而是民族知性变革的问题。”桑原也是将俳句与教育问题相关联而论述。阅读全文就懂了。我的基调是多少对短歌有着亲近的，而桑原武夫则是站在原本对俳句就无缘的立场上，冷笑的启蒙的态度。我们的这一立场有着极大的不同，但都带有文化批判的意味。①

臼井吉见的所写绝非“夸大其词”，他所论述的“文化批判的性格”问题，有着对丧失了现实批判的精神之战时的日本文学的深刻反省。在这一问题上，桑原武夫与臼井吉见有着相同的立场。战前右翼文学团体文学报国会成立时，俳句部门的成员入会申请异常的多。桑原武夫着眼于这一历史事实，将俳句称为“第二艺术”，认为俳句“形式化的精神”放弃了对社会的批判。桑原武夫批判俳句的文学形式不能表现现代的现实人生，“俳句精神”的传统虽说将超俗的侘寂作为理想，言说“人生的究极是寂寞”，但是，“一旦强大的势力显现，立马娴熟地屈服”②。针对有人想将俳句的自然观赏引向自然科学，桑原认为俳谐无视法则性，只能作快照式的理解，

① 臼井吉见：《近代文学论争》(下)，东京：筑摩书房，1987年，第152-153页。

② 桑原武夫：“第二艺术——关于现代俳句”，《昭和文学全集33》，东京：小学馆，1989年，第552页。

“与今天的科学精神，是最为矛盾的”①。

二、作为批判依据的宏大理念：以宫本百合子、宫本显治的民主主义文学论为例

臼井吉见批判短歌的抒情乃至花鸟风月式的写实回避了追究包围着各种各样矛盾之广泛的现实的全体，认为问题的根源在于宫本合子所指出的日本文化的“非思想性”。早在 1945 年 10 月，宫本百合子便在《每日新闻》上发表《新日本文学的端绪》，呼吁厘清近代日本社会的落后之处。宫本百合子认为欧洲的近代文化所确立的个人、个性的发展，是“作为社会人的自立的自我的观念”，而日本文学的萎缩完全是日本明治文化的本质的反射，“明治维新，在日本没有确立人权之力量”②。

宫本百合子所说的“自立的自我”并非与社会现实相隔绝的自我，而是有着批判权力之“自主性”③。作家中村武罗夫在《荒废花园的人是谁？》中，宣扬文学的纯艺术性。宫本百合子态度鲜明地反对所谓的纯艺术性概念，认为战前日本的教训说明“文学的自主”离不开作家的社会生活的自主。与中村武罗夫所不同，宫本百合子所说的个体指向对战前日本的深刻反省。在宫本看来，“自立的人的文化”是要实现“对社会有着科学认识”的人。宫本所理解的科学认识便是民主主义，“所谓民主的文学，是我们每一个人献身于社会与自己的更合理的发展，毫不糊弄地反映世界历史的必然的作用”④。宫本百合子乐观地论述到，“诗情的究极是对人的爱。爱是具体的，总是汲取历史的各自阶段，因此，这里能够成为真实与美的依据。为何不

① 桑原武夫：“第二艺术——关于现代俳句”，《昭和文学全集 33》，东京：小学馆，1989 年，第 555 页。

② 宫本百合子：“歌声啊，响起来！”《宫本百合子全集 9》，东京：新日本出版社，1974 年，第 9 页。

③ 宫本百合子：“歌声啊，响起来！”《宫本百合子全集 9》，东京：新日本出版社，1974 年，第 10 页。

④ 宫本百合子：“歌声啊，响起来！”《宫本百合子全集 9》，东京：新日本出版社，1974 年，第 13 页。

能有我们的世纪的真、善、美呢?"①同样，宫本显治也旗帜鲜明地宣扬民主主义文学：

> 文学、艺术的功能是客观的现实——真实的形象之表现。但是，这不是照相式的反映，而是通过制作者的眼睛之反映。因此，与制作者的特殊性、认识、表现的性质有关系。而且，通过这个表现，带来对现实的一定的评价。但是，在阶级社会，人及其营为之文学、艺术不能超越社会的、阶级的性质。这是因阶级的立场，因各自的社会阶层而拥有被规定的基本的性格(无产阶级文学、资产阶级文学等)的同时，另外通过运动的性质，能够定性法西斯文学、保守反动文学、新民主主义文学。只要文学、艺术是社会现象，就能够在社会的性格上进行根本的定性。②

宫本显治认为文学、艺术在阶级社会不能超越社会的、阶级的性质，不能忽视艺术、文学作为社会意识的一个形态之特殊性。宫本显治将文学、艺术的阶级性的问题置放于根底，认为仅仅将个人作为个人来理解，这不能厘清人的本质，同样，仅仅将文学作为文学进行自我封闭的审视，这是错觉。宫本显治区分出两种不同的政治，即为了进步的革命的人们之政治，另外一种是保守反动的特权阶级本位的政治。宫本显治认为，帝国主义、军国主义的政治反对历史的合法则的发展，抑压人民的自由，维持少数者的"自由"。文学从属这样的政治，必然成为畸形的文学。相比之下，进步的政治通向人民解放的道路，促进社会发展，合致社会发展的必然性，因此是最为自由的。文学与进步的革命的政治相同调，是合法则性的认识，是对真理的从属，会带来文学的繁盛。

---

① 宫本百合子："现代的主题"，《宫本百合子全集 9》，东京：新日本出版社，1974 年，第 33 页。

② 宫本显治：《新的政治与文学》，佐藤静夫：《战后文学论争史论》，东京：新日本出版社，1985 年，第 243-244 页。

> 文学、艺术不是科学，也不是狭义的宣传。要具体地全面地理解的话，不是仅仅将之从直接的阶级的动机来看，而是应该不能忽视与文学、艺术本身的传统相关联，世界观与创造方法的关联性，与现实主义及浪漫主义的特殊性，或者其他的精神领域之相互关联，或者作者的个人的特殊性。应该视文学、艺术、文化为社会意识的一个形态。而且，也不能超然于阶级斗争。①

宫本显治承认文学、艺术不是科学，也不是狭义的宣传，意识到文学“不单单是意识形态的赤裸裸的扩音器”，“但是，这决不是引导向为了文学而文学之主张，并非拒绝文学的社会性、思想性”②。宫本显治在1933年所写的《政治与艺术——政治的优位性相关的问题》中，认为无产阶级作家有必要深入把握当前的政治的课题。把握政治的课题，这是最能动地深刻地把握现代社会的基本的现实、客观的真理。宫本显治在战后批判平野谦的《政治的优位性论的错误》中的“马克思主义艺术运动的政治主义的偏向”时，再次指出言说“政治与文学”是社会发展的必然的认识，“政治与文学只要是社会现象，那么，基于根本的社会全体的视野而进行基于历史的具体的调查以外，别无正确的立场”③。

三、左翼批评的困境——以星堇派论争为例

在佐藤静夫看来，宫本百合子的论述凸显“文化、文学的本质”④。不过，作为宫本百合子的批判依据之民主主义理念并非不可动摇的神话。本

① 宫本显治：《新的政治与文学》，佐藤静夫：《战后文学论争史论》，东京：新日本出版社，1985年，第246页。

② 宫本显治：《新的政治与文学》，佐藤静夫：《战后文学论争史论》，东京：新日本出版社，1985年，第250页。

③ 宫本显治：《新的政治与文学》，佐藤静夫：《战后文学论争史论》，东京：新日本出版社，1985年，第250页。

④ 佐藤静夫：《战后文学论争史论》，东京：新日本出版社，1985年，第40页。

部分以加藤周一受到的批判为例，剖析民主主义等舶来理念的动摇。加藤周一在1946年7月号的《世代》上发表《关于新的星堇派》，对所谓的星堇派展开激烈的批判，由此引发星堇派论争。加藤周一与星堇派是同一世代的人，这些知识青年出生于第一次世界大战结束时期，在学校度过"九一八"事变后的军国主义时代。加藤周一认为，星堇派对于社会历史的问题没有任何理性的判断力，因而只能"无视狂热的日本主义者的怒号、军国的独裁、恐怖主义、镇压、迎合、完全绝望的经济的、精神的混乱以及连绵不绝的灾难，在诗和形而上学的世界中寻求宁静和永远"①。

> 这些青年丝毫感觉不到良心的苛责，他们能够从最狂热的好战主义者变为和平主义者；这些青年人几乎对所有的艺术展示出相当深的理解，但是，他们却不理解，教养因他的父亲在战时的利得才成为可能；他们虽说读了相当多的书，有着相当洗练的感觉与逻辑，但对所有重大的历史和社会现象，除了重复新闻报道之外，不能有一丝一毫的批判；他们高雅、诚实，对我这样的朋友颇为亲切。但是，对于他父亲那样的军国鹰犬所榨取、杀戮、侮辱的无辜民众，却完全无感觉。②

加藤周一批判星堇派无视战争的破坏与暴力，"歌唱星星的命运与花束的抒情诗"。加藤周一所担心的是，代表这个世代的知识阶级在战后会"作为艺术与精神的代表者"而华丽地复活。加藤周一批判新的星堇派只不过是艺术的思想的游戏而已，"衷心希望他们回到理性的道路"。

> 应该想起，1868年是社会革命，但不是精神与道德的革命。封建的秩序支配着所有的地方。看看家庭吧。看看农村吧。战争东京燃烧

① 加藤周一："关于新星堇派"，《加藤周一著作集8 现代政治的意义》，东京：平凡社，1979年，第19页。

② 加藤周一："关于新星堇派"，《加藤周一著作集8 现代政治的意义》，东京：平凡社，1979年，第19页。

后的废墟上，看看土地所有者的名字吧。不，不仅是封建的秩序，前封建的秩序更普及。氏族社会的各种特征，原始的、魔术的、祭政一致的各种感情与习惯与本能，这一切都与垄断资本主义的组织密切地连接。(略)如此，我们的课题是必须对于这个根源加以彻底的破坏。亦即如同波兹坦宣言所示，将社会组织变革为彻底的、民主主义的合理，解放日本的人民，培养我们日本的人民的理性和人性。①

如引文所述，加藤依据民主、自由等舶来理念，批判星堇派。加藤周一宣称，“为了民主主义，为了不给反革命以成功的机会，知识人必须获得力量，必须发现现实的方法”②。不过，在荒正人、本多秋五等人看来，加藤周一本人正是远离现实的星堇派。本多秋五批判加藤周一无视日本的现实，认为加藤的痛击“一点也没有成为自我批判”。加藤周一呼吁“培养我们日本的人民之中的理性和人性”，本多秋五则在《物语战后文学史》中认为加藤周一所说的理性本身便是“不能跨越现实之理性”。在本多秋五看来，加藤等人在战争中逃亡信州的高原，沉迷于阅读拉丁语与中世王朝的文学，这是不喜好现实的污浊之性情，不知道现实的污染之结果。加藤并不认可战时自己的理性是“难以跨越日本的现实之理性”，他给出的理由是，自己在战时阅读了若干本马克思主义的书，因而知道这个战争是帝国主义战争。在加藤看来，如果帝国主义战争是当时的“日本的现实”，那么，完全可以认为他当时知道“日本的现实”，“区分战时的青年的态度之要点，难道不在于是否将帝国主义战争视为帝国主义战争吗?”③对此，本多秋五认为，将战争视为帝国主义战争，这原本便是自明的。在本多秋五看来，承认坚持帝国主义战争这固然很不容易，但是，更强韧的存在是即

① 加藤周一：“烧迹的美学”，《加藤周一著作集 8 现代政治的意义》，东京：平凡社，1979 年，第 48-49 页。

② 加藤周一：“知识人的任务”，《加藤周一著作集 8 现代政治的意义》，东京：平凡社，1979 年，第 70-71 页。

③ 加藤周一：“文学的自传的断片”，臼井吉见：《战后文学论争》(上卷)，东京：番町书房，1977 年，第 325-326 页。

便将战争认定为帝国主义战争，但仍然拿起枪踏上外国的土地，总动员体制下不得不采取合作的人们。

就本多秋五对加藤周一的批判而言，可反驳之处甚多。如本多秋五回避了对明知道是帝国主义战争，但仍然不得不采取合作姿态的人的战争责任，却将这些人称为“强韧的存在”。不过，就加藤周一的回击而言，他的论述在荒正人等人的逻辑面前是无力的。这是因为，加藤周一对本多秋五的回击之依据正是荒正人所批判的“纵线”。加藤周一宣称在战时阅读了若干本马克思主义的书，因而能够作出将战争视为帝国主义战争的判断。作出这种判断，尽管未必如本多秋五所说的那样简单，但这种判断的依据也只不过是波兹坦宣言那样的舶来品，并非根植于日本的现实之“纵线”。

四、左翼批评与战后日本的现实之龃龉

如星堇派论争所示，加藤周一等人依赖的宏大理念并非根植于日本的本土。另一方面，战后日本，民主、自由等理念被融合到资本主义秩序中，随着日本逐渐从战争废墟中恢复，重新评价原先作为批判矛头的明治维新被提上了日程。这些都动摇着左翼批评的立论根基。河野健二在题为《法国革命与明治维新》(1966年)“前言”中，解释“法国革命与明治维新”为何是日本资本主义论争以后的社会科学、历史学的中心主题时，认为这个主题是通过日本的“社会科学的历史”“被强行接受的”。

> 论述日本的“近代”时，我国的社会科学往往将法国革命视为并置考察的对象，从法国革命的视野来眺望、比较、批判明治维新。与作为“古典的资产阶级革命”的法国革命比较，明治维新是多么迟缓、不彻底、反动的变革啊。明治维新担负不起“革命”之名，而只是意味着在前阶段的位置上之绝对主义的成立而已。①

① 河野健二：“前言”，《法国革命与明治维新》，东京：日本放送出版协会，1966年，第2页。

河野健二认可明治维新的“积极角色”，宣称从学生时代起就是在批判明治维新的氛围中长大，因此，对于“法国革命与明治维新”这样的课题，有义务提出自己的答案。这样的立场正是日本政府所大力支持的。1967年，山口县与山口县教育委员会主办维新百年纪念全国展“走向现代国家”。1968年10月，在政府的指导下，日本各地展开了明治百年纪念的庆典。而在学术界，以小泉信三、安倍能成、津田左右吉和辻哲郎为评议员的“开国百年文化事业会”在政府的资助下出版14卷的《明治文化史》，6卷的《日美文化交涉史》。《明治文化史》概说篇的序说中高度肯定明治时代日本通过出兵国外，得以成为世界五大强国之一，“而且这年间的进步，不仅在物质文明界，在精神文明界也取得了值得惊讶的平衡，一点看不出跛脚的痕迹”①。《日美文化交涉史》第一卷总说、外交篇的后记中同样将明治维新置放于东西方对峙的背景中来高度肯定，“东洋的一个国家，在西洋的一个国家的冲击、压迫、指导、提携下，逐渐走向近代国家，往近代资本主义的方向成长、发达的历史”②。

日本政府设立的明治百年纪念准备会所发布的庆祝明治百年的“意义和理由”中包括如下事项：

> 1. 明治时代是值得怀念的精彩的时代。(中略)新兴亚洲各国的独立复兴，仰望明治日本，受到它的刺激鼓舞。因此，纪念事业会加深亚洲各国的同志同心意识。
>
> 2. 现代年轻人爱国能量的衰弱现象，对国家社会而言是重大且危险的问题。以明治百年为契机，重新认识近代国家发展之源头的明治时期的国民能量，使得对日本第二次飞跃发挥作用。③

---

① 开国百年纪念文化事业会：《明治文化史 第一卷 概说篇》，东京：洋洋社，1955年，第2页。

② 开国百年纪念文化事业会：《日本文化交涉史 第一卷 总说·外交篇》，东京：原书房，1980年，第760页。

③ “政府的‘明治百年’纪念相关的资料—续”，《历史学研究》，1967年第1号，第63页。

日本政府主导的明治百年祭高度评价明治政府指导者的“伟业”，强调亚洲工业化唯一成功的国家。如小田切秀雄所批判的那样，政府主导的明治百年祭刻意遗忘败战的记忆，只是复苏过去的“愉悦”“光荣”的记忆①。战后日本政府的这一意识形态与战前日本政府的认知并无本质的不同。1941 年 7 月，日本文部省教育局曾如此说道：

> 我国明治维新以来，在开国进取国是之下，致力于锐意西洋文物的摄取，虽然多少有着波澜，但是培养国运进展的根基，国力充足。特别明治二十七八年及三十七八年战役，向海外宣扬国威，进而经历世界大战，跃进为世界上的强大国家。②

文部省的上述观点在战后日本仍然有着极大的市场。如右翼分子藤冈信胜认为，明治维新有着可以称为伟大的民族主义革命的性格，“明治维新岂止是不逊色于法国革命，比起割下国王头颅、杀了很多人的，伴随着杀戮的野蛮的革命，明治维新要更为优秀，是可以夸耀的变革”③。进藤一马则从“东洋解放”的视角高度肯定明治维新，认为“明治维新是东洋解放史的序幕”④。韦津珍彦认为明治维新是亚洲民族主义发展史的序曲，使得日本能成为现代的统一国家，“将生成这个现代的统一国家之精神，称为现代民族主义的话，成为这个精神基础的，便是日本民族的天皇意识(国体意识)”⑤。江藤淳将战后民主主义作为批判对象，主张战前天皇制国家理念的复权，他在《另外一个战后史》中思考到底是怎样的力量击垮了曾经的日本，想要寻找在今天的物质的日本所蔓延的可怕的空虚之渊源。江藤淳的所想并非个案。例如，赖肖尔认为一系列的大变革在日本人的脑子里

---

① 石母田正等：《国家与幻想》，东京：法政大学出版局，1968 年，第 153 页。

② 桥川文三：《昭和思想集 2》，东京：筑摩书房，1978 年，第 159 页。

③ 藤冈信胜：《侮辱的近现代史》，东京：德间书店，1996 年，第 126 页。

④ 进藤一马：“序”，苇津珍彦：《明治维新与东洋的解放》，东京：新势力社，1964 年，第 1 页。

⑤ 苇津珍彦：《明治维新与东洋的解放》，东京：新势力社，1964 年，第 6 页。

被完全接受，“这并非以民主主义或是共产主义这样的舶来品的新概念为媒介，而是通过日本古代就有的天皇亲政制度。”①《勤勉的哲学》中，山本七平甚至将当下日本的依据追溯到江户时代。江户时代初期的禅僧铃木正三在《四民日用》中认为，农工商的劳动全都是“佛行、修行”，是获得“大安乐”的“道”。山本七平将铃木正三的这个思想视为“日本的思想”的优秀物，认为“运作日本人之原理——勤勉的哲学”渊源便在这里。

概而言之，战后日本极具批判精神的知识分子展开对战前日本的批判，他们依赖自由、民主等宏大话语，反省战前日本。不过，随着战后日本从战争废墟中恢复，进而成长为经济大国，自由、民主等理念被纳入自身框架。此外，经济上的巨大成就促使日本社会对明治维新进行再解释，这也动摇着左翼学者对明治维新以来现代日本的批判。

五、文学批评：小森阳一左翼批评的装置

对小森阳一而言，文学批评与政治批评都着眼于语言的解释问题。本部分以小森阳一对夏目漱石文学的分析为例，进一步考察小森阳一如何将文学批评作为政治批评的装置，从而得以超越战后日本的左翼批评的困境。

围绕小森阳一对夏目漱石文学作品的研究，尤其是引发“《心》的论争”的相关论文，既往研究关注小森阳一在将叙述论应用至日本文学批评的贡献。石原千秋围绕《心》的开头，即“每当我回忆起他的时候，首先想到的就是‘先生’二字。就算提笔写他的时候，也是一样”，指出小森阳一首先注意到这个文章是青年所写的“手记”②。据石原千秋统计，《心》出版后到1996年有450篇论文。这之中大约200篇是1985年3月以后，小森论文发表后书写的③。文森特关注小森阳一的论文聚焦青年的第一人称叙述，指

① 赖肖尔：《日本人》，国弘正雄译，东京：文艺春秋社，1979年，第90页。

② 石原千秋：《漱石如何被阅读的呢》，东京：新潮社，2010年，第144页。

③ 参见石原千秋：“往《心》论争的彼岸”、“座谈会《心》论争以后”，《漱石研究6》，东京：翰林书房，1996年。

出小森阳一将《心》解释为青年从死去的恩师的失败中学习教训的物语，“这种方法成为之后的《心》论的先驱，这以后，与小森论相似的《心》的论文大量出现”①。川奈沙理聚焦小森阳一的解读法，认为小森阳一的创造性阅读提醒我们，即使《心》的“生活”作为文本，在针对特定读者的教科书中被限定一种主导的解释，但是，如果通过不同的批评视角重新审视，它也可以有其他隐藏的、交替的、也许更令人兴奋的生活②。榊敦子认为，小森对《心》的研究贡献并不局限于将这一文本置于现代日本的政治背景中，而是有意识地、明确地将结构主义/叙事学方法应用于现代日本小说③。榊敦子的论述凸显出小森阳一在将叙述研究应用至日本文学批评上的贡献，但是，这一言说的前半部分却不可避免地弱化了小森阳一文学批评介入政治批评的价值。

小森阳一在夏目漱石文学研究上的开创性价值受到既往研究的高度肯定，但是，他在1995年出版的《重读漱石》的后记中却说自己“不是专业的漱石研究者”，在1999年出版的《世纪末的预言者·夏目漱石》的后记中再次声明自己不是漱石研究的专家，

> 我不是漱石论者，也不是漱石研究的专家。这样的我在将近20年的时间里，不得不持续地关注漱石这一位表现者的言说，这是因为，在现实世界的一系列事件之前，意识到自己需要作出选择，如何接受，应该采取怎样的态度，这时，我将漱石的语言作为参照项④。

---

① 基思·文森特：“夏目漱石《心》中的性与叙述”，藤井贞和等：《日本文学的批评理论》，东京：笠间书院，2009年，第77-78页。

② 川上纱丽：《现代日本文学的用途》，伦敦和纽约：布鲁姆斯伯里出版社，2018年，第79页。

③ 榊敦子：《再文本化的文本：现代日本小说中的叙事表演》，剑桥和伦敦：哈佛大学出版社，1999年，第31页。

④ 小森阳一：《世纪末的预言者·夏目漱石》，东京：讲谈社，1999年，第285页。

小森阳一"开创了新的研究方法，阅读夏目漱石质问帝国的小说"①，出版了多部研究夏目漱石的著作。而如"《心》的论争"所示，不管是对夏目漱石文学研究而言，还是从日本现代文学研究的整体状况而言，小森阳一的夏目漱石研究都有着极重要的意义。尽管如此，小森阳一却宣称自己并非夏目漱石研究专家，结合上述引文来看，可知这并非单纯的谦虚，而是隐藏着这样的目的意识，即小森阳一不想被贴上夏目漱石文学研究专家的标签，从而遮蔽他的政治批评的价值。

1994 年，小森阳一在"《心》的论争"研讨会成果集中说道"我希望这是最后一本书关于《心》的著作，但我知道我的希望会落空"②。对于小森阳一的这一希望，基思·文森特认为，我们永远都不会超过《心》。试图将小说的结尾重新缝合在"我"的话语中，从而转移到其他事情上的尝试注定要失败。正是这种缺乏封闭性，拒绝将过去与现在缝合起来，甚至拒绝决定自己的主人公是谁，这使得夏目漱石的小说成为叙事、性和现代主体性的有力描述③。基思·文森特的论述显示出小说文本的解读有着无限的可能，因而小森阳一的希望才会落空。不过，结合小森阳一不想被贴上夏目漱石研究专家的标签这一愿望，可以看到，小森阳一的期望并非试图给文本的解释打上终止符，毋宁说，是期望文学批评介入政治批评，获得更大的权力维度。由此来看小森阳一此后发表的研究夏目漱石文学的相关成果，他的希望并没有落空。例如，"九条会"相关的系列书籍中，包含着大量文学文本的分析。以对夏目漱石《草枕》的解读为例，小森阳一关注的是个体与国家的矛盾关系。《草枕》中通过画工所见，讲述出征士兵乘坐火车奔赴日俄战争。小森阳一认为，这里呈现出夏目漱石对现代文明的深刻批判。

---

① 安德烈·哈格、罗伯特·蒂尔尼："《后殖民》(2001)"，《日本文化与社会评论》，2017 年，第 207 页。

② 小森阳一、中村三春、宫川健郎：《总力讨论 漱石的〈心〉》，东京：翰林书房，2004 年，第 113 页。

③ 基思·文森特："夏目漱石《心》中的性与叙述"，藤井贞和等：《日本文学的批评理论》，东京：笠间书院，2009 年，第 100 页。

> 我认为在这里能够读取出夏目漱石极明晰的认识，即近代国民国家上的“个人”与“国家”的关系在战争状态中变得怎样。将“个人”与“国家”连接的东西是火车，这是20世纪机械文明的象征。①

小森阳一认为夏目漱石以火车来表现20世纪的近代国民国家。火车是“同样的箱子”“同样的速度”，将大量的人运往“同一个停车场”。在小森阳一看来，如果把工业革命的机械文明当成“文明”，那这样的“文明”的实质只不过是西方的一个岛国英国发生的极其特殊的事态，以“文明”的形态获得普遍价值，从而将世界整体均质化。亦即，在资本主义生产体制中，同样规格的商品被卖给全世界，为此，就必须进行大规模工业化生产，而这又意味着有必要将人类均质化。由此，小森阳一认为，夏目漱石关于火车的描述准确地呈现出现代“文明”对个体的抹杀，指出火车将原本有着各自固有名、个性的人类装在“同样的箱子”中，从A点运往B点，这里丝毫没有个人感情的存在空间。

小森阳一在《重读漱石》中，同样批判现代民族国家以“文明”为名对个人的规制。

> 自然“二十世纪”的国家，不能采取赤裸地统治、压制的态度。人们宛如是自由意志那样，亦即以“坐火车”的形态接受国家的强权。《草枕》中画工所见“停车场”中离开的“火车”上，出征士兵装入其中，奔赴日俄战争，通过以开战前新闻报道为中心的报道，产生错觉，宛如自由意志上战场。
>
> 明治国家束缚多数人的自由，成立于战场上的死这样“同一”的目标，而绝不是成立于以“四民平等”为口号的产业革命。在此意义上，“文明是利用所有手段发挥个性后，再通过所有手段践踏个性”。②

---

① 小森阳一：《语言之力，和平之力——近代日本文学与日本国宪法》，京都：鸭川出版，2007年，第75页。

② 小森阳一：《重读漱石》，东京：筑摩书房，1995年，第238页。

小森阳一认为《草枕》凸显夏目漱石关注个性与普遍性的冲突。在小森阳一看来，“二十世纪”的个人的形成是由“文明”形成的，“自由”也是由“文明”支撑的。但是，如果“文明”仅仅意味着以英国为中心的产业革命、世界市场的形成，那“自由”只能是对殖民地的“个性的践踏”。小森阳一认为如果承认各个国家、民族的“个性”，就必须保证他们独自发展的“自由”，不能允许某个国家，为了扩大自己的“自由”，侵略其他国家；也不能允许产业资本主义式的机械文明强加于“未开化”“野蛮”“落后”国家。小森阳一认为，正是在此意义上，夏目漱石的“个人主义”有着普遍性①。

夏目漱石去世时正值第一次世界大战期间，认为世界大战并非为了“人道”“信仰”，也并非“文明冲突”，而只是“军国主义”而已。夏目漱石认为德国所代表的军国主义也在侵蚀着曾经重视个人自由的英国，强制征兵法案在议会获得通过便是典型例子。夏目漱石看出在现代民族国家，“个体”与国家的对立、矛盾。但是，夏目漱石无法寻找到解决问题的答案。小森阳一则认为宪法九条解决了困扰着夏目漱石的难题，指出坚守日本国宪法九条是对夏目漱石的思考之实践，“第一次世界大战时，漱石先生所担心的军国主义，现在美国所推进的军国主义，以‘九条’的语言的力量来打上终止符，我想做这样的运动”②。由此来看，小森成为东大教授后，完全成为漱石崇拜者③，正是源于在反右翼思想上对夏目漱石文学产生了强烈的共鸣。

2008 年，格雷戈里·高利在著作中致谢小森阳一，“我从小森阳一教授那里学习了如何阅读文学作品”，不仅如此，还特意提及小森阳一文学批评介入政治批评的价值。

---

① 小森阳一：《重读漱石》，东京：筑摩书房，1995 年，第 247 页。

② 小森阳一：《语言之力，和平之力——近代日本文学与日本国宪法》，京都：鸭川出版，2007 年，第 119 页。

③ 小谷野敦：《江藤淳与大江健三郎：战后日本的政治与文学》，东京：筑摩书房，2018 年，第 327 页。

> 小森教授带领我浏览了日本文学现代大师的作品，用他对细节的关注和丰富的道德想象力展示了文学学术是如何与社会正义的斗争相联系的。他的榜样使我逐渐相信，文学教师也必须致力于改善世界。①

格雷戈里·高利关注小森阳一文学批评对政治批评的介入价值，认为小森阳一文学批评“展示了文学学术是如何与社会正义的斗争相联系的”。对小森阳一而言，正是这种介入，文学批评才有着持续的生命力，他所期望的“最后一本研究夏目漱石的著作”的愿望才不会实现，而是接连出版了研究夏目漱石的一系列合著或是专著。其中包括：《重读漱石》(2016 年)、《战争的时代与夏目漱石》(2018 年)、《漱石深读》(2020 年)及《重读夏目漱石〈心〉》等。此外，如《语言之力、和平之力——近代日本文学与日本国宪法》等一系列九条会相关成果的书籍中，小森阳一对反改宪的论述往往也是围绕夏目漱石文学的分析而展开的。正是在此意义上，小森阳一的文学批评成为当今日本左翼批评的组成部分。

本节阐明，战后伊始，日本的左翼文学家们早早地对战前日本的后进性展开批判，这一批判自然十分必要，但存在的问题也颇明显。一方面，过于依赖政治理念之批判极易落入政治优先的陷阱，有着矮化文学的可能。另一方面，作为批判依据之舶来的宏大话语在日本原本就并非不可动摇的。战后日本迅速从战争废墟中恢复，并最终成为经济大国。这一新的现实使得明治维新以来日本的现代化进程获得了某种合理性，依赖民主主义等宏大理念的左翼批评不可避免地陷入困境之中。由此来看，小森阳一文学批评的意义正在于超脱对民主、自由等宏大理念的依赖，专心于围绕文本叙述结构的考察展开对右翼民族主义思潮的批判，由此得以超越战后日本左翼批评的困境。

---

① 格雷戈里·高利：“致谢”，《当我们的目光不再停留时——日本文学现代主义中的现实主义、科学和生态学》，剑桥和伦敦：哈佛大学出版社，2008 年，第 vi 页。

第三节　小森阳一、柄谷行人“制度”批判的异同

本节将小森阳一与柄谷行人的学术思想进行对比分析，以进一步考察小森阳一文学批评的价值。柄谷行人是当今日本的文艺批评家、哲学家、社会活动家。就柄谷行人对政治批评的介入而言，据他本人所说，受到萨义德的极大启发。萨义德曾如此批判美国20世纪70年代后期的文学理论的“不介入”的原则：

> 美国70年代后期的文学理论非但不是超越专业划分的大胆的介入运动，相反还后退到“文本性”的迷宫中去了。……美国乃至欧洲的文学理论如今都明确接受了不介入的原则，可以说其独特的所有方式(借用阿尔都塞的公式的话)排除了被世俗性、情境性或者社会性所“污染”的东西。“文本性”成了文艺理论中具有某种神秘性质的被“消毒”了的主题。
>
> “文本性”因此变成了一种与可被称作“历史”的东西完全相反之物或替代物。文本性产生于某个场所，但同时又被视为并非产自特定的场所、特定的时刻。它是被生产的，却既不由某个人产出，也没有产生的时间。……如同当今美国学院中所进行的那样，文艺理论几乎将文本性从使之成为可能、使之可能作为人类活动而加以理解的情境、事件以及各种身体感觉中隔离开来了。……我的立场如下，文本是世俗的，某种程度上是事件，即便有时看似对其加以否定，它也是被置于社会世界、人类生活之中来加以解释的历史时间的一部分。①

① 爱德华·赛义德：《世界、文本与批评》，马萨诸塞州剑桥：哈佛大学出版社，1983年，第3-4页。中文引自《作为建筑的隐喻》(2010年)应杰的译文。

萨义德拒绝认可文本的“不介入”原则，认为文本“是被置于社会世界、人类生活之中来加以解释的历史时间的一部分”，为此，他提出了“世俗批评”(Secular Criticism)的解决办法。柄谷行人“希望通过彻底的形式化从而走向形式的外部，却被以另一种方式封闭在了内部，而且在此已不允许随意提出‘外部’的概念”①。这样的背景中，柄谷行人从萨义德的“世俗批评”中受到启发，认为惟有依靠“世俗性批评”，“外部”才能成为可能。

萨义德提及的“70年代后期”这一时间段并非偶然。20世纪60年代，学生运动成为世界性现象，对当代西方思想史产生了深远的影响。“68年革命”虽然终结，但兴起于西方的“后现代主义思想”直接起源于“68年革命”，革命情节凝结成“后现代主义”反思“现代性”，解构“启蒙理性”的批判动力②。在日本，68年前后的“大学纷争”有着与西方“68年革命”的同时性，这一运动最终以1972年震惊日本的“联合赤军事件”的爆发而告终结。就小森阳一而言，他有着明确的超越“68年革命”的自觉，“所谓1968年革命，在日本，结果只是封锁大学，运动不断分裂。如何克服这样的事情，这是2004年建立九条会时，我自身的问题意识。”③在此意义上，对比分析柄谷行人与小森阳一的学术思想，既有助于把握当代日本左翼批评的共同的问题意识，也有助于在此基础上切入小森阳一文学批评的个体特殊性。

本节在具体展开上，主要分为两大部分，第一部分，围绕柄谷行人对文学制度、国家制度、资本主义制度的批判，考察柄谷行人制度批判的认识论、方法论特征。第二部分，将小森阳一与柄谷行人并置，考察两者在制度批判问题上的异同。

---

① 柄谷行人：“英文版序言”，《作为建筑的隐喻》，应杰译，北京：中央编译出版社，2010年，第7页。

② 赵京华：《日本后现代与知识左翼》，北京：三联书店，2017年，第7页。

③ 出自笔者2019年9月对小森阳一所作的访谈。

第一部分　柄谷行人的三大制度批判

一、柄谷行人对文学制度的批判

柄谷行人以文学研究者的姿态出现在学术舞台，不过，他并不满足做一个狭义上的文学研究者，甚至表示过不喜欢谈论文学话题①。对柄谷而言，文学批评始终是与政治批评关联在一起的，批判民族国家不仅要考虑政治的、经济的动因，“也必须考虑所谓文学·美学的东西。不踏入这个领域，考察就无法深入进行，就好比是无法理解人为何流淌着血液”②。

1. 风景的装置

柄谷行人在 1991 年书写的《日本现代文学的起源》的“英文版作者序”中认为，“文学”的规范化与民族国家的确立相关联，这种规范化是对 18 世纪英国小说所显示的那种多样性的一种压抑。因此，柄谷通过追溯“起源”的方式进行的批判，同时也就是对“起源”进行批判。柄谷行人对日本现代文学的起源的考察，从所谓风景的发现谈起。柄谷行人反复指出，他所说的风景乃是一种认识性的装置，这个装置一旦成形出现，其起源便被掩盖起来。在柄谷行人看来，能够显示出这种“价值颠倒”与江户文学断绝的，正是国木田独步的《武藏野》和《难忘的人们》。《难忘的人们》中，主人公大津说：“当时油然浮上心头的就是这些人，啊，不对，是站在我看到这些人时的周围光景中的人们。”引起柄谷注意的是，大津并非对外界报以关怀的人，而是对外界极为冷淡。正是在这样的地方，柄谷行人发现了所谓的风景的颠倒。

　　这里表明，风景是和孤独的内心状态紧密联结在一起的。这个人

① 柄谷行人：《柄谷行人谈政治》，林晖钧译，台北：心灵工坊，2011 年，第 184 页。

② 柄谷行人：《“战前”的思考》，东京：讲谈社，2002 年，第 24 页。

> 物对无所谓的他人感到了“无我无他”的一体感，但也可以说他对眼前的他者表示的是冷淡。换言之，只有对周围外部的东西没有关心的“内在的人”(inner man)那里，风景才能得以发现。风景乃是被无视“外部”的人发现的。①

风景是被无视“外部”的人发现的，由此，柄谷行人看出《难忘的人们》中的有着根本性的倒错。这一倒错，或者说风景的发现关系柄谷行人对风景与名胜古迹的区分。柄谷所指的风景是从前人们没有看到的，更确切地说是没有勇气去看的风景。在《日本现代文学的起源》的“中文版序言”中，柄谷行人利用康德的美与崇高的论述阐释风景与名胜古迹的区别。康德在《判断力批判》中指出，对于自然之美，我们必须在我们自身之外去寻求其存在的根据，对于崇高则要在我们自身的内部，即我们的心灵中去寻找，是我们的心灵把崇高带进了自然之表象中的。根据康德的区分，被视为名胜的风景是一种美，而如原始森林、沙漠那样的风景则为崇高。美是通过想象力在对象中发现目的性而获得的一种快感，崇高则相反，是在怎么看都不愉快且超出了想象力之界限的对象中，通过主观能动性来发现其合目的性所获得的一种快感。康德认为，崇高不在对象之中而存在于超越感性有限性的理智之无限性中。在柄谷行人看来，康德阐释了这样一个问题，即崇高来自不能引起快感的对象之中，而将此转化为一种快感的是主观能动性，然而，人们却认为无限性仿佛存在于对象而非主观性之中。如此，柄谷行人在康德的阐释中看出他本人所要论及的风景的颠倒问题。

柄谷行人借助康德的理论阐释风景的发现，原因在于他从康德的理论中发现与自己的论述的契合。对于古人而言，丛林有野兽，沙漠无人烟，毋宁说正是可怕的地方，并非能够引起快感的游览地，而这些在现代人眼里却是旅游景区。对于现代人而言，这样的风景自古以来就在这里，但实

① 柄谷行人：《日本现代文学的起源》，赵京华译，北京：三联书店，2003年，第15页。

际上，这一风景只是被现代人发现的而已。柄谷行人认为，这一发现，需要在知觉上发生某种反转，他由此引出“内面”的人的问题。《难忘的人们》的主人公是对外界没有关怀的“内面的人”，而正是这个“内面的人”发现了风景。亦即，先有对外界不报关怀的“内面的人”，正是这样的人“发现”了风景，此后，风景便好像一开始便存在那里。但是，这并非是说这种内在性即是“颠倒”，柄谷行人所谓的“颠倒”并非意味着由内在性而产生风景之崇高，毋宁说是这个“颠倒”使人们感到风景之崇高存在于客观对象之中，由此代替旧有的传统名胜，新的现代名胜得以形成。

> 风景一旦确立之后，其起源则被忘却了。这个风景从一开始便仿佛是存在于外部的客观之物似的。其实，这个客观之物毋宁说是在风景之中确立起来的。主观或者自我亦然。主观(主体)，客观(客体)这一认识论的场也是确立在风景之上的。就是说，并不是一开始就存在着的，而是在风景中派生出来的。①

引文中所提到的“派生”的关键是什么呢？柄谷行人将目光转向文言一致问题，并由此直指日本现代文学起源的本质。柄谷行人认为，文言一致的本质在于文字改革，在于“文”(汉字)的优越地位遭到了根本颠覆，而且是在声音文字优越的思想指导下被颠覆的。柄谷行人利用柳田国男在《纪行文集》的记述阐释“文”的颠覆问题。柳田国男提到，日本的游记“是诗歌美文的排列”。那么，日本人为什么在相当长的时间里仅把名胜古迹视为风景而眺望欣赏呢？柄谷行人认为这风景是通过与汉文学的接触而形成的，比起实际的风景，“文”的风景更具现实性。在柄谷行人看来，柳田国男讲的“风景的发现”可以视为意味着从“诗歌美文的排列”，即“文”的束缚中获得解放。亦即，要发现“事物”，为此我们必须把先于事物而存在的

① 柄谷行人：《日本现代文学的起源》，赵京华译，北京：三联书店，2003 年，第 24 页。

“概念”或者形象化语言(汉字)消解掉，语言不得不以所谓透明的东西而存在。

2. 从“风景”的发现到“内面的人”的发现

柄谷行人在国木田独步的作品中看到投射于景物之上的叙述者的主体意识，亦即“现代的风景”。国木田独步的这种主体意识，或者说“现代的风景”，也是吉本隆明在《对于语言美是什么》中所关注的，“景物不是被描写的像，而是构成被思考的像，展示着在观念和现实之间能够激烈来往的独步的表现意识”①。不过，柄谷行人并没有将“内面”视为固有存在，而是认为“内面的人”本身也有着颠倒。

> 关于日本现代文学有各种各样的说法，而将其作为“现代的自我”之深化过程来讨论的方法则是最常见的。然而，这种把“现代的自我”视为就好像存在于大脑之中似的看法是滑稽的。“现代的自我”只有通过某种物质性或可以称为“制度”性的东西其存在才是可能的。就是说，与制度相对抗的“内面”之制度性乃是问题的所在。“政治与文学”这个思考——概而言之明治20年代的文学也可以由此得到说明——如果不追究其起源的话，将是毫无结论的。②

在柄谷行人看来，“现代的自我”并非只是在头脑里建立起来的，而是需要一定的条件。柄谷行人通过“文言一致”这一制度的确立来看“内面的发现”问题，他认为“内面”本身好像自然存在着的这一幻想正是通过“文言一致”而得以确立起来的，而日本的“文言一致”运动的实质在于“形象(汉字)的压抑”，因此说到《浮云》《舞姬》的“内心格斗”时，不能无视其文字表现问题。为何“内面”这一幻想通过“文言一致”才得以确立？柄谷行人还

① 吉本隆明：《对于语言，美是什么?》，东京：劲草书房，1980年，第195页。
② 柄谷行人：《日本现代文学的起源》，赵京华译，北京：三联书店，2003年，第51-52页。

是借助国木田独步的文本展开论述。国木田独步在《空知川的岸边》中写道：在我国本土中亦有像中国那样的，在人口稠密的地方山野为人力所化为平地的风景，看惯了这种风景的我即使是东北的原野已使我感到有回归到大自然的感动了，待看到北海道时，我的心情是怎样的跃动啊！柄谷行人认为，这里的视野不是把“历史”视为政治的人类的创造，而是通过“人类与自然的交涉”而发现的视野，是通过“文”之外的风景之发现所获得的。

国木田独步对于自己的书写表现有着充分的自觉，他在《神秘的大自然》中写道：“我既没有受到德川时代文学的感化，也没有接受尾崎红叶、幸田露伴两氏的影响，而是以与以往文坛全然不同的构想、手法和作风开始了自己的文学创作，然而应该说必有其基本渊源的。我自问这个渊源是什么呢？便想到了华兹华斯。”对此，柄谷行人认为：

> 可以说在现代日本文学中，从国木田独步那里开始获得了写作的自在性，这个自在性与“内面”和“自我表现”的概念的不证自明性相关联。至此我是把此作为“文言一致”这一文字表现的问题来思考的。再重申一遍，内面作为内面而存在即是倾听自己的声音这一可视性的确立。①

柄谷行人认为，“内面”作为“内面”而存在即是倾听自己的声音这一可视性的确立，这一新的表现方式正源于国木田独步远离了柳田国男所说的那种“诗歌美文的排列”，成功地将风景与笼罩着历史、文学意义(概念)的场所——名胜古迹区分开来。柄谷行人看出，“内面”这个幻影的成立乃是在“文”变成从属的东西，于自己最近的声音——即自我意识——处于优越地位之时。

---

① 柄谷行人：《日本现代文学的起源》，赵京华译，北京：三联书店，2003年，第61-62页。

3. 从“内面”的发现到自白制度

柄谷行人把曾经是不存在的东西使之成为不证自明的，仿佛从前就有了的东西这样一种颠倒，称为“风景的发现”。所谓的“风景”是在收敛到文言一致里的认识论式的颠倒中被发现的。柄谷行人在“文言一致”的形成过程中寻找促使现代文学成为不证自明的那种基础条件，在他看来，文言一致运动与其命名的意义相反，乃是某种“文”的创立，这个“文”的创立是内在主体的创生，同时也是客观对象的创出，由此产生了自我表现等问题。具体而言，风景并非一直存在于那里，而是由对外界不报以关心的“内在的人”发现的。至于“内在的人”，也并非一直在那里。这里，柄谷行人关注着所谓的自白制度的问题。

> 可以说日本的“现代文学”是与自白形式一起诞生的。这是一个和单纯的所谓自白根本不同的形式，正是这个形式创造出了必须自白的“内面”(内心、内在的自我、个人心理等)。①

柄谷行人认为，应该表现的“内面”或者自我不是先验地存在着的，而是通过一种物质性的制度其存在才得以成为可能。柄谷行人所说的“物质性的制度”便是独白。但是，并非自白这个形式，或者自白这个制度生产出了应该自白的内面或“真正的自我”，而是认为问题在于自白这一制度本身。亦即，关键在于，不是有了应隐蔽的事情而自白，而是自白之义务造出了应隐蔽的事物或“内面”。

柄谷行人以田山花袋的《蒲团》为例阐释现有自白的制度与“内面”的颠倒。在柄谷看来，人们被花袋的《蒲团》感动，原因在于这篇作品第一次描写了“性”，即这里写了与此前的日本文学中所描写的性完全不同的性，即

---

① 柄谷行人：《日本现代文学的起源》，赵京华译，北京：三联书店，2003 年，第 69 页。

由于压抑而得以存在的性。亦即，并非因为有着要告白的内容，然后采取告白这种形式进行表现。恰恰相反，告白这种表现形式使得人们发现此前未曾存在的性，即自白这一制度使人们发现了性。

> 此与“文言一致”的制度一样，我们已经很少意识到这是一种制度的存在了。我们观察“文言一致”的确立过程就会明白，这个制度形成了一种既不是过去的“言”也不是过去的“文”的“文体”，并且这个制度一旦确立起来其确立过程便会被忘却。人们渐渐认为这只是把“言”转移到“文”的一个过程。关于自白也是一样，所谓自白并非只是告白什么罪过，这是一种制度。在一经确立起来的自白制度中，开始产生出隐蔽之事，而且，人们不再意识到这乃是一种制度。①

柄谷行人关注的是，在一经确立起来的自白制度中，开始产生出隐蔽之事，而且，人们不再意识到这乃是一种制度。柄谷行人所致力的便是揭露这种制度的颠倒。那么，通过这种揭露，柄谷行人指向着什么呢？在柄谷行人看来，当花袋和藤村开始自白之前，自白这一制度已经存在了，换言之，创造出“内面”的那种颠倒已经存在了。具体说来，这就是基督教。柄谷行人以内村鉴三为例，认为他的自白就是这样的一种表白形式，即它强调：你们在隐瞒真实，而我虽是不足一取的人但我讲了“真理”。主张基督教为真理乃是神学家的道理，而这里所谓的“真理”是一种不问有无的权力。柄谷断定，支撑自白这一制度的就是这种权力意志。

在柄谷行人看来，明治时代文学家的所谓“现代自我的确立”，只能是对渗透于我们之中的意识形态的一种追认而已。亦即，事实上并不存在着自我、内面的诚实与国家、政治的权力的对立，因为，“内面”本身亦是政治亦为专制权力的一面，追随国家者与追随“内面”者只是互相补充的两个

① 柄谷行人：《日本现代文学的起源》，赵京华译，北京：三联书店，2003 年，第 70 页。

方面而已。柄谷行人认为，发生于明治20年代的“国家”与“内面”的确立，“乃是处于西洋世界的绝对优势下不可避免的。我们无法对此进行批判”①。但另一方面，柄谷行人也指出，需要批判的是把由那种颠倒所产生的结果视为不证自明之事的今日之思考方法，弄清楚文学作为一种制度是怎样不断自我再生产的这一“文学”之历史性。这里，我们可以看到柄谷行人审视现代日本文学乃至现代日本起源时的暧昧性态度。

二、回到Isonomia——柄谷行人对资本主义制度的批判

20世纪90年代，苏东剧变，西方世界一片欢呼，福山正是其中的代表性知识分子。福山挪用马克思的《共产主义宣言》，宣称历史的终结是马克思的观点，但历史的终结并不归于共产主义，而是资产阶级民主。福山的这一看法如其本人所说，是“就1989年的情形来看”，因而虽说是“很简单的看法”，但在当时的背景下，倒也极具迷惑性。福山并不满足于应景的时事评论，而是试图从理论的角度描绘人类社会的历史图式，为此，他从康德、黑格尔、马克思、科耶夫等人那里广泛地吸取养分，论证“历史的终结”理论。以对康德的挪用为例，福山如此说道，

> 康德认为，历史应有一个终点，也就是说，有一个蕴含在人类当前潜能之中的最终目的，正是这个最终目的使整个历史变得可理解。这个终点就是人类自由的实现，因为“构建一个社会，使外部法律之下的自由与不可抗拒的权力(即一部完全正义的公民宪法)实现最大限度的结合，是大自然交给人类的最高难题”。②

康德所说的是否就是福山所指的，答案难免因人而异。不过，我们可

① 柄谷行人：《日本现代文学的起源》，赵京华译，北京：三联书店，2003年，第89页。

② 福山：《历史的终结与最后的人》，陈高华译，桂林：广西师范大学出版社，2014年，第78页。

以看看柄谷行人对康德所作的另一种解读。同样是在20世纪90年代，面对全球范围内共产主义事业的低谷，柄谷行人"开始感到有必要对'共产主义'这一理念进行根本性的重新思考"①。与福山相同，柄谷行人也试图从康德那里寻求理论依据，但他"参照康德为的是确立共产主义这一形而上学"②。摆在柄谷行人面前的是如何"确立共产主义这一形而上学"的课题，这一课题也关系着如何直面资本主义制度。对柄谷行人而言，资本主义制度非但不是福山所谓的历史的终极目的，毋宁说正是需要超越的。着眼于资本主义理念批判，柄谷行人在2012年出版的《哲学的起源》中，关注伊奥尼亚的Isonomia(无支配)的民主思想，"侧重于对超越民主的自由——亦即自由人的联合体——的原理的探索"③。

1. Isonomia是什么？

20世纪70年代以来，哈贝马斯、汉娜·阿伦特等人通过对康德的再读试图回归希腊民主政治的源头，重温市民社会的制度原理和道德准则。而柄谷行人则认为当今人类社会的思想危机，正是建立在现代资本主义体系之上的意识形态即自由—民主主义的全面危机。柄谷行人在《哲学的起源》中将目光投向希腊哲学，发现了被西方近代哲学遮蔽的另一传统，即伊奥尼亚的Isonomia(无支配)的民主思想。在这一问题的论述上，柄谷行人将伊奥尼亚与雅典视为对立的存在，区分出Isonomia(无支配)与Democracy(多数者统治)。在同一时代的雅典，个人还从属于氏族阶段以来的共同体，并未获得自立。但在由来自各个共同体的移民所组成的伊奥尼亚，从一开始就有"个人"存在。而在伊奥尼亚，个人虽然是从传统的共同体自立出来的，但他们忠于自己所选择的城邦。假如这个城邦不平等的

① 柄谷行人："中文版序言"，柄谷行人：《跨越性批判——康德与马克思》，赵京华译，北京：中央编译出版社，2018年，第1-2页。

② 柄谷行人："中文版序言"，柄谷行人：《跨越性批判——康德与马克思》，赵京华译，北京：中央编译出版社，2018年，第2页。

③ 汪晖："汪晖评柄谷行人《哲学的起源》"，柄谷行人：《哲学的起源》，潘世圣译，北京，中央编译出版社，2016年，第1-2页。

话，人们就会离开那里。柄谷行人认为，这正是伊奥尼亚人最早探讨了伦理和自我的问题的原因所在，亦即当个人从属于共同体时，并不存在真正意义上的个人，只有摆脱这种状态时，人才开始成为个人。

> 伊奥尼亚的“人间之爱”，不是从制度和习惯的角度，而是通过自然来看人的一种态度，也就是，不用城邦、部族、氏族、身份的区别来看人。而产生这种态度的便是Isonomia。Isonomia(无支配)意味着，个人不仅在参政权上是平等的，在更加根本的生产关系上，也不再存在支配——被支配的关系。因此，雇佣劳动和奴隶体制是不被承认的。因为它违背了自然。①

柄谷行人认为伊奥尼亚存在着“人间之爱”，至于这种态度来自哪里，柄谷行人将之归结为人们对技术的关注。在伊奥尼亚，人们对技术抱有强烈关心，但在雅典，虽然尊重“对智慧之爱”(哲学)，但却轻蔑技术，而这正是奴隶和下层民众的工作。由此，柄谷行人认为，雅典的哲学家缺少“对技术之爱”，源于他们缺少“对人之爱”。从“人间之爱”出发，可以引发另外一个极重要的问题，即对自我民族中心主义的克服。柄谷行人以希罗多德的《历史》为例论述道，这一著作最重要之处在于它没有自我民族中心主义。柄谷行人将原因归结为伊奥尼亚的独特环境，即伊奥尼亚既属于希腊又属于亚细亚，但同时又哪儿也不是。伊奥尼亚的自然哲学家们从属于各自在城邦，但本质上他们是世界主义的。例如希罗多德主张不能将“正义”限定在某一国家。城邦之正义，必须是普遍之正义。正义的国家，将在诸多国家的“永远和平”中得到实现。在柄谷行人看来，伊奥尼亚的思想家在希罗多德的时期，就已经具有了超越狭隘共同体的眼光。

柄谷行人认为，与Isonomia相比，确立于雅典的Democracy极具排他

① 柄谷行人，《哲学的起源》，潘世圣译，北京：中央编译出版社，2016年，第59页。

性。雅典的外国人，无论如何富裕，都不能拥有土地，也得不到市民身份。他们得不到法律保护，却必须缴纳重税。柄谷行人因而认为雅典的Democracy无法与其"民族主义"相分割。此外，伯里克利挪用各国上交提洛岛同盟的纳税钱，分发给雅典市民，作为参加议会的补贴。柄谷行人由此认定，"帝国主义式的扩张才是雅典民主政的基础"①。另外一方面，Democracy的排他性也体现在它促进了奴隶制的发展。在波斯战争中，自发担任战舰划桨手的下层市民为战争胜利做出了贡献，增强了他们的政治力量。其结果就是Democracy得以确立。可是，雅典市民的身份虽为农民，但实际上并不从事农业。为了去参加战争或其他国家活动，他们把农业劳动交给奴隶。换而言之，有土地而无奴隶，就无法履行市民义务，要作市民则需要有奴隶。在柄谷行人看来，这便意味着，"民主的发展，使得拥有奴隶越发成为必要"②。

2. 为何回到Isonomia——柄谷行人对资本主义制度的批判

柄谷行人从伦理视角审视伊奥尼亚的Isonomia，认为Isonomia有着"人间之爱"，而雅典的Democracy则有着排他性，无法与民族主义、奴隶制相切割。柄谷行人的这一考察着眼于对资本主义制度的批判，在他看来，雅典的直接民主主义暴露了近代的民主主义所存在的一切问题。

> 所谓近代的民主主义，即自由主义和民主主义的结合，即自由—民主主义。它是相互矛盾抵触的自由与平等的结合。如果指向自由，则带来不平等，指向平等，又会损害自由。自由—民主主义无法超越这一两难境地。而只能如钟摆一般，在追求自由的新自由主义和主张平等的社会民主主义(福利国家主义)这两极之间摆动。

① 柄谷行人,《哲学的起源》,潘世圣译，北京：中央编译出版社，2016年，第165页。

② 柄谷行人,《哲学的起源》,潘世圣译，北京：中央编译出版社，2016年，第30页。

> 现在，人们一般认为，自由—民主主义是人类所到达的最终形态，人类只能忍受着其极限，逐渐进行。而另一方面，理所当然，自由—民主主义并不是人类社会的最终形态，超越这一形态的可能依然存在。不仅如此，在古希腊那里，就可以找到实现超越的钥匙。但所谓古希腊，绝不是雅典。遵循雅典的Democracy，并无法解决近代民主主义的问题。不仅如此，近代民主主义具有的困难的原型，恰恰存在于雅典。①

"近代民主主义具有的困难的原型，恰恰存在于雅典"。柄谷行人在雅典的Democracy那里发现资本主义民主具有的困难的原型。在希腊本土的城邦，货币经济的发展造成了深刻的经济对立。为了阻止这种事态，雅典创立了一种新的体系，即在保持市场经济和自由的前提下，占国家人口大多数的贫困阶层，通过国家权力，对少数富裕者的财富进行强制性再分配。柄谷行人指出，雅典的Democracy就是多数者支配，而平等是通过限制少数贵族阶层的自由而实现的。这样的民主主义依托成员的"同质性"，即雅典的民主主义不只是榨取奴隶和寄居的外国人，还是通过统治其他城邦而得以实现的。如此，柄谷行人指出资本主义民主的困难的原型，即雅典的"直接民主主义"是通过帝国主义的膨胀而实现的。在这个过程中，也产生出了煽动大众的民众领袖。

柄谷行人认为，近代的民主主义同样站在平等的对立面，是一种支配的体制。近代民主主义首先经历了压制各种封建势力的绝对王政、或者开发独裁型体制；然后又通过市民革命打倒一体制，进而获得实现的。在柄谷行人看来，如此必须经过一次权力集中方能实现制度目标本身，足以证明Democracy在本质上即是一种"支配"形态。在近代的民主主义革命中，旧的主权者(王)被杀害或流放，以往的臣下——国民成为主权者，新的主

① 柄谷行人，《哲学的起源》，潘世圣译，北京：中央编译出版社，2016年，第22页。

权者——国民那里也隐藏着绝对主义的主权。如柄谷行人所批判的那样，“民主主义是以经过权力集中的方式实现的一种‘支配’形态”①。

与雅典的 Democracy 相比，在伊奥尼亚，人们摆脱了传统的支配关系，并获得了 Isonomia。柄谷行人将原因归结为伊奥尼亚的经济平等，在他看来，真正意义上的平等源于人们经济生活上的平等。伊奥尼亚的货币经济发达，但并未因此造成贫富悬殊。柄谷行人认为，这源于在伊奥尼亚，没有土地的人会移居到其他城市。因此没有出现拥有大量土地的地主。柄谷行人由此认为，Isonomia 带来了平等。相比之下，雅典则不具备伊奥尼亚那样的社会条件。在雅典，贵族(大地主)和大众之间存在着经济上的不平等。在柄谷行人看来，只要没有经济上的平等，所谓政治平等的 Isonomia 就只能是空洞的。如此，通过将伊奥尼亚的 Isonomia 与雅典的 Democracy 对比，柄谷行人辨明 Democracy 的本质只不过是一种不平等的支配，这种不平等也意味着，在经济生活极不平等的现代资本主义社会，真正的民主、自由原本就是不可能的。

三、柄谷行人对国家制度的批判

20 世纪 90 年代以来，在全球社会主义运动陷入低谷的背景下，柄谷行人思考重建共产主义的形而上学。对柄谷行人而言，这不仅指向对资本主义制度的批判，也指向着对国家制度的批判。在柄谷行人看来，当今社会，资本—民族—国家形成了闭环，因此，思考对资本、民族、国家的批判是不能分开的。在《跨越性批判——康德与马克思》(2001 年)中，柄谷行人通过透过康德阅读马克思，同时透过马克思阅读康德，总结出当代世界的资本—民族—国家之三位一体的内在结构。在《世界史的构造》(2010 年)中，柄谷行人像马克思一样将思考聚焦于经济活动，从交换样式的视角观察历史，探索超越资本—民族—国家三位一体的路径，展开对共产主

① 柄谷行人，《哲学的起源》，潘世圣译，北京：中央编译出版社，2016 年，第 27 页。

义社会的思考。

1. 从交换样式论说起

在《世界史的构造》中，柄谷行人从“交换样式”的角度重新观察社会构成体历史，他将交换样式分为四种类型：

> 交换样式有四种类型：A. 赠与的互酬，B. 服从与保护，C. 商品交换，以及超越上述三种样式的D。在任何社会构成体中，这些交换样式都是共生共存的。只是其中的一种成为占统治地位的，则事态就会变得不同了，例如，资本主义社会中交换样式C是占统治地位的。①

柄谷行人将赠与的互酬视为存在于氏族社会的现象。在柄谷行人看来，氏族社会与之前的游动民社会有着根本的不同。柄谷行人是如此解释的：游动狩猎采集民的集体社会中，由于无法积攒生产物，因此往往是将其汇聚起来而实行平等的分配。而且，因为对个人加以限制的集团力量比较弱，因此婚姻关系也不是固定不变的形式。亦即这是个人相对自由因而平等的社会。另一方面，采取互酬性原理的氏族社会，是游动狩猎采集民定居下来之后形成的。定居使财富的积蓄成为可能，但这又导致了财富和权力的差距乃至阶级的分化。氏族社会则通过赠与和还礼的义务而抑制了这种危险性。亦即氏族社会有平等而没有自由。

其次，柄谷行人认为，交换样式B始于一个共同体对另一个共同体的掠夺。掠夺本身并非交换。那么，掠夺是怎样变成交换样式的呢？在柄谷行人看来，如果要实现长期的掠夺，支配性共同体一方要向对方有所给予，即支配性共同体一方要保护被支配共同体免受其他共同体的侵略，通过灌溉等公共事业来加以培育。这便是国家的原型。但柄谷行人并非说国

① 柄谷行人：“中文版序言”，柄谷行人：《跨越性批判——康德与马克思》，赵京华译，北京：中央编译出版社，2018年，第2页。

家只是单纯的基于暴力，而是说国家乃通过禁止国家以外的暴力，使服从者免受暴力的威胁，“对于被支配者来说，当服从意味着可以得到安全和稳定的那样一种交换，此时国家才得以成立，这就是交换样式 B”①。

第三种交换样式 C 是指商品交换。在柄谷行人看来，商品交换虽以相互的自由为前提，但并非意味着相互的平等。柄谷行人将之归因为商品交换乃是作为货币和商品之间的交换而实施的。亦即货币和商品以及它们的所有者的立场是不同的，持有货币者不用诉诸暴力的强制，就可以获得他人的生产物或使他人劳动。因此，货币持有者和商品所有者，或者债权者和债务人之间是不平等的，“商品交换的样式 C 会带来与交换样式 B 所造成的‘身份’关系不同种类的‘阶级’关系它们常常相互结合在一起”②。

关于交换样式 D，柄谷行人认为，这不仅是要否定交换样式 B 所造就的国家，还要超越交换样式 C 中所产生的阶级分裂，亦即在更高层次上对交换样式 A 的恢复，也是被交换样式 B 和 C 所压抑的互酬性之契机在想象上的恢复，“从交换样式的角度出发，共产主义正是交换样式 D 的实现”③。交换样式 D 乃是对国家的扬弃。不过，柄谷行人并没有说可以在一国之内实现交换样式 D。这是因为，这在一国的内部原本便是不可能完成的。国家总是针对其他国家而存在的，因此只要有其他国家存在，那么在一国内部对国家的扬弃就不可能做到。其他国家会马上出面干涉，如果要对此进行抵御，则必须变成强大的国家。

2. 资本—国家—民族的三位一体结构

在柄谷行人看来，资本制以前的社会构成体随着商品交换成为主旋律而变形为资本—民族—国家的结合体。不过，柄谷行人并非说其他交换样

① 柄谷行人：“绪论 交换样式论”，柄谷行人：《世界史的构造》，赵京华译，北京：中央编译出版社，2012 年，第 6 页。

② 柄谷行人：“绪论 交换样式论”，柄谷行人：《世界史的构造》，赵京华译，北京：中央编译出版社，2012 年，第 8 页。

③ 柄谷行人：“日文版序言”，柄谷行人：《世界史的构造》，赵京华译，北京：中央编译出版社，2012 年，第 7 页。

式就被消灭了。毋宁说，其他交换样式以某种变形而存在着。柄谷举例道，以往占统治地位的掠夺—再分配的交换样式 B 发生了变形，采取了近代国家的形态。掠夺—再分配这一交换样式依然存在，只是变成了向国家纳税和再分配的形式。而取代君主处于主权者位置上的“国民”，则在现实上成为他们之代表者的政治家及其官僚机构的从属。另外一方面，就互酬性交换 A 而言，农业共同体因商品经济的渗透而遭到解体，与此相对应的宗教共同体也被消解了，但它又以另外的形式得到了恢复。这便是民族(nation)。民族乃是以互酬关系为基础的“想象的共同体”，它在想象的层面上获得了超越资本制造成的阶级对立和各种矛盾的共同性，“可以说，资本主义社会构成体乃是作为资本—民族—国家之综合体(连环)而存在的”①。

柄谷行人认为，从交换样式的角度来观察，才能理解“资本制生产”。例如，如果放任资本制经济不管，结果则势必造成经济上的差距和对立。而民族是以共同性和平等性为志向的，因此必将要求解决资本制所造成的差距和各种矛盾。于是，国家便通过课税和再分配及各种规定来实现这一要求。资本、民族、国家均是不同的东西，各自依据相异的原理，但在资本主义社会，它们形成了一个环环相扣的连环，缺一不可地结合在一起。在柄谷行人看来，即便海外贸易导致的相互依存关系的网络已然发达，但国家和民族并不会因此而消亡。一旦资本主义的全球化(新自由主义)使各国经济受到压迫，就会谋求依靠国家的保护(再分配)，而转向对民族文化同一性和地区经济的保护。也正因为资本制—民族—国家是三位一体的，所以才十分坚固。因此，“对抗资本必须同时与民族和国家相对抗”②。

那么，究竟该如何对抗资本—民族—国家的三位一体的结构呢？柄谷行人将目光转向流通领域，在他看来，资本主义经济中，所谓生产过程乃

① 柄谷行人：“绪论 交换样式论”，柄谷行人：《世界史的构造》，赵京华译，北京：中央编译出版社，2012 年，第 28 页。

② 柄谷行人：《跨越性批判——康德与马克思》，赵京华译，北京：中央编译出版社，2018 年，第 409 页。

是被资本所出卖的劳动力商品(雇佣劳动者)具体的劳动现场。这里的斗争基本上是改变交换的契约条件的斗争，而不会是别的。柄谷行人认为，剩余价值/资本积累的实现不仅在生产过程，也包括流通(消费)过程，“所以，正是在流通过程中可以发现劳动者对抗资本的根据地”①。

> 除了剩余价值不能只在生产过程中实现这一点外，还必须指出下面一点。这就是剩余价值只能作为“社会的”总资本才会被实现。这意味着既然剩余价值在全球规模上实现，那么，废除剩余价值的运动也必须是横向的多国间的(transnational)。针对个别企业或个别国家内部的总资本的斗争，已变成资本主义经济的一个环节。劳动者在企业和国家之间被相互分割开来。他们的利益与个别资本的利害乃至各国家的利益构成了不可分割的关系。的确，发达国家的劳动者和农民受到了榨取，但同时他们也接受了来自各国家(总资本)的各种再分配，通过这种再分配，他们“榨取”了别的劳动者/农民。只要固执于生产过程，劳动者的运动就将被国家所切断，最终不得不以要求更强大的国家权力之统制而告终。不过，当资本的运动组织起全球规模的“社会性诸关系”之际，发生扭转的契机也便包含在其中，即流通过程中。②

柄谷行人认为，超越资本的契机正在于流通过程中。具体而言，“资本自我增值不管伴随怎样的危险都不会自动停息。唯一可以阻止它的就是伦理性的介入”③。这种介入自然并非那种要求由国家来控制，柄谷行人将希望寄托在购买劳动力商品和向劳动者出卖生产物的过程上，认为只要劳动者拒绝售卖劳动力、购买生产物，那么，资本都不可能获得剩余价值，

① 柄谷行人:《跨越性批判——康德与马克思》，赵京华译，北京：中央编译出版社，2018年，第424页。

② 柄谷行人:《跨越性批判——康德与马克思》，赵京华译，北京：中央编译出版社，2018年，第424页。

③ 柄谷行人:《跨越性批判——康德与马克思》，赵京华译，北京：中央编译出版社，2018年，第429页。

资本无以成为资本。柄谷行人由此断定，要超越资本主义，只能是在流通领域。

在现代社会，劳动者拒绝出卖劳动力也好，拒绝购买生产物也好，都是不可能实现的。不过，与其批判柄谷行人理想的乌托邦色彩，毋宁说，更为关键的在于，柄谷行人的理想中隐藏着一个极为现实的问题，即对资本的超越并非可以在一国之内完成的。在柄谷行人看来，对抗资本的运动只能作为横向的多国间的消费者/劳动者运动来实施，必须是横向的多国间的“作为消费者之劳动者”的运动。柄谷行人提出了一个方法，这就是构筑基于代替货币的流通和金融体系，在此基础上组织生产—消费合作社，并将其与发达国家的生产—消费合作社对接起来。当然，这一理想本身也只能是一种乌托邦。

3. 柄谷行人的共产主义重建与“世界共和国”

柄谷行人认为当代发达资本主义国家，存在着资本—民族—国家的三位一体的体系，他要解决的，是阐明超越资本—民族—国家的必然性，“我所要做的是，在考察不同的交换样式分别构成的界的同时，观察其作为复杂的结合而存在着的社会构成体之历史变迁，进而，找到如何扬弃之的可能性”①。

> 在我看来，福山所谓“历史的终结”这一事态，意味着资本—民族—国家一旦形成，根本的变革便无以实现了。实际上，近年来世界各国的“转化”不仅没有捣毁资本—民族—国家，反而证实了这一装置在有效地发挥作用。资本—民族—国家这一连环仍是安然无恙。由于人们没有自觉到被封闭于这一连环的回路中，故虽在其中团团转而不

① 柄谷行人：“绪论 交换样式论”，柄谷行人：《世界史的构造》，赵京华译，北京：中央编译出版社，2012 年，第 11 页。

得出路，却错以为历史在前进呢。①

柄谷行人对资本主义的胜利这种说法不以为然，当然，他也在某种意义上认可福山所说的“历史的终结”。在柄谷行人看来，资本—民族—国家一旦形成，根本的变革便无以实现，从而呈现出“历史的终结”。而对于资本—民族—国家的扬弃，只有作为全新的世界体系才能实现。为此，柄谷行人转向了康德，如他本人所言，“参照康德为的是确立共产主义这一形而上学”②。柄谷行人认为，马克思所说的共产主义与康德所谓的“目的王国”并没有什么不同，它们都是“一定要将他者视为目的而不单单作为手段”那样的社会③。在柄谷行人看来，康德强调的道德性，并非善恶而是关乎自由的问题，将他者视为目的，也就是把他者看作自由的存在来对待，如果没有这样的道德性，也就没有共产主义。

柄谷行人从扬弃国家和资本的角度出发来重读康德“各民族联盟”的构想，他重读康德，便是出于扬弃国家与资本的观点。在柄谷行人看来，康德所说的“永久和平”并非仅仅指没有战争的和平，而是要谋求对国家间一切敌对性的抛弃，即国家本身的废弃。柄谷行人试图阐明：资本—民族—国家产生于世界体系当中，而非一部的产物，对其加以扬弃也非在一国之内可以实现的。柄谷行人从这样的角度对康德《永久和平论》作了重新解读，在他看来，康德所说的“永久和平”不单是没有战争的和平，而是不存在各国之间敌对的一种状态，即国家被扬弃的状态。那么，“世界共和国”怎样才能实现呢？柄谷行人强调，只有依靠交换样式D，即各国“赠与”其军事上的主权，才能实现。世界共和国则唯有依靠主权的主动“赠与”，

① 柄谷行人：“日文版序言”，柄谷行人：《世界史的构造》，赵京华译，北京：中央编译出版社，2012年，第2页。

② 柄谷行人：“中文版序言”，柄谷行人：《世界史的构造》，赵京华译，北京：中央编译出版社，2012年，第2页。

③ 柄谷行人：“日文版序言”，柄谷行人：《世界史的构造》，赵京华译，北京：中央编译出版社，2012年，第7页。

“世界共和国的秩序建立不是靠武力而是依靠赠与的力量”①。

柄谷行人认为，康德所说的道德法则并非只是主观性道德的问题，而是与社会性关系有关，具体而言，资本主义经济中的资本与工资劳动关系是通过资本家把劳动者单纯用作手段(劳动力商品)而成立的，因而人类的“尊严”就不能不失掉。柄谷行人由此认定，“康德所说的道德法则意味着对工资劳动乃至资本制生产关系本身的扬弃”②。

> 所谓社会主义，在于它是在更高维度上对互酬性交换的恢复。这是分配的正义，即并非靠再分配来消解财富的差距，而是实现了原本就没有财富差距的交换正义。当康德将此视为“义务”的时候，即把握到了互酬性交换的恢复不是人们随意的愿望，而是作为“被压抑物的回归”这样一种强迫性理念的到来。③

柄谷行人认为康德把握到了社会主义的核心，在他看来，康德所说的道德性必然地包含着对国家的扬弃，“世界共和国”是交换样式 D 得以实现的社会，意味着所有国家被扬弃。柄谷行人并未将这种状况的实现视为单纯的政治问题，在他看来，只要国家和国家之间还有经济上的“不平等”存在，和平就无以实现。亦即不单在一国的内部，而是在众多国家之间实现了“交换正义”，由此永久和平才能实现。因此，“世界共和国”意味着国家和资本被扬弃的社会，“而单就国家和资本的某一方面的议论，都将是空泛的”④。

---

① 柄谷行人：“中文版序言”，柄谷行人：《世界史的构造》，赵京华译，北京：中央编译出版社，2012 年，第 5 页。

② 柄谷行人：《世界史的构造》，赵京华译，北京：中央编译出版社，2012 年，第 209 页。

③ 柄谷行人：《世界史的构造》，赵京华译，北京：中央编译出版社，2012 年，第 209 页。

④ 柄谷行人：《世界史的构造》，赵京华译，北京：中央编译出版社，2012 年，第 210 页。

如何超越资本主义是当今左翼学者关心的核心问题。奈格里和哈特在《帝国》一书中认为，在今天的资本世界历史建构中，生成一种超越民族国家和领土统一的全球化的隐性力量，这便是不可直观的资本帝国。而在柄谷行人看来，当下全球资本主义秩序中，国家、民族、资本构成封闭环，因此，思考如何超越资本主义时，必须着眼于这一封闭环。发达国家的资本向全球扩张的过程中，有着奈格里所说的资本对民族国家、领土统一的超越现象。但是，应当看到，资本原本就是与国家、民族紧密缠绕在一起的。事实上，当下全球资本主义秩序本身凸显资本对民族国家的依赖，能够在全球范围内有着决定性力量的资本大多发源于发达国家。另外，美国特朗普政权的一系列作为凸显当发达国家的资本面临威胁时，会毫不犹豫地寻求民族国家的庇护，而此后的拜登政权同样渲染中国的崛起，意图强化美国的国际竞争力。在此意义上，柄谷行人的言说正揭穿了当下全球资本主义秩序的实质。

第二部分　小森阳一、柄谷行人认识论、方法论的异同

一、日本现代文学起源研究的异同

柄谷行人所说的“风景的发现”是“对现代的物质性装置的一个讽喻”①，他在“言文一致”的形成过程中寻找促使现代文学成为不言自明的基础条件，认为“文”的创立是内在主体的诞生，同时也是客观对象的诞生，由此产生了自我表现及写实等问题。这个装置一旦成形出现，其起源便被掩盖起来。柄谷行人对风景的论述指向着对国民国家的批判，“我在本书中所考察的文言一致也好，风景的发现也好，其实正是国民的确立过

---

① 柄谷行人：“英文版作者序(1991年)”，柄谷行人：《日本现代文学的起源》，赵京华译，北京：三联书店，2003年，第10页。

程”①。柄谷行人的风景论述揭示出现代文学制度下，权力对个体自我的规制，而现代的自我与国家权力对峙只不过是表象而已，因此，“现代批判必须从现代文学批判开始”②。为此，柄谷行人回溯到日本现代文学的起源上，展开分析。对于柄谷行人的认识论、方法论，小森阳一有着一定的共鸣。

> “言文一致”和民族主义是紧密相关的。这是自批评家、理论家柄谷行人《〈日本现代文学的起源〉再考》(《批评空间》，1991年4月)以来，被反复书写、谈论的主题，详细情况可参考柄谷行人的系列发言。但是，这里我想强调一点事实：在明治时期“言文一致体”的形成过程中，常常有“翻译”这一语言操作介入其中。也就是说，我想就作为隐蔽原文所含政治性的“翻译”文体提出问题。③

如引文所述，小森阳一认为他与柄谷的区别在于对待“翻译”文体的问题上。事实上，柄谷行人也注意到翻译问题，他在《日本现代文学的起源》中曾提及“手笔”的重要性，指出“在《武藏野》中作者反复引用了屠格涅夫的风景描写，这正是二叶亭四迷的翻译”④。不过，深入展开翻译问题研究的是小森阳一。小森阳一在这里所说的“翻译”，并非仅仅指涉从某一民族语言转换成别的民族语言的翻译，而是有着更为广义的内涵，其中包括在同一民族/国家中，从一种体裁到另一种体裁，从一种媒体到另一种媒体话语被转换时所发生的语言操作。国木田独步在《武藏野》中两次引用了屠

---

① 柄谷行人：“中文版序”，《日本现代文学的起源》，赵京华译，北京：三联书店，2003年，第3页。

② 柄谷行人：“英文版作者序(1991年)”，柄谷行人：《日本现代文学的起源》，赵京华译，北京：三联书店，2003年，第11页。

③ 小森阳一：《文学的形式与历史》，郭勇译，北京：清华大学出版社，2018年，第271页。

④ 柄谷行人：《日本现代文学的起源》，赵京华译，北京：三联书店，2003年，第59页。

格涅夫的《幽会》，他坦陈正是这篇文章改变了自己的世界观。国木田独步提到，他理解武藏野的落叶之美，完全拜屠格涅夫的《幽会》所赐。小森阳一从国木田独步的论述中，发现了他在认识论上的一个极为重要的颠倒。

> 在这里，重要的是这样的颠倒：描写了里尊乡下"白桦林"的屠格涅夫的俄语译文的二叶亭四迷的日语，让独步发现了日本武藏野的"落叶林之美"。生长在"关西"的"自己"，无论是在知觉还是在感觉上当初并不认为"落叶林"很美。可是二叶亭的译文的语言力量使得他的知觉和感觉都发生了变化。
>
> 而且，《武藏野》的叙事者坦陈：模仿《幽会》的翻译文体，通过每天记"日记"，也即是说通过"书面语"文章的力量，"自己"得以用语言来捕捉武藏野的"落叶林之美"。通常被认为是非常私人的天生的知觉和感觉的爱好及趣味的"美"的感受性，实际上是通过语言表现，尤其是通过文体被创造出来的。这一事实在这里被说得再清楚不过了。①

小森阳一从国木田独步的叙述中看出了自然与文体的颠倒。亦即，在国木田独步那里，并非先有自然，然后才有了相应的文体来把握这种自然。毋宁说，恰恰相反，正是先有了能够把握自然的文体，然后发现自然的存在。《武藏野》上述引用部分的结尾处，"自己"是这样告白的："自己在 12 月 26 日的日记中写道：坐在林子的深处四下环顾、倾听、凝视、默想。在《幽会》中也有自己坐在林中四顾、侧耳倾听这样的内容。"为什么坐在林中环顾四方、倾听周围事物的声音这一部分很重要呢？小森阳一认为，这是因为把自己的身体内在于要用语言来表现的世界中，通过身体的知觉和感觉性印象来把握世界，编织出语言表达的缘故，由此，得以把小说中描写的世界、物语内部世界的情报，以将身体内在于此的表达主体的

---

① 小森阳一：《文学的形式与历史》，郭勇译，北京：清华大学出版社，2018 年，第 10 页。

身体性知觉和感觉为媒介传达给读者。

柄谷行人在分析国木田独步的《难忘的人们》时认为："风景的出现，必须改变所谓知觉的形态，为此，需要某种反转。"①在柄谷行人看来，国木田独步远离了柳田国男所说的那种"诗歌美文的排列"，成功地将风景与笼罩着历史、文学意义（概念）的场所——名胜古迹区分开来，在这个时候，"内面"开始作为直接的显现于眼前的东西而自立起来。小森阳一认为，这种知觉的反转能力，正是国木田独步从屠格涅夫那里学来的。屠格涅夫的《猎人日记》包括《幽会》等若干短篇故事，讲述第一人称叙事者前往自己的领地，置身于俄罗斯帝国农村的大自然中，将自己的知觉和感觉细致地捕获到的外界形象置换成语言。小森阳一将《武藏野》与国木田独步的相关日记进行对比后认为，相关日记里完全没有传达出那种真实的感觉。在小森阳一看来，日记中，外部世界通过汉语式的习语表达被非常概括性地连缀起来，并片段式地排列着，诸如"林间""日光""绿叶""凉风林树""林"这些词汇过于千篇一律，只能传达给读者被一般化、概念化了的对象，而不能传达武藏野个别性的自然形象。与此相反，在《武藏野》中关于同一处的描写却有着本质的不同，成为一种文学性的表达。

> 也就是说，即使同为"日语"，如果文体不同，通过语言而被认知的世界也会发生变化。这就是名副其实的语言不同，独步从日记到《武藏野》的转换，可以说就是翻译这回事。
>
> 并非是因为出现了对外界的自然有着全新感受的天才，"自然描写"才被改变了。相反，是因为产生了关于自然的崭新的言语表达，此前经验性地并不觉得很美的对象变得美起来了，被认为值得用语言去表现。屠格涅夫的《猎人日记》如果不是因为被二叶亭四迷翻译过来，恐怕谁都不会注意到"云层接近蓝天之处"的美丽了，甚至都不会

① 柄谷行人：《日本现代文学的起源》，赵京华译，北京：三联书店，2003 年，第 14 页。

想到要用语言去表达它。①

如果没有关于自然的崭新的言语表达，谁都不会注意到“云层接近蓝天之处”的美丽，甚至都不会想到要用语言去表达它。如此，小森阳一由此看到潜藏在文体中的“力量”。更为关键的是，一旦“文学性”的印象形成，变成为了一种制度，“自然描写”就被认为是文学性表达，尤其是小说性表达的依据。直到1980年代为止，都还有相当强的势力。多数在文艺杂志里登载的“小说”类作品的开头都会是“自然描写”。如此，小森阳一聚焦于翻译问题，揭露出制度化的文学表达在源头上的颠倒。

小森阳一所说的翻译是广义上的，确切地说，是小森自己定义的“翻译”，因而他将国木田独步书写日记到创作《武藏野》的演变视为一种翻译过程。创作《武藏野》时的独步，决心从与信子分手的打击中重新站起来，作为“作家”安身立命。小森阳一认为，经验性回忆本身并没有意义，曾经用汉文色彩浓厚的文体写出来的日记在与佐佐城信子离婚后的现在仅仅是失恋的记忆。但是，国木田独步把这种记忆作为与“自然”及能够描写“自然”的文学性散文的邂逅，用崭新的文体来加以改写，在小森阳一看来，这便成功地实现主体转化，即从单纯的失恋男子转换成前途有望的“作家”。

围绕着与一个女性的恋爱、结婚和离别等极其私人的过去的回忆和伤痛，通过在一定的权威化之下产生了具有某种一般性错觉的翻译文体，被置换成了“自然”描写时，这就会与个别性的经验切断开，会招致同一个地方无论是谁去都会带有同样的感情，都会形成同样的经验这一感性以及呈现了它的语言的均质性。而且，通过模仿《幽会》式的翻译文体，全国的投稿者描写身边的“自然”，这被认同为“文学性”

① 小森阳一：《文学的形式与历史》，郭勇译，北京：清华大学出版社，2018年，第24页。

的表现。如果这种反复再生产延续不断的话，那么日本全国也就有可能作为均质性的东西而被彰显出来，与之相并行，能够彰显“日本”的“国语”也就被确立起来。①

小森阳一从国木田独步的翻译文体看出均质化的“国语”的生成。在小森阳一看来，借助这种翻译问题，国木田独步得以将原本只是私人的回忆置换为“自然”描写。而这里生出的自然脱离了个别性经验，能够被全国的投稿者反复摹写，不断再生产。如此，不仅日本作为均质性的东西被制作出来，同时，均质性的“国语”也被确立起来。小森阳一从自然的发现中，看出“国语”乃至“日本国”的生出，如此，他揭露出“自然”的发现过程的实质。这种揭露，正是柄谷行人在“风景”的发现上所看出的。但是，小森阳一、柄谷行人这种相似性背后，又有着怎样的不同呢？

二、小森阳一对文学制度的颠覆：“翻译”的紧张性

小森阳一扩大了“翻译”的内涵，获得了一种重新审视日本现代文学的方法。日本的现代是在西方列强的武力之下，被动卷入其中的，而现代文学的开端自然是处在这个大背景中的。但是，小森阳一反对仅仅将日本现代文学视为西方思想影响的产物，在他看来，如果仅仅将日本的现代文学视为西方思想影响的产物，那便是把从西欧的思想、西欧的作家及作品中受到的影响，俨然当作现代的基准，毫无限定地将其作为评价某一表现的主轴，因而日本的现代以“自我”和“我”等概念为主，被打上了“西欧式现代性之未成型”的烙印。小森阳一并不赞同在文本与文本之间制造出诸如主体作品与从属作品、实体与影子这种支配与被支配的关系。这里，小森阳一并非宣扬日本文化之于西欧文化具有独特性和优越性这一仿佛“日本文化主义者”的主张，他所强调的只是，由于各种文本是相互平等的，所

① 小森阳一：《文学的形式与历史》，郭勇译，北京：清华大学出版社，2018年，第28页。

以，在它们之间存在着极为紧张的相互关系。

柄谷行人在《日本现代文学的起源》中提到，他对如下两种看法都持有反对的态度：其一，因为日本不是西洋的，故其现代文学并非充分现代化的；其二认为其题材和观念如果是非西洋的则作品一定是反现代的①。小森阳一的如上观点与柄谷行人在日本现代文学的起源上的观点是有着共鸣的。不过，小森阳一的独特性也正在这里。具体而言，小森阳一强调，考察日本现代文学的起源时，不仅要看到西方思想与日本现代文学的关系，也要关注日本前近代文学与近代文学的关系。这种双重关系也意味着，并不存在一个作为固化的实体的日本近代文学，毋宁说，正是在紧张的相互关系中，形成了事后被视为日本现代文学的那个对象。在小森看来，如果说新的文本是在引用此前诸多文本的基础上建构起来的纺织品，那么可以认为，现有的文学文本就必定是由被引用的诸多文本曾经内含的故事(或诸多故事)与引用了它的文本即将要启动的故事(诸多故事)，如经线和纬线般交织而成的布料，同时也是浮现在这布料上的花纹。这样一种文体观，正是对现代文学的本源性反思。对此，小森阳一有着充分的自觉，他在《作为文体的叙事》中如下说到，

> 本书以《浮云》中的文本运动为基本模式，尝试着来把握明治二十年代的"现代"故事和文体生成之间的相互关系。传统的关于男女的故事，因为带有西欧式构文特征的文体的导入，是如何变形崩溃，再产生出新的类型的呢？对此进行说明也就意味着重新审问已经"自然"化了的"近现代文学"制度。②

上述引文充分解释了小森阳一研究《浮云》时的目的意识，即通过文体

① 柄谷行人："英文版作者序"，柄谷行人：《日本现代文学的起源》，赵京华译，北京：三联书店，2003年，第9页。

② 小森阳一：《文学的形式与历史》，郭勇译，北京：清华大学出版社，2018年，第156页。

研究重新审问业已“自然”化了的“近现代文学”制度。在文体与叙事的关系上，小森阳一认为，新故事的产生，依赖于新文体的确立。新文体的生成，其中又孕育着新的故事。小森阳一以《浮云》为例分析道，讲述文三和阿势“人情本”式恋爱开端场面的导入部分，即在第二回中，叙述者在作品人物的外侧，为了向读者提示文三和阿势的关系而描写会话场面，也即文三欲向阿势表白心中恋情未果，默默地与她一道眺望悬挂在院子上空月亮的场面。小森阳一发现，这里，为了启动故事而选取的文体与通过即将动作起来的表现者所构想出来的故事之间所存在的明显的矛盾或对立。具体而言，第二句一直到“月夜見(五音节)”“神の力の”(七音节)、“測りなく”(五音节)，都残留着和歌式的文脉，但是，因为导入了“断雲一片”“清光素色”“亭々皓々”这样的汉诗文式表达，和歌式的文脉就崩溃了。小森阳一由此看到传统的和文文脉与汉文文脉间的纠葛。在接下来的第三句中也和前一句相同，使用了“金瀲灧”“玉玲瓏”“孤燈一穂”等汉诗文式的审美词语，在小森阳一看来，这便是残存着作为联合关系的汉诗文体裁的记忆。小森阳一认为，“初は(起初)”“這初め”(开始爬行)”“中頃は(然后)”“這込み(爬进)”“終りに(最终)”“這える(爬上)”等处，明显地流露出了要随着时间的推移去捕捉变化的月光的移动这种表达意识。也就是说，表现时间的推移和月光变化的词汇的对应关系统摄着这个句子。“开始爬行”“爬进”“爬上”这样的谓语群是将月光拟人化的表现，可以看成是在当时以汉文体为基础的翻译表达中出现的西欧式拟人法。如此，小森阳一指出，产生了支撑联合关系(paradigm)的传统诸文本同支撑结合关系(syntagm)的新文本之间的纠葛和对立，也即是新旧文体相互抗衡的一个句子。

> 总之，引自传统的古典文学诸体裁中的语句(或其搭配)，即便只是一个单词(一个切片)，却会引出该体裁的整体记忆。这种体裁的记忆，结果一方面将其中的文体特质在词汇中的联合关系(paradigm)与统辞机能中的结合关系(syntagm)两个方面，召唤至文本的表层。某种

> 文体特质也会同时唤起它曾经所在的文本的故事类型的记忆。这是因为要解读这一受到某种文体表征的诱惑而浮出水面的东西的符码，就要先认知该文体特征所属的文本。
>
> 文体表征常常作为故事的表征而发挥作用。属于某个体裁(或文本)的文体一经选定，被该体裁(文本)的符码所统辖的故事就开始运转起来。①

小森阳一强调的是，写作者从先行的或同时代的文本中引用某个切片，会走进该文本和即将要生产出来的文本间的相互牵制、相互干涉的场域。同理，文本的读者通过阅读，也参与到了同样的相互作用的场域中。由此，小森阳一发掘出文本的不稳定性，亦即，创造出来的东西很快就会被破坏掉。刚开始具备一定体系的表达，马上就会和其他异质的体系汇合。

小森阳一关注文体的紧张关系，他发现《浮云》中最大限度地施以文学性装饰的漂亮的庭院风景、确认了读者共同感受的“实在有趣”的“映入眼帘的景色”等实际上并没有进入出场人物阿势与文三“心事重重的两人的眼里”。如此，小森暴露出之前读者拼命拽住古典体裁的符码来解读的月光照耀下的院子里的景物描写与阿势和文三所编织出来的故事世界之间并没有任何关联。

> 这件事通过叙述者“阿势只是在口头上说道”“装出一副专心看月亮的样子”这样的注释，进一步得到了强调。读者在这里被告知，接下来将要展开的“两人”之间的故事，采用传统古典体裁的符码是不能解读的。手法的呈现及异化，不仅把作品中的人物戏仿化，还把支撑过去的体裁规范的意识，乃至读者的意识也戏仿化了。这可谓是文本

① 小森阳一：《文学的形式与历史》，郭勇译，北京：清华大学出版社，2018年，第150页。

自身的自我言及性。①

小说中，文三也没有看月亮。他“偷偷地望着”“装作专心看着月亮”的阿势的“侧脸”，目不转睛地看着身旁的阿势的脸。在小森阳一看来，这意味着，《浮云》这个文本很快就破坏了其所创造出来的东西。凝聚了古典传统文学修饰的庭院描写，成了文三与阿势相恋的背景。但这一描写并没有进入作品出场人物的视线。文三为要不要把自己被免职这件事告诉婶婶阿政而感到烦恼时，同样的“花草树木”毛骨悚然地威胁着观看者，“虫子的声音”勾起了“寂寞”。小森阳一由此看到，引用前面存在的作为自身文本的部分，然后再脱离其意义作用这一从表达的规范转向去规范化的运动以及创造与破坏的瞬间转移活动。文体结构上的这种紧张关系，正是小森阳一在对日本现代文学的起源展开考察时发现的。那么，文体的这种紧张关系，或者是不稳定性，在小森阳一的学术思想中，有着怎样的意义呢？这里，我们需要回到小森阳一的语言视角。

三、语言视角的异同

语言学转向是20世纪西方哲学一个显著的特征，这一转向意味着语言不再是传统哲学讨论所涉及的一个工具性的问题，而是成为哲学反思自身传统的起点和基础。罗素强调语言分析的重要性，希望通过对语言的逻辑分析解决哲学问题。维特根斯坦则在《逻辑哲学论》一书中，强调以逻辑构造世界，用逻辑分析的方法澄清命题的意义。语言学转向为哲学提供了全新的研究方法，不仅如此，语言学转向的影响还波及到其他领域，以日本学术界为例，文艺理论界也有着“语言论转向”。20世纪50年代中期，围绕斯大林的《马克思主义与语言学问题》，日本学术界就文学与语言是否属于上层建筑的问题展开讨论。在这一时期，三浦勉反对使用“反映”一词，

① 小森阳一：《文学的形式与历史》，郭勇译，北京：清华大学出版社，2018年，第152页。

认为"反映"一词抹杀认识的主观性，忽略了"表现"的重要性①。此后，吉本隆明从三浦勉的批评理论和语言学研究中获取灵感，从"语言表达"的角度构建文艺理论，他在60年代撰写的《关于语言美是什么》是对日本当代文艺理论的"语言论转向"起到关键性作用的著作②。"日本后现代思想的主要倡导者和左翼马克思主义批评家"③柄谷行人正处在这样的延长线上，在林少阳看来，"作为后现代的理论家，柄谷行人的解读可以说是从语言角度出发，这是丸山真男所没有的视角"④。柄谷行人对语言视角有着明确的自觉，认为丸山真男缺乏语言视角，"不懂这些"⑤。本部分围绕柄谷行人、小森阳一的语言视角，进一步考察小森阳一文学批评的特质。

柄谷行人的对话模型中，发话者与信息接受者是一种非对称的关系。柄谷行人利用维特根斯坦的他者理论来论述这种非对称的关系，"如果语言对他者没有意义这对我自己也没有意义。正如维特根斯坦所言，不可能存在'私人语言'"⑥。在柄谷行人设定的"教"—"学"模型中，"教"并不居于优位，而是将"学习"一侧的合意作为必要。在这模型中，"我"的语言的"意味"如果得不到他者的承认，那么"意味"就不成立，这是因为私人的意味(规则)不能存在。

我认为，独白或者与自己共有同样规则的人之对话并不是对话。所谓对话，仅仅存在于不共有语言游戏的人之间。所谓他者，必须是与自己不共有语言游戏的人。与这样的他者的关系是非对称的。站在

① 三浦勉：《斯大林批判的时代》，东京：劲草书房，1983年，第129页。

② 王志松：《20世纪日本马克思主义文艺理论研究》，北京：北京大学出版社，2012年，第30页。

③ 赵京华："《柄谷行人文集》编译后记"，柄谷行人：《作为建筑的隐喻》，应杰译，北京：中央编译出版社，2010年，第166页。

④ 林少阳：《"文"与日本学术思想：汉字圈1700—1900》，北京：中央编译出版社，2012年，第377-378页。

⑤ 柄谷行人：《语言与悲剧》，东京：讲谈社，1998年，第148页。

⑥ 柄谷行人：《作为建筑的隐喻》，应杰译，北京：中央编译出版社，2010年，第101页。

"教"的立场，换而言之，是将他者，或者他者的他者性作为前提。①

柄谷行人所说的对话"将他者，或者他者的他者性作为前提"，"教"这样的词汇，目的正是不断地唤起"他者"。在这一问题上，柄谷行人区分了教(teach)与言说(tell)，突出他者意识的重要性。"教"是以对方学习一定的规则性、范型作为前提时使用的，而"言说"的场合，对方没有学习的必要，或者使得"言说——听"成为可能的规则业已被学会了。在柄谷行人看来，如果仅仅言说，而不在意对方的理解，那交流就不存在，所谓的对话只能陷入独我论(独白)。倘若双方有着共通的符号，语言发送者的信息能够被语言接受者理解，那么，这里不存在柄谷行人所说的那种有着他者性的对话，如野家启一所说，成为"共通的规则"的，只能是作为事后知识被捏造的事后说明而已②。

柄谷行人所说的"对话"并不意味着通过共通的符号来互相言说，而在共有语言游戏之前，必定先有"教—学"的过程。在"教—学"的过程中，语言的信息并非由发送者决定。关于这一问题，柄谷行人利用马克思主义经济学来阐释，将之比拟为"赌命的飞跃"。

> 不知道是否能卖。马克思将之称为"赌命的飞跃"。这与维特根斯坦的思考方法是相通的。亦即卖者和买者，商品(所有者)与货币(所有者)的关系是非对称的，我们就算能够变换立场，这个关系的非对称性本身绝对是不会被改变的。语言虽说是规则的体系，该体系不是在哪个固定地方，而只是在交流的"结果"上而已。③

在马克思经济学理论中，商品如果不被卖的话，就没有价值，因而就

① 柄谷行人：《探究 I》，东京：讲谈社，2002 年，第 11 页。

② 野家启一："危机的探求者——读《探究 I》"，柄谷行人：《探究 I》，东京：讲谈社，2002 年，第 262 页。

③ 柄谷行人：《语言与悲剧》，东京：讲谈社，1998 年，第 75 页。

连使用价值也没有。在此意义上，商品能否被卖，这是“赌命的飞跃”。即商品的价值不是事先内在于物品中，而是作为被交换的结果时才被赋予。在柄谷行人看来，交流也是这样的“赌命的飞跃”，只有对方接受时，发信者的信息意义才能被对方接受，信息的意义才得以生成。

柄谷行人对话模型中的他者是相对的概念。柄谷行人举的例子是，当孩子成为父母，他们面对自己的孩子时采取作为父母的立场。柄谷行人的他者意识同样受到维特根斯坦的“他者”观念的影响，“在我的定义中，所谓他者，用维特根斯坦的说法而言，是指不共有语言游戏的人”①。维特根斯坦的他者并非“上帝”这样的绝对的他者，而是小孩和外国人这样的相对的他者。在柄谷行人看来，维特根斯坦所引入的“是无法扬弃的非对称关系，或者与仅在这种非对称关系中出现的相对性他者的关系的绝对性”②。“相对性他者的关系的绝对性”使得柄谷行人所论说的“对话”得以成立。柄谷行人认为，如果将他者视为仅仅是听者，那么所谓的对话实际上便成为独白。另外，如果他者是超越的他者（神），那对话也是独白。柄谷行人的论述指向着对绝对主义的批判。

> 释迦摩尼也好，孔子也好，他们所说的，不久就被回收至“共同体”。而且就被吸收至在他们以前就有的“神秘主义”。神秘主义是我与他者，我与神的合一性。这排除着“他者”。换而言之，排除着与作为“他者性”的他者之关系，与作为“他者性”的神之关系。只有我与一般人的世界，或者独我论的世界，排除与他者的对关系，转化为强制真理（实在）之共同体的权力。西田几多郎、海德格尔支持法西斯，不是偶然（事故）。③

① 柄谷行人：“作为他者的人”，《柄谷行人演讲集成 1995—2015 思想的地震》，东京：筑摩书房，2017 年，第 19 页。

② 柄谷行人：《作为建筑的隐喻》，应杰译，北京：中央编译出版社，2010 年，第 104 页。

③ 柄谷行人：《探究 I》，东京：讲谈社，2002 年，第 250 页。

言说被回收至“共同体”，便排除了“他者”。这样的“独我论”难免导致与法西斯的亲近。如此，柄谷行人的这种对话模型指向对绝对价值的批判，“拒绝对话的人，无论他掌握了多么高深的真理，都是非理性的。理性是否存在于世界以及自我之中并非问题，只有经过了对话的东西才是合理的”①。

在柄谷行人的语言模型中，“我”的语言的“意味”如果得不到他者的承认，那么“意味”就不成立。柄谷行人认为，在把他者仅当作“手段”来对待的资本主义经济中，康德的“自由王国”和“目的王国”就意味着共产主义。押野武志在论述小森阳一的交流模型时，将小森阳一的交流模型与柄谷行人、立川健二等人的交流模型对比，认为小森阳一的交流模型缺乏他者意识。

> 柄谷与立川能够说是相通的。我有着这样的认识，在了解意味之前，语言交流是极为困难，或者说，人不是那么简单就能互相懂的。以前的语言学的前提是倾听主体而了解意味，站在这样的“言说—听”或者“听的立场”上的语言论，想象某种语言共同体的成员，亦即在共有共通的语言的主体们之间进行交流，“他者”并不存在。不过，如柄谷行人所说的那样，“言说——听”之前，必须先有“教——学习”，不然的话，我们就不能“说——听”。在这样的“教——习”，“卖——买”这样的非对称的交流上，交流的发动者未必处于强的立场。不如说依存于接受方。②

中村三春对小森阳一的发送模型也有着类似的批评。

---

① 柄谷行人：《作为隐喻的建筑》，应杰译，北京：中央编译出版社，2011年，第97页。

② 小森阳一、中村三春、宫川健郎：《总力讨论 漱石的〈心〉》，东京：翰林书房，2004年，第22-23页。

这个图式非常便利，不过便利的东西上有着陷阱。第一，所谓传达是什么，所谓交流是怎样的事态呢，这样的事情在默然中被清除。这与押野的发表重合。第二，语言作为信息，不得不被传达的信息，对此没有任何疑问。第三，传达回路的记述肯定着传达的价值观，为何传达上价值被认可呢，这一问题被无视。①

押野武志和中村三春认为小森阳一的信息发送模型有着抹杀他者的可能。金子明雄有着同样的问题意识，认为除非将对声音的多样机能的关注作为前提，否则，叙述研究有着压抑语言的可能②。押野武志等人的论述发表于20世纪90年代初，这一时间点上，小森阳一藉由文学批评介入政治批评的一系列论著尚未问世，因而他的信息发送模型受到研究者的疑问不足为奇。但是，我们结合小森阳一20世纪90年代后的一系列论著可以看到，他的学术思想有着强烈的他者应答意识。

假如战败后置身于新宪法之下的“国民”(我们必须充分地觉悟到，这是一个除去旧殖民地旧臣民的、排他性的概念)，对待旧殖民地出身的人们能够发挥一下想象力，把他们/她们视为自己进行殖民地统治的受害者的话，将会是何等情形啊！假如能够把作为殖民地统治受害者的他们/她们的过去与现在当作镜子，来观照一下自己的形象的话，那么理应能够从中清楚地发现身为殖民地统治加害者的自我形态。而且，理应会就身为殖民地统治加害者的自己的责任，对他们/她们逐一作出应答。③

① 小森阳一、中村三春、宫川健郎：《总力讨论 漱石的〈心〉》，东京：翰林书房，2004年，第45-46页。

② 参见金子明雄：“近代文学研究与物语论的今天与明天”，《日本近代文学》，1991年第5号，第153-156页。

③ 小森阳一：《天皇的玉音放送》，陈多友译，北京：三联书店，2004年，第225页。

依据小森阳一的信息发送模型，既然受害者发出要求日本承担战争责任的呼声，那么，日本人“理应会就身为殖民地统治加害者的自己的责任，对他们/她们逐一作出应答”。但在日本，这样的应答往往并不存在。小森将割裂这种应答可能的责任归因为天皇，他在《天皇的玉音放送》中认为《终战诏书》演变为一种语言统治力量，支配着政治话语场合的历史认识。小森阳一认为，日本人对自己加害责任的考察理应与作为大日本帝国殖民地侵略战争之主体的“大元帅天皇”的战争责任与殖民地统治责任相重合。但东京审判免除了裕仁的战争责任、殖民地统治责任与侵略战争责任，这就等于将作为反观侵略战争加害者自我形象的镜子的“冲绳”、朝鲜半岛、中国、东南亚、南洋群岛等，从日本人的意识架构中切除出去。这样做的后果便是，谈论身为加害者的自我形象的话语本身被从战败后的日语中切除掉。

小森阳一还提及一种特殊的模型，即与死者的对话。与死者的应答是日本战后的文学无法绕过的问题。川村凑曾如此说道：

> “战后文学”的主题“亡灵”的再生在现代的文学中经常被看到，这意味着什么呢。即便很多“战争结束了”，“战后文学结束了”这样的断言，在这个国家，尚且不允许“战后”结束的“亡灵”们还有很多。“战后文学”能好好地吊唁这样的“亡灵”吗？现代的“新的文学”“孤立”着，是亚洲的、或者国际社会的现实而来的孤立，这是没能让战争的“亡灵”成佛的日本的“战后”上的问题。只要“战后”继续，我们就被世界的现实“孤立”着。①

川村凑提及的所谓的“亡灵”问题，关系着日本如何反思自己的战争责任，在当下如何面对战争受害者。鹿野政直也认为直面“他者”必须解决好

① 川村凑：《发问战后文学——其体验与理念》，东京：岩波书店，1995 年，第 236 页。

历史认识的问题，指出：“意识到海外而来的视线，日本必须对战争的某种总括的意思表现。这便将焦点放在历史认识的问题上。”①小森阳一的文学批评屡屡提及历史记忆问题，正源于这种强烈的他者意识。

> 精神创伤，是在九死一生的险境下幸存下来的人的意识中反复出现的，一种现实回归的现象。这是与幸存者对于死者的罪恶感互为一体的。精神创伤的反复闪回，意味着无声的死者在向幸存者发出叩问：“为什么我们会死去？”
>
> 我们作为幸存下来的人，有应答这种质疑和叩问的不可推卸的义务与责任。将自己的精神创伤通过“解离”化为若无其事之物，这种勾销记忆的行为，则意味着对于自身义务和责任的放弃。作为使用语言之生物，人类通过神话、传承、传说、故事以及小说等形式，不断持续着与死者的应答，但是《海边的卡夫卡》却背离了这种人类历史的总体。②

无视与他者的应答，便是勾销记忆，放弃了自身的义务和责任。小森阳一关注叙述问题正是源于认为“恐怕最为重要的是，与能够连接围绕战争的事实性的语言的相遇”③。在这一问题上，小森阳一批判日本战后关于战争的言说过于模式化，认为即便反复言说“太平洋战争是侵略战争”，但却不带有情绪、感情，这样的语言不能生成负责任的主体。

> 所谓“吊唁”，活下来的人不停地想起死者的“死亡”，活着的人的“此时、此地”上，面向该死者的“死亡”，将之变成语言。活下来的

① 鹿野政直：《日本的现代》，东京：岩波书店，2000年，第213页。

② 小森阳一：《村上春树论：精读〈海边的卡夫卡〉》，秦刚译，北京：新星出版社，2007年，第204页。

③ 小森阳一：《“摇摆”的日本文学》，东京：日本放送出版协会，1998年，第277页。

人，以怎样的质量的语言，在“此时、此地”想起死者的“死亡”呢？只有在该死者与生者之间的“动摇”的语言中，我们能够遇到事实性，还有历史性。①

小森阳一批判日本社会关于战争的言说没有实感，认为这样一种没有实感的语言起着事实上无视记忆、抹杀历史的功能，他所期望的是能够带来“事实性”“历史性”的语言，活着的人通过这样的语言表述战争，与死者对话，就算自己没有牵涉进过去的事件，“责任的主体被构成”②。如此，小森阳一直面日本社会的保守、右倾的话语系统，“走向了文化批评，呈现出对日本文化民族主义、天皇制的反省和批判”③。

从如上分析可见，小森阳一的语言模型并未抹杀他者，恰恰相反，毋宁说正是将他者摆在极为重要的位置。在这一点上，小森阳一与柄谷行人有着强烈的共鸣，他们的不同顶多是论述侧重点的不同罢了。在柄谷行人那里，言说者不能独白，而必须考虑到如何让听者(他者)接受。而在小森阳一那里，信息接受者不能无视信息发送者，必须对发出的信息作出回应。与这种不同相比，更为关键的差别在于两者语言模型背后隐藏的东西。柄谷行人的语言模型中，他者是相对的概念。在柄谷看来，与没有共同规则的他者的交流，必定会形成“教—学”的关系。如果存在共同的规则，那也只是在“教—学”关系确立起来之后的。正因为如此，柄谷行人将“教—学”这一非对称关系视为交流的基本状态。这样来看，柄谷行人的语言模型中，言说者追求的是能够让他者“习得”或是“理解”自己所说的，而这本身只有自己与他者共有一个规则时才能实现。但是，问题恰恰在于这里，如柄谷发问的那样，所谓“他者”难道不是指那些不具有共同规则的

① 小森阳一：《“摇摆”的日本文学》，东京：日本放送出版协会，1998 年，第 280 页。

② 小森阳一：《“摇摆”的日本文学》，东京：日本放送出版协会，1998 年，第 280 页。

③ 韦玮：“小森阳一日语研究中的政治批评”，《日语教学与日本研究》(9)，2016 年，第 134 页。

人，其“对话”不正是与这样的他者的对话吗？① 亦即，柄谷行人的语言模型中，他者是相对的概念，当孩子成为父母，他们面对自己的孩子时采取作为父母的立场。这样一来，对话就是不能终结的、永久的过程。因为一旦终结，他者就成为绝对者，对话也就成为了对白。

对话是不能终结的、永久的过程，柄谷行人的这一立场正贯穿于他对共产主义形而上学的重建过程中。如上文提及的那样，柄谷行人参照康德的“建构性理念”与“整合性理念”之分，将共产主义视为“整合性理念”。在康德看来，建构性理念是将被现实化的理念，而整合性理念则是那种极难实现的、仅作为目标而逐渐向其迈进的理念。柄谷行人认为，整合性理念是一种假象，但没有这个假象便无法前行。那么，把共产主义视为建构性理念的马克思主义又如何呢？这种马克思主义乃是“理性的建构性使用”，最终变成了所谓“理性的暴力”。② 不过，明知共产主义是“整合性理念”，柄谷行人还是在现实社会进行了尝试。柄谷行人认为，资本在生产领域可以控制无产者，并使他们积极地与之合作。因而，在此进行抵抗非常困难的。但是，若在流通领域则资本是无法控制无产者的。因为，有可以强制人劳动的权力，却没有强制人购物的权力。流通领域的无产者斗争，也便是所谓拒买。柄谷行人所说的拒买有两种方式。一是拒绝购买商品；二是不出卖劳动力商品。2000 年前后，柄谷行人倡导并组织起抵抗资本与国家并追求“可能的共产主义”的市民运动“新联合主义运动”（New Associationist Movement），将他的这一理论付诸实践。这一充满了乌托邦色彩的运动并未产生多么重大的影响，倒也从另一个侧面反证了柄谷行人所探求的正是作为“假象”的“整合性理念”。

如果说柄谷行人的语言模型乃至学术思想的特征在于永不停止的移动性的话，那么，小森阳一的语言模型乃至学术思想的特征恐怕在于永恒的

---

① 柄谷行人：《作为隐喻的建筑》，应杰译，北京：中央编译出版社，2011 年，第 98 页。

② 柄谷行人：“中文版序言”，柄谷行人：《跨越性批判——康德与马克思》，赵京华译，北京：中央编译出版社，2018 年，第 3 页。

紧张性。诚然，小森阳一语言模型的对称性曾让不少研究者误解，认为这有着抹杀他者、压抑声音的可能。小森阳一的确追求信息接受者与信息发送者的回应，但是，这绝非稳定的过程，而是如小森阳一多次提及的那样，这样的过程在文体中呈现出紧张的关系，亦即文本阅读者与语言系统的格斗。这种格斗意味着个体与语言系统背后的意识形态/国家权力的永不妥协的态度，也意味着文学、文学批评的重生。柄谷行人在写作《日本近代文学的起源》的时候，就感到了日本近代文学的终结。柄谷行人认为，1990年代以来，文学“丧失了知性的冲击力”，因而即便文学仍在继续，“但是它已经不再是我所关心的文学了。实际上我与文学的缘分已经断了”①。在柄谷行人看来，重视文学，给与它特别地位的时代已经结束，文学批评的生命也随之终结。从前那个以文学为研究的素材，仿佛在思想上有所建树的时代已经过去了②。如此可以理解，柄谷行人为何在1990年代从文学制度批判，转向资本主义制度批判。相比之下，小森阳一始终感受着文学、文学批评的根本价值，“在世界任何地域，不管是怎样的语言，都要被问及如何与权力机构进行战斗，就我本人而言，我想永远作为文学研究者投身于这一战斗中”③。

20世纪70年代以来，在世界性普遍的“去政治化”倾向下，“宏大叙事”遭到了遗弃，资本主义世界进入了一个默认现状的时代，“他们已经抛弃了对人类改良的一切希望，正在堕入一种差不多是享乐主义的自私之中，在对家庭的依恋和对想象性哲学的蔑视这种软弱的名号之下，掩盖了

---

① 柄谷行人：《柄谷行人文学论集》，陈言译，北京：中央编译出版社，2021年，第335页。

② 柄谷行人：《柄谷行人谈政治》，林晖钧译，台北：心灵工坊，2011年，第184页。

③ 韦玮：“文本分析的方法论：小森阳一访谈”，《外国文学研究动态》，2021年第3期，第160页。

同样的享乐主义的自私”①。进入20世纪90年代，随着社会主义运动遭到重创，后现代主义更是高呼一切理念已然终结。正是在这样的时代背景中，柄谷行人意图超越资本主义，寻求一种科学性的、法则性的解决方案，坚定地认为共产主义理念必定取代资本主义。但是，柄谷行人拒绝认可这种理念的现实性，而只是将其作为“整合性理念”，永远地追求着。另一方面，柄谷行人在审视现代日本时，表现出了某种“理解”，在他看来，发生于明治20年代的“国家”与“内面”的确立，“乃是处于西洋世界的绝对优势下不可避免的。我们无法对此进行批判”②。这里，我们可以看到柄谷行人在审视现代日本的起源时的暧昧性态度。相比之下，小森阳一并不寻求宏大理念的解决方案，如他的语言模型所示，他所寻求的是信息接受者摆脱国家权力的束缚，在此时、此地与文本语言相遇。小森阳一追求的是真正实现这种相遇，但是，因为国家权力的存在，这一过程永不终结。这不仅仅是给人的存在提出了挑战，毋宁说，正是在这相遇、格斗中，人才得以成为人。

第四节　本章小结

本章阐明，小森阳一构想的理想读者不仅能够介入文本意义的生成，更为关键的是，拥有高度语言能力的理想读者能够正面反抗强势政治势力在扩大宪法解释等问题上对当今日本人的操控。如本章所述，小森阳一文学批评实现了法国诠释学家利科提出的“归已化”功能，即小森阳一的理想读者通过理解文本、建构文本意义实现了自身理解和自身建构。在认识论上，小森阳一将文本视为他者进行叙述的文体，认为阅读是信息接受者与信息发送者“格斗”从而生成文本意义的事件性行为。在方法论上，小森阳

① 拉塞尔·雅各比：《乌托邦之死：冷漠时代的政治与文化》，姚建彬译，北京：新星出版社，2007年，第3页。

② 柄谷行人：《日本现代文学的起源》，赵京华译，北京：三联书店，2003年，第89页。

一的文学批评有着介入现实的功能，期盼读者能够认清现实世界欺骗性的语言。小森阳一构想的理想读者在阅读文本的过程中，生成了能够理解文本的“新的读者”，扩大了自我反思的能力，能够正确应对当下日本的右倾民族主义思潮。在此意义上，小森阳一的文学批评实现了认识论、方法论与本体论的统一。

本章将小森阳一左翼批评置放于战后日本的左翼批评史上，阐明小森阳一文学批评超脱于对民主、自由等宏大理念的依赖，由此得以超越战后日本左翼批评的困境。战后伊始，日本的左翼文学家们早早地对战前日本的后进性展开批判。但是，战后日本，法西斯的暴力统治不复存在，左翼批评能够正面、公开批判现代日本。但民主、自由等宏大理念被整合到战后日本的资本主义秩序中，战后民主化进程反倒成为反思的对象，战前日本的合理性益发受到关注。这些都极大地动摇着左翼批评的立论根基。小森阳一则并不依赖宏大理念，而借由读者问题正面对峙语言背后的国家权力，由此得以超越战后日本的左翼批评面临的困境。

20 世纪 90 年代以来，柄谷行人试图重建共产主义形而上学，以重新回到马克思思想本身并恢复其固有的批判精神，他所依赖的是他者等后现代话语。在超越资本主义的问题上，柄谷行人寻求科学性、法则性的解决方案，坚信共产主义理念必然实现。本章阐明，小森阳一并不试图重构宏大理念，而是着眼于阅读行为理论，藉由读者应答机制思考当下日本人的本质，希冀读者能够生成“新的读者”，打破日本社会在战争责任等问题上的沉默现象，正确应对右翼思潮。

终章　战后日本思想史中的小森阳一的文学批评

小森阳一文学批评介入政治批评的批评空间源于他的叙述结构分析法，即小森阳一构想的理想读者不仅能够介入文本意义的生成，更为关键的是，拥有高度语言能力的理想读者能够正面反抗强势政治势力在扩大宪法解释等问题上对当今日本人的操控。小森阳一文学批评与政治批评的融合源于认识论上对传统研究范式的超越，即小森阳一通过构建文学批评话语中的理想读者应答机制，致力于生成正确应对右翼思潮的主体。小森阳一介入政治批评源于其文学批评贯穿的本体论内涵，即小森阳一的文学批评并非寻求隐藏于文本背后的他者及其心理意向，而是立足于"读者生成新的读者"的批评立场。本书由此明确小森阳一文学批评的价值，即通过积极培植"新的读者"——自"沉默的他者"到"责任的共谋者"再到"问题解答的承担者"，小森阳一回归日本人的身份问题来解读历史认识与个体认知，充分挖掘、拓展文学批评的可能性，为当今世界的左翼批评提供了有力的实践例证。本章将小森阳一文学批评再次置放于战后日本思想史中，综述在当今世界，小森阳一文学批评的意义所在。

第一节　民族问题的新的生命力

一、对于小森阳一而言，"日本文学"为何成为问题？

1998 年，小森阳一出版《"摇摆"的日本文学》，他在序章中发问"日本文学”为何成为问题？我们浏览小森阳一此后的著作就能够明白，这一发问对小森阳一意味着什么。小森阳一在2000年出版《日本近代国语批判》，2001年出版《后殖民》，2002年出版《历史认识与小说——大江健三郎论》，2006年出版《村上春树论：精读〈海边的卡夫卡〉》。如果说，20世纪八九十年代，小森阳一是以文本研究者的核心人物出现在学术舞台的话，那么，在2000年前后，文学研究者小森阳一实现了越境，借由文学批评介入政治批评，展开对现代日本的反思、发问。可以看到，小森在《“摇摆”的日本文学》中的发问，凸显他强烈意识到自身作为研究主体的存在。换而言之，小森阳一发问的正是“我”为何要研究日本现代文学？

> “日语”与“日本文化”最为直接结合的领域，自然是“日本文学”。而且，特别是现代日本，通过“日本文学”，“日本”—“日本人”—“日语”—“日本文化”结合的再生产被反复演绎。
>
> 持续生成均质的幻想的“日本现代文学”，到底是什么呢。①

小森阳一对“日本文学”的关注，指向现代日本的“日本”—“日本人”—“日语”—“日本文化”的四位一体神话。小森阳一在后记中写道，“彻底怀疑‘现代言文一致体’所代表的若干的平均值，这是中心的课题”②。这可以视为对序章中的发问的回答。所谓“若干的平均值”，指涉现代国家的共同体神话，而这种共同体神话，在现实社会往往是被掩饰起来的。小森阳一决意立足于文学领域，揭穿共同体神话的实质，他将“日本现代文学”视为“均质的幻想”，追问这种幻想到底是什么。在小森阳一看来，作为民族、人种的“日本人”，归属作为国家、国籍的“日本”，作为语言的“日语”，也就是如“三位一体”般结合，从而形成了固定观念。小森

① 小森阳一：《“摇摆”的日本文学》，东京：日本放送出版协会，1998年，第8-9页。

② 小森阳一：《“摇摆”的日本文学》，东京：日本放送出版协会，1998年，第318页。

阳一指出，“日本”—“日本人”—“日语”——“日本文化”的结合，宛如自明的统一体，如此一来，这便会成为生成非常强力的歧视与排除的思想与言说的装置。由此可见，对小森阳一而言，发问日本现代文学，意味着将民族问题带入文学，进而发问日本的现代性。不仅如此，小森阳一将日本文学视为“歧视与排除”的装置，这意味着他对现代日本文学的发问有着将日本史往世界史打开的功能。在2001年出版的《后殖民》中，小森阳一如此阐述他的目的意识：

> 第一，论说这个国家的历史时，不管政治立场是左还是右，论述幕府末年至甲午战争间的事情时，都是肯定其实走向作为“文明”的“近代”，而我则在殖民地的无意识与殖民地主义意识矛盾中来理解这个过程。第二，同样的，从被“超国家主义”操控，耽误了“现代”化过程的“战时”的“野蛮”中，再次走向作为“文明”的“民主主义”的战败后的事情，在同样矛盾中言说。第三，再读处于并且搅乱明治日本的殖民地言说的夏目漱石文本，并非将之作为过去的经典，而是介入前面所述的两个历史的叙述间。这三个选择，构成了本书三部分。①

如池上善彦所说，历史学方法在处理日本史与世界史的关系时面临着一种两难之境：日本史遇到世界史时，会被还原为普遍性，但若以日本史为中心，则会陷入日本特殊论。② 小森阳一摒弃历史发展阶段论的观点，他并未将幕府末年至甲午战争间的历史进程视为走向作为“文明”的“近代”，而是在殖民地的无意识与殖民地主义意识矛盾中来理解这个过程。对于这种意识原型，本书上文已有分析，这里仅仅指出，小森阳一将日本的问题视为组成世界局势进展的一环，将日本的民族问题放在国际环境中考察，认为日本的民族问题必然受到国际环境的影响。如此我们能够理

---

① 小森阳一：“前言”，《后殖民》，东京：岩波书店，2001年，第x页。

② 池上善彦：“日本国民文学论战导读”，张靖译，《人间思想》，2018年第8辑，第19页。

解，小森阳一在《后殖民》《大江健三郎论》等著作中，详细阐述文本背后的国际国内的历史事件，他正是通过这样的一种方法论，得以拥有关系的视野，从而超越将明治维新以来的日本历史收缩至一国框架之内的结构性历史。

二、在战后日本，文学为何要引入民族问题?

小森阳一将民族问题引入文学，通过发问“日本现代文学”，反思“日本”—“日本人”—“日语”——“日本文化”四位一体的神话。这种问题意识并非小森阳一独有。在战后日本，首先强烈意识到要将民族问题引入文学的，是引发国民文学论争的竹内好。1952 年，竹内好关注现代文学的课题聚焦于现代主义与反现代主义的立场之争，认为为了克服这一点，提倡国民文学对于叩问文坛的存在方式本身具有意义。为此，竹内好向伊藤整询问他“提出问题的方式是否有效”①。

竹内好所要超越的现代主义、反现代主义，分别指涉 1946 年创刊的《近代文学》与《新日本文学》的立场。《近代文学》将日本视为发展中国家，认为日本的课题是对战争中被卷入极权主义的经验以及无产阶级文学政治性进行反思，由此出发确立个人主义、现代式的自我。《新日本文学》成员多为共产党员以及共产党周边成员，他们指责《近代文学》派是国家垄断资本主义意识形态的同路人。对于现代主义，竹内好认为这是贯穿了日本现代的主流思想。竹内好批判《近代文学》的现代主义是未曾包含民族要素或排除民族要素的思考路径。另一方面，对于《新日本文学》，竹内好认为其仍然是现代主义，他们虽然的确依照民主民族战线的方针，言说着民族的独立，然而，这只是在追随来自上层的方针，绝不是来自下层、扎根于民众的主张。对于竹内好引发的国民文学论争的意义，小田切秀雄如下说道：

① 竹内好：“通往新国民文学的道路”，臼井吉见：《近代文学论争》(下)，东京：筑摩书房，1987 年，第 116 页。

> 第一，包含无产阶级文学在内，明治以来的日本文学整体上孤立于民众。如何打破这个状态呢？……(略)第二，明治以来，特别是大正期以来的日本的近代性诸观念以及马克思主义思想，没能深入到民众的内部。其结果，隐藏在民众内部的民族性要求和冲动错综复杂地互相矛盾着，文学也没能制作自己的丰富多彩的印象。第三，以怎样的方法，将近代文学以来的自我的文学，与民族·民众的解放的文学进行连接呢？亦即，在生活、思想、文学的印象上，如何打开近代性自我与民众的疏远的关系。①

如小田切秀雄所说，竹内好引发的国民文学论争不仅仅是文学内部的问题，而是关系着文学的"外部"，目的在于提出"打开近代性自我与民众的疏远的关系"之方法。竹内好认为能够由此超越《近代文学》与《新日本文学》的立场之争，即"如果文学以社会性开放的形式存在，场所问题就不会与价值问题混为一谈，并渗透到文学内部去了"。对竹内好而言，"文学以社会性开放的形式存在"意味并不仅限于此，

> 民众的要求是切合日常生活的个别的东西。他们可能连"民主"这个词也不懂。但是这种日常的要求日积月累，并被政治性的要求所组织起来的时候，那么赋予其文学性的表现便是文学者的责任，而文学者认识到了这一责任。所以这个口号是从底层发出的，正因为如此，是有血肉的强有力的话语。不是被外面强制下来的话语，而是自发的话语，是不会被强权抹杀的话语，也即文学的话语。而且，从语言来讲，这种话语之所以成为可能，是因为话语从符咒性的使用中被解放了出来。在中国文学上，话语不是实体的，而是功能性的。②

---

① 小田切秀雄："国民文学论战十年后"，《小田切秀雄全集 9》，东京：勉诚出版，2000 年，第 176-177 页。

② 竹内好："中国文学的政治性"，《竹内好全集 7》，东京：筑摩书房，1981 年，第 10 页。

竹内好理想的是自下而上的民族主义，认为文学应该在这一种民族主义的发展中扮演角色，即文学应该与民众联结在一起，表现民众的要求。在竹内好看来，文学要能够扮演好这种角色，话语应该是功能性的，而不是实体的。竹内好批判日本文学的话语是实体的，即日本社会因阶层、分工被分离开来，如文学者、学者、民众等，社会没有形成共识。竹内好认为，话语因职业划分而形成区隔、不再渗入社会的状况贯穿着日本近代，而只有打破这一结构，重建因职业分工而割裂的社会相互之间的交流，将话语从咒语性中解放出来，才是为了在恢复文学性的同时恢复政治性的、并非观念化的具体工作。

在20世纪50年代，竹内好将民族问题带入文学，是需要一定的勇气的。这是因为战前日本的民族主义泛滥的历史并不遥远，战败的痛苦记忆尚未远去。历史学家远山茂树就曾坦言自己对“民族”“爱国心”等语汇有着出于本能的厌恶，认为“很难看到在现实政治当中的国民大众的民族理想与民主和平结合的可能性。这样的现实感觉与希望给民主民族战线赋予理论基础的问题意识之间有着极大距离，而现实情况却是，学人并没有自觉到这一距离的存在，亦没有在学术上进行处理”①。竹内好当然也意识到了这一问题，1955年，他与鹤见俊辅联名发表《国民文化论》，如下说道：

> 上述情况跟是否可以使用“国民”这个词的问题也有关系。在1930年到1945年间度过青年时代的一群人，曾深受打着“国民”旗号的人的伤害，有过痛苦的经历。面对参与国民科学、国民文学、国民文化的邀约，连我自己都会感到迟疑，忍不住怀疑是否可以将真正意义上的协作交付给这样的运动。之所以出现这种情况，是因为至今为止我们还没有亲自动手彻底清理过战争责任的问题。为了能够不带任何负面感情地使用“国民”这个词，我们必须主动地清理我们自己的战争责任。②

① 远山茂树：《战后的历史学与历史意识》，东京：岩波书店，1968年，第115页。

② 鹤见俊辅：“国民文化论”，《鹤见俊辅集6》，东京：筑摩书房，2000年，第308页。

竹内好承认民族主义思潮给战前日本带来“痛苦的经历”，但是，他并没有因此摒弃民族主义概念，而是认为关键问题在于彻底清理战争责任。对于竹内好而言，文学引入民族的问题，指向着对战前的体制的反思。另一方面，民族的问题，由于“只能在与其他民族的关系之中把握本民族”①，因而民族问题的提起，也关系到如何书写世界史。因此文学领域的国民文学论争引发的问题意识，波及历史学等领域。1956年，上原专禄在《世界史中的现代亚洲》中将个人的生活方式问题与世界史的认识连接到一起，提出要明确世界和平与亚非独立的发生经过与历史性意义，为此，他引入“文明圈”的观点，通过多元的文明圈，描绘各自的文明展开节奏，思考与欧洲不同的发展方式。

> 这种世界史构思并不是忽然飞过我们头顶的想象，反而是深深地扎根于我们每一个人的生活方式，并由此生长出来的。经过国民文学论战，再经过对历史与民族的发现，日本战后才打开了世界史。这里反映出的不仅是对战争的反思，而且是时代的危机意识。尤其是上原专禄的思考体现了这一点。通过上原专禄，超越一国历史的方法得到了认识，在此之前或与此同时，江口朴郎则沿着历史学提出了独自的国际关系论与世界史的构思。②

上原专禄引入民族的问题，“超越一国历史的方法得到了认识”，“日本战后才打开了世界史”。池上提到的江口朴郎是历史学家、国际关系学者。江口朴郎将日本的问题视为组成世界局势进展的一环，认为应该将日本的民族问题放在这样的国际环境中考察，同时日本的民族问题也必然受到国际环境的影响。江口朴郎这种连带的思想同样超越了一国框架之内的

① 远山茂树：《战后的历史学与历史意识》，东京：岩波书店，1968年，第105页。

② 池上善彦：“日本国民文学论战导读”，张靖译，《人间思想》，2018年第8辑，第19页。

结构性历史，但是，他也面临着竹内好等人提及民族问题时的窘境，即对民族等词汇的迟疑。对此，江口朴郎认为，“在日本，民族解放问题第一次被作为切身问题而提起”的时代，为了使民族主义具有新的意义，必须将民族切实的、具体的利益作为课题来处理。在江口看来，巴尔干半岛上各民族间的对立冲突反复出现，以“泛斯拉夫主义”等抽象的民族概念来歪曲民族主义推行战争，便是陷入抽象概念的陷阱，进行失去现实性的民族讨论导致的。

三、回到小森阳一——在当今世界，我们为何要谈论小森阳一？

研究者回顾“国民文学论争”时，往往将这一论争视为日本文学史上的又一个不了了之的论争，认为在文学内部，并未产生实际的效果。但是，在这同时，研究者又充分肯定这一论争在文学的外部，如历史学等领域带来的影响。

高桥春雄认为：

> 以批判近代主义或重新评价民族主义等目标为首的意义，不仅仅要将其看作“战后”所进行的修正，而且要放在日本近代文学得以克服其根本性矛盾的维度上进行评价。……它虽然在更广的范围中呈现了日本近代出现的社会性、思想性规范论的文学式反应，然而作为文学内部的方法论并没有充分展开。只要日本的近代文学仍然内含“近代”的矛盾，那么，这一问题今后将仍然持续①。

池上善彦认为：

① 高桥春雄：“解题·国民文学论争”，臼井吉见：《战后文学论争》(下卷)，东京：番町书房，1972年，第189页。

> 国民文学论战是战后思想性课题之集大成，它的展开与时代课题密切相关。遗憾的是，现在非常难以理解这次论战对于文学本身而言具体产生了哪些结果。我们无法很快想到“国民文学论战”激发了哪些影响力一直持续至今的创作。然而，下文要讨论的是历史学领域与这场论战密切相关的一些进展，这些进展在另外的维度上给此后的讨论方式赋予了一定的方向性。①

竹内好希望“文学以社会性开放的形式存在”，主张文学应该与民众联结在一起，表现民众的要求，为此，文学话语应该成为功能性的存在，而不是被实体性地使用。但是，研究者认为国民文学论争对于文学本身并没有产生具体结果，没能激发“影响力一直持续至今的创作”。不过，如果不是仅仅从“创作”立场来看，而是将文学批评包括在内，那么，小森阳一文学批评可以被视为战后日本的源头上的这场论争姗姗来迟的成果，就小森阳一文学批评乃至他的社会活动而言，文学正是与民众联结在一起，被“实体性地使用”的。

池上善彦等研究者认为，国民文学论争致力于改变日本近代的社会结构本身，进而彻底追问战争责任本身，其成果集中体现在文学之外的领域，如超越一国的世界史概念就是在国民文学论争的基础上构思出来的。但是，我们回顾小森阳一文学批评可以看到，小森阳一文学批评呼应着历史学领域对民族问题的引入，立足文学领域书写着超越一国的世界史概念。在这一问题上，小森阳一文学批评可以被视为战后日本思想史上的一个标志性事件，有着划时代的意义。

在战后日本，众多思想家意图重构民族主义，竹内好意图重新评价民族主义，而与竹内好有着密切学术关联的丸山真男也是如此。丸山真男区分传统的民族主义与所谓新民族主义，认为只有破坏传统民族主义发酵的

---

① 池上善彦：“日本国民文学论战导读”，张靖译，《人间思想》，2018 年第 8 辑，第 3 页。

温床，即坚固的同族团体式社会构成及其思想意识，民主革命与新民族主义相结合，深入至日本社会根底的民主化才会成为可能①。丸山真男将陆羯南视为理想人物，认为他寻求个人自由与国家权力的正确的均衡，“今后的日本的课题是，只能走陆羯南等未完成的民族主义与民主主义结合的道路”②。酒井直树对丸山真男抱有微词，认为即便丸山不能被称为民族主义者，“不得不认为，他的议论上的民族的东西隐约可见”③。我们回顾竹内好、远山茂树等人对民族概念的迟疑可以看到，“民族的东西隐约可见”本身并不是问题。在这一点，板垣哲夫给出了比较中肯的评价，即在丸山那里，民族主义被理解为应该超克自己，进行自我否定的概念④。

日本战后思想史上另一代表性人物吉本隆明同样意图重构民族主义，他将希望寄托在所谓的大众上。吉本隆明理想的大众概念凸显出他与知识精英的对峙，在他看来，大众一生中都没有离开自己的生活圈，也不想离开。不管对于怎样的统治，大众都并不关心，完全是无自觉地活着、死去。吉本隆明认为，这种大众的“民族主义”比起任何政治人都要重要，值得被思想化⑤。在宇野邦一看来，如何将作为民族主义的真正的主体之“大众”进行思想化，这是吉本隆明的中心发问⑥。吉本隆明在战前度过了青少年时期，他正是出于对“指导社会”的知识精英的不信任，将希望寄托在大众身上，“大众的国民的意识，将自己的生活(生命、幸福等)作为第一要

① 丸山真男：《现代政治的思想与行动》，陈力卫译，北京：商务印书馆，2018年，第166页。

② 丸山真男：“民主主义与民族主义”，《丸山真男座谈6》，东京：岩波书店，1998年，第11页。

③ 酒井直树：“丸山真男与忠诚”，《现代思想特集·丸山真男》，1994年第1号，第184页。

④ 板垣哲夫：《丸山真男的思想史学》，东京：吉川弘文馆，2018年，第25页。

⑤ 吉本隆明：“日本的民族主义”，《吉本隆明全集7》，东京：晶文社，2014年，第414页。

⑥ 宇野邦一：《吉本隆明 炼狱的作法》，东京：美笃书房，2013年，第83页。

义。那么，就不被统治者、知识人的统合意识所捕捉”①。

一般来说，战后日本的民族主义被理解成是保守势力的话语，所以作为抵抗思想而形成的民族主义让人颇费踌躇②。当然，丸山、吉本意图重构民族主义，意指的绝非战前日本的民族主义，而是有着特定时期的时代背景。不过，当时间来到20世纪90年代，小森阳一等人面临的已是如何超越民族主义的问题。1998年，小森阳一与高桥哲哉编著出版《超越民族与历史》一书。在前言中，高桥哲哉提及这样一则事件，在日朝鲜人教师讲述了日本对朝鲜半岛的殖民统治造成了今天日本社会中在日朝鲜人的现状，对此，学生在学习报告中写道：“我没有想到在大学里竟然接受这样的自虐式教育。”高桥哲哉感慨，这足以证明当今日本人的历史意识是多么的混乱。

> 本书主要是针对这一新的日本民族主义的攻势展开批判而编辑的论集。我们两位编辑最强烈的愿望就是，与各种不同专业背景、不同个性的人们——进而，与隶属于不同国籍、不同习俗的人们——站在一起共同批判新的民族主义。我们想要将本书编辑成一本以自由的形态、从各自不同的位置出发对问题发表见解的理性的证言集。从结果上而言，本书尤其呈现出横贯历史学、文学、哲学、伦理学、教育学、社会学政治学、文化人类学、女性学思想史、表象文化论等专业领域的多样性，从随笔到辩论式的文章以至接近于比较学的研究论文，构成了形式丰富多彩的文章盛宴。我多少有些自负地窃思，从这一点而言，它完全符合以引导人们走向开放的历史意识为目的的论文

① 鹫田小弥太：《增补 吉本隆明论 战后思想史的检证》，东京：三一书房，1992年，第255页。

② 佐藤泉：“解读‘国民文学论’——战后评论的元历史、近代记忆之场与教科书式文学史的来源”，郭伟译，《新文学》，2007年第7辑，第39页。

集的初衷。①

高桥是以共同编集者的身份书写前言的，因此能够认为，他的立场也是小森阳一所共有的。具体而言，小森阳一、高桥哲哉着眼于“新的民族主义批判”，旨在“引导人们走向开放的历史意识”。高桥哲哉将所谓新的民族主义的泛滥归因于藤冈信胜等人的鼓吹。高桥哲哉指出，领导“自由主义史观研究会”的东京大学教授藤冈信胜等人乘着冷战结构的解体和泡沫经济的崩溃等所产生的人心的不安，在“复辟健全的民族主义”的名义下，提出了极端的本国中心、本民族中心主义的”历史观。尤其在进入20世纪90年代之后，他们发动报纸、杂志、漫画等新闻媒体进行大肆宣传，他们自以为是的言论宛如“被压制的真实“那样开始被很多人所消费。结果，在试图对正视侵略亚洲、正视殖民统治历史的态度进行嘲讽和非难的意义上使用的“自虐史观”这个词汇，不再像过去那样是一部分右翼保守派政治家、空想家的专利，它已经成为一般学生甚至市民的最新流行语。

《超越民族与历史》收录了小森阳一的《作为文学的历史和作为历史的文学》，在该文中，小森阳一注意到藤冈信胜不断强调，促进自己的历史意识发生变化的决定性话语来自于司马辽太郎的历史小说。小森还提及，加藤典洋试图从大冈升平的《莱特战记》中找到康复之路。

> 20世纪末的日本，从20世纪60年代末期到70年代初期发表的历史小说与战记，即这一横贯“文学”与“历史”两种形式的作品——尽管两者在论调上存在着本质的区别——为何它们总是作为不得不被指认为新的民族主义主张的重要依据提出来。第二次世界大战的记忆，以及经济高度成长结束时期的记忆，为何不得不在历史性事实与文学

① 高桥哲哉：“前言”，小森阳一、高桥哲哉：《超越民族与历史》，赵仲明等译，南京：南京大学出版社，2017年，第2页。

性表象的两面镜中被提起。此种就存在着当下最为尖锐的历史性问题。①

与高桥哲哉相同，小森阳一也将批判矛头指向新的民族主义。在小森看来，“二战”后，日本仅仅强调作为受害者的一个侧面的话语，在情绪与感情的层面上，与反美的民族主义，与反共、反苏的民族主义结合起来，由此造成了这样的结果，即在事实上对国民个人层面上的加害行为视而不见，围绕这一问题的责任问题被暧昧化了。小森阳一对新的民族主义的批判正指向着战后日本对战争责任的暧昧化处理，认为只要不从加害和受害的事实认识中去除民族主义，那么，其认识就不会是对事实本身的认识，只能产生对报复的令人憎恶的话语。

2003 年，小森阳一等人编著《超越民族》。在前言中，小森阳一首先提及，作为 nation 的翻译词的“国民”“国家”“民族”“种族”等词汇是在明治维新以后的现代国民国家形成过程上，被重构的概念。

因此，树立起 nation 这个概念本身，就成为将现代作为整体而问题化。“超越 nation”这个题名意味着，将客观地、主观地都不可能定义的 nation 概念，在与现代国民国家的关涉上，进行全面地再分析。naiton 概念是多义，同样，超越 nation 的方法也是复数的、错综的、多方向的。

Nation 的形成的方法，是极为地政学的。现代国民国家，在一个地域如何发生的呢，这限定着周边的 nation 的样态。Nation 问题，在统治与被统治，占领与被占领，侵略与被侵略，权力斗争与革命战争之中而想象着。

因此，发问 nation，经常意味着考察位于集团的地域的关系性之

---

① 小森阳一：“作为文学的历史和作为历史的文学”，小森阳一、高桥哲哉：《超越民族与历史》，赵仲明等译，南京：南京大学出版社，2017 年，第 4 页。

中的，政治的、军事的、文化的霸权的历史性。①

小森阳一并没有从发展阶段论上考察民族问题，而是“在统治与被统治，占领与被占领，侵略与被侵略，权力斗争与革命战争之中”发问民族。小森阳一的这种发问，并非在一国框架之内，而是“经常意味着考察位于集团的地域的关系性之中的，政治的、军事的、文化的霸权的历史性”。小森阳一指出，在nation的形成上，语言位于关键的位置，“如果说在某个地域，特定的历史状况中，被权威化的语言表现是‘文学’的话，那么，“文学”经常表象着nation的存在样态”②。对小森阳一而言，发问nation，正是文学的问题。在小森阳一那里，已经没有了任何重构民族主义的欲望，他在《编成的民族主义》的前言中指出，

欧洲的第一次世界大战的爆发与日本的参战决定，使得日本得以通过民族主义的动员，暂时解除因为宪政拥护运动而导致的统治层的危机。日俄战争结束后，1910年代的民族主义，如日俄讲和条约反对运动所象征的那般，是在战争遂行中喧嚣起来的、对外的战时民族主义，因为战争终结而反转为国内问题，呈现为反政府的都市骚扰现象，有着与政变相连接的共通性。在此意义上，准备1920年代的政治状况的，是都市骚扰型民族主义，如此重新把握的必要有着吧。③

小森阳一如上指出民族主义的原罪，亦即民族主义即便能够暂时解除统治层的危机，但是，又为爆发更为严重的危机做好了准备。小森阳一关

① 小森阳一：“前言”，《岩波讲座文学13 超越民族》，东京：岩波书店，2003年，第2-3页。

② 小森阳一：“前言”，《岩波讲座文学13 超越民族》，东京：岩波书店，2003年，第3页。

③ 小森阳一：“总说 马克思主义与民族主义”，《岩波讲座5 现代日本的文化史：编成的民族主义》，东京：岩波书店，2002年，第3页。

注到，参与日俄讲和条约反对运动“日比谷打砸事件”的大多是下层劳动者，他们原本可以作为士兵走向战场，被国民化，但是，日俄讲和阻碍了这种可能。另一方面，这些下层民众是低额纳税者，没有往帝国议会送自己的代表之权力、选举权。因此，燃起打砸运动之火的实质在于将自己“国民”化的欲望①。而一旦这样的欲望之火被点燃，就绝无熄灭的可能，只能走向失控的地步。这也是小森阳一对明治维新以来现代化日本的根本看法。如此，我们可以将小森阳一文学批评视为极具隐喻意味的事件，即标志着战后日本的进步知识分子重构民族主义乃至重构现代日本的根本性失败。由此，我们在小森阳一文学批评中看到了彻底的绝望。

小森阳一文学批评呈现的绝望，是日本思想界的结构性绝望，而不是偶然的、个别的事件。对于任何意图重塑民族主义、重塑现代日本的思想家而言，如果不能彻底追究以天皇制为核心的国家权力的战争责任，如果不能正面对峙日本国民的战争责任，那么任何重构的企图都会成为右翼民族主义的共谋。以小森阳一、高桥哲哉等人批判的加藤典洋为例，事实上，他也曾多次抨击日本的右翼民族主义思潮。2014 年 9 月 16 日，加藤典洋在美国《纽约时报》发问批评时任首相安倍晋三与知名媒体人的互动，指责参与安倍宴请的媒体人，在安倍参拜靖国神社等问题上，几乎都采取了不发声的立场。2014 年 9 月 17 日，加藤典洋在香港《明报》发文，指出“日本右倾化的确是近期日本必须忧虑的情况”。加藤典洋回忆在 1989 年时，他曾因为批评当年去世的裕仁天皇，强调他对“二战”负有责任，而受到自称是右翼恐怖组织“赤报队”成员的暗杀恐吓。由此来看，加藤典洋非但不是右翼民族主义的同路人，毋宁说正是站在对立面上。但是，如小森阳一、高桥哲哉等人批判的那样，加藤典洋先向本国战死者悼念，然后向亚洲二千万死难者悼念的提案，只能是一种将日本的战争责任暧昧化的方案，不可能获得受害者的认可。在此意义上，小森阳一的文学批评使得任

① 小森阳一：“总说 马克思主义与民族主义”，《岩波讲座 5 现代日本的文化史：编成的民族主义》，东京：岩波书店，2002 年，第 3 页。

何不彻底追究日本的战争责任的提案陷入绝望之中。

小森阳一并未从绝望走向虚无，而是直面现代日本的失败。这一点，将小森与其他不愿正视现实的批评家们区分开来。如哈里·哈如图涅所说，战后日本奇迹般的经济转型与战败和自我欺骗取得了相互联系。江藤淳发出富裕的代价是身份和人格的丧失这一论调，他一再地提请人们注意，无条件投降是如何强迫日本决定从此不当日本，“此论调直到现在还被加藤典洋和不计其数的修正主义者在文章中应和。加藤典洋把战后本身概括为失败和欺骗，而那些修正主义者则忙于否认日本在亚洲的掠夺”①。江藤淳、加藤典洋将战后概括为失败和期盼，与否认日本的战争责任，正是殊途同归的。相比之下，小森阳一直面现实，从绝望中生出希望。如此我们可以回应这一问题，即在当今世界，我们为何要谈论小森阳一？这固然是因为小森阳一文学批评打开了文本解释空间，更为重要的是，他的文学批评呈现出一种真正的乐观主义，要在绝望中探寻现代日本乃至现代的另一种可能。

第二节　日常生活中的主体转型

一、常态的现代性不平衡

我们回到本书开头的部分，吉见俊哉在《平成史讲义》的“中文版序言”中提到，中国的读者们阅读“平成”日本的历史，并非从以中国为中心的视角出发，而是以日本这一他者的视角来看待这一巨大历史变动。吉见俊哉设想的“中国的读者”关注着什么呢？

---

① 哈里·哈如图涅：“‘构想的不定性’——顽强的现代主义和法西斯主义在现代日本”，鲁小宁译，《视界》，2003年第12辑，第63页。该文的作者Harry Harootunian另有“哈里·哈鲁图尼恩”“哈若图宁”“哈里·哈如图涅”等中文译名。本书为了上下文的统一，在正文中统一使用“哈里·哈如图涅”这一译名。

> 现代化迎来极限，少子老龄化难以遏制，经济增长也无法持续——邻国到底发生了什么？如果说日本1945年的战败是纵容侵略主义、鲁莽发动战争的军事国家的失败结局，那么日本整个“平成”30年间的衰退，则是达成现代化的社会作为其现代化成果的对外收缩过程。①

少子老龄化难以遏制，经济增长无法持续，这的确是当今世界的发达国家普遍面临的难题。但是，吉见俊哉一方面将平成史视为日本的衰退史，认为平成意味着从明治起经历“二战”战败至昭和终结为止一直持续的现代化过程画上句号②，另外一方面，上述引文又呈现出吉见俊哉将日本以1945年为界，割裂为两段截然分开的历程。即在1945年之前，日本是纵容侵略主义、鲁莽发动战争的军事国家，1945年之后，日本开始走上成为现代化国家的历程，而平成30年，则是业已达成现代化的日本迎来“极限”的收缩过程。

日本现代史以1945年为界，分为战前、战后。不过，倘若认为战前日本是走上了歧路，而在战后，日本才真正开始走上了作为现代化国家之路，并最终迎来现代化极限，这样一种言说无疑掩盖了对现代性的深层思考。对于日本现代化过程中存在着广泛的不平衡，马克思主义者们将其归咎于资本主义社会中封建枷锁的顽存，偏向自由主义倾向的人则抱怨那是晚发展和不完全现代性的后果，认为这一切早在初期明治社会和经济政策中已具雏形了。哈里·哈如图涅借用克拉克的术语“构想的不定性”，强调日本资本主义现代性引发了被压抑的“连续性”。在哈里·哈如图涅看来，资本主义现代化在文化和政治领域里对于不平衡的生产，建立了多重的和共存的时间，亦即，对于不平衡的生产才是现代性的危机以及其再现困境

① 吉见俊哉：“中文版序言”，《平成史讲义》，奚伶译，上海：东方出版中心，2021年，第3页。

② 吉见俊哉：“中文版序言”，《平成史讲义》，奚伶译，上海：东方出版中心，2021年，第2页。

的主要根源。

> 不论它怎样强调其逻辑，资本主义从来没有把建立普遍的平衡地区作为自己的方向，在其发展的路途中，资本主义必须总是跟其他的历史相碰撞。这不过是表明，资本一旦从反映自己原生形式的固定再现中解放出来，它的发展结果很少直接导向一个能够适应不同社会差异的普遍基础。人们翘首期待在各地最终实现平衡发展，这种假设从来都是某种意识形态的核心，它的最新的体现就是全球化。因此，承认历史不平衡，其重要性在于它不但能解释为什么某个时期和某些地方会出现法西斯主义，为什么法西斯主义是各种各样的，而且能防止我们耽于幻想，以为既然我们已经历过其初始形式，法西斯主义从此将远离我们。①

哈里·哈如图涅从战前、战后的历史中看到了被压抑的"连续性"，指出资本主义现代化的定义就是生产不平衡，不平衡从来就是资本主义现代化的常态。哈里·哈如图涅并不认为战前日本，现代化还没有完成，战前日本并非走上了歧路，或是现代性的脱轨。这样一种历史观，承认不平衡的生产，始终对法西斯主义充满警惕，如哈如图涅所说，意味着能够摆脱"法西斯主义从此将远离我们"的幻想。

二、现代性断裂的历史观之后果：启蒙主义的窘境

如果将战前日本视为一段错误的历史，认为是扭曲的、出轨的一段时期，亦即不完全的现代性，而将战后日本视为一个全新的起点，拥有理性的、有责任感的政治主体，能够避免重蹈覆辙，这意味着没能看到战前日本、战后日本现代性的连续。丸山真男正是将战前日本、战后日本视为断

① 哈利·哈如图涅："'构想的不定性'——顽强的现代主义和法西斯主义在现代日本"，鲁小宁译，《视界》，2003年第12辑，第59页。

裂，意图建立一个新的政治主体，既理性而又善用信息并以此为依据作出负责的决策。丸山将日本思想的不充分的现代性作为问题，考察“这个现代性为何没能成为真正的现代性”①。为此目的，丸山“通过重读德川思想史，探究近代日本的主体意识成立的萌芽”②。丸山认为，以天皇为绝对价值的权力体系中，形成了“不负责任体系”。丸山所说的“不负责任”指向对既成事实的屈服与对权限的逃避。

> 何谓对既成事实的屈服？即现实既已形成这一点成为最终承认现实的根据。几乎所有被告的答辩词中都有个共同的论据，即他们不得不遵从已经决定的政策，或者说他们不得不支持已经开始的战争等。……通过上面事例可以得出结论，即这里所说的“事实”经常不是被看作正在制造出来的事件或者将被制造出来的事件，他是指已经制造出来了的，不，说得清楚些是指不知从何处发生起来的事件。所以，所谓“现实”行动便是指生存在过去的束缚当中，并且现实因此经常被理解成由过去而来的盲目的必然性，而并非趋向未来的主体形成。③

第二次世界大战期间，日本军国主义分子积极推动德国、日本、意大利的三国同盟，但是，在被问及是否赞成三国同盟时，却辩解“那是作为国策决定下来的事，再说大众也支持，我当然也就支持了。”不仅如此，战犯们在法庭上谈及自身责任时，往往回答事实业已发生，自己只不过被动顺从。丸山认为，关键不是这种辩解在实质上是否成立的问题，问题是他们的态度本身：一方面主动地制造着事实，而一旦事实被制造出来，又反

① 上安祥子：“徂徕论与近代化的问题”，历史与方法编集委员会：《作为方法的丸山真男》，东京：青木书店，1998 年，第 106 页。

② 平野敬和：《丸山真男与桥川文三 对“战后思想”的发问》，东京：教育评论社，2014 年，第 28 页。

③ 丸山真男：《现代政治的思想与行动》，陈力卫译，北京：商务印书馆，2021 年，第 101-103 页。

过来想依靠周围及大众舆论。

丸山将日本军国主义者对既成事实的屈服与对权限的逃避视为“日本法西斯的矮小性”。在丸山看来，主体本应该依据某种超越性的理念——诸如超越国家之真善美这样的理念，来采取行动。丸山意图建立新的政治主体，对他而言，这正是战后日本的知识分子当仁不让的责任。为此，他质疑日本知识分子的“现代性”，这些知识分子被描绘成如此孤立、政治上无能、认识论逻辑上的困惑。[①] 既然现代是内含“封闭的社会”，面对现代的这种矛盾，丸山承认“我们现在才真正面临着思想的混乱。由此将出现什么，不得而知”。但他断然指出：“可以肯定地说，已不能从这一点倒退回去，也无此必要了。”[②]丸山拒绝倒退到前现代。那么，解决问题的办法只能回到现代本身，亦即进一步推动、拓展现代化。丸山提出，战后日本需要第三次开国，“处在第三‘开国’过程中的我们，不是将历史的开国只是定着为一定的历史的现实，而是有必要从这里自由地汲取现在的问题与意义”[③]。丸山导入“文化接触”这个横向轴的意义也正在于此，即强调“开国”并非以西欧为先驱的历史的概念，并非“过去一次性生起的过程”，而是“极为现在的课题”。

> 总之，由于近代一开始，学术的传入就采取了非常分离化、专门化的形态，所谓学者就是这种意义上的专门家或者说是分离了的单一学术的研究者。这一历史背景，至少在学术界影响到了现在。也就是说，学者与欧洲的学术基础所支撑的学术思想或文化的联系被切断了，一开始就陷入了独立分化技术化了的学术框子里。因此，包括大学教授在内，学术研究者之间没有被一种共同的文化或知识联系起

---

① 约翰·斯蒂芬：“亚瑟·提德曼的《日本文明概略》与欧文·谢娜的《现代日本：解读文集》”，《亚洲研究》，1976年，第35卷第2期，第329页。

② 丸山真男：《日本的思想》，宋益民、吴晓林译，长春：吉林人民出版社，1991年，第46-47页。

③ 丸山真男：《忠诚与反叛》，路平译，上海：上海文艺出版社，2021年，第159页。

来。刨开各学科的根部，一直往下挖，绝对找不到一条共同的主根，各学科都变成了一个个罐子。①

丸山所说的“罐子型”，照字面理解就是一个个罐子并排，互相没有联系的类型。丸山认为现代日本的原点上就刻印着罐子型社会的特征。亦即，由于知识分子没有共同的知识基础，所以一开始就不存在知识阶层这种同质功能结合的阶层。这不仅影响到文学、社会科学、自然科学各自的存在方式，而且表现为这样一种情况：文学家、社会科学家、自然科学家分别形成一定的团伙，各个团伙变成一个个罐子了。在丸山看来，只有第三次开国，才能打破“罐子型”的现代日本的学术、文化以及各种社会组织形态。自然，从社会表象来看，日本四处打开，正向着国际开放。但是，丸山认为，日本国内的集团形成一个个罐子，入口分别地向着国际开放，由此，导致了一种奇妙的现象，各个集团通过各自的渠道分别与外界的国际渠道沟通和联系起来，而在国民中间无法形成所谓国家利益的明确印象，无论政界、财界还是文化界各集团相互间都没有横向的交流。

丸山并未将如上的现象视为现代日本独有的现象，而是认为随着现代市民社会的发达，功能集团多元化成为世界性的倾向。在美国和欧洲，也存在着学术组织过于专门化、过于细微化的弊病。但是，丸山认为，欧洲尽管出现功能集团的多元分化，可也存在着与此不同范围、不同层次上维系人的传统集团和组织。丸山所指的是教会、俱乐部、沙龙等这样的集团、组织。在他看来，这些集团、组织传统上拥有很大的力量，能够横向地将从事不同职业的人联系在一起，成为彼此交流的渠道。丸山通过对比后认为，在日本能起教会、沙龙功能作用的组织很少，民间自发的交流渠道极其狭窄。

---

① 丸山真男：《日本的思想》，宋益民、吴晓林译，长春：吉林人民出版社，1991年，第94页。

各组织体变成一个个罐子后，组织便吞并它所属的成员。由于成员被捆起来了，他们中间极其缺乏自下而上地自发形成共同的语言、共同的判断标准的机会。不仅政治经济组织如此，在艺术领域、文坛、乐坛、画坛等所谓的“坛”，以及其中的某某小组、某某会等又都具有不断“罐子化”的倾向。结果产生了只为它的成员所有的通行语言和印象。我国这种组织集团的“罐子化”现象经常被表达为封建性、家族主义。然而，家族主义、封建性等前近代的东西是否完全是历史因素造成的呢？我认为，它实际上是近代社会的组织功能分化的同时表现为“罐子化”的这种近代，与前近代的结合。①

丸山认为，明治以后，伴随着现代化的发展，现代的功能集团不论在官厅、教育机关或产业工会，都存在变成各自封闭的罐子的倾向。巨大的组织体内部像过去的藩一样，被分化割据。丸山并没有将组织集团的“罐子化”现象视为根扎于日本传统的精神结构，而是认为“近代社会的组织功能分化的同时表现为‘罐子化’的这种近代，与前近代的结合”。在丸山看来，在日本，现代与前现代的结合形成了非常封闭的“团体精神”。各集团将成员牢牢圈住的结果，必然形成组织的内部与外部即内圈外圈的划分。由于罐子中间又可形成罐子，无限地分化，内圈与外圈也无限地层层细分化，组织越是近代化、巨型化，反而越是将人捆得更紧，变得缺乏社会流动性，“这深刻地反映了日本‘现代’的特质”②。

丸山研究了为什么日本战前和战争时期的各种学者和专家，即使达到了高度标准，既不能阻止日本反对现代化的国家主义的兴起，也不能阻止最终的侵略战争。丸山发现答案在于日本的各种专家被关在各自的散兵坑里，因此，他们未能发展出一种用共同的语言相互交流的方式。丸山设想

① 丸山真男：《日本的思想》，宋益民、吴晓林译，长春：吉林人民出版社，1991年，第98页。

② 丸山真男：《日本的思想》，宋益民、吴晓林译，长春：吉林人民出版社，1991年，第99页。

战后社会，日本知识分子能够用一种共同的语言进行交流。① 丸山探寻克服“罐子型”社会的方向时，提出所谓的竹刷型社会。竹刷是用一根竹子将它的一端劈成很多细条，拿手做比喻，从手掌中分出手指，手指根都连在一起。所谓竹刷型社会，是指拥有着养成全体性、普遍性的意识之传统，在近代化的过程中，保持着独自的“横断的交流”之社会。作为例子，丸山举出拥有基督教教会、沙龙、大学的传统之西欧社会。由此，丸山强调“横向的社会的交流”“知的共同体”的意识的重要性。

> 战前的日本，非常概括地说，天皇制尤其是通过义务教育灌输形成的“臣民”意识，维系了这些“罐子化”的各个组织体，确保了国民意识的统一。战后，这种粘合作用失去了。作为形成共同语言、共同文化的要素，大众传播无疑具有了压倒一切的力量，各集团的组织越是严重地“罐子化”，相互间的交流就越是困难，能联系封闭体(罐子)的唯一的交流工具就是所谓的大众传播了。经常有人指出，大众传播媒介造成思想的单一化。②

丸山承认，在现代社会，大众传媒有着巨大的影响力，但也指出各个集合体有各自的语言，非常缺乏相互间自主的交流，这种非交流与大众传播的发达并不矛盾。在丸山看来，大众传播媒介联系着各个封闭体(罐子)，其实仅限于字面意义在封闭体(罐子)间起维系作用，没有渗透在封闭体内部，打破它们之间语言封闭性的作用。丸山并非盲目乐观，认为战前日本社会的那种“罐子型”组织集团在战后日本社会必然地消失，他提出的第三次开国的说法，正着眼于这一问题。丸山认为，“需要一种蒙太奇式的将对整体状况的认识加以剪辑合成独特的思考方法”。丸山将这种“思

---

① 大江健三郎：“文学能弥合亚洲国家的鸿沟吗?”《今日世界文学》，2002 年，第 76 卷地 2 期，第 28 页。

② 丸山真男：《日本的思想》，宋益民、吴晓林译，长春：吉林人民出版社，1991 年，第 102 页。

考方法”视为社会科学的问题。亦即，“如何合成人们的印象，扩大自主交流的范围，是今后社会科学面临的课题”①。

丸山真男的理想是实现日本政治体制现代化以及最终实现自由民主秩序，为此，战后日本出现不同于战前那种情愿臣服于非理性意识形态政治领导的大众，大众应该是理性的、自主的个人，富有责任感，享有信息资源，因而具备反抗能力的。丸山真男认为社会科学应该致力于这样的主体的构建，为此，不应该成为封闭体，而是应该扩大自主交流的范围，这样一种姿态正是小森阳一、高桥哲哉等当今日本的学者所共有的。不过，丸山的窘境在于，随着“68年革命”的兴起，战后日本的年轻人表示他们已经不需要谁来给他们启蒙了。丸山本人被学生视为固守学校秩序的教授代表而遭到了攻击。面对围困他的学生，丸山厌恶地表示这是“军国主义者、纳粹分子都没做过的暴行”。为此，惹得吉本隆明的奚落：倘若学生们闯进他的书房，将藏书弄得一团糟，自己说不定拎着菜刀跟学生厮杀了，但是，绝对不会说学生们比纳粹还过分这样的话。

> 学生们对丸山施加“纳粹、军国主义者都没做过的暴行”，而这些学生正是在丸山自己奉为思想上至高无上之物的战后民主主义社会所生出的不像父母的孩子。追溯逻辑的话，如果如丸山所说，封锁丸山研究室的学生们的行动是纳粹、军国主义者都没有做过的“暴举”的话，那么，丸山所高度评价的战后民主主义社会肯定是比纳粹、军国主义时代的社会还要恶劣的。②

丸山致力于现代理念在日本的生根，他将希望寄托在战后民主主义上。但是，在吉本隆明看来，战后民主主义比纳粹、军国主义还要恶劣。

① 丸山真男：《日本的思想》，宋益民、吴晓林译，长春：吉林人民出版社，1991年，第105页。

② 吉本隆明：“情况·收拾的逻辑”，《吉本隆明全集》第十一卷，东京：晶文社，2015年，第21页。

吉本在批评丸山真男“学生比纳粹过分”的观点时，用了“鬼子”一词。在日文中，“鬼子”是指“不像父母的孩子”。借助这一词汇，吉本隆明巧妙地揭示出丸山真男理想的破灭。精英人物丸山真男立志启蒙，同样是社会精英的东大学生，自然本应该是其最为志同道合的。但是，就是这样的未来的社会精英，战后民主主义的骨干人物，却做出令丸山厌恶的“暴行”，难怪丸山憎恶地表示他们连纳粹、军国主义者都不如。

三、小森阳一的“自我审视”

丸山真男逝世于1996年，但他的启蒙主义事业早在“68年革命”时就已经终结了。晚年的丸山看到了20世纪90年代全球共产主义运动遭遇重挫，这时，他自称拥护“真正的社会主义”，宣称“最近，益发感到了拥护真正的社会主义的时代了”①。不过，彼时的丸山即将到达生命的终点站，再也无力进行理论探索。将丸山的这种志向付诸实践的，是柄谷行人。丸山无力回应的另一问题在于，随着冷战的终结，原先隐藏在反共、反苏体系中的战争责任问题爆发了出来，又一次成为国际社会乃至日本国内的焦点问题。战争责任原本便是战后日本思想界的显学，包括丸山真男、吉本隆明等代表性知识分子都曾参与其中。在战后日本，战争责任追究这一课题受到美苏冷战体制的极大影响。如小熊英二所说，所谓战争责任的追究，无论是在战后初期还是在1950年代后期，都被作为确立“主体性”的手段。战后初期对战争责任进行追究，是为了形成对抗大日本帝国权威主义的“主体性”。但是，在1950年代后期，知识分子们则是为了在日本共产党的精神权威下实现自立，而重点对日本共产党系知识分子的战争责任进行了追究②。在这一问题上，丸山真男也不能免俗。丸山真男在《战争责任论的盲点》中表示，日共在其领导的运动发生错误而又没能阻止战争发

① 丸山真男：“夜店与书店”，丸山真男：《丸山真男座谈》第九卷，东京：岩波书店，1998年，第284页。

② 小熊英二：《“民主”与“爱国”——战后日本的民族主义与公共性》上册，黄大慧等译，北京：社会科学文献出版社·历史学分社，2020年，第266-267页。

生这一点上，存在“领导者所应承担的责任”①。石田雄曾回忆道，丸山之所以主张追究日共“领导者所应承担的责任”，与其所认识的一名东大职员工会女职员在1952年“血色劳动节”时遭到逮捕有关②。当天的游行结束后，队伍中出现许多死伤者，甚至希望进行和平游行的参与者中也有人被捕，丸山由此质疑领导此次游行的日共是否意识到了自己应负的责任。这里，丸山真男没有将矛头指向对流血事件负有直接责任的国家权力，却将批判矛头首先指向领导游行的日共。在战后的游行尚且不免流血冲突，倘若在战前，日共组织斗争、游行，以坚决反对战争，那岂不更是尸横遍野？依照丸山真男的逻辑，在战前日共非但没有战争责任，反倒是避免了更多的民众的流血伤亡，何来日共的战争责任一说呢？

在战争责任问题上，丸山最大的贡献恐怕当数发现了天皇制法西斯“不负责任”的精神结构。另外，丸山真男在《战争责任论的盲点》(1956年)一文中也提到日本国民的责任，指出侵略战争的责任首先在天皇和政府，而“我们的国民至少对中国的生命、财产和文化所造成的惨不忍睹的破坏归根结底也是负有共同责任的”③。总之，丸山触及日本国民应该承担的战争责任问题。不过，丸山主要关注的，是以天皇制为核心的统治阶级的战争责任的问题，正因为如此，安川寿之辅敏感地发现，在丸山那里，战争责任论的缺失。

> 日本“战后民主主义”和支撑这个民主主义的本国中心主义学问研究，被眼前的民主化所驱使(由于美国免除了裕仁天皇的战争责任)，一直搁置和忘却日本国民本身对持续到战败那一天的侵略和殖民统治

---

① 丸山真男：“战争责任的盲点”，《丸山真男全集》第六卷，东京：岩波书店，1997年，第164页。

② 石田雄：“《战争责任的盲点》的一个背景”，《美篶》编辑部：《丸山真男的世界》，美篶书房，1997年，第118-119页。

③ 丸山真男：“战争责任的盲点”，《丸山真男全集》第六卷，东京：岩波书店，1997年，第160-161页。

所应负的重大战争责任问题，结果把毫无顾忌地蔑视和歧视亚洲国家并站在侵略最前线的福泽塑造成了民主化启蒙的典范和第一人。与"家永教科书诉讼案"中的家永三郎不同，因论及共产党的战争责任问题引起学界关注的丸山真男，对被迫开赴战场的学生兵"海神学徒兵"呼吁"每个人要主动担负起祖国的命运"，但他对自己把"弟子"送往战场的战争责任却一直缄口不语。①

安川所说的"日本国民本身"的"重大战争责任问题"，丸山并未重点考察。更为重要的是，对丸山而言，即便提及"日本国民"的战争责任，那么，他自己大概是不在其中的。就丸山个人体验而言，1933年4月，他还是高中三年级的学生，因涉嫌违反治安维持法被警察检举，进入拘留所。丸山只是因看到宣传海报，信步来到唯物论研究会会场，并没有参加左翼社会活动。这样看来，丸山真可谓是战前日本的受害者。不仅如此，1944年，身为东京大学法学部副教授的丸山被征召为二等兵，之后因病退伍，而他所属的连队在菲律宾战场全部战死。丸山身体痊愈后被重新征召，在广岛陆军船舶司令部服役，并经历了原子弹爆炸。丸山虽说在广岛幸存下来，但是，他在战后因患结核而不得不作了两次长期疗养，最终死于肺癌，恐怕与在广岛的遭遇不无关系。在此意义上，丸山真男大概并不会切身体会到包括他自身在内的"日本国民"的战争责任是多么重大、紧迫的学术问题、社会问题。

围绕战争责任问题，置身事外的态度在比丸山更为年轻的一代人身上体现得更为淋漓尽致。1955年左右，所谓的战时派开始崭露头角，日本的思想界再度兴起战争责任论。战时派这一说法，于1955年前后由日本前陆军青年军官村上兵卫提出并开始广为流传，最初是指战败时年龄在15~25岁，处于青年时期的人。1955年前后，这个年龄层的知识分子大概30岁

① 安川寿之辅："中文版序"，安川寿之辅：《福泽谕吉与丸山真男——解构丸山谕吉神话》，北京：中国大百科全书出版社，2015年，第5页。

左右，开始活跃于言论界，这其中就包括吉本隆明。吉本最初致力的论战性的思想课题，便是知识分子的战争责任①。1955年11月，吉本隆明在《上一代的诗人们》中讨论新日本文学会中起中心作用的诗人的协助战争行为。1956年，与曾因属于"国际派"而被赶下台的原全学联委员长武井昭夫一起撰写《文学家的战争责任》，追究共产党系文学工作者协助战争的行为。吉本认为，战后初期《近代文学》所尝试的追究战争责任的不彻底，决定了此后日本共产党的体制及失败。1958年，吉本隆明撰写《转向论》，认为那些在狱中没有转向的日本共产党干部不过是无视日本的现实、一味固守共产主义思想的人。

战时派在战败时20岁左右，他们认为战争是年长者发起的，自己并没有责任。1956年《中央公论》刊载的"战时派座谈会"上一位参会者的发言便是典型例子，"那时，因为我们没有起到指导社会的作用，所以战争责任与我们无关。"②不过，更为奇葩的战争责任论，恐怕还要数江藤淳的观点。江藤淳在1959年如此写道：

> 先不谈战争的善恶，日本因为战败而失去了伪满、朝鲜、台湾。国土面积狭小、人口过剩导致生存竞争越来越激烈。如果前代的领导更加明智，比那些团结的知识分子更加勇敢且趋利避害，更加擅于洞察国际形的前景，现今的年轻人就不会对前景感到困惑，对未来失去信心。那些将自己的未来弄得一塌糊涂的大人们，一碰到"责任"问题就退缩，还不如早点死了更好。如果这样的话，就会空出许多职位，出人头地也会比现在容易很多。自己的房子被焚毁，兄弟战死，财产尽失，希望破灭，并不是因为自己不好，而是因为大人们的愚蠢。要忍受给别人收拾烂摊子吗？然而，他们完全不负"责任"，反而还表现

① 鹫田小弥太：《增补 吉本隆明论 战后思想史的检证》，东京：三一书房，1992年，第95页。

② 远藤周作、小林洋子、月丘梦路等："战中派倾诉(座谈会)"，《中央公论》，1956年第3号，第160页。

出一副自己是被压迫的样子。与其责问他们是代表“恶”吗，还不如说恶就是他们自己。只有新的一代才代表了纯洁和正义。恐怕，或多或少，这一点在现今的日本年轻人中，是一种共通的情感吧。①

“先不谈战争的善恶”，充当整段论述的前提的这句话，将最为关键的战争责任问题撇得一干二净。江藤淳愤怒地表示：“那些将自己的未来弄得一塌糊涂的大人们，一碰到‘责任’问题就退缩，还不如早点死了更好。”这看似是谴责“大人们”逃避责任，但是，他所指的责任只不过是埋怨“大人们”没能赢得战争胜利，失去了殖民地，使得“国土面积狭小、人口过剩导致生存竞争越来越激烈”。与对“大人们”的怨恨相比，江藤淳把希望寄托在年轻人身上，认为“只有新的一代才代表了纯洁和正义”，但是，从江藤淳的论述可见，所谓的“纯洁和正义”既不是指他们没有发动战争，也不是指他们能够正视日本的战争责任，毋宁说，只是源于让日本战败的并非自己而已。

小森阳一出生于1953年，这正是战时派开始活跃于言论界的时期。小森阳一关注战争责任问题，源于随着冷战终结，原先隐藏在冷战体制下的“慰安妇”等问题益发成为国际社会的焦点，如何回应这一问题，成了研究者必须直面的课题。20世纪90年代以来，小森阳一通过文学批评，驳斥无视历史的右翼思想，直面日本应该承担的战争责任问题。但是，说小森阳一的文学批评是语言的暴力也好，说能够让人对历史恍然大悟也好，这都没有准确把握小森阳一文学批评的价值。甚至可以认为，这样的批评和赞誉原本就是一个意思，都只是关注小森阳一对语言背后的历史事实的阐述，而没有关注更为本质的问题，即小森阳一对负责任的主体的思考。

小森阳一面对的困境在于，他既不能对年轻人毫无保留地期望，但是，这又早就不是启蒙主义的年代。本书上文曾提及三岛由纪夫在《金阁寺》中描述当今日本的社会现状，年轻人感兴趣的是电影、女人。对于沉

---

① 江藤淳：《江藤淳著作集6》，东京：讲谈社，1967年，第52页。

溺于战后日常生活中的日本人，“我”的选择是火烧金阁寺，“这帮家伙的世界将会被改变面貌”。在现实世界，三岛由纪夫希望通过极具仪式性的自杀，使得日本民众从这种日常性中惊醒过来。但是，三岛由纪夫的死亡最终不过是毫无价值的白白送死而已①。在这一问题上，哈如图涅关于“日常生活”的论说给了我们启发。哈如图涅在《“构想的不定性”——顽强的现代主义和法西斯主义在现代日本》中提及“日常生活”是全世界资本主义所构成的现代性的一面，它不但以“今”为出发点，而且也以现在的经验为基准。这个基准，叫作“实在”——一个最小或最低限度的时间整合观念和思考的基点。过去的历史并非客观存在，而是从这个现时推延出来的一种“过去”，它像是阴魂一样附在“今”的阴影中，等到恰当时机出来捣乱。因为“今”永远是不稳定的，也是不断地被“脱离原住”(dislocate)，而现在的一切事物很快就被现代性的时间逼迫而改变，变成了废墟，但并没有为后世遗留足够完善的指涉证据，正好像现在要找寻过去的阴影一样，看到的不是完整无缺的记忆，而是一种片段的“痕迹”或“灰烬”。面对“废墟”，三岛由纪夫想要以死亡来获得拯救，而小森阳一则直面日常生活，意图从中寻求希望。

《大江健三郎论》出版的2002年，正是韩日世界杯之年。这一届是首次在亚洲举行的世界杯，日本队最终获得了第九名，这也是日本队在世界杯上取得的最好成绩。小森阳一在《大江健三郎论》中设想店员将《万延元年的足球赛》误读为跟足球历史相关的书，彰显出在这一年，世界杯远不仅仅是体育领域的一项普通赛事，而是具有了日常性，成为整个日本社会关注的热点。小森阳一的理想读者正是在这样的日常性当中，思考作品背后的历史事件，而这也是读者“自我审判”的过程，在这过程中，不同于原先的读者之新的读者得以生成。在此意义上，小森阳一的理想主体，并非由小森通过启蒙而构建的，而是处在哈如图涅所说的日常性中通过“自我审判”而生成的。

---

① 饭田桃：《三岛由纪夫》，东京：都市出版社，1970年，第10页。

柄谷行人认为，1990年代以来，文学丧失了知性的冲击力，文学批评的生命也随之终结，以文学为研究的素材，在思想上有所建树的时代已经过去了，“实际上我与文学的缘分已经断了”。相比之下，小森阳一却“想永远作为文学研究者投身于与权力机构的战斗中”。对小森阳一而言，阅读是读者在“此时、此地”与文本信息乃至权力机构进行“格斗”的行为。小森阳一文学批评的现实性正源于强调“此时、此地”的存在体验，因为这种体验，他的文学批评的日常性的空间获得了历史感。小森阳一重组了时间和空间，日常生活空间里的“此时”为反思提供了切入点。因此，“此时、此地”构成了具体存在，促使对于当代和历史的分析。

哈里·哈如图涅在《“构想的不定性”——顽强的现代主义和法西斯主义在现代日本》中指出，日常性不仅是一个批评开端的空间场域，也是一种时间性，不论这种时间性如何强调日常之常，实际上不过是历史上的一刻，永远都是未完成的。小森阳一给日常性的空间赋予历史感，从而给时间的维度赋予一种身份，他发现的正是哈里·哈如图涅所说的那种日常性。这种发现意味着，小森阳一以“此时”作为理解历史化的现在的起点，他在“此时”看到的是，在日常生活的时间层面上生成政治的可能性。正是这种可能性，促使小森阳一乐观地相信“新的读者”的生成，亦即主体的社会形式产生结构性的转型。

参考文献

小森阳一著作

[1]小森陽一編：『近代文学の成立：思想と文体の模索』、東京：有精堂、1986年。

[2]小森陽一著：『構造としての語り』、東京：新曜社、1988年。

[3]小森陽一著：『漱石を読みなおす』、東京：筑摩書房、1995年。

[4]小森陽一著：『文体としての物語』、東京：筑摩書房、1996年。

[5]小森陽一著：『縁の物語—「吉野葛」のレトリック—』、東京：新典社、1998年。

[6]小森陽一著：『<ゆらぎ>の日本文学』、東京：日本放送出版協会、1998年。

[7]小森陽一著：『小説と批評』、神奈川：世織書房、1999年。

[8]小森陽一著：『世紀末の予言者・夏目漱石』、東京：講談社、1999年。

[9]小森陽一著：『ポストコロニア』、東京：岩波書店、2001年。

[10]小森陽一・坂本義和・安丸良夫編：『歴史教科書：何が問題化—徹底検証 Q&A』、2001年。

[11]小森陽一著：『歴史認識と小説—大江健三郎論』、東京：講談社、2002年。

[12]小森陽一(他)編：『岩波講座　4　近代日本の文化史：感性の近代 1870—1910年代2』、東京：岩波書店、2002年。

[13]小森陽一(他)編:『岩波講座　5　近代日本の文化史:編成されるナショナリズム』、東京:岩波書店、2002年。

[14]小森陽一(他)編:『岩波講座　文学2　メディアの力学』、東京:岩波書店、2002年。

[15]小森陽一(他)編:『岩波講座　文学12　モダンとポストモダン』、東京:岩波書、2003年。

[16]小森陽一(他)編:『岩波講座　文学13　ネションを超えて』、東京:岩波書店、2003年。

[17]小森陽一監修:『研究する意味』、東京:東京図書、2003年。

[18]小森陽一・中村三春・宮川健郎編:『総力討論　漱石の「こころ」』、東京:翰林書房、2004年。

[19]小森陽一著:『私の座標軸　憲法のいま②』、京都:かもがわ出版、2005年。

[20]小森陽一、佐高信著:『誰が憲法を壊したのか』、東京:五月書房、2006年。

[21]小森陽一著:『理不尽社会に言葉の力を:ソノ一言オカシクナイデスカ?』、東京:新日本出版社、2007年。

[22]小森陽一著:『ことばの力 平和の力—近代日本文学と日本国憲法』、東京:かもがわ出版、2007年。

[23]小森陽一監修:『戦争への想像力:いのちを語りつぐ若者たち』、東京:新日本出版社、2008年。

[24]小森陽一著:『文体としての物語　増補版』、東京:青弓社、2012年。

[25]小森陽一・成田龍一・本田由紀著:『岩波新書で「戦後」をよむ』、東京:岩波書店,2015年。

[26]小森陽一著:『構造としての語り　増補版』、東京:青弓社、2017年。

小森阳一著作(汉译)

[1]小森阳一著:《日本近代国语批判》,陈多友译,长春:吉林人民出版社,2003年。

[2]小森阳一著:《天皇的玉音放送》,陈多友译,北京:三联书店,2004年。

[3]小森阳一著:《村上春树论:精读〈海边的卡夫卡〉》,秦刚译,北京:新星出版社,2007年。

[4]小森阳一著:《作为事件的阅读》,王奕红,贺晓星译,南京:南京大学出版社,2015年。

[5]小森阳一、高桥哲哉编:《超越民族与历史》,赵仲明等译,南京:南京大学出版社,2017年。

[6]小森阳一著:《文学的形式与历史》,郭勇译,北京:清华大学出版社,2018年。

英文文献

[1]Abel, Jonathan E., "Canon and Censor: How War Wounds Bodies of Writing," *Comparative Literature Studies*, 42.1(2005): 74-93.

[2]Atkins, Midori Tanaka, "Reviewed Work(s): Three-Dimensional Reading: Stories of Time and Space in Japanese Modernist Fiction, 1911—1932 by Angela Yiu," *Japan Review*, 27(2014): 250-252.

[3]Bhowmik, Davinder, "Reviewed Work(s): Writing Home: Representations of the Native Place in Modern Japanese Literature by Stephen Dodd," *The Journal of Japanese Studies*, 33.2(2007): 494-498.

[4]Bourdaghs, Michael K., *Transformations of Sensibility: The Phenomenology of Meji Literature*, the Center for Japanese Studies, The University of Michigan Press, 2002.

[5] Bourdaghs, Michael K., *The Linguistic Turn in Contemporary Japanese*

Literary Studies, The University of Michigan Press, 2020.

[6] Burton, William, "The Image of Tokyo in Soseki's Fiction," Pradyumna Prasad Karan and Kristin Stapleton eds., *Nihon No Toshi*, Lexington, Ky: University Press of Kentucky, 1997.

[7] Cockerill, Hiroko, *Style and Narrative in Translations the Contribution of Futabatei Shimei*, London and Newyork: Routledge, 2006.

[8] Compernolle, Timothy J. Van, *Struggling Upward Worldly Success and the Japanese Novel.* Cambridge and London: Harvard University Press, 2016.

[9] Cornyetz, Nina Ed., *Perversion and Modern Japan: Psychoanalysis, Literature, Culture*, London & New York: Routledge, 2010.

[10] Dodd, Stephen, "The Significance of Bodies in Sōseki's Kokoro," *Monumenta Nipponica*, 53.4(1998): 473-498.

[11] Dodd, Stephen, "Structures of Colonialism in Itō Sei's 'Yūki No Machi'," *Bulletin of the School of Oriental and African Studies*, 76.3 (2013): 449-466.

[12] Dodd, Stephen, "Reviewed Work(s): Osaka Modern: The City in the Japanese Imaginary by Michael P. Cronin," *Japanese Language and Literature*, 52.1(2018): 83-88.

[13] FLORES, Linda, "Matrices of Time, Space, and Text: Intertextuality and Trauma in Two 3.11 Narratives," *Japan Review*, 31(2017): 141-169.

[14] Fujii, James A., "Contesting The Meiji Subject: Sōseki's Neko Reconsidered", *Harvard Journal of Asiatic Studies*, 49.2(1989): 553-574.

[15] Fujii, James A., *Complicit Fictions: The Subject in the Modern Japanese Prose Narrative*, Berkeley, CA: University of California Press, 1993.

[16] Fujii, James A., "Reviewed Work(s): The Uses of Memory: The Critique of Modernity in the Fiction of Higuchi Ichiyō by Timothy J. Van Compernolle," *The Journal of Japanese Studies*, 33.2(2007): 499-503.

[17] Gabriel, Philip, "Reviewed Work(s): Recontextualizing Texts: Narrative

Performance in Modern Japanese Fiction by Atsuko Sakaki," *Harvard Journal of Asiatic Studies*, 60. 2(2000): 601-606.

[18] Gardner, William O., *Advertising Tower: Japanese Modernism and Modernity In The 1920s*, Cambridge and London: Harvard University Press, 2006.

[19] Gessel, Van C., "Reviewed Work(s): Recontextualizing Texts: Narrative Performance in Modern Japanese Fiction by Atsuko Sakaki," *The Journal of Japanese Studies*, 26. 2(2000): 436-440.

[20] Gluck, Carol, *Japan's Modern Myths: Ideology in the Late Meiji Period*, Princeton: Princeton University Press, 1985: 285.

[21] Golley, Gregory, *When Our Eyes No LongerSee- Realism, Science, and Ecology in Japanese Literary Modernism*, Cambridge and London: Harvard University Press, 2008.

[22] Gordon, Andrew, ed., *Postwar Japan as History*, Berkeley, CA: University of California Press, 1993.

[23] Haag, Andre, "Maruyama Masao and Katō Shuichi on 'Translation and Japanese Modernity'," *Review of Japanese Culture and Society*, 20(2008): 15-46.

[24] Haag, Andre and Tierney, Robert, "From Postcolonial (2001)," *Review of Japanese Culture and Society*, (2017): 207-229.

[25] Harasym, Sarah, *The Postcolonial Critic: Interview, Strategies, Dialogues*, London: Routledge, 1990.

[26] Hill, Christopher L., *National History and the World of Nations*: Durham and London: Duke University Press, 2008.

[27] Hirata, Hosea, "Reviewed Work(s): Two-Timing Modernity: Homosocial Narrative in Modern Japanese Fiction by J. Keith Vincent," *Monumenta Nipponica*, 69. 2(2014): 295-301.

[28] Hirota, Akiko, "Reviewed Work(s): The Writings of Kōda Aya, a

Japanese Literary Daughter by Alan M. Tansman; Complicit Fictions: The Subject in the Modern Japanese Prose Narrative by James A. Fujii," *Modern Philology*, 94.1(1996): 132-137.

[29] Howland, Douglas, "Reviewed Work(s): Transformations of Sensibility: The Phenomenology of Meiji Literature by Kamei Hideo and Michael Bourdaghs," *The Journal of Japanese Studies*, 30.2(2004): 431-435.

[30] Hutchinson, Rachael and Williams, Mark eds., *Representing the other in modern Japanese Literature: A Critical Approach*, London & New: Routledge, 2007.

[31] Iida, Yumiko, *Rethinking Identity in Modern Japan: Nationalism as Aesthetics*, London and Newyork: Routledge, 2002.

[32] Ito, Ken K., "Reviewed Work(s): Topographies of Japanese Modernism by Seiji M. Lippit," *Harvard Journal of Asiatic Studies*, 63.2 (2003): 473-478.

[33] Kawana, Sari, "A Narrative Game of Cat and Mouse: Parody, Deception and Fictional Whodunit in Natsume Sōseki's Wagahai wa neko dearu," *Journal of Modern Literature*, 33.4(2010): 1-20.

[34] Kawana, Sari, *The Uses of Literature in Modern Japan.* London and New York. Bloomsbury Publishing, 2018.

[35] Kohso, Sabu, trans. Michael Speaks, ed. *Architecture as Metaphor: Language, Number, Money*, Cambridge, MA: MIT Press, 1995.

[36] Kornicki, P. F., "Reviewed Work(s): Novel Japan: Spaces of Nationhood in Early Meiji Narrative, 1870-88 by John Pierre Mertz," *The Journal of Japanese Studies*, 31.2(2005): 502-505.

[37] Lin, Shaoyang, "Japanese Postmodern Philosophy's Turn to Historicity," *Journal of Japanese Philosophy*, 1.1(2013): 111-135.

[38] Lippitt, Seiji, *Topographies of Japanese Modernism*, New York: Columbia University Press, 2002.

[39] Manabe, Mayumi, "From the Margins of Meiji Society: Space and Gender in Higuchi Ichiyō's 'Troubled Waters'," *U. S.-Japan Wome's Journal*, 49 (2016): 26-50.

[40] Mason, Michele M. and Lee, Helen J. S., *Reading Colonial Japan: Text, Context, and Critique*, California: Stanford University Press, 2012.

[41] Murakami, Fuminobu, *Postmodern, Feminist and Postcolonial Currents in Contemporary Japanese Culture*, New York: Routledge, 2005.

[42] Ōe, Kenzaburō, "Can Literature Bridge the Gap among the Countries of Asia?" *World Literature Today*, 76. 2(2002): 24-28.

[43] Odagiri, Takushi, "Maeda Ai's Predicate Theory," *Japan Review*, 22 (2010): 201-212.

[44] Odagiri, Takushi, "Subculture and world literature: on Mizumura Minae's Shishōsetsu (1995)," *Japan Forum*, 25. 2(2013): 233-258.

[45] O'Neill, D. Cuong, "Tragedy, Masochism, and Other Worldly Pleasures: Reading Natsume Sōseki's 'Bungakuron'," *Discourse*, 28. 2/3 (2006): 78-97.

[46] Roquet, Paul, *Atmosphere as Culture: Ambient Media and Postindustrial Japan*, East Asian Languages & Cultures, Japanese Language UC Berkeley, 2012.

[47] Said, Edward W., *The World, the Text, and the Critic*, Cambridge, Mass.: Harvard University Press, 1983.

[48] Saito, Rika, "Writing in Female Drag: Gendered Literature and a Woman's Voice," *Japanese Language and Literature*, 44. 2(2010): 149-177.

[49] Sakaki, Atsuko, *Recontext Texts Narrative Performance in Modern Japanese Fiction*, Cambridge and London: Harvard University Press, 1999.

[50] Seats, Michael, *The Simulacrum in Contemporary Japanese Culture*, Lanham: Lexington Books, 2006.

[51] Seats, Michael, *Murakami Haruki: The Simulacrum in Contemporary*

Japanese Culture, Lexington Books, 2006.

[52]Shamoon, Deborah, "Review: Atsuko Ueda, Concealment of Politics, Politics of Concealment: The Production of 'Literature' in Meiji Japan," *Modern Philology*, 108.4(2011): 268-271.

[53]Sherif, Ann, "Reviewed Work(s): Complicit Fictions: The Subject in the Modern Japanese Prose Narrative by James A. Fujii; Reading against Culture: Ideology and Narrative in the Japanese Novel by David Pollack," *The Journal of the Association of Teachers of Japanese*, 28.2 (1994): 195-208.

[54]Silverberg, Miriam, *Erotic Grotesque Nonsense: The Mass Culture of Japanese Modern Times*, Berkeley, CA: University of California Press, 2007.

[55]Sokolsky, Anne, "No Place to Call Home: Negotiating the 'Third Space' for Returned Japanese Americans in Tamura Toshiko's 'Bubetsu' (Scorn)," *Japan Review*, 17(2005): 121-148.

[56] Spivak, Gayatri Chakravorty, "Can the Subalterns Speak?" Cary Nelson and Larry Crossberg, Eds. *Marxism and the Interpretation of Culture*, Illinois State University Press, 1988.

[57]Spivak, Gayatri Chakravorty, *The Spivak Reader*, London and New York: Routledge, 1996.

[58] Suzuki, Michiko, "Progress and Love Marriage: Rereading Tanizaki Jun'ichirō's 'Chijin no ai'," *The Journal of Japanese Studies*, 31.2 (2005): 357-384.

[59] Stephan, John J., "Reviewed Work(s): An Introduction to Japanese Civilization. by Arthur Tiedemann: Modern Japan: An Interpretive Anthology. by Irwin Scheiner," *The Journal of Asian Studies*, 35.2 (1976): 328-330.

[60] Textor, Cindi, *Radical Language, Radical Identity: Korean Writers in*

Japanese Spaces and the Burden to "Represent," Doctoral Dissertation of University of Washington, 2016.

[61] Tierney, Robert, "The Colonial Eyeglasses of Nakajima Atsushi," *Japan Review*, 17(2005): 149-196.

[62] Thornber, Karen Laura, *Empire of Texts in Motion: Chinese, Korean, and Taiwanese Transculturations of Japanese Literature*, Cambridge and London: Harvard University Press, 2009.

[63] Ueda, Atsuko, "The Linguistic Turn in Contemporary Japanese Literary Studies: Politics, Language, Textuality by Michael K. Bourdaghs," *The Journal of Japanese Studies*, 38. 1(2012): 233-237.

[64] Washburn, Dennis, "Reviewed Work(s): Writing Home: Representations of the Native Place in Modern Japanese Literature by Stephen Dodd," *Monumenta Nipponica*, 60. 2(2005): 278-281.

[65] Washburn, Dennis, *Translating Mount Fuji: Modern Japanese Fiction and the Ethics of Identity*, New York: Columbia University Press, 2007.

[66] Washburn, Dennis, "Reviewed Work(s): The Alien Within: Representations of the Exotic in TwentiethCentury Japanese Literature by Leith Morton," *Monumenta Nipponica*, 66. 2(2011): 366-368.

[67] Yeung, Virginia, "Time and Timelessness: A Study of Narrative Structure in Murakami Haruki's 'Kafka on the Shore'," *Mosaic: An Interdisciplinary Critical Journal*, 49. 1(2016): 145-160.

[68] Yoda, Tomiko, "First-Person Narration and Citizen-Subject: The Modernity of Ōgai's 'The Dancing Girl'," *The Journal of Asian Studies*, 65. 2(2006): 277-306.

日文文献

[1]赤坂憲雄:『東西/南北考—いくつもの日本へ』、東京:岩波書店、2001年。

[2]葦津珍彦:『明治維新と東洋の解放』、東京:新勢力社,1964年。
[3]網野善彦:『東と西の語る日本の歴史』、東京:そしえて、1982年。
[4]網野善彦:『日本論の視座一列島の社会と国家』、東京:小学館、1990年。
[5]荒井信一(他):「『明治百年』と国民の歴史意識(座談会)」、『歴史学研究』(320)、1967年第1号、第1-13頁。
[6]歴史学研究会編集委員会:「今日の歴史意識と歴史研究の役割:特集にあたって」、『歴史学研究』(427)、1975年第12号、第1頁。
[7]荒正人(他):「歴史と人間ーとくに現代史の問題を中心にー」、『歴史学研究』(200)、1956年第10号、第17-40頁。
[8]荒正人:『荒正人著作集　第一巻』、東京:三一書房、1983年。
[9]韦玮:「前田愛の『内空間』:テクスト、読者、『身体』、『日本語言文化研究5(上)』、延吉:延边大学出版社,2018年、第507-511頁。
[10]いいだ・もも:『三島由紀夫』、東京:都市出版社、1970年。
[11]家永三郎:『教科書検定』、東京:日本評論社、1965年。
[12]家永三郎:『戦後の歴史教育　岩波講座　『日本歴史』別巻1』、東京:岩波書店、1963年。
[13]家永三郎(他):『岩波講座　日本歴史22　別巻1』、東京:岩波書店、1968年。
[14]市川浩:『<身>の構造一身体論を超えて』、東京:青土社、1985年。
[15]石川好:『鎖国の感情を排す』、東京:文藝春秋、1985年。
[16]磯田光一:『殉教の美学　新装版』、東京:冬樹社、1979年。
[17]磯田光一:『昭和作家論集成』、東京:新潮社、1985年。
[18]石堂清倫・山辺健太郎:『コミンテルン・日本にかんするテーゼ集』、東京:青木書店、1965年。
[19]石原千秋:『漱石の記号学』、東京:講談社、1999年。
[20]石原千秋、木股知史、小森陽一(他):『読むための理論』、東京:世織書房、2001年。

[21]石原千秋:『テクストはまちがわない—小説と読者の仕事』、東京:筑摩書房、2004年。
[22]石原千秋:『名作の書き出し　漱石から春樹まで』、東京:光文社、2009年。
[23]石原千秋:『読者はどこにいるのか—書物の中の私たち』、東京:河出書房新社、2009年。
[24]石原千秋:『漱石はどう読まれてきたか』、東京:新潮社、2010年。
[25]石母田正(他):『国家と幻想』、東京:法政大学出版局、1968年。
[26]板垣哲夫:『丸山真男の思想史学』、東京:吉川弘文館、2018年。
[27]伊藤晃:『天皇制と社会主義』、東京:勁草書房、1988年。
[28]伊藤幹治:『柳田国男と文化ナショナリズム』、東京:岩波書店、2002年。
[29]稲田大貴:「石原千秋著『読者はどこにいるのか:書物の中の私たち』」、『九大日文』(16)、2010年第10号、第67-70頁。
[30]井上ひさし、小森陽一:『座談会　昭和文学史　第四巻』、東京:集英社、2003年。
[31]色川大吉:『柳田国男—常民文化論』、東京:講談社、1978年。
[32]色川大吉:『歴史の方法』、東京:岩波書店、1992年。
[33]イ・ヨンスク:『「国語」という思想—近代日本の言語認識』、東京:岩波書店、2012年。
[34]岩波講座『日本歴史24　戦後日本史学の展開』、東京:岩波書店、1981年。
[35]上野千鶴子:『脱アイデンティティ』、東京:勁草書房、2006年。
[36]上野千鶴子:『ナショナリズムとジェンダー　新版』、東京:岩波書店、2012年。
[37]上原専禄:『上原専禄著作集12』、東京:評論社、2000年。
[38]臼井吉見:『戦後文学論争　上巻』、東京:番町書房、1977年。
[39]臼井吉見:『戦後文学論争　下巻』、東京:番町書房、1977年。

[40]臼井吉見：『近代文学論争　下巻』、東京：筑摩書房、1987年。

[41]宇野邦一：『吉本隆明　煉獄の作法』、東京：みすず書房、2013年。

[42]梅棹忠夫：「文明の生態史観序説」，『中央公論』(72)，1957年第2号、第32-49頁。

[43]江藤淳：『江藤淳著作集6』、東京：講談社、1967年。

[44]江藤淳：『江藤淳コレクション3　文学論Ⅰ』、東京：筑摩書房、2001年。

[45]远藤周作ほか：「戦中派は訴える(座談会)」、『中央公論』、1956年第3号，第154-161頁。

[46]大井田義彰：「石原千秋著『評論入門のための高校入試国語』・『「こころ」大人になれなかった先生』・『国語教科書の思想』」、『国文学研究』(149)、2006年第6号、第90-93頁。

[47]大江志乃夫：『兵士たちの日露戦争：五〇〇通の軍事郵便から』、東京：朝日新聞社、1988年。

[48]大岡昇平：『大岡昇平全集22』、東京：筑摩書房、1996年。

[49]大岡昇平：『証言その時々』、東京：講談社、2014年。

[50]大川公一：「『善悪の彼岸過迄』としての『こゝろ』」、『成城国文学』、1986年第2号、第69-77頁。

[51]大澤真幸：『電子メディア論—身体のメディア的変容』、東京：新曜社、1995年。

[52]小田切秀雄：『明治文学史』、東京：潮出版社、1973年。

[53]小田切秀雄：『小田切秀雄全集9』、東京：勉誠出版、2000年。

[54]子安宣邦：『近代知のアルケオロジー』、東京：岩波書店、1996年。

[55]子安宣邦：『日本ナショナリズムの解読』、東京：白澤社、2009年。

[56]開国百年記念文化事業会：『日米文化交渉史　第一巻　総説・外交編』、東京：原書房、1980年。

[57]開国百年記念文化事業会：『明治文化史　第一巻　概説編』、東京：洋々社、1955年。

[58]鹿野政直：『化生する歴史学ー自明性の解体のなかで』、東京：校倉書房、1998年。
[59]鹿野政直：『「鳥島」は入っているか』、東京：岩波書店、1988年。
[60]鹿野政直：『日本の現代』、東京：岩波書店、2000年。
[61]勝田吉太郎：『戦後イデオロギーの解剖』、京都：ミネルヴァ書房、1994年。
[62]加藤周一：『加藤周一著作集8　現代政治的意味』、東京：平凡社、1979年。
[63]加藤典洋：『敗戦後論』、東京：講談社、2000年。
[64]金子明雄：「近代文学研究と物語論の今日と明日」、『日本近代文学』(44)、1991年第5号、第153-156頁。
[65]亀井勝一郎：『亀井勝一郎全集3』、東京：講談社、1972年。
[66]亀井勝一郎：『亀井勝一郎全集16』、東京：講談社、1972年。
[67]亀井秀雄：『主体と文体の歴史』、東京：ひつじ書房、2013年。
[68]亀井秀雄：『増補　感性の変革』、東京：ひつじ書房、2015年。
[69]柄谷行人『ダイアローグⅠ』、東京：第三文明社、1987年。
[70]柄谷行人：『畏怖する人間』、東京：講談社、1990年。
[71]柄谷行人：『終焉をめぐって』、東京：福武書店、1990年。
[72]柄谷行人：『言葉と悲劇』、東京：講談社、1998年。
[73]柄谷行人：『ヒューモアとしての唯物論』、東京：講談社、1999年。
[74]柄谷行人、スガ秀実：『中上健次発言集成6』、東京：第三文明社、1999年。
[75]柄谷行人：『マルクスの可能性の中心』、東京：講談社、2001年。
[76]柄谷行人：『<戦前>の思考』、東京：講談社、2002年。
[77]柄谷行人：『探究1』、東京：講談社、2002年。
[78]柄谷行人：『意味という病』、東京：講談社、2015年。
[79]柄谷行人：『柄谷行人講演集成　1995—2015　思想的地震』、東京：筑摩書房、2017年。

[80]河合隼雄・村上春樹:『村上春樹・河合隼雄に会いに行く』、東京:新潮社、1996年。
[81]河上徹太郎:『現代文芸評論集2』、東京:筑摩書房、1958年。
[82]川上陽子:『三島由紀夫 <表面>の思想』,東京:水声社,2013年。
[83]河野健二:『フランス革命と明治維新』、東京:日本放送出版協会、1966年。
[84]川村湊:『戦後文学を問う一その体験と理念』、東京:岩波書店、1995年。
[85]川村湊:『「大東亜民俗学」の虚実』、東京:講談社、1996年。
[86]菅孝行:『三島由紀夫と天皇』、東京:平凡社、2018年。
[87]菊地昌典:『歴史小説とは何か』、東京:筑摩書房、1979年。
[88]城殿智行:「小森陽一著『小説と批評』」、『日本文学』、2000年第4号、第76-78頁。
[89]木股知史:「石原千秋著『漱石の記号学』」、『成城国文学』(16)、2000年第3号、第114-116頁。
[90]栗原彬・杉山光信・吉見俊哉:『記録・天皇の死』、東京:筑摩書房、1992年。
[91]桑原武夫:『伝統と近代』、東京:文藝春秋、1972年。
[92]経済企画庁:『平成7年版国民生活白書　戦後50年の自分史一多様で豊かな生き方を求めて』、東京:大蔵省印刷局、1995年。
[93]小林秀雄:『小林秀雄全集第一巻』、東京:新潮社、2009年。
[94]子安宣邦:『近代知のアルケオロジー』、東京:岩波書店、1996年。
[95]紅野謙介(他):『検閲の帝国一文化の統制と再生産』、東京:新曜社、2014年。
[96]小谷野敦:『江藤淳と大江健三郎:戦後日本の政治と文学』、東京:筑摩書房、2018年。
[97]合田正人:『吉本隆明と柄谷行人』、東京:PHP研究所、2011年。
[98]酒井直樹:「丸山真男と忠誠」、『現代思想』、1994年第1号、第

180-189 頁。
[99]佐佐木泰子：「小森阳一著『小森阳一　ニホン語に出会う』」、『日本文学』、2000 年第 10 号、第 72-73 頁。
[100]佐藤静夫：『戦後文学論争史論』、東京：新日本出版社、1985 年。
[101]柴市郎：「石原千秋著『漱石の記号学』」、『日本文学』(48)、1999 年第 10 号、第 74-76 頁。
[102]柴田勝二：『<作者>をめぐる冒険』、東京：新曜社、2004 年。
[103]司馬遼太郎・山折哲雄：『日本とは何かということ』、東京：日本放送出版協会、1997 年。
[104]島内景二：『大和魂の精神史 本居宣長から三島由紀夫へ』、東京：株式会社ウェッジ、2015 年。
[105]島弘之：『<感想>というジャンル』、東京：筑摩書房、1989 年。
[106]鈴木貞美：『「日本文学」の成立』、東京：作品社、2009 年。
[107]鈴木貞美・李征：『上海一〇〇年：日本文化交流の場所』、東京：勉誠出版、2013 年。
[108]鈴木貞美『「近代の超克」—その戦前・戦中・戦後』、東京：作品社、2015 年。
[109]塩田庄兵衛、長谷川正安、藤原彰：『日本戦後史資料』、東京：新日本出版社、1995 年。
[110]「政府の「明治百年」記念行事に関する資料-続-」、『歴史学研究』(320)、1967 年第 1 号、第 62-64 頁。
[111]高橋哲哉：『国家と犠牲』、東京：日本放送出版協会、2005 年。
[112]高橋和巳：『戦後日本思想大系 13　戦後文学の思想』、東京：筑摩書房、1973 年。
[113]竹内好：『竹内好全集 7』、東京：筑摩書房、1981 年。
[114]田坂昂：『増補 三島由紀夫論』、東京：風濤社、2007 年。
[115]田中彰、宮地正人：『歴史認識』、東京：岩波書店、1991 年。
[116]田中実：「『こゝろ』という掛け橋」、『日本文学』、1986 年第 12 号、

第1-13頁。
[117]鶴見俊輔：『鶴見俊輔集6』、東京：筑摩書房、2000年。
[118]藤間生大(他)：『講座　歴史　第四巻　国民の歴史意識変革の運動』、東京：大月書店、1956年。
[119]遠山茂樹：『戦後の歴史学と歴史意識』、東京：岩波書店、1968年。
[120]遠山茂樹・今井清一・藤原彰：『昭和史』、東京：岩波書店、1969年。
[121]遠山茂樹：『近代天皇制の展開一近代天皇制の研究2』、東京：岩波書店、1987年。
[122]遠山茂樹：「現代史研究の問題点」、『中央公論』(71)、1956年第6号、第52-61頁。
[123]中塚明：『司馬遼太郎の歴史観一その「朝鮮観」と「明治栄光論」を問う』、東京：高文研、2009年。
[124]中村光夫：「『金閣寺』について」,『特装版 文芸読本 三島由紀夫』、東京：河出書房新社、1988年、第28-35页。
[125]中村光夫：『日本の近代小説』、東京：岩波新書、1990年。
[126]中村政則：『近現代史をどう見るか：司馬史観を問う』、東京：岩波書店、1997年。
[127]中村政則：『「坂の上の雲」と司馬史観』、東京：岩波書店、2009年。
[128]中村政則：『戦後史』、東京：岩波新書、2005年。
[129]『「日中．知の共同体」提出論文集 日中近代とナショナリズム』、北京日本学研究中心、1998年。
[130]中村三春：『フィクションの機構』、東京：萬友社、1994年。
[131]中村三春：『係争中の主体：漱石・太宰治』、東京：翰林書房、2006年。
[132]奈良崎英穂：「『豊饒の海』における「天皇」—欲望される(絶対

者)」、『日本近代文学』、1998 年第 5 号、第 126-139 頁。
[133]成田龍一：『<歴史>はいかに語られるか』、東京：日本放送出版協会、2001 年。
[134]成田龍一：『歴史学のスタイル—史学史とその周辺』、東京：校倉書房、2001 年。
[135]成田龍一：『戦後思想家としての司馬遼太郎』、東京：筑摩書房、2009 年。
[136]西川長夫：『国民国家論の射程』、東京：柏書房、1998 年。
[137]西川長夫・松宮秀治：『幕末・明治期の国民国家形成と文化変容』、東京：新曜社、2002 年。
[138]西川長夫：『戦争の世紀を越えて—グローバル化時代の国家・歴史・民族』、東京：平凡社、2002 年。
[139]西田谷洋：『文学研究からの現代日本の批評を考える』、東京：ひつじ書房、2017 年。
[140]野口武彦：『近代小説の言語空間』、東京：福武書店、1985 年。
[141]野口武彦：『三島由紀夫の世界』、東京：講談社、1968 年。
[142]芳賀徹：『近代文学史の第一頁はなにを書くか』、『国文学 解釈と教材の研究』、1978 年第 11 号、第 28-32 頁。
[143]橋川文三：『昭和思想集 2』、東京：筑摩書房、1978 年。
[144]ハルオ・ミラネ、藤井貞和、松井健児：『日本文学の批評理論 アンチエディプス・物語社会・ジャンル横断』、東京：笠間書院、2009 年。
[145]久本福子：『柄谷行人論』、東京：エディター・ショップ、2000 年。
[146]深津謙一郎：「小森陽一著『村上春樹論『海辺のカフカ』を精読する』」、『日本文学』、2006 年第 12 号、第 58-59 頁。
[147]平野義太郎：『日本資本主義社会の機構』、東京：岩波書店、1967 年。
[148]平野謙：『戦後文芸評論』、東京：青木書店、1956 年。

[149]平野謙:『わが戦後文学史』、東京:講談社、1972年。
[150]平野敬和:『丸山真男と橋川文三:「戦後思想」への問い』、東京:教育評論社、2014年。
[151]本多公栄:『社会科歴史教科書の批判』、東京:明治図書、1967年。
[152]本多公栄:『ゆれる教科書問題への提言』、東京:あゆみ出版、1982年。
[153]藤岡信勝:『教科書が教えない歴史1』、東京:産経新聞ニュースサービス、1996年。
[154]藤岡信勝:『汚辱の近現代史』、東京:徳間書店、1996年。
[155]福井雄三:『歴史小説の罠』、東京:総和社、2013年。
[156]藤島泰輔:『戦後とは何だ—日本の選択すべき道』、東京:マネジメント社、1981年。
[157]藤森清:「石原千秋著『反転する漱石』」、『成城国文学』(15)、1999年第3号、第96-98頁。
[158]船木裕:『柳田国男外伝—白足袋の思想』、東京:日本エディタースクール出版部、1991年。
[159]堀井謙一:「思想としての<上海>」、『日本文学』、1991年1月号、第67-78頁。
[160]前田愛:『幻景の明治』、東京:岩波書店、2006年。
[161]前田愛:『近代文学の女たち』、東京:岩波書店、1995年。
[162]前田愛:『都市空間のなかの文学』、東京:筑摩書房、1982年。
[163]前田愛:『文学テクスト入門』、東京:筑摩書房、1988年。
[164]前田愛:『前田愛著作集』第2巻、東京:筑摩書房、1989年。
[165]前田愛:『前田愛著作集』第6巻、東京:筑摩書房、1990年。
[166]間瀬正次:『戦後日本道徳教育実践』、東京:明治図書、1982年。
[167]松下浩幸:「石原千秋著『テクストはまちがわない 小説と読者の仕事』『漱石と三人の読者』」、『国文学研究』(146)、2005年第6号、

第103-106頁。
[168]松田道雄:「歴史家への注文」、『日本読書新聞』、1956年3月26日号。
[169]松田道雄:「戦争とインテリゲンチャ」、『思想』(389)、1956年第11号、第109-122頁。
[170]丸山真男:『丸山真男集6』、東京:岩波書店、1997年。
[171]丸山真男:『丸山真男集8』、東京:岩波書店、1997年。
[172]丸山真男:『丸山真男集9』、東京:岩波書店、1997年。
[173]丸山真男:『丸山真男集11』、東京:岩波書店、1997年。
[174]丸山真男:『丸山真男座談2』、東京:岩波書店、1998年。
[175]丸山真男:『丸山真男座談6』、東京:岩波書店、1998年。
[176]丸山真男:『丸山真男座談9』、東京:岩波書店、1998年。
[177]三浦つとむ:『スターリン批判の時代』、東京:勁草書房、1983年。
[178]三浦雅士:『身体の零度』、東京:講談社、1996年。
[179]三島由紀夫:『決定版　三島由紀夫全集27』、東京:新潮社、2003年。
[180]三島由紀夫:『決定版　三島由紀夫全集32』、東京:新潮社、2003年。
[181]三島由紀夫:『決定版　三島由紀夫全集35』、東京:新潮社、2003年。
[182]みすず編集部:『丸山真男の世界』、東京:みすず書房、1997年。
[183]水川隆夫:『夏目漱石「こころ」を読みなおす』、東京:平凡社、2005年。
[184]宮本百合子:『宮本百合子全集第九巻』、東京:新日本出版社、1974年。
[185]三好行雄:『近代文学1 黎明期の近代文学』、東京:有斐閣、1978年。

[186]三好達治(他):『昭和文学全集33』、東京:小学館、1989年。
[187]村井紀:『南島イデオロギーの発生』、東京:福武書店、1992年。
[188]安丸良夫:『近代化日本の深層』、東京:岩波書店、2013年。
[189]安丸良夫:『現代日本思想論—歴史意識とイデオロギー』、東京:岩波書店、2012年。
[190]山口昌男:『文化と両義性』、東京:岩波書店、2000年。
[191]湯浅博雄:「三島由紀夫『金閣寺』を読む—死の経験の二重性、〈永遠回帰〉の両義性」、『国文学　解釈と教材の研究』、2000年、第29-45頁。
[192]尹健次:『日本国民論—近代日本のアイデンティティ』、東京:筑摩書房、1997年。
[193]吉本隆明:『言語にとって美とはなにか』、東京:勁草書房、1980年。
[194]吉本隆明:『吉本隆明全集7』、東京:晶文社、2014年。
[195]吉本隆明:『吉本隆明全集11』、東京:晶文社、2015年。
[196]読売新聞戦後史班:『教育のあゆみ』、東京:読売新聞社、1982年。
[197]ライシャワー『ザ・ジャパニーズ』、国弘正雄訳、東京:文藝春秋社、1979年。
[198]リピット・水田清爾:「反復、単独性、歴史性」、石田真理訳、『現代思想』(42)、2014年第18号、第112-125頁。
[199]歴史学研究会:『現代歴史学の成果と課題　1980—2000　1　歴史学における方法的転回』、東京:青木書店、2003年。
[200]歴史学研究会:『国民国家を問う』、東京:青木書店、1994年。
[201]歴史学研究会:『民族の文化について　歴史学研究会1952年度大会報告』、東京:岩波書店、1954年。
[202]歴史と方法編集委員会:『方法としての丸山真男』、東京:青木書店、1998年。

[203]鷲田小彌太：『増補　吉本隆明論　戦後思想史の検証』、東京：三一書房、1992年。
[204]和辻哲郎：『和辻哲郎全集14』、東京：岩波书店、1977年。
[205]渡边治(他)：『戦後70年の日本資本主義』、東京：新日本出版社、2016年。
[206]渡辺幾治郎：『明治天皇の聖徳・教育』、東京：千倉書店、1941年。
[207]渡边治：『日本の大国とネオ・ナショナリズムの形成』、東京：桜井書店、2001年。

中文文献

[1]沃·伊瑟尔：《阅读行为》，金惠敏等译，长沙：湖南文艺出版社，1991年。
[2]安川寿之辅：《福泽谕吉与丸山真男——解构丸山谕吉神话》，北京：中国大百科全书出版社，2015年。
[3]安丸良夫：《近代天皇观的形成》，刘金才，徐滔等译，北京：北京大学出版社，2010年。
[4]保阪正康：《平成史》，黄立俊译，上海：东方出版中心，2020年。
[5]柄谷行人：《日本现代文学的起源》，赵京华译，北京：三联书店，2003年。
[6]柄谷行人：《马克思，其可能性的中心》，中田友美译，北京：中央编译出版社，2006年。
[7]柄谷行人：《作为隐喻的建筑》，应杰译，北京：中央编译出版社，2011年。
[8]柄谷行人：《柄谷行人谈政治》，林晖钧译，台北：心灵工坊，2011年。
[9]柄谷行人：《世界史的构造》，赵京华译，北京：中央编译出版社，2012年。

[10]柄谷行人:《哲学的起源》,潘世圣译,北京,中央编译出版社,2016年。
[11]柄谷行人:《跨越性批判——康德与马克思》,赵京华译,北京:中央编译出版社,2018年。
[12]柄谷行人:《定本 柄谷行人文学论集》,陈言译,北京:中央编译出版社,2021年。
[13]陈多友:“刍议小森阳一后现代后殖民主义理论”,《开放时代》,2010年第7期,第142-152页。
[14]池上善彦:“日本国民文学论战导读”,张靖译,《人间思想》,2018年第8辑,第2-26页。
[15]岛村辉:“日本近现代文学研究界的现状及方法论的变迁”,林少阳译,《外国文学研究》,2002年第2期,第22-29页。
[16]岛村辉:“与小森阳一的邂逅”,顾春译,《鲁迅研究月刊》,2013年第9期,第89-91页。
[17]福山:《历史的终结与最后的人》,陈高华译,桂林:广西师范大学出版社,2014年。
[18]高桥哲哉:《战后责任论》,徐曼译,北京:社会科学文献出版社,2008年。
[19]哈里·哈如图涅:“‘构想的不定性’——顽强的现代主义和法西斯主义在现代日本”,鲁小宁译,《视界》,2003年第12辑,第56-77页。
[20]吉见俊哉:《平成史讲义》,奚伶译,上海:东方出版中心,2021年。
[21]拉塞尔·雅各比:《乌托邦之死:冷漠时代的政治与文化》,姚建彬译,北京:新星出版社,2007年。
[22]利科:《诠释学与人文科学》,孔明安等译,北京:中国人民大学出版社,2012年。
[23]利科:《从文本到行动》,夏小燕译,上海:华东师范大学出版社,2015年。
[24]李扬帆:“未完成的国家:‘中国’国名的形成与近代民族主义的构

建”，《国际政治研究》，2014 年第 5 期，第 39-63 页。

[25]梁启超：“中国积弱溯源论”，《饮冰室文集 2》，昆明：云南教育出版社，2001 年。

[26]梁漱溟：《中国文化要义》，上海：学林出版社，1987 年。

[27]林少阳：《“文”与日本学术思想：汉字圈 1700—1900》，北京：中央编译出版社，2012 年。

[28]刘金举：“试论战后日本文学批评中前田爱的作用和地位”，《东南亚研究》，2009 年第 5 期，第 85-89 页。

[29]马克思：“法兰西内战(初稿)”，《马克思恩格斯全集 17》，北京：人民出版社，1963 年。

[30]孟庆枢：“当代日本后殖民主义批评管窥”，《外国文学评论》，2008 年第 2 期，第 45-52 页。

[31]孟庆枢：“小森阳一关于《浮云》的新阐释”，《外国问题研究》，2009 年第 3 期，第 3-7 页。

[32]齐泽克：《敏感的主体——政治本体论的缺席中心》，应奇等译，南京：江苏人民出版社，2006 年。

[33]三岛由纪夫：《金阁寺 · 潮骚》，唐月梅译，南京：译林出版社，1999 年。

[34]史歌：“小森阳一的后殖民主义批判——基于语言(“国语”)、文学、历史事件及媒体的文本分析”，《浙江社会科学》，2019 年第 8 期，第 136-142 页。

[35]斯皮瓦克：《后殖民理性批判：正在消失的当下的历史》，严蓓雯译，南京：译林出版社，2014 年。

[36]孙歌：《文学的位置》，济南：山东教育出版社，2009 年。

[37]丸山真男：《日本的思想》，宋益民、吴晓林译，长春：吉林人民出版社，1991 年。

[38]丸山真男：《福泽谕吉与日本近代化》，区建英译，北京：北京师范大学出版社，2018 年。

[39]丸山真男：《现代政治的思想与行动》，陈力卫译，北京：商务印书馆，2018年。

[40]丸山真男：《忠诚与反叛》，路平译，上海：上海文艺出版社，2021年。

[41]王志松：《20世纪日本马克思主义文艺理论研究》，北京：北京大学出版社，2012年。

[42]韦玮：“小森阳一日语研究中的政治批评”，《日语教学与日本研究9》，2016年，第128-135页。

[43]韦玮、王奕红：“作为神话的读者：石原千秋的读者观”，《湖南科技大学学报(社会科学版)》，2017年第4期，第45-49页。

[44]韦玮：“小森阳一的阅读模型研究”，《日语教育与日本学9》，2016年，第144-151页。

[45]韦玮：“石原千秋的叙事理论研究——以读者和文本关系为中心”，《日本问题研究》，2017年第6期，第58-63页。

[46]韦玮：“文本分析的方法论：小森阳一访谈”，《外国文学动态研究》，2021年第3期，第154-160页。

[47]韦玮：“文学、美与政治性——重读三岛由纪夫的《金阁寺》”，《传承与创新——南京大学外国语学院研究生学术文集(文学与文化卷)》，南京：南京大学出版社，2023年7月，第182-192页。

[48]魏育邻：“‘语言论转向’条件下的当代日本近代文学研究”，《广东外语外贸大学学报》，2002年第1期，第50-55页。

[49]汪晖、王中忱：《区域》，2014年第1辑，北京：社会科学文献出版社，2014年。

[50]王中忱、刘晓峰：《东亚人文》，北京：三联书店，2008年。

[51]小熊英二：《平成史》，欧文东译，北京：社会科学文献出版社，2019年。

[52]小熊英二：《“民主”与“爱国”——战后日本的民族主义与公共性》上册，黄大慧等译，北京：社会科学文献出版社·历史学分社，

2020年。
[53]许宝强、袁伟：《语言与翻译的政治》，北京：中央编译出版社，2001年。
[54]杨炳菁：“历史记忆与文学语言——评小森阳一的《村上春树论：精读〈海边的卡夫卡〉》”，《外国文学》，2008年第4期，第46-52页。
[55]张一兵：“从构序到祛序：话语中暴力结构的解构——福柯《话语的秩序》解读”，《江海学刊》，2015年第4期，第50-59页。
[56]赵京华：“文本解读的政治”，《读书》，2004年第12期，第98-104页。
[57]赵京华：《日本后现代与知识左翼》，北京：三联书店，2017年。
[58]赵京华：“新左翼与战后日本马克思主义”，《“日本马克思主义研究”学术研讨会论文集》，2018年4月，第2-8页。
[59]周翔：“小森阳一先生还历纪念研讨会纪略”，《鲁迅研究月刊》，2013年第9期，第84-88页。
[60]朱刚：“论沃·伊瑟尔的‘隐含的读者’”，《当代外国文学》，1998年第3期，第152-157页。
[61]朱刚：“不定性与文学阅读的能动性——论W·伊瑟尔的现象学阅读模型”，《外国文学评论》，1998年第3期，第107-113页。
[62]子安宣邦：《日本现代思想批判》，赵京华译，上海：上海译文出版社，2017年。
[63]佐藤泉：“解读‘国民文学论’——战后评论的元历史、近代记忆之场与教科书式文学史的来源”，郭伟译，《新文学》，2007年第7辑，第36-63页。

谢　辞

本书是在我的博士论文基础上修改而成的。我于 2004 年进入南京大学外国语学院日语系学习，在王奕红老师的指导下完成学业，获得硕士学位。2015 年，我考取南京大学外国语学院东亚语言文学专业博士生，有幸成为王老师指导的第一位博士生。如果我能够在学术科研的道路上有些许收获，完全要感谢王老师多年来的谆谆教诲。在博士论文写作过程中，从选题到框架构想再到具体写作直到最终定稿，王老师全程参与，逐字逐句多次打磨。因此，如果没有王老师的指导，无法想象论文能够顺利完成。当然，文中的任何问题、不足之处，全因我还不够努力，文责自负。

博士论文能够完成，还需要感谢很多老师的帮助。小森阳一教授数次到南京大学集中授课，趁此机会，我曾多次请教。小森阳一教授平易近人，极为耐心地回答我的问题。能够近距离接触研究对象，实为一大幸事。林少阳教授通过面授、邮件等方式指导我研究小森阳一时需要注意的问题。论文开题得到朱刚教授、杨金才教授、王加兴教授、叶琳教授、崔昌笏教授、彭曦副教授的指导意见。论文预答辩、答辩期间，得到李征教授、吴光辉教授、陈多友教授、林少阳教授、赵京华教授、刘晓芳教授、郭勇教授、叶琳教授的指导意见。以上致谢，排名不分先后。另外，论文匿名评审过程中，得到三位专家的宝贵意见，一并致谢。